目录

序：刑警刘星辰写给你的一封信

亲爱的读者：

你好，我叫刘星辰，是一名刑警。

和大多数警察有所不同，很多人往往一辈子都耕耘在一个岗位，而我在参警这十几年里因种种原因调换了很多部门。所谓隔行如隔山，这个词用在警队也一样，不同的警队之间工作内容天差地别，我也因此见到了各式各样的犯罪行为、遇到了形形色色的罪犯、侦办过大大小小不同的案件。

一开始做这些工作时，我只觉得是单纯地在惩戒打击违法犯罪行为，维护社会安定，每一次将罪犯送进看守所之后我都会心潮澎湃，我还清楚记得第一次参与抓捕时的情形，它就像电影画面一样定格在我的脑海中挥之不去。

后来我渐渐长大，从一个重案队拎包的新丁慢慢成长为一名有经验的办案人，在历经重案队、扫黑专案组、便衣侦查队、缉毒队这些部门之后，虽然我所遇到的犯罪行为没有任何变化，我所侦办的案件性质依旧是刑法上的那几条，但在对每一起案件进行深入了解之后，我逐渐注意到潜藏在每起案件中的人性。

人性是最复杂的东西，犯罪是在人性偏失中出现的行为，当人性的缺失被放大，犯罪便会应运而生，一直抵达临界点，最后爆发。大多数的犯罪意识往往都在一刹那之间，我抓住的犯罪嫌疑人中，不少人都悔恨哭啼，他们甚至记不得挥舞刀具的那一刻心里在想什么。

他们挥刀面对的都是相亲相识的人或者是有一面之缘的人，在犯罪行为发生的那一瞬间，他们都变成了仇人。由于绝大多数的犯罪行为都发生在熟人之间，从追查死者生前的关系人再到将疑犯抓捕归案，已经成了侦查办案的基本操作。

我从参加工作到现在，只有零星的几起案件中被害人与凶手没有任何关系，这又是另说了。

　　这些年的工作经历让我懂得了许多，身为一名一直在一线工作的警察，侦查案件、抓捕疑犯几乎成为工作的全部，直到有一次，我有幸参加了一次关于案件预防的宣传活动，才突然发现，相对于抓捕嫌疑犯，如果能将犯罪行为遏制在萌芽里似乎能让社会更加安定、民众生活更加安全。

　　我想到的也是公安法制机构一直在做的普法教育。宣传普法教育能让人警钟长鸣，是威慑犯罪行为的最前线，能为普法宣传做出一份微薄的贡献也一直是我心之所系所念，恰好我又遇到了一个机会。三年前，我遇到了一群热爱文字和故事的人，在他们的帮助下，我将自己参警多年的经历化作一个个故事写了出来，又在他们的帮助下让众多读者能够看到。

　　这是我的故事，也是全国所有警察的故事，这些故事不仅书写了曾与我并肩战斗的同事的英姿，也讲述了全国二百万警察的工作。

　　我也想借着这个机会"夹带私货"，将普法宣传加入其中，也许在某一刻，在这个世界的某一个角落，有一个人巧合地读到了一个故事，他能与故事中的人产生共鸣，能透过故事中的事看到自己的未来，从而放下心中的执念，愿意遵从法律法规，那么这个世界上又将少一起案件，多一份安宁。

　　更重要的是，普通读者通过这些罪案故事学一些刑法常识，能够更好地保护自己的人身、财产，以及所爱的人。上医治未病，希望我亲身经手的这些案件，带给你的不只是好看的故事，更是有用的刑法科普，在某一时刻能帮到你。

　　祝你阅读愉快！

刑警刘星辰

2021年1月21日

01 人皮画案：喜欢录下杀人过程的变态邻居

U盘里有四段视频，第一段视频有18秒，是一个女人光着身子一动不动躺在地上，视频从上至下围着她的身体绕了一圈拍摄，但是没照到她的脸。

第二段视频是从侧面高处往下拍，有个人出现在镜头里，画面只能拍到他的后背，他拿出一把明晃晃的刀，蹲在侧面开始朝女人身上扎，一刀、两刀……

2010年，在重案队待了四年后，我侦破了一起倒卖器官的案件，荣获个人三等功。

第一次穿着警服站在颁奖台上，大脑一片空白，颁奖的领导说了什么全没记住。

回到大队参加党组委员会议，局长亲自颁布了人员调动命令，我被任命为新成立的特别行动队中队长。

离开熟悉的重案队，以前的同事只有狐狸跟着我一起调任。我开始了一段新的征程。

针对公安部推进的警务改革，罗泽市城南分局成立了一个隶属刑侦大队的特别行动中队。中队整合了各个警种，以集中力量侦破疑难案件。

俗话说，新官上任三把火。我也希望得个开门红，带队侦破大案要案什么的，好好表现一下。

对于侦查破案我有足够的信心，现在唯一的不足是，我对整个队伍成员还没有多少了解。除了重案队的狐狸和技术队的喜子，我和另外三个新人毫无接触。

一个叫石头，曾经是情报中队的，以前因为办案子找过他，说话一共没超过十句；另一个叫陈国涛，是特警队出身，岁数比我大，一身腱子肉；还有个叫艾蒿，是一个女生。听说有女队员我还挺高兴，结果一见面吓我一跳，她皮肤黝黑，五官也偏中性，全身肌肉线条紧实，留着一头短发，从身后看活脱脱就是一精神小伙儿。

在刑警队伍里，尤其是一个中队的，案件是最好的润滑剂，几起案件侦办下来，任他天南海北的关系都能搭连成铁子。现在需要的是案件。

到了单位，我兴致勃勃地去找宋队。特别行动队成立的时候，目标是疑难案件，但这类案件现在没有区分标准，我打算直接找宋队要案子，一方面磨合一下队伍，通过案件与大家了解认识，另一方面也想表现表现。

可是结果不尽如人意，宋队翻了翻笔记本，近一个月都没发生什么案子。有时候越忙案件越多，等到我们打算转守为攻了，结果没案件了。

我提议去档案室将以前未破的案件拿出来再研究一下。宋队一拍大腿："有了，往年每到这个时候都是扒窃类犯罪的高发期，咱们没有专门应对的力量，以前对这类案件都是以宣传预防为主，正好你们任务不繁重，我建议把火车站南的商业街上的小偷交给你们去处理。"

"你让我们去抓小偷？"我有些不情愿，本来想找个疑难案件来个开门红，结果却被分到了一个抓小偷的活儿，我之前在重案队抓过各种穷凶极恶的歹徒，现在这任务……杀鸡焉用牛刀！

"你可别小瞧这类案件，扒窃案社会危害性大，关系老百姓的切身利益，而且不易侦破，和咱们以前办的案子完全不一样，干好了一样会出彩，到时候我帮你联系电视台好好宣传下。"宋队大概看穿了我的心思，变着花样鼓励我。

干就干，不就是抓小偷嘛。我应承下来。

话虽然这么说，但我心里清楚得很，有时候想抓住一个经验丰富的小偷不比侦破一起命案简单。只不过这类案子影响性小，一般大家伙儿都关注大案要案，忽略了此类案件而已。

全队出击，抓小偷！听到招呼后，大家的反应和我一样，刚成立的特别行动中队，准备大展拳脚破一些大案，第一场仗就是……抓小偷。

大家脸上表情各异，陈国涛皱了皱眉，喜子一副呆呆的样子，石头瞪大了眼睛半噘起嘴，艾蒿拿出指甲刀锉了锉指甲，气氛一时间有点儿尴尬。

狐狸跳出来帮我解围："你们抓过小偷吗？"这次大家的反应倒是很一致——摇头。

狐狸参警后就在火车站派出所工作，后来才调入刑侦大队重案队，反扒经验丰富，不过他也没想到自己生疏了几年的技术竟然有用武之地。狐狸教我们识别小偷的几个特征：首先，小偷出门干活儿要寻找目标，所以眼睛一直盯着人，这和出来逛街的人完全不同；其次，他们要从别人身上偷东西，就是盯着人找下手的机会，只要有人跟人的情况，那么后面的大概率就是小偷。

最后狐狸告诉我们最重要的一点，一定要等小偷得手后再抓，不然犯罪未遂处罚太轻，关十五天就放出来，容易让他们有恃无恐。而且他们认识了警察之后，隔着几百米看见警察就跑，以后想抓都费劲。

还没等狐狸讲完，队里的人一个个都已经跃跃欲试了，要知道纸上得来终觉浅，想抓住小偷还得靠实践。

我们来到罗泽市最繁华的地区——火车站站南广场。

这里人流密集，出了车站过一条马路就是商业步行街，即使到了冬日飘雪的时候，白天往来的人还是川流不息。这里是案件高发地区，每天有十几起扒窃案件。

我们六个人分成三组，根据案件高发的位置，找一个隐蔽的地方藏起来，然后盯着街上路过的每一个人，按照狐狸说的方法仔细观察。

　　没到中午我就发现了一个可疑人员。他走路的时候眼睛一直盯着别人的衣兜，在这条街上反复溜达了三趟。我立刻通知大家对他特别关注。接着这个人开始靠近一个路人，跟在身后保持一定的距离，再慢慢靠近。我感觉他要动手了，便从后面跟了上去。

　　突然，这个人停顿了一下，扭头朝我这边望过来。我吓了一跳，急忙闪到一个路人身后，借机遮掩自己。幸亏我离他还有一段距离，再近一点儿我的眼神就和他直接对上了。

　　等我慢慢探出头往前看时，正好看到他将手轻轻伸进前面的人衣兜里，一晃而过，再收回来的时候手里多了一部手机。

　　小偷得手了！可以动手了！

　　还没等我示意，从另一侧跟上来的陈国涛已经开始行动。他一步冲过去从后面揪住小偷的衣领，往后一拽，同时用腿在小偷身后一挡，小偷一下子就被仰面摔倒在地，手里还紧紧握着刚偷来的手机，等他反应过来想把手机扔掉时，已经被我们按住一动也动不了了。

　　首战告捷，大家都很兴奋，连我也萌生了"假以时日，天下无贼"的宏愿。狐狸给我泼了一盆冷水，他说根据自己的经验来看，站南地区一天十几起案子肯定另有其人。

　　有就继续抓呗，我信心满满。狐狸让我先别这么兴奋，这个小偷手段并不高明，应该不是领头人物，他打算去套套话，看看能不能找到一些有用的信息。

小偷也有自己的行规，一般都有固定的作案地区，相互之间不会去别人的区域。这个小偷在站南地区扒窃，肯定和这里其他小偷达成了某种协议，也就是说他知道其他小偷是谁。

大约过了一个多小时，狐狸从审讯室里走出来，一副忧心忡忡的样子，我上前问他情况如何。

狐狸说这个小偷全交代了，这段时间站南地区来了一伙外人，每天十几起案子几乎都是他们干的，但这伙人不一般，这个小偷和他们接触过，这里面有"手艺人"。手艺人？我第一次听到这个名字，狐狸开始跟我科普这个古老的职业。

最早的时候扒手被叫作手艺人，是指靠技巧进行扒窃。扒窃主要有三种手艺，分别是提、割、牵。"提"是指能拿着两根筷子就把东西从包里提出来的，自上而下，神不知鬼不觉；"割"是指用锐器将包或者衣兜割开，让里面的东西掉出来后取走；"牵"是最高明的手法，是指用一根绳子套住东西后拉出来，由于牵用的绳子长，扒窃距离远，即使被人发现了回头拉绳子，小偷一松手就找不到了。

狐狸参加工作的时候正值严打，只要发现扒窃的工具就可以定罪，看到揣着长筷子上街溜达的直接带走。后来练"提"手艺的这伙人便不用筷子专练手指，将自己手指练到代替筷子扒窃，而"割"的这伙人专门研究把割包锐器藏起来。

至于"牵"，狐狸也只是听说而已，从来没见过。

但严打有它的特殊性，那时候犯罪猖獗，如不加大力度打击一批违法犯罪分子，对群众的生命财产都会造成巨大的损害，同时开展严打也是威慑犯罪分子、提高社会治安的最好手段。可是严打结束回归正常之后，扒窃类案件是最让警察头疼的。

在我一开始工作的时候，最高法和最高检还没有对扒窃出具司法解释，这种尾随扒窃的犯罪行为归总于盗窃罪，可盗窃罪的定性依据，一个是犯罪次数，另一个就是犯罪涉及的金额，不到二千元就够不上刑事案件。

这就导致很多人的手机被扒窃后，在进行手机估价时不够二千元，按照盗窃处理只能算治安案件，最高行政拘留十五天，小偷就出来了。

这时除非连续被抓，才能按照多次盗窃执行刑事拘留，但小偷也有懂法的，他们知道其中的漏洞，于是乎打一枪换一个地方，只要被抓后短时间内就不会露面，这让我们颇为难办。

直到2011年《中华人民共和国刑法修正案（八）》中，明确了扒窃犯罪和盗窃的区别，只要是从被害人兜里偷出来的都能定为扒窃，无论金额多少可以直接处以刑事拘留，这才使得警察有了打击利器，不过这都是我工作之后的事了。

被抓的小偷供述，来这里的这伙人是用"割"的手法偷东西，想抓住他们可没那么容易。首先这是一伙人，有不同分工，我们必须仔细调查，摸清楚情况再动手，一旦惊动他们让他们跑掉了，这个案子就没法继续办了。而且我们要知道他们是用什么东西将包割开的，找不到工具同样没法将他们定罪。

我们又回到了站南广场蹲守，但在商业街上溜达了一天毫无所获。

抓小偷的警察其实和小偷有几分神似——走在大街上不看路只看人。小偷是看别人的兜，而警察是看别人的眼睛，一旦与小偷四目相对，很容易露馅。

我决定换个方法，用监控摄像头来观察商业街的情况。正巧石头以前是情报中队的，对这片商业街的摄像头很熟悉。我们到了总控室，将摄像头的位置调整好，守株待兔。

用了三天时间，我们目不转睛盯着商业街的监控，终于将这个扒窃团伙找了出来。

这个扒窃团伙一共三个人，一个动手偷东西的"灰大衣"，一个望风打掩护的"子弹头"，还有一个转移赃物的"黑皮鞋"。

我们特别注意观察"灰大衣"的扒窃手法，由于摄像头很远看不清，只能看到他每次都是跟在人身后，手探到对方的包或者衣服边微微一动，手里就多了一个物件。

"灰大衣"在每次动手之前都会用手摸一下鼻子，偷出东西后"黑皮鞋"立刻跟上去，将赃物接过来，然后三个人分散走开。

"他是怎么把东西拿出来的？"我问狐狸。

"应该是拿什么东西割破。你去看看报警的笔录。"

我翻了下这几天的报警笔录，果然和狐狸说的一样，被盗的人有一个共同的特点——包或是兜都被割开了一个口子，手机和钱包就是被人从这个口子里偷走的。

"他拿什么东西割的包？根本看不清啊？！"陈国涛眼珠子都快贴到屏幕上了，也没看清这个人是如何下手偷东西的。

"不用看了，我猜应该是刀片。"狐狸说。

狐狸说早些年就有人用刀片割包偷东西，这种扒窃方式要比用筷子难得多，一个是刀片割包需要一定的手法，要割得精准，不能让人察觉；另一个就是要把刀片藏好，不能让人发现。

刀片肯定在他们身上，抓住后一定要把刀片搜出来！

我们开始制订抓捕计划，留一个人在监控室注意他们的动向，剩下的人藏在商业街的一层店铺里，准备随时动手。

我负责抓扒窃的"灰大衣"，陈国涛负责放风的"子弹头"，狐狸负责接应赃物的"黑皮鞋"。

我们在店铺里待着，安静地等待消息，每个人腰间都别了一部手持对讲机，由负责看监控的人随时向我们播报他们的位置。

"准备好，他们三个都在瑞可面包店，马上要动手了……"电台里刺刺啦啦传出声音。

"得手了，得手了，三个人分三个方向走了！"

"动手！"我拿起对讲机喊了一嗓子。

我冲到商业街上，一眼就看见"灰大衣"正在往车站方向走，急忙追过去。"灰大衣"发现我奔着他过来，愣了一下，似乎在犹豫跑还是不跑，最终他还是选择站在原地，被我冲上前控制住。我知道他觉得赃物不在自己手里没什么事，岂不知我们已经把他们三个人一网打尽。

三个人都被抓住了，"子弹头"反抗最激烈，一路跑出去几百米，但最终还是被陈国涛抓住了。而"黑皮鞋"比较配合，被狐狸抓住后立刻主动将手机交了出来。

被害人在我们的提醒下发现手机不见了，跟着我们来到派出所报案。

在派出所，"灰大衣"矢口否认自己偷手机，但他摸过手机，上面肯定有指纹，不怕他不承认。我把"灰大衣"的手翻开准备拓取指纹，结果发现他的手指肚近乎平滑，指纹浅到根本看不到，不知道他是怎么弄的。

"搜身！"既然没法拓指纹，那就要找到割包的锐器。

我把他脱个精光，连内裤都扒掉了，可是没在他身上发现任何锐器。他能藏到哪儿，身体里？我看了看他的身体，腹部倒是有一个疤痕，但早就愈合了。

这时狐狸来了，见到我先问东西找没找到，我摇了摇头。他看这个人是光着身子的，立刻用我从没见过的矫捷身手，一个箭步冲到这个人面前，用一只手的虎口紧紧扣住这个人面颊，深深按进去，另一只手大拇指抠住他的嘴唇使劲往上翻。

"掐住他脖子！"狐狸大喊一声。我不明所以，但还是上前卡住这个人的脖子，配合狐狸将他的头使劲往下压，整个面部朝下。

"喀喀喀……"这人一阵咳嗽，接着我听到当啷一声响，从他的嘴里跳出来一只刀片。

刀片藏在嘴里？我吓了一跳，刚才和他对话的时候，我丝毫没有察觉到异样。这个人在嘴里含着刀片的情况下还能正常说话？

"这都多少年了，还玩这套把戏？"狐狸用手使劲拍了拍这个人的脑袋。原来他们这伙割包的人专门选用刀片作案，动手前摸一下鼻子就是将刀片从嘴里拿出来，得手后再放回去。没有经验的警察即使抓到他们也找不到刀片，还好狐狸早些时候跟过这种案子。

这下刀片找到了，赃物也找到了，在铁证面前，望风打掩护的"子弹头"也老老实实地交代了犯罪行为。

案子虽然破了，可是我并没有很强烈的成就感，毕竟只是扒窃案件，无论从性质还是关注度上来看，都比不上我在重案队时办理的那些案件。

这时狐狸来找我，他说"黑皮鞋"为了减轻处罚想举报立功，还特意要求这件事要对我说，因为我是队长。

"黑皮鞋"告诉我他要举报一起杀人案件。

他们在扒窃的时候，除了钱和手机之外，偷到的其他东西最后都转移给"黑皮鞋"处理。在一个星期之前，"黑皮鞋"在处理一个钱包时发现里面有一个U盘，出于不能描述的好奇心，他查看了这个U盘里的内容。结果里面有好几段杀人录像！

"黑皮鞋"吓得差点就报了警，但被同伴拦了下来，因为他们自己有案底，不敢找警方。U盘就这么搁置了。现在他把线索说出来，希望戴罪立功，减轻自己的处罚。U盘就在他们租住的屋子里。

我们立刻赶到出租屋找这个U盘。U盘里有四段视频，第一段视频有18秒，是一个女人光着身子一动不动躺在地上，视频从上至下围着她的身体绕了一圈拍摄，但是没照到她的脸。

第二段视频是从侧面高处往下拍，有个人出现在镜头里，画面只能拍到他的后背，他拿出一把明晃晃的刀，蹲在侧面开始朝女人身上扎，一刀、两刀……一直不停地扎。刀身很长，每一刀都插进女人身体好长一段，不一会儿，女人身上出现了密密麻麻的刀伤，女人好像已经失去意识，没有反抗动作。

第三段视频只有6秒，镜头从上往下围着女人拍摄，但这个时候女人身体上除了扎伤还有几道巨大的切割伤，从脖子到脚被划开深深的一道口子，两边的皮肉外翻，整个人鲜血淋漓。

第四段视频，镜头天旋地转地晃动然后停住，画面拍到了女人的半张脸，已经肿得看不清五官，脸上全是血迹。镜头再次晃动，掠过了半扇窗户，然后被关掉。

我们赶紧停住，倒回去看那个窗户的影像，透过窗户隐隐约约地看到外面有座特别的尖塔式建筑，那是罗泽市电视台！我们所有人都倒吸了一口冷气，这起案件就发生在我们罗泽市。

"这个女人应该是已经死了，不然的话，刀扎下去应该有喷溅血迹，除非他手法高超，每一刀都能避开动脉。"喜子冷静了一下，分析道。

"不管人是死是活，这件事必须查明白，看看这段视频到底是怎么回事！"我说。

石头检查了视频文件的属性，创建时间是在一个月之前，也就是说视频里的案件发生的时间距离现在刚过去一个月。

石头将视频里一闪而过的窗户影像截图，从窗户里拍到的电视台的角度来分析，录制视频的房间应该是在电视台的东北侧。电视台周围有很多高层，而从截图里看，透过窗户能清楚地看到电视台大楼而没有任何遮挡，符合这样条件的房子不多。

我们去到现场，开始对一栋栋楼进行测试。测试很简单，拿着视频截图站在楼前朝电视台望，看角度是否合适，最后锁定了两栋楼。

幸亏我们这里有一个数学好的人，接下来确定房间的艰巨任务交给了喜子。喜子用了一堆我看着挺复杂的算法，从间距、角度、投影什么的一堆参数进行分析，最后告诉我们录制视频的位置应该在左边那栋楼302或者202这两个房间之中。

我云里雾里也没看出来他是怎么算出来的，不仅有数学，还有地理知识，什么太阳夹角、经度、纬度。此刻我对队里的队员有了新认识，喜子是个真学霸。

两个房间之一就是录制视频的地点，但这里都是老式居民楼，很多房子都出租了，具体是什么人住在里面连楼长也说不清，我们又不能直接敲门问，以免打草惊蛇，只能从侧面入手。

我来到附近的房屋中介，从这里查到302和202两间房都有对外出租的登记，但现在出租给了谁，中介并不清楚。

我正准备安排大家分批次进行蹲守，石头告诉我不用那么麻烦，他那里有几个简易的录像设备，直接安装在走廊里就不用耗费人力了。

现在科技的进步使侦查方法得到很大改善。石头将两个简易的监控与楼道里的电源连接上，这种老式住宅所有的电线都暴露在楼道里，纷繁复杂的电线能为监控设备做掩护。

监控发现，202是一男一女租住，而302一直没动静。一连三天，302房间无人进出，但我们在监控中能看到，每到晚上，302门上的猫眼能透出光，说明里面灯是开着的，有人住。

人在里面住却不出门，这种反常的行为让我们感觉很可疑。这个案子的来源只是一段视频录像，连案都没立，我们也没法采取更多的侦查手段。在向宋队汇报之后，他建议我们直接出击，看看在302住的人到底是干什么的。

录像中302是一扇老式十字锁的防盗门，喜子提前与经销商取得联系，根据门的型号拿到了一把万能钥匙，我们可以直接开门冲进去。

行动时间定在上午，猫眼中的灯往往一直亮到凌晨三四点钟，我们判断上午是他睡觉的时间，打算给他来一个出其不意。

我们蹑手蹑脚地摸到三楼，我和陈国涛分别站在门的两侧，我将耳朵贴在门上听，里面静悄悄的，屋里的人应该还在睡觉。

喜子轻轻地将钥匙插进锁眼里，微微一扭，只听见"咔嚓"一声，门锁被打开了，我从侧面用手指扒进门缝，和喜子一起使劲往外拽。门发出咣咣的响声，但是没被拉开，感觉里面被什么东西带住了。

"我来！"陈国涛抢过插在门锁里的钥匙，用钥匙带着门使劲往外拉，门被拽得咣咣响，但依旧没开。

"里面还有一层锁！"陈国涛喊道。

这时屋子里发出了声响，我心道坏了，里面的人被惊动了。让我感觉不妙的是，我们闹出这么大动静，里面的人竟然一声不吭，甚至都不问一句门外是怎么回事，这不是正常人的行为！

事已至此也不用藏着掖着了，陈国涛还在使劲拽门，又踢又撞。但这好歹也是一扇包了铁皮的防盗门，我们一顿操作只能让门微微抖动，根本打不开。

屋子里发出一阵"咣咣"的响声，好像在敲打什么东西，我急了，用手使劲将猫眼从门上抠了下来。透过门上的窟窿，我看到屋内一个人拿着一把锤子正在砸窗户外的防盗网。

他想跳窗！行动之前，我们对这栋楼踩过点，302有两扇朝南的窗户，外面都装着防盗网，当时我还在想这张防盗网不但能用来防盗，在警察抓捕的时候还能防止屋内的罪犯跳窗，所以没在楼下留人蹲守，没想到这人竟然要砸开防盗网跳楼。

"你们赶紧破门！"我留了一句话后第一个往楼下跑过去，石头在二层，也跟着我一起跑了下去。

我刚从楼的一侧转过来，就看到一张防盗网从楼上掉了下来，接着一个人影从窗户里跳了出来，这可是三楼啊。我清楚地看着这人双脚落地后一下子摔在地上，我知道他肯定摔得不轻，正是抓捕的好机会。

我冲到他近前，正准备扑过去的时候觉得有些不对劲，他跪在地上一动不动，像这种能做出跳楼举动的人不应该舍命奔逃吗，难道这就束手就擒了？我突然想到透过门上的猫眼窥窿看到他用锤子砸防盗网的姿势，在冲到他面前后下意识地停顿了一下。

就在我停顿这一刹那，这个人猛地抬着一条腿跳了起来，手里举着锤子朝我砸了过来。我急忙后退，所幸刚才没冲得太近，他的一条腿似乎受伤了，一锤子砸过来，被我躲过去，他后腿跟不上，身子一晃失去平衡，往前倒了下去。我抬起一脚踢在他的面门。这人被我踢倒，手里的锤子还紧握着。

想起他刚才抢起锤子的姿态，我不禁有点儿后怕，要是我再快一步，这一锤子肯定躲不过。

在多年的抓捕经历中，我遇到的罪犯在发现警察后的反应都是逃跑，出现对抗也是为了给逃跑创造机会，像他这种完全奔着警察来搏斗的人很少见，基本可以断定是穷凶极恶之徒。我甚至怀疑他精神有点儿不太正常。

事实证明他确实和正常人不一样，从我们将他控制住之后，这人一句话都不说，连问他叫什么姓名都不回答，目光呆滞。我用手拍了拍他的脸，他毫无反应。

这时陈国涛从楼上窗户探出头来，让我赶紧上去，他终于把门拽开进到屋子了。

我们带着这个人上了楼，里面的情形让我们大吃一惊。

这是一间一室一厅的屋子，进门后的客厅里全是生活垃圾，发出阵阵馊臭味。旁边的卧室更是乱糟糟，地面上有一块空间，能清楚地看到上面干涸的血迹。

在这个脏兮兮的卧室里，一个干净的盒子引起我的注意。

我戴着手套打开盒子，只见里面有一块棕黄色的软塌塌的肉。将它拿出来后我才看清，这块肉明显分成里外两面，一面已经萎缩成一道道的褶皱，另一面黑乎乎的，用手一摸感觉像是毛毯表面似的。

我把这块肉抻开，发现肉大约巴掌大小，仔细一看是一块皮，上面隐隐地显出深浅不一的颜色，好像画了什么东西。

我又继续翻看，皮褶缩得很厉害，加上皮质表面钙化，上面画的东西模糊不清，有的地方墨水渗进表皮浸出一个扩大的黑点，整个图案变得奇形怪状。

"这应该是块人皮，你看，皮下脂肪很少，外面的毛囊很轻。"喜子接过这块肉仔细看了看，判断道。

其实从看到这块肉起，结合之前那段残忍的视频，我就隐约猜测到了。这块皮很可能就是视频里的那个女人的。

我们把这屋子翻了个底朝天，除了血迹和这块肉之外，没找到视频里那个女人的线索，但在厨房，我们找到了视频里出现的那把尖刀。

被抓的男子一言不发，拒绝回答我们的任何讯问。

我们将现场提取的DNA录入失踪人口档案库，没有发现任何关联信息，视频里的女性并不是失踪人员。经过检测，那把尖刀上的血迹和皮肉与屋子里血迹的DNA相符，是一个人的。我们又在屋子里找到视频里出现过的一件一模一样的衣服，在柜子里找到了一个摄像头，从分辨率和镜头广角进行鉴定，确定与录制视频的是同一款设备。

种种迹象表明这名男子就是视频里出现过的人，但我们现在没有直接证据，也没找到女人的尸体，这个案子处于一种尴尬的状态，找不到受害人的尸体就无法结案。

最关键的是嫌疑人自始至终一句话也不说，他的电脑被砸坏了，里面的硬盘直接碎成好几段，现有技术无法恢复。而录制用的摄像头是直接连在电脑上的，屋里有一根长达三米的数据线。

虽然在他家的那间屋子里我们再也没能找到和视频有关的证据，但现有的证据全都指向他，而且他也不为自己做任何狡辩，在我们将案件移交给重案队的时候，这个人被批准处以刑事拘留。

因为移交的事情，我还和宋队争辩了一番，我觉得虽然这起案件够命案标准，但来源只是一段录像，也应该属于疑难案件，我们完全可以继续侦办。但宋队没有同意，只说以后可以将我们和重案队并列，但这起案件还得按照之前的规矩办，该移交就得移交。

直到最后，宋队说过的安排电视台的记者来采访打掉盗窃团伙这件事也没实现，不知道是他忘记了，还是一开始就是为了忽悠我去抓小偷。不过如果没有抓住这几个小偷，这个藏在居民楼里的危险人物可能还不会被人发现。

时隔几个月，我听重案队的黄哥说查到死者的身份了，这让我们很吃惊，她是凶手的亲戚。

这个凶手精神有点儿异常，患有间歇性的精神病，但是他有一定的自理能力，父母早亡后一直自己生活，只是随着年龄增大，发病越来越频繁。我们抓住他后的很长一段时间里他一直处于病发状态，直到被关进看守所的单间才慢慢恢复。

他也曾做过精神病的鉴定，但是他能自主去做鉴定的时候精神状态都是正常的，所以这人被鉴定有一定责任能力。

凶手恢复后和正常人一样，他告诉我们发病的时候看谁都像是要害他的人，那时的他想把看到的所有人都杀死，所以他平时深居简出，本人也自暴自弃，靠救济金生活。

他为了观察自己的发病情况，在家里安装了监控。

接着便是死者出现了。死者是他的远房亲戚，经常来照看他，结果恰好遇到他发病，他就直接将死者暴虐般地杀害，而监控录像也都记录了下来。他在缓过来后把监控砸坏，还想把储存卡扔掉，可是出门却被偷了。

后来这名嫌疑犯也终于交代了尸体的下落。被害女子整个人被切碎后一点点冲进了下水道，他们在居民楼外面的污水管道内壁和化粪池里搜到了一些零碎的皮肉。

02 丈夫死后，妻子偷偷给他换了张脸

关于尸体整形我也有所了解，一般是用蜡油将面部进行填充覆盖，把脸上凹陷的地方补上，相当于给死者的脸敷上一层蜡塑。但蜡是硬的，用力捏只会凹进去，但是鼻子怎么会弹回来？

我用手电筒帮忙照着，喜子的手停在尸体鼻子和嘴之间的位置不停地摸索。喜子戴着手套，与吴作辰的脸部接触打滑，试了好几次，喜子好像揪住了什么东西，手轻轻往上一抬，吴作辰的脸皮从就鼻子的部位开始被掀了起来。我全身的汗毛都竖了起来，这活像是现实版画皮。

2002年，香港上映了一部《无间道》。那时我还在上大学，和几个兄弟把盗版碟看了一遍又一遍，耍帅的时候会学梁朝伟说："对不起，我是警察。"

后来，我真的成了一名警察，每次和特情人员打交道的时候，心情都有些复杂。所谓特情人员，就是我们的线人，他们出身三教九流，有些还是污点证人。在某些关键时刻，我们确实是根据他们提供的线索才把案子破了。

特情人员是一个很特殊的群体，组成结构复杂，有的是特殊行业从业人员，比如典当业、收售手机的、倒卖外汇的，干的都是打法律擦边球的勾当，或者说本身就在违法边缘，这种人更容易接触到犯罪分子。还有的人本身就是社会上的闲散人员，或者是刑满释放人员，他们与公安机关打过交道，知道公安机关会调查什么，需要什么证据，如果手里有的话就会主动提供，相应地也会得到奖励。还有少部分是很平常的老百姓，但由于工作原因能接收到极广泛的信息，比如出租车司机、娱乐场所服务员，这种人经常会从客人那里得到一些消息。

对特情人员的使用有严格的规定，公安机关只有少数部门允许设立特情人员，对每一名特情人员要建立完全保密的档案，这份档案还要由上级机关进行三级审批，并定期接受检查，上面会记录特情的所有工作情况，他们干

过什么、能提供什么情报都必须留下白纸黑字的证明。如果特情出现其他状况，比如涉嫌犯罪，对他处理起来也会毫不留情。

有人看了会觉得，一个出力不讨好的特情能有人愿意干吗？其实想来当特情的在公安机关外面都能排出上百米，很多社会上的闲散人员以与公安机关有关系为荣，当特情对他们来说是最好的一条路。虽然特情并没有什么豁免权，到目前为止被抓进去的也不少，但在社会上"对于特情查案出事免责"这条流言传播甚广，虽然公安机关辟谣了多次，但总有人觉得当上特情后，以帮助公安机关获取案件线索为由触犯点法律上的红线不算什么。

不过我心里一直有些提防，这群人路子野，我看不透。其中，最厉害的一个就是何路。在重案队的时候，我们合作过几回，没想到这次又碰上。

推开宋队办公室的门，何路吊儿郎当地斜靠在沙发上"好久不见了，刘哥，还记得我吧。"

何路一直为重案队工作，如果按照工作时间算，比我参警的时间都长。我对他很戒备，感觉这人深不可测，黑道白道都吃得开。

公安机关的工作以法律法规为基准点，而社会上的人则以一种道德情义为基准点，在这两点之间有一个微妙的平衡，而何路恰好就是站在这个平衡点上的人。

看着何路伸出来的手，我犹豫了一下，还是与他握手作为回应。我转身走到靠近宋队的沙发边坐下，何路也坐了下来，没有要离开的意思。

"宋队，你找我有什么事？"我主动开口问。

"让何路说一下吧。"

何路清了下嗓子，说他有个朋友吴作辰，这个月17日开车的时候发生了车祸，车撞在路边的挡土墙上，人当场就死亡了。现在交警队已经做完事故认定，判定这是一场独立事故，由于驾驶员操作不当，道路湿滑，车子在路口来不及拐弯直接撞了出去。

但这个吴作辰曾经与一个叫宋涛的人签了一份合同，两个人每人出资300万元兑付了一间KTV。现在吴作辰出事了，吴作辰的妻子以合同作废为由，要求宋涛将吴作辰先前支付的180万元还回来。

何路说罢拿出一份合同复印件。我粗略看了一下，合同很平常，但在责任划分最后一项风险担保中，写明了在出资人出现不可抗拒因素时，有权停止继续履行合同。

这一条款在很多合同中都会有，比如进出口运输或者是生产制造，遇到自然灾害的时候可以免责，但在共同出资合同中我还是第一次见到。如果吴作辰没出车祸的话一切还好说，结果他现在出事了，这一条细想让人觉得有些不对劲。

何路和宋涛也是朋友，现在是宋涛拜托他帮忙，希望借助他的关系查一下这起车祸。因为这份KTV兑付合同是宋涛以个人身份签订的，需要在这个月底前交付齐600万元租金，现在宋涛付了300万元，死者吴作辰付了180万元，还差120万元。

宋涛怀疑这场车祸有问题，吴作辰的死让他之前付的300万元全打了水漂，而吴作辰的妻子现在还要去法院起诉，让他归还吴作辰出资的180万元。

"你的意思是，宋涛觉得吴作辰是在用命来坑他300万元？这种事交警队都下结论了，有什么好查的？他要是觉得有问题可以直接报警，现在连案子都没立吧？"我说。

对于我一连串的反问何路一句话没说，他和我们一起办过很多案子，对流程很了解，不可能不知道个中关窍。他看了一眼宋队。

宋队打圆场："刘队，这件事你还是要仔细去查一下，有什么困难和我说，需要什么帮助让何路配合你，一定要把这件事查透。这个金园KTV有点儿问题。"

我有点儿明白了，看似是何路来找我们帮忙调查，其实宋队早有这个心思。

宋队的话让我有了一丝压力，本来只是调查一起车祸案件，可听他话中的意思似乎其中另有隐情。这要是什么都查不出来的话，要么是我能力不行，要么就是宋队判断有误，我刚上任不久，两个结果都不好交代。

何路说要尽快行动，今天是21日，吴作辰是17日出的车祸，再有三天就要火化了。时间有些仓促，我们决定分头行动。

我先给痕检技术员喜子打电话，让他带着装备去殡仪馆对尸体进行检查，然后通知侦查员石头负责把和吴作辰有关的个人信息调取出来，我则和年纪稍长的队员陈国涛一起去交警队查看吴作辰开的车。

我们先来到交警队，将当天事故的卷宗调取出来。

吴作辰开的是一辆黑色奔驰轿车，照片里整辆车有三分之一拱进了路边的挡土墙里。交警告诉我这条路是一条丁字路，根据他们的检测，当时这辆车行驶的速度不快，但是事故发生时完全没有减速，直挺挺地撞到了路尽头的挡土墙上。挡土墙背后是一个工地，另一侧正好是土堆，车子相当于撞在一座山上。

下一张照片是车子被从墙里拖出来，车头几乎被撞扁了，引擎盖折成了几段，跟手风琴似的。

交警告诉我，吴作辰在出事的时候，身子靠右边侧着，头部正好避开了弹出来的气囊。他们推测吴作辰当时可能是侧身低头在捡东西，没注意前面拐弯，一下子撞了上去。

我问交警能不能看看车子。从照片上看，车子前半部被撞得稀碎，不过后半部还好。这台奔驰是后驱车，我想对后面的部分进行检查。

结果交警告诉我在交警队出具勘验结果的当天，死者妻子就把车子拉走了。

哪有刚拿到结果就先把撞得快要报废的车子拉走的？这太奇怪了。恰好交警认识来拉车的拖车司机，就帮忙打了一个电话，拖车司机说这台奔驰车被拉到报废厂了。

我和陈国涛飞也似的开车冲向汽车报废厂。

赶到报废厂，我远远地就看到只剩下三分之二的奔驰车停在一个角落。当时正值国家对报废车辆进行补贴，想将车子报废还得排队，不然这辆车早就没了。

我去找报废厂的工作人员，提出要把车子运走做检查。工厂的人回答得很利索，运走可以，但是需要出具手续，也就是公安机关的调查证明。

这时我才想起一个问题，吴作辰是意外死亡，这件事还没立案呢，我们没有调查手续。

报废厂的工作人员告诉我，这台车的费用已经交了，要不是现在等着报废补贴的车子多，这辆车早就切割了。他们可不能等太长时间，最迟到明天晚上，如果没有手续的话，后天车子就得报废。

我给宋队打电话，想让他协调找一个派出所把案子立上，然后我再开具调查手续。可是宋队不肯，说调查吴作辰死因这件事不能立案，必须秘密调查。

我当时就急眼了，秘密调查？秘密查的话连车子都查不清楚！后天这台车就变成一堆废铁了。车子没了，就算吴作辰是被人害死的，那也只有天知地知了。

宋队也有些着急，说我脑子不会转弯，难道查案子非得一板一眼吗？还问我何路在没在旁边，这种事找他想办法。

何路一直在我身边，从调查开始一句话都没多说。我俩不是很对付，他极力淡化自己的存在。不过，宋队似乎早就盘算好不用正规调查手续，何路也知情，只剩我一人蒙在鼓里。

"宋队让我和你商量，怎么把车子查清楚，你有办法吗？"我没好气地问。

"都听刘哥的。"何路半抬眼皮，懒洋洋地说。

"这台奔驰车的刹车肯定得查，交警说车子撞上去的时候完全没有减速，说不定刹车有问题。还有变速箱也得查，总之和驾驶有关的东西能查的都要尽量查。"

"行，我知道了，我想办法把这些物件弄出来。"

何路还是一副没睡醒的样子。我心里知道，他早就想好了办法，只是等着我开口，算给我留个面子。

何路让我们在外面等会儿，他悠悠晃晃地走进了报废厂的办公室。过了十多分钟，何路出来，告诉我谈好了，我们可以把这台奔驰车的后轮胎和上面的减速器拆下来拿走。

我问他是怎么谈的。

何路笑笑，说报废厂都有一些规则。在报废之前，他们会将车子上面可以继续使用的零件拆下来，他只不过是和对方套个近乎，出钱将这些零件买下来。

我自然知道何路轻描淡写的"套近乎"三个字没那么简单，这是他在黑白两道混迹多年平安无事的本事。

下午何路找来一台车子，将奔驰车的后轮和刹车装置卸下来拉走。我们将这些东西送到一家车检中心，委托他们对这些装置进行检测。

那边负责检测的人只看了一眼，便告诉我们这个车轮上的碟刹已经快被磨平了，看着像是开了二十年的车。

吴作辰这台奔驰买了不过三年，行驶里程都不到十万公里，碟刹却被磨平了？

检查员仔细查看了碟刹和轮轴的交合处，发现碟刹上面的贴片表面很粗糙。正常来说刹车碟片在长时间的摩擦下会渐渐损耗，但由于每次刹车损耗都很小，所以贴片表面在日积月累下会变薄，但整体形状不会有太大改变。

这个贴片上面有一道道明显的压痕，检查员告诉我这种痕迹一看就是用车床弄出来的，正常踩刹车踩不出来这种怪异的形状。

这时石头打来电话，他告诉我已经将吴作辰有关的信息都关联了出来，显示他在出事的一周前申请了一份人身保全险，受益人是吴作辰老婆。

虽然我很想现在就找吴作辰的老婆把事情问清楚，但是现在奔驰车的刹车检测结果还没出来，我们缺乏证据支撑。

晚上喜子给我打来电话，他说没有公安机关调查手续，殡仪馆不允许对尸体进行检查，他在殡仪馆待了一天也没能看一眼尸体。我告诉他不用搭理尸体了，这件事已经调查清楚了。

22日上午，我和何路再一次回到报废厂，这次我们把奔驰车里的电脑取了回来。

我推断轮胎上的碟刹被人动了手脚。想用车床将碟刹磨平必须把车轮拆卸下来，而车子在重新安装车轮的时候需要进行四轮定位，奔驰车的四轮定位由内置的电脑进行调整，修配厂在进行定位时都会将定位机器与车载电脑连接，这种连接会留下记录。

我们把电脑拿到奔驰店，万幸的是液晶屏虽然碎裂，但里面的硬盘没有受损。通过电脑核查，我们发现车子曾经在一个叫陆峰汽修的地方做过四轮定位。

下午我来到陆峰汽修，通过当地派出所与汽修厂打了个招呼，厂子里很配合我的工作，将这台车的相关信息拿了出来。这台车在这里做过一次保养，还把轮胎进行换置，而换置的轮胎后面标注着自备。

这次保养留下的电话正是吴作辰妻子的，根据汽修厂的人回忆，车子也是一个中年女人开过来的，当时还带了两只轮胎要求进行更换。

情况已经很明显了，吴作辰的妻子把他的车换上了两只刹车碟片几乎被磨平的轮胎，然后给他上了一份保险。

当天晚上，吴作辰的妻子被我们约到属地派出所，从这个女人脸上一点儿也看不出悲伤的感觉。我开门见山地问她为什么情绪看起来没什么影响，结果她也直截了当地回答我她和吴作辰早就没感情了，他死了自己反而解脱。

我也不打算和她继续浪费时间，直接问她关于修车换轮胎的事情。

"你为什么把吴作辰的车子轮胎换成刹车碟片被磨平的轮胎，你知不知道这会导致出现意外事故？"

"我知道，我就是想让他出车祸，但这次事故和我没关系，只是一个意外，因为这台车只换了两只轮胎，想要车子刹车失控需要把四只轮胎都换掉，我还没来得及做完。"

"计划还没做完？"

"对，我一共准备了四只轮胎，这些轮胎需要用车床将刹车碟片磨平，还有两只轮胎没来得及换，现在如果踩刹车的话，100公里以内的时速靠前面两只轮胎完全能刹住。"

"你对车子性能这么了解？"

"我专门找人咨询了，只是没想到我还没准备好他就出事了，我不否认我想过要害他，但这次事故和我没关系，如果未遂能定罪的话，我也愿意承担法律责任。"

看来这女人是有备而来，不但没被我吓唬住，还吃准了自己是犯罪未遂。我反而被她的态度给震惊了，她连犯罪未遂这一点都能说出来，说明她不只是咨询了车辆的事，也问清了法律法规上的事。她甚至愿意找为她提供建议的那名懂车的人来做证。

她说两只还未对刹车碟片进行打磨的轮胎放在一间仓库中，这四只轮胎是她一起买的，可以证明她犯罪未遂的行为。

我又问她那吴作辰的人身保险是怎么回事？她说那份保险吴作辰还没签字，本来她计划一切准备好再做保险，结果她发现吴作辰和别人签了一笔债务合同，一共是300万元，吴作辰已经付了180万元。

这几年，她和吴作辰感情破裂，吴作辰早已把财产转移，如果离婚她一分钱都得不到，所以她才怒不可遏准备谋害吴作辰，然后用吴作辰的人身保险作为自己的补偿金。

但在发现吴作辰的这个合同后，她改变了主意，毕竟她对吴作辰的怨恨并不至于让她非得下手谋害吴作辰，她只是想从这笔钱里分到一部分，这才使得她没继续去换奔驰车的轮胎。

公安机关侦查办案大多都是为民除害，挽回群众的损失，为群众讨回公道，但有几类案件却很特别，在查办的时候会有种在伸张正义的感觉，那就是没有被害人的案件。

最多的就是贩毒，这类案件没有被害人，不会有人报警，只有警察主动出击来打击犯罪；还有一种就是骗保，只要他们成功瞒过了保险公司，这个案件也失去了被害人，因为能进行骗保的都是身边最亲近的人，除了他们本人，再不会有其他人来为死者伸冤了。

这类骗保案件如果以保险公司为被害主体，一般都是诈骗，但是在骗保的过程中发生其他违法犯罪行为的话，就要按照其行为定罪量刑。如杀夫骗保这种案件，在定罪上就按照故意杀人来定性。

做完笔录，我再次将目光转回到吴作辰身上。这时我才想起来，之前喜子说没法对吴作辰的尸体进行检查。

我发觉越是不让我们调查的事情就越有问题。吴作辰在确认死亡后都没有被送到医院，直接就拉到了殡仪馆，在那里等七天是因为需要派出所开具死亡证明才能火化。

就像被急不可耐送去报废厂的奔驰车一样，吴作辰的尸体也在被赶着处理。

我一定要看看吴作辰的尸首。

23日，距离吴作辰火化只剩下一天了，我和喜子来到殡仪馆，在没有调查手续的情况下，殡仪馆的人依然不让我们对尸体进行检查。我打算联系吴作辰的妻子，让她出面以家属的身份把我们带进殡仪馆的停尸房。

何路说对方肯定不会同意的，果然我话还没说完，对方就直接挂断了电话。

何路问我现在怎么办，我想了想也没有好办法。

人在死亡之后的归宿只有三种：一种是在家自然死亡，由社区街道开具证明，然后去派出所出火化证；一种是在医院死亡，由医院开证明，然后去派出所开火化证。最后一种就是非正常死亡，但非正常死亡也分好几类。明确被人杀死的将由法医进行解剖；不明原因死亡的，在家属的要求下，法医可以进行解剖；明确死因的，比如车祸死亡、自杀跳楼这类的，如果家属不同意，提前把尸体拉走的话，法医没办法强制进行解剖。

需要解剖的尸体都会送到法医鉴定中心，而直接运到殡仪馆的尸体，在冷藏室里也没办法进行解剖，但如果确定是被人杀害的，那么就可以立案侦查，必须做法医解剖了。

"不如偷着进去检查？"何路说。

虽然偷着解剖尸体没有任何法律效力，但此时的情况是我们猜测死者的死亡另有原因，但不确定是否准确，因为没有立案，在家属不同意解剖的情况下，我们又不能强制执行。如果是一场车祸或者是现场有明确的犯罪证据，这样公安机关可以直接立案侦查，对尸体进行解剖，可现在达不到以上任何一个条件。

我们计划偷着解剖就是为了确定尸体是否有明确的伤以及判断他的死因，只要发现有其他致死的因素，我们就可以立案侦查了。

我想了一下，说："偷着进去？咱们现在都不知道吴作辰的尸体放在哪儿。"

何路让我们先走，三个人在这里目标太明显，他自己留下调查吴作辰尸体存放的位置，约定晚上8点在殡仪馆门口集合。

冬天的太阳在5点的时候就落山了，晚上8点时，这里已经变得一片寂静。何路站在殡仪馆大门口等我们，让我把车子停在马路边，正常来说白天可以直接开车进去的，但晚上不行。

何路说殡仪馆一共两个值班的人，一个在告别厅附近，如果开车进去他能看到；另一个在停尸房，只要避开这两个人就行。

我们连手电筒都没开，三个人鱼贯走进殡仪馆。路上只有脚踩在凝结的雪地上发出窸窣的声响。

殡仪馆建在山坳里，一条马路通向里面，最大的一栋楼是告别厅，旁边是永安阁，专门存放骨灰。现在，永安阁一楼有一扇窗户的灯亮着。

何路告诉我那儿就是值班的人，让我们注意点。我们三个人弓着腰低着头，慢慢地从永安阁亮灯的窗户下面走过，顺着楼边一直转到告别厅的侧面，何路告诉我这里能通到停尸房的后门。

停尸房和火化车间在一起，白天正门开着，后门是专门留在晚上开的，据说天黑后送来的过世的人必须从后门走。现在停尸房值班的人在后门的值班室待着，我们避过他进去就行。

我远远地看到值班室与后门连在一起，只要推门肯定能被发现。

"等会儿我去引开他，然后你们进去，你记住了，这是后门，进去后右手边是火化车间，左手边往里面走就是停尸房，停尸房是密码门，密码是6848。我查了殡仪馆的登记信息，吴作辰在第三排第22号柜，柜子拉住把手一拽就能打开，你们去吧。"

何路把所有的事情都交代了一遍，然后就走了。我和喜子躲在楼房的一个拐角处，距离值班室只有三五米远，不但能清楚地看到屋子里的人，还能听见电视的声音。

过了大约一两分钟，屋子里的座机响了。值班的人接起电话不停地说"来后门"。一连说了几遍后挂掉电话，从墙上拿下一串钥匙，又披了一件大衣后走出了值班室。

我知道是何路在前面给他打电话，把他引出去了。

我和喜子一前一后来到门前，慢慢推开大门。这是一扇不锈钢的玻璃门，推的时候不停发出"嘎吱嘎吱"的声响，我感觉自己推得越慢声音越明显，索性只拉开够一人身位的空隙，我和喜子先后挤了进去。

进了停尸房，我一边走一边盘算，按照何路说的往左边转。可是转过去我才发现，通向停尸间的这条路太黑了，连一个应急照明信号灯都没有，眼前这条通道就像是一个黑洞。

我不敢把手电筒打开，这里一点儿亮光都没有，打开后怕值班的人会发现。谁知道何路能在前门拖延多长时间。现在只能硬着头皮找了。我拿出手机打开屏幕，借着微弱的灯光往前摸索着走。

通道里的温度比外面还低，我沿着墙边走，手摸到了暖气片都是冰冷的，感觉不到一丝温度。手机微弱的光照到墙壁和地面的交界处，藏红色的墙围子和泥灰色的地面让我感觉仿佛穿越到了20世纪80年代，走在通道中能听到自己落下的每一次脚步声的回响。

我感觉自己已经走出去了五六十米远，后面看不到值班室的灯光了。

"怎么还没到？"喜子问。

我心里也有些发怵，怎么往前走了这么远还没到停尸房？环境特殊，是不是遇着什么不干净的东西了？

我继续往前摸索，摸到墙边的另外一扇暖气片，发现上面有一个暖气套，说明我们没原地转圈。走过这扇暖气片，我扶着墙的手终于摸到了冰冷冷的铁片，这是停尸房的门。

我用手机上下照着看，找到了控制面板，按照何路说的顺序按下数字按钮，大门缓缓向两侧打开。

我急忙和喜子冲进去，打开了手电筒。

停尸房的温度更低，我甚至能感觉到自己呼出的气体凝成水汽落在脸上。我用手电筒扫了一下，眼前是一排排整齐陈列的停尸柜。

找到第三排22号柜，我和喜子握着拉杆使劲往外一拽，发现里面是一具灰色的棺材。

我和喜子一起将棺材盖子揭下来，终于看到了吴作辰的尸体。他的衣服上满满的都是血迹，看来死后连衣服都没换，直接就被推进来了。

吴作辰的脸很奇怪，交警说他的脸被安全气囊护住，面部几乎被撞平了。但现在我看到他的鼻子和颧骨凹凸有致，好像没有受到任何创伤。

"他的脸做整形了？"喜子将手电照在吴作辰的脸上。

喜子的话提醒了我，有些家属会对死状惨烈的亲人做面部整形，让他们在告别的时候看着舒服些，但这种整形通常都是在遗体告别之前做。

我仔细看了看吴作辰的脸，面部表皮在手电的照射下发出油腻腻的光，眼窝深陷，鼻子和嘴中间有一道明显的分隔线，鼻子是蜡黄色，而嘴是棕黄色。

喜子戴上手套将手伸到吴作辰的鼻子上，轻轻地捏了下，"这是不是蜡做的？"喜子将吴作辰的鼻子捏塌陷了下去，松手的时候鼻子又弹回了原状。

关于尸体整形我也有所了解，一般是用蜡油将面部进行填充覆盖，把脸上凹陷的地方补上，相当于给死者的脸敷上一层蜡塑。但蜡是硬的，用力捏只会凹进去，但是鼻子怎么会弹回来？

我用手电筒帮忙照着，喜子的手停在尸体鼻子和嘴之间的位置不停地摸索。喜子戴着手套，与吴作辰的脸部接触打滑，试了好几次，喜子好像揪住了什么东西，手轻轻往上一抬，吴作辰的脸皮就从鼻子的部位开始被掀了起来。我全身的汗毛都竖了起来，这活像是现实版画皮。

"这是个皮套。"喜子说。

尸体的鼻子被掀开后，露出来的是没剩下多少皮肉的骨头。喜子一点点将整个面皮套掀开，吴作辰的脸完全露了出来。他脸一侧的肉皮几乎全没有了，鼻子剩下一半，全陷在面部中间，一只眼眶成了个窟窿，整个脸仿佛被削掉了一半。

喜子站在尸体另一侧，用手电筒照到的是吴作辰还算完好的左脸，让我过去。

我走过去，喜子用手指着吴作辰太阳穴的位置，这里露出一个洞，像被子弹射穿的。

"你们是干什么的？"突然门外一声怒喝。我回头一看，是值班的人。

"警察！现在对3排22号柜的尸体进行检查。"

"检查？哪有大半夜偷着进来检查的？你们有手续吗？"

"现在有手续了，我劝你立刻把嘴闭上，别再打扰我们办案。还有，把这里的灯打开。"

吴作辰的尸体上发现了重大线索，接下来立案顺理成章，检查的手续也自然有了。

我说话挺直了腰板，值班的人悻悻的没再吱声，老老实实地将灯打开，停尸房顿时亮了起来。

天亮了，今天是吴作辰火化的日子，但是现在他火化不了了，不但不能火化，连给吴作辰火化签字的妻子也被我们抓了起来。和我预料的一样，吴作辰的面皮套就是她买的，她将吴作辰往医院送的时候发现他已经没救了，看到他头部有伤，决定直接送到殡仪馆，找美容化妆的人买了一个面套，戴上去之后放进了冰柜。

不过她并不知道吴作辰是被谁害死的，也不想知道，她只想吴作辰被判定意外事故死亡，这样她就能伪造签名去领取保险金；如果判定是谋杀，她的保险金就没了。所以她只想隐瞒真相。

虽然根据她买面套这个行为可以怀疑她是有意掩盖丈夫死亡的真相，但买面套是很普遍的现象，人在死亡之后尸体会迅速变化，尤其是面部凹陷极大，可以说在三天后出殡时人的脸就和骷髅没什么区别，可怕又吓人，根本没法去瞻仰遗容。

正常情况下，殡仪馆为了美观会对人面部进行填充，或者直接用一个面罩套。所以她只是借用一个普遍的操作来遮掩疤痕，这个行为从道理上来说能进行合理的解释，就没法用它来推定犯罪。

她的这个行为只能在确定犯罪后，反向推断其目的有掩盖犯罪的企图，而这个也只是推断，如果本人供述不承认的话，她这个行为也没法成为定罪的要素之一。

经过检查后，喜子在吴作辰的脑袋里发现了一颗弹珠，吴作辰就是被这个东西击中的。弹珠贯穿太阳穴后没有射穿脑袋，而是留在了脑腔里。根据动能分析，这个东西不是由管制枪支击发的，更像是弓弩一类的东西击发的。

这是吴作辰出车祸的真正原因，他被击中后身子朝车子中控台倒下去，所以车子才未减速直接撞到挡土墙上。而气囊弹出来的时候吴作辰正好是倒在中控台，姿势看上去像是在捡副驾驶座位上的东西。

我们再次回到事发现场，根据交警队的勘验报告，吴作辰的车子失控在400米的范围内，也就是说吴作辰是在这段路行驶的时候被击中的。

这枪手也太准了吧，能一枪击中一辆正在行驶的车子内的驾驶员？我感觉就算是特种兵也没有一枪必中的把握。

我们决定在这400米的路上一寸一寸地找线索。

我提前预想了各种困难，毕竟到现在为止距离案发已经七天了，早就过了黄金侦破期限，我甚至想好如果一点线索都没有的话接下来该怎么办。可我没想到，在开始调查后没到一个小时，侦查员石头就发现了一个线索，他在马路边的一间门面房前发现了十几颗弹珠。

这间门面房是卖厨具的，我找到老板问弹珠的事。老板告诉我有人专门用弹珠打他们的防盗门，为这件事他还报警了，说着将防盗门落下来，我看到上面有好几个弹痕。

"不是为了打防盗门吧？"石头指着门面房的屋檐说道。

这条马路道边都是门面房，修建的时候，门面房向外探出一大段，为了美观在二层顶还修了一个屋檐。石头一指我才注意到，这些屋檐有一个特点，那就是上面的冰挂都只剩下底座，冰锥都没了。

冬天的时候屋檐都会有积雪，白天太阳出来了积雪慢慢融掉往下滴落，但到了傍晚温度降低，这些融掉的雪水重新沿着屋檐凝结成一个个向下的冰挂。

这家店铺的冰挂都没有了，而顺着这条路的门面房看去，只有这一段屋檐的冰挂不见了。是有人用弹珠打冰挂玩？在吴作辰开车经过的时候恰好射到了车子，将吴作辰打死？

虽然我对这个预判的结果感觉很蹊跷，但我还是决定从对面的楼开始进行清查，根据被打掉的冰挂范围和这个人动手击发的时间，我们判断他就住在对面这栋楼里。

25日，刑侦大队组织了两个派出所共计40人对这栋楼进行了排查，在一户独居的房屋中发现一名可疑男子，并且从他家中搜出一把复合弩和几十颗钢珠。

经过初审，结果和我们一开始推测的一样，这个人是弩器爱好者，买了一把弩后又专门买了弹珠，用它们来打冰挂玩。而事发那天他恰好打中了一台经过的车子，只不过他没想到自己打得这么准，直接将车里的司机打死了。

他知道这种复合弩的拉力不亚于手枪，所以才特意买了钢珠，以为能降低杀伤力，因为如果使用弩配对的钢制箭头，足以将商品房的防盗门击穿一个洞。

由于涉案嫌疑人用的是违禁品导致他人死亡，虽然出于无意，但在进行判决的时候会因为这种行为向上限靠，被认为是过失致人死亡。过失致人死亡罪属于过失犯罪，是指由于过失导致他人死亡后果的行为，包括疏忽大意的过失致人死亡和过于自信的过失致人死亡。前者是指行为人应当预见自己的行为可能造成他人死亡的结果，由于疏忽大意而没有预见，以致造成他人死亡；后者是指行为人已经预见到其行为可能会造成他人死亡的结果，但由于轻信能够避免以致造成他人死亡。如果行为人主观上没有过失，而是由于其他无法预见的原因导致他人死亡的，属于意外事件，行为人不负任何刑事责任。

够刑事立案标准，情节较轻的可以处三年以下有期徒刑，情节严重的处七年以下有期徒刑，这个罪的认定必须是当事人完全不了解能造成的人身危害才行。

最终这个人因过失致人死亡被判处三年有期徒刑。

做完审讯笔录后，我缓了一会儿，仔细回想了整件事情的经过，第一次面对证据确凿、自己又亲口承认的犯罪嫌疑人时，我有些犹豫了，这一切也太过于巧合了吧？

我把何路找来，如果没有他找到我们对吴作辰进行调查，他的死因就会永远石沉大海。我不禁对何路产生了怀疑，显然他对于吴作辰的死有异议，但这个异议绝不会是我们查出来的这个结果。

面对我的质疑，何路点了点头，他说他也没想到是这种结果。

"那你认为会是什么结果？"我问何路。何路做事目的性很明确，从他找到我们开始，他就早已计划好了一切，我想知道他最终的目的到底是什么。

何路沉默了一会儿，说他只是判断吴作辰是被人害死的，但是没想到结果这么戏剧化。整件事的起因就是那份KTV租赁合同，他是从宋涛那里得知，吴作辰和别人一起设局打算坑自己，这个别人就是金园KTV的老板刘宏邦。

金园KTV老板刘宏邦与宋涛签订合同，以600万元将KTV出租给宋涛，但是要求宋涛在一个月内付清租金，而宋涛与吴作辰合伙一人拿300万元，现在这笔钱就差吴作辰的120万元了。但是合同里有一条，那就是如果出现意外情况吴作辰可以不担责，也就是说如果吴作辰出了车祸，那么结果就是宋涛违约，前期支付的300万元就全没了。

但是吴作辰出的车祸太严重了，直接要了他的命。宋涛本来对这件事没有怀疑，但是问题出现在吴作辰的妻子身上，她拿着吴作辰与宋涛的合同来找他要钱，宋涛发现在这沓合同里有一份吴作辰与金园KTV老板刘宏邦签的180万元借款合同。

这个钱数与吴作辰投资的钱数一模一样，如果宋涛违约的话，根据这份借款合同吴作辰可以拿回自己投资的180万元，这摆明就是吴作辰在和刘宏邦一起坑宋涛。

他们的这种行为不算合同诈骗，就是社会上闲散人员常用的坑害朋友的一种手段，几个人做局通过借贷的方式将一个人坑了。

宋涛自然想到吴作辰的死会不会是刘宏邦所为，这样不仅可以赖掉这180万元的合同，还能把自己投资的钱按照违约扣下，一本万利。于是宋涛找到何路，何路找到了我们。

结果查出了吴作辰的真正死因，但他究竟是不是与刘宏邦一起做局坑害宋涛，这件事永远也查不清了。

03 埋在地下室的尸体，周围放了三只旧碗

我摇身一变成了一个装修工，拿着房主留下的碎石机，突突突地开始凿水泥地面。这些水泥并不是按照标准灌注混合的，凿起来并不费劲，我们用了不到半天时间，就将地下室里所有填充的水泥全凿开了。

果然如同宏宇所说，在死者的东北、西南、东南三个方向发现了三只碗，可惜的是第一只碗被我不小心用机器凿碎了。

碧波园建于2003年，是罗泽市最早一批独门独户别墅群，也是早期数一数二的豪宅。

这里曾发生过一起连环盗窃案，两个小偷专挑晚上不亮灯的别墅撬门入室，最多的一次偷到了案值几百万的东西。他们贪心不足，没过多久又来作案，被警察逮了个正着。

盗窃罪分为刑事案件和治安案件两种，一般来说被盗物品案值超过二千元即可认定为刑事犯罪，或者是犯罪嫌疑人有连续多次的盗窃行为，达到三次以上也可以认定为刑事犯罪。对于违法犯罪人员，根据盗窃的金额和造成的后果来对行为是否严重进行定性，盗窃罪起刑是三年以下有期徒刑，最高可处以无期徒刑。

我参与了那起案子的蹲守侦查，在车里睁着眼睛一坐就是一宿。小区半夜的时候会起风，从车窗缝隙传来阵阵呜咽的声响，听得直瘆人。

和我在一起的同事说这里风水不好，两座山之间阴气重，即使有钱也不能买这里的房子，早晚出事。我笑同事太迷信。

时过境迁，没想到还没过几年，碧波园真出大事了。

报警的是一户新买下别墅准备装修的房主，他说在屋子里发现了一具尸体。

我和喜子赶到现场。喜子是痕迹检验专业出身，有着丰富的第一案发现场处置经验。

现场是一栋四层别墅，正在装修，整栋房子都被脚手架包了起来，尸体是在别墅地下室发现的。

房主带着我们来到地下室。这里之前在施工，四周墙边都是石灰和水泥，水泥地面从楼梯口开始往中间被凿开。房主说他想把地下室往下再挖深一些，结果砸开地面水泥后发现了一只手。

地下室中间被人用砖头围了一个圈，被砸开的水泥中露出一截苍白色的手腕，小手指从手掌上被撕开，指节只剩下一块皮肉连接着，没有血迹。

"工人在用碎石机凿水泥的时候发现这只手，当时不小心把手指头弄断了，里面肯定还有其他的部位。"房主指着半凿开的水泥地面战战兢兢地说。

我围着现场走了一圈，碎石机已经将手探出的水泥面边缘敲碎。我轻轻地从这只手旁边的水泥上抠下一块来，发现里面还有皮肉。这里的水泥地面足有一米厚，也许这里真的还有其他东西。

我知道不能再继续用碎石机凿了，如果水泥下面真有东西的话，就会像那根断掉的手指一样被凿碎。

我从海里捞过尸体，也从山中挖过尸体，但是没从水泥里凿过尸体，一时间有些束手无策。

用锤子砸怕会将下面的东西损毁，如果像刚才这样一点点将水泥抠开，估计得花好几天。

喜子倒是提出一个建议——找文保局的人帮忙。文保局是一个冷门部门，职责之一是文物保护，比如在施工现场发现古物时进行抢救性发掘。他们对于如何把地下的东西挖出来且保持原状可谓经验丰富。

喜子和他们有过接触，他在做现场勘验的时候会用石膏来对痕迹建模。这种石膏是特制的，有一次文保局的人在复原文物的时候材料不够，来找我们借过这种石膏。

很快，文保局的职员宏宇过来了，他在文保局专门负责考古发掘。用喜子的话说，他见过的死人不比我们少，只不过年份久远了些。

专业人士出手果然非同凡响，宏宇拿了一瓶不知什么成分的蓝色液体，往水泥上倒一些，水泥就松动裂开。他迅速用铲子将裂开的水泥挖出来，每次能挖出一大面，但是挖得很薄。

看了一会儿，我和喜子也学会了，便一起上去帮忙。我们顺着这只探出来的手往后面挖，一点点挖出了胳膊，然后是身子，接着是腿和另外一只胳膊，最后是头。

如同我们料想的一样，水泥下面埋了一具尸体。

这个人眼窝脸颊深陷进去，表皮已经干枯了，根本认不出本来面目，身高大约一米七五，穿着一身白色的麻衣，由于一直被水泥裹着，麻衣只是变黑了，但还没腐烂。

出土后，麻衣束带直接断开，露出了死者的身体，尸体腹腔干瘪向下凹陷，还有一道长长的割伤。喜子戴着手套按了下伤口，发现很深，再微微用力，手指头探进了伤口里。

手指进入后，这道伤口立刻沿着割裂的方向延伸撕开，从胸口一直到肚脐眼。喜子又用手轻轻将伤口掀开，腹腔里空洞洞的什么也没有。

尸体的内脏不见了。

"这是……木乃伊？"宏宇站在我们身后若有所思。

这个玩笑并不好笑，如果这里是一座陵墓，那么这具尸体还挺应景。可这里是一栋别墅的地下室，出现了一具内脏被掏空的干尸，就很可能是一起严重的故意杀人案件。

法医随后赶到，我和喜子帮忙将尸体抬到担架上。抬起来的时候，我看到尸体下面有一串珠子，摸起来的感觉好像是硬木。

尸体只穿着麻布衣服，连一件其他衣物都没有，这串珠子肯定不是随身物件，那么它是从哪儿来的？

宏宇告诉我们，这珠子看着像是用来陪葬的器物。我笑着对他说："你这职业病怕不是看什么都像是考古挖掘品。"

宏宇说："可惜这里是一栋别墅，要是一块风水地界挖出这东西，那可真有继续研究的价值。"

喜子开玩笑说："你可拉倒吧，你挖的都是几百年前的东西，眼前这尸体死亡时间肯定不会太久，你们考古不是能把尸体的死亡年代推算出来吗？你来试试推算看看这个人是什么时候死的？"

宏宇摆摆手不说话。

我看着眼前这块挖出人形的水泥地陷入了沉思，这具尸体是被谁埋在这里的？

能埋在别墅里，那么别墅的房主肯定和这具尸体脱不了干系。首先排除怀疑的是现房主，这栋别墅是他刚买到手的，这具尸体也是他发现的，他的作案嫌疑最小。

我问他这栋别墅上一任房主是谁。房主说他没见过上一任，连签协议都是委托律师来办理的，据说上一任房主一直在国外。

我找到小区的物业，把这栋别墅的历任房主信息都翻了出来，上一任房主叫周胜，这栋别墅是他三年前买的；在他之前的再上一任房主叫宋善宁，是这栋别墅的第一任房主。

小区物业的人告诉我，这栋别墅一直没人住。不过没在这儿住并不代表与这件事没关系，这个周胜是案件最重要的关系人，现在必须找到他。

周胜在物业有一个登记电话，打过去显示已经是空号了。我在公安网里利用身份证信息对周胜进行查询，结果发现这个人没有任何登记信息，他连二代身份证都没办，网上的照片还是黑白底的，人脸模模糊糊根本看不清。

这时候队里的石头提出来要扩大追查面，把各种资源关联起来找出这个人。

石头是做情报研判出身，他和我的工作方向有些不同，我们重案队是从一个案子中想方设法找出嫌疑人，而石头却是在知道这个人是谁的情况下，将他找出来。

石头建议我们从多个方面入手。我去空管局查了周胜的飞行记录，三年来他没有任何乘机信息；陈国涛去铁路公安查了周胜的乘车记录，那时刚开始实行火车票实名制，依然没有周胜的乘车记录；艾蒿去旅游局查了周胜在省内的旅店住宿登记信息，近三年全是空白；石头则是去通信公司查了周胜的手机登记信息，结果只显示在三年前有一个登记号码，就是我们在物业发现的已经是空号的手机号。

这个人好像是凭空消失了一样，一个正常生活的人不会没有任何行动轨迹。

我左思右想，觉得恐怕周胜就是这起埋尸案的嫌疑人。他用了三年时间隐藏自己的行踪，不留下任何痕迹，然后找机会将人杀害，接下来再将房子卖给别人，过几年便洗脱嫌疑。

只不过他没想到买主为了扩大地下室，在买下房子后直接将水泥地面凿开，导致尸体被发现。

我找到了负责别墅买卖交易的律师。他说周胜在委托他帮忙进行买卖的时候只是传真了一份委托协议书，在卖房的整个过程中都没有露面，他连周胜长什么样都不知道，唯一的信息是一张一代身份证的复印件，就是我在公安网中查到的那张连脸都看不清的黑白照片。

我又查了周胜卖房收款的银行卡，卖房的钱静静地存在那里，没有动账记录。我猜想如果一个能在三年前就策划这起埋尸行动的人，一定十分谨慎，不会立刻使用银行卡。

假设周胜真的是在三年前就开始刻意隐匿自己踪迹的话，那这次犯罪是我遇到的准备时间最长的一起犯罪。

人找不到，证据也没有，案件陷入了僵局。我不禁有些头疼，在碧波园别墅里发现尸体的事已经传遍整座城市，影响极坏，大队长赵铁城几乎每隔几个小时就给我打一遍电话询问进展。

现在我只能寄希望于通过尸检发现新的线索。

喜子和法医一起完成了尸检，做出了一份初步报告。尸体内脏缺失，死亡原因不明，根据尸体腐败的情况推算出死亡时间大约是两年前。喜子将尸体的DNA采集后放在网上与登记的失踪人口比对，但这需要耗费相当长的时间，现在还无法确定尸体的身份。

"从尸体身上什么都查不出来吗？不是还有件衣服吗？"我追问道。

喜子说那件衣服是寿衣，到处都有卖的，根本无法确定来源。

正在我一筹莫展的时候，文保局的宏宇给我打来电话，说他对现场发现的那串珠子很感兴趣。当时由于珠子是证物我没有给宏宇细看，事后他与同学讨论觉得那串珠子恐怕是一件文物，穿珠子的线绳应该是后来换上去的，有机会的话他想再仔细看看。

喜子说他已经对珠子表面做过提取了，什么也没发现，我又将珠子拿出来仔细看了看，珠子上面很粗糙，似乎隐隐约约能看到有篆刻的痕迹。

我决定把珠子交给宏宇，他是这方面的专家，也许会找出珠子的来历。

宏宇不负所望，第二天就给我打来电话，说他与考古的同学沟通，从珠子上发现了一件大事。

在电话里他先向我详细讲述了这串珠子的来历，根据珠子的质地和形态，他们判断这是一件明朝的器物，而且这串珠子并不是装饰品，而是一种法器，说得直白点就是下葬时专门用来陪葬的东西，一般叫作殉葬品。

宏宇继续说，珠子上刻的是经文，虽然部分经文已经模糊了，但还是能辨识出这是镇魂的法器。根据明朝文献的记载，这种镇魂魄的器物在使用的时候需要将尸体的内脏掏空，然后器物放在尸体身下才能生效，使得死者不能投胎转世。

这与我们在现场发现的情景一模一样。

我不禁大吃一惊，没想到凶手在杀人之后还使用明朝的埋葬方式。死者和凶手之间到底有什么深仇大恨？要知道这件明朝的器物应该很值钱，凶手这番操作成本可不低。

我问宏宇他怎么了解得这么清楚。宏宇告诉我，他同学在河南文保局工作，多年前在对一处被盗挖的墓穴进行抢救性发掘时，发现过类似的下葬方法。

宏宇说河南有很多古墓，那间墓穴里面的东西被扫荡一空，但是还有个旁室没被盗墓贼发现，他们在旁室里找到的陪葬尸首和别墅里发现的很像。

经过考古，发现被盗的墓穴主人出身一个明朝的官宦之家，陪葬的是他家的下人，用这种方法是为了将下人永远镇住，不得投胎转世，继续为墓穴里的这人做奴仆。

盗墓类的小说火过很长一段时间，当时我也很喜欢看，里面讲述盗墓过程紧张刺激，天马行空的想象力让人恨不得一口气读完，但这个行为却是很严重的犯罪。在刑法中没有盗墓罪，它的全名是盗掘古文化遗址、古墓葬罪。对它的定性为起刑三年以上十年以下，情节轻微的才会判处三年以下。但实际上只要是盗墓的，情节就绝不会轻微，造成的后果都是很严重的，尤其是古墓，里面的陪葬品都是文物，价值连城，只要被抓，肯定会被重判。这个罪最高可至无期徒刑，那书里说的精绝古城、仙宫古镇这一类的，基本就要在牢里待一辈子了。

宏宇还告诉我，根据之前被盗墓穴的情况，下人的内脏就埋在墓穴附近，而照此仿制的话，这起案件中死者的内脏也应该是在别墅附近的某个位置。

我一听来了精神，急忙问宏宇能不能找到确定位置。宏宇说如果凶手遵循下葬规矩的话，应该差不多能找到。他让我们先把地下室里所有的水泥全部凿开，确定一下凶手是否按照规矩来，如果是，那么死者尸体附近肯定还会有其他陪葬品。

我摇身一变成了装修工，拿着房主留下的碎石机，突突突地开始凿水泥地面。

这些水泥并不是按照标准灌注混合的，凿起来并不费劲，我们用了不到半天时间，就将地下室里所有填充的水泥全凿开了。

果然如同宏宇所说，在死者的东北、西南、东南三个方向发现了三只碗，可惜的是第一只碗被我不小心用机器凿碎了。

宏宇告诉我古时候认为人有三魂六魄，三只碗分别是用来扣住三魂，而内脏则是连着六魄，将内脏剥离身体就能断了六魄。最后将尸首埋葬在正北落阴的地方就能保证死者永远不能投胎。

这一次是文保局的人带着我们去寻找尸体，我看到宏宇拿着罗盘、指北针，还有一个笔记本，嘴里一边低声叨念一边翻看。从别墅开始带着我们一路从碧波园小区走出去，这个小区两侧都是山，宏宇不抬头只看路，带着我们走进了山里。

这里的山不高，但沟壑纵横，之前这里是一条河流，后来水流干涸变成了一片滩地，最后又建成了这片别墅区。我们往山里走了不远，宏宇指着两条背阴的山沟告诉我们，如果掩埋的话，内脏有可能埋在那里。

我们分成两拨人拿着铲子开始挖。这里的地面落了厚厚的树叶，一层层叠加一层层腐烂，越往下挖地面越软，等我们碰到了硬硬的土石面时已经挖了半米多深。

黏糊糊的土挖起来十分吃力，我和喜子换着挖，不一会儿我俩都气喘吁吁。这时陈国涛那边传来一声呼喊，他们挖到一个锈迹斑斑的铁匣子。

真让宏宇说中了！

铁匣子上面有把锁，已经锈死，使劲一拉便断开了。我让喜子上手，毕竟这是他的专长，喜子戴着手套轻轻地将铁匣子打开，顿时一股骚臭味涌出来，我们看到里面有几个黑色的干瘪的橘子瓣大小的东西，看着好像是烧过的炭块。

喜子在一旁点了点头，示意我们这玩意儿就是内脏，腐败风干后就是这副模样，这种东西他见得多了。接着喜子小心翼翼地将这些东西拿出来，我看到里面还有一把匕首。

看到匕首，我第一反应就是凶器，不过我不太确定凶手把凶器和内脏放在一起有什么特殊意义。我转过去问宏宇。宏宇说这把匕首肯定就是杀人的凶器，将凶器和内脏放在一起也是种镇魂方式。

从一串陪葬的珠子找到了凶器，这让我惊喜万分。我仔细地查看了这把匕首，刀尖有手掌长短，埋了两年刀刃依旧光滑，钢制把手上有细细的绣纹，外侧包着一层实木，埋着内脏的铁匣子已经锈迹斑斑，但这把匕首刀身却没有锈迹。

匕首的实木把柄背上刻着"西平神龙"四个字。

特警队出身的陈国涛对刀枪这类东西颇有研究，他说这把匕首应该是在河南西平制造的。

陈国涛说西平出名的原因就在于铸剑技术高超。相传中国九大名剑之一的棠溪宝剑就是在西平被人重铸成功的。借着这股东风，西平出现了各类制造刀剑的工厂和作坊。

现在刀剑铸造已经成了西平的名片，很多工厂和作坊为了提高知名度，都会在匕首上加上地名和品牌名，所以这把匕首的生产地应该是西平的神龙厂。

我和陈国涛带着这把匕首马不停蹄地赶赴西平，跟几个当地人打听后得知，的确有一家叫神龙的作坊，专门生产匕首之类的短兵器。

这家作坊门面不大，是一户带院子的人家，门边挂着一个牌子，上面有两个镏金小字写着"神龙"。我和陈国涛敲开门直接亮出身份，拿出匕首想让他们配合调查，结果作坊的人立刻否认这把匕首是他们制造的。

作坊的负责人说，他们生产的短兵器都是用来装饰摆设的，不会对兵器进行开刃，所以这把刀刃锋利的匕首不是他们生产的。

负责人说话的时候眼神很躲闪，我猜到他是故意敷衍。生产开刃的兵器属于违法行为，他们看到警察后肯定不敢说实话。

我开始技术性地劝解，让他相信我们绝对不是来追查他们生产开刃兵器的事情，又将这个案子的简要情况说给他听。得知这把匕首是凶器之后，负责人慌了神，加上陈国涛在一旁吓唬几句，他终于答应配合我们调查。

我问他能不能想起来这把匕首是谁买走的，负责人将匕首从我手里接过来，拿出一个楔子朝木柄把手敲了几下，木柄就从匕首柄上掉了下来，露出了钢制内胆手柄，上面有一串数字。

负责人从屋子里拿出来一个账本，告诉我们他们确实会按照客户的要求对一些精致的兵器开刃，但是所有开刃兵器在卖出的时候他都会做一个记录。他们经营这个牌子十几年了，在西平也算是小有名气，可不能因为这些兵器砸了自己的招牌。

负责人按照数字找到了一条信息，说就是这个人买的匕首，在两年前。

账簿上写着一个名字——周胜。看到这个名字我并没有吃惊，周胜是我们一直追查的嫌疑人，但我突然觉得哪里有些不对劲。

周胜这个名字前还有一个被划掉的字，我拿起账簿翻过来从后面看，能看得出纸上被划掉的是一个三点水的部首。

人很难将自己的名字写错，能划掉名字的原因无外乎是填错了别人的名字，或者是划掉不小心写下的自己的名字。

这把匕首购买时登记的是周胜，根据尸体死亡时间推算当时房子的房主也是周胜，一切线索都指向周胜，我终于想到哪里不对劲了。

假设凶手就是周胜，他已经将自己隐匿了三年，我们在这三年里没查到他的任何踪迹。但这把匕首是两年前卖出的，如果这三年他是刻意在隐藏自己的行踪的话，为什么会在买匕首时留下自己的名字呢？

还有一点我觉得很奇怪，周胜为什么会来这里买匕首？难道仅仅因为西平刀剑很出名？我问了下作坊负责人有关下葬陪葬的问题，发现他一窍不通，他们的刀剑并不用作法器。

我不禁有些好奇周胜出现在这里的动机。我和陈国涛一起来到当地的公安机关，查了下周胜在这里的轨迹，结果发现周胜在河南有一次住宿登记，三年前他曾经在南阳市云尚旅社住宿过。

"你们最好去当地查一查，如果他有同行人的话我们这里显示不出来，必须到当地才能查到住宿登记。"当地公安机关向我建议道。

如果能找到一个同行人，也许就能通过他找到周胜。

我和陈国涛前往南阳市，结果到了云尚旅社后发现旅社早就拆了，现在这里变成了一家饭店。

我向饭店老板打听云尚旅社的事情，饭店老板告诉我他就是云尚旅社当时的老板。这里之前就是旅店，三年前这里着了一场大火，二层的屋子被烧得干干净净，于是当地工商把他的经营权给吊销了，他将这里改建成了饭店继续营业至今。

"你这儿有三年前的住宿登记吗？"我抱着试试看的心态问。

"有，着火前的登记都有，当时火灾之后保险公司是按照住宿登记信息做的赔偿，所以我一直保留着。"老板回应道。

"什么时候着的火？"我又问。

"9月14日。"

我听完心中咯噔一下，周胜在云尚旅社住宿登记的日期是9月13日，就差了一天。

老板把住宿登记拿了出来。我翻到那一天，看到上面登记了两个人的名字，分别是周胜和宋善宁，住在208房间。

宋善宁，这个名字怎么这么熟悉？我一下子想起来，他是那间别墅的第一任房主，周胜就是从他手里买下的房子，他俩竟然曾经一起来到南阳，这么说周胜和宋善宁不是一般的买卖关系。

也许能通过宋善宁查出周胜的下落。

我立刻给队里的人打电话让他们联系宋善宁。没过十分钟我就得到队里的回信，石头告诉我，宋善宁已经被登记为失踪人口了，登记时间是三年前。

我顿时有点儿发蒙，事情变化得太快了，刚发现一点儿转机又消失了。两任别墅房主，一个是失踪人口，一个销声匿迹。

"你对这两个人还有印象吗？"我指着登记本上的名字问老板。

"有印象，我最有印象的就是他们俩，当时着火的时候他们没在屋子里，保险公司的人在对损失物品进行赔偿登记的时候他俩没做登记，直接就离开了，我还想让他们留个电话，结果他们也没留。"

没做登记就离开了……我总感觉哪里有些怪怪的。

"对了，还有件事，那时候他们住的是208房间，着火后在这个屋子里发现了一具烧焦的尸体，但不是我们这里的住客，当时怀疑是偷东西的小偷，可是身份一直没确认，后来按照无名尸给火化了。就因为烧死人了才把我的营业执照给吊销了……"

"等等……你说当时在屋子里有一具烧焦的尸体？还是他们住的屋子？他们的屋子一共住了几个人？"

老板话中的尸体就好像是一把钥匙，我通过种种迹象觉察到这件事前后蹊跷，仿佛找到了一扇门就差推开后拨云见雾，而这具烧焦的尸体让我头脑一下子清醒了。

"两个人，这个我敢肯定，他们住宿的时候是两个人来做的登记。"

"他们长什么样？你还能记得吗？"我急忙又问。

"一个又黑又瘦长着一副长脸，另一个矮矮的挺壮实。"

陈国涛这时已经将大队传真过来的失踪人口信息打印了出来，上面清楚地写着宋善宁的个人体貌特征——身材胖、圆脸、肤白，文件上还附了一张照片。

"这张照片是那两个人其中之一吗？"我指着照片继续问。

"不是，肯定不是。"老板坚定地回答。

我猜测有人伪装成宋善宁，用他的名字登记住宿。但为什么要这么做呢？第一时间我想到了那栋别墅。

我又联系物业查了下别墅的买卖登记，显示宋善宁将房子卖出的时间是在发生火灾的一周后。

有人伪装成宋善宁将房子卖给了周胜，那么失踪的宋善宁人在哪儿呢？我不禁想到那具烧焦的尸体。无名尸在火化前都要提取DNA的，我联系队里的人找到宋善宁的家属，与无名尸做了DNA比对。

不出所料，在那次火灾中被烧死的人就是宋善宁。

在与宋善宁家属接触的时候我又发现一个问题，宋善宁只有一个70多岁的母亲，老太太别说对宋善宁买别墅的事情毫不知情，她连宋善宁是做什么生意的都不清楚。

老太太只是说宋善宁很少回家，连过年都是在初三之后才偶尔回来一次，不过在失踪前，宋善宁每个月都会给她打生活费。

伪装成宋善宁的人是谁？我知道除了周胜还有一个人！我如法炮制石头找人时用的方法，来到民航局对周胜和宋善宁进行查询，发现三年前他俩是坐同一趟航班从天津飞到南阳的。而民航局的购票记录显示，他们一共是三张机票一起结算的，还有一个乘机人叫梁绍魁。

看到梁这个字我的心跳立刻加快，三点水的偏旁部首，正是在作坊里登记簿上划掉的姓氏部首。

我现在觉得这个梁绍魁很可能就是匕首的购买者，那么显而易见那具尸体十有八九也是他造成的，那么周胜哪儿去了？一个令我不寒而栗的想法涌现在脑中。

从一开始我就认为房主周胜是最大的嫌疑人，但我却从没想过房主也许就是被害人，他们能伪装成宋善宁把他的房子转手卖给周胜，那么也可以如法炮制将周胜的房子卖给别人。

而周胜的下场也许就和宋善宁一样，那具被埋在水泥里的尸体不是别人，很可能就是周胜的。

石头立刻帮我查了下梁绍魁的信息，显示他在一周前离开了罗泽市，前往陕西省。

我和陈国涛紧跟着追到了陕西省。我知道在大张旗鼓地查别墅这起案件时，梁绍魁肯定有所觉察，在路上我还在想，他跑到陕西是不是为了躲藏起来，可是我没想到在机场就找到了梁绍魁的线索。

他在机场租了一辆车。

租车公司为了防止有人恶意租车盗窃，每台车上都装了GPS定位仪，在得知我们要抓捕的疑犯租了他们的车子之后，租车公司立刻提供了车辆的位置信息。

这类盗窃出租车辆案件常发，就是专门有人挑选租车公司的车，利用假身份办理手续然后把车开到一些偏僻的地方将车卖掉。被卖掉的车有两个归宿：一个是在本地开，这些地方都很偏僻，警察都很少见到，有的村落派出所出警开过去都得一个多小时，偷来的车只要不开到城里就不会被发现；另一个出路是把车的大架号给磨掉，换一副手续牌照，就是完全拷贝一台型号一样的车的手续给被盗车辆用，一套手续两台车，只要这两台车不遇到就没人能发现。

此类犯罪等同于盗窃，一台车的价值都是十几万甚至几十万上下，抓住起刑就是七年。

我和陈国涛在一家宾馆楼下找到了车子，我知道梁绍魁就住在这里。陈国涛问我怎么办，现在我们就两个人，大家刚从罗泽市出发，明天才能到达这里。可是我怕事情有变故，梁绍魁手里有一台车子，只要开上车子逃跑，即使我们有定位能找到他，但是抓捕驾车的人太危险了。

我决定立刻动手，梁绍魁应该是旅店老板所说的那个矮矮的人，我和陈国涛两个人足够对付他了。

我从一楼前台处查到梁绍魁住在403房间，接着我拿了一张打扫卫生用的通用房卡，和陈国涛两个人来到四层。

宾馆里很静，幸好走廊铺的地毯，走在上面没什么声响。我和陈国涛慢慢地来到403，我先轻轻地用耳朵贴着门感觉了一下，屋子里有电视的声响，说明已插卡通电，屋子里有人。

我看了眼陈国涛，他点了点头，做好准备，开始抓捕。

我用卡快速在门上刷了一下，嘀的一声之后是锁打开的咔嚓声。我用手转动把手使劲把门拉开，"咣——"门只被打开了一个缝就不动了，一条锁链挂在门上。

里面上反锁了！

我失算了，在发现梁绍魁的踪迹后一心想着赶紧抓住他，拿到门卡后更是没多想，竟然忘记宾馆门上有挂锁这件事。

"什么人！"屋子里传来人声。

"把门打开！"我知道这时候也没法瞒着了。

屋子里发出"哗啦哗啦"的声音，陈国涛用手拉着门把手抬起脚就朝门踹去，但是这门锁太结实了，实实在在的铁链子。

"他把窗户打开了！"陈国涛喊道。我看到里面人影一晃，接着便是窗户被打开的声响。

难道他要从四楼跳下去？这人简直是亡命徒。我急忙转身朝楼下跑过去。坐电梯肯定来不及，我从楼梯间扶着栏杆一步三台阶、一跃五台阶地往下跳，几乎用了不到一分钟就冲到了楼下。

跑到宾馆外面我一看，只见有个人飘挂在半空中，手里拉着一根绳子，从四楼窗户滑落了下来，人已经到了二楼的窗户，马上就要落地了。

他难道是练杂技出身的吗？我看这身手真是眼前一黑，是我最不擅长对付的灵活型。

在我冲过去的同时，这个人双脚落地，他回头看到了我，我俩都是一脸惊讶的表情，他没想到我能这么快从四楼跑下来，我也没想到他能用绳子直接从四楼滑下来。

"别动，警察！"我一边喊一边扑过去。

这个人行动迅捷，身子一晃扭了过去，本来能躲过去我这一扑，可是他手里的绳子将他的胳膊挂住了，整个人弯下腰却没能挪动身子，反而让我一下子压在他身上。

别看这人个子不高，还挺有劲，被我压在身下还在拼命反抗，手像钳子一样抓住我的胳膊，指甲嵌在胳膊肉里抠得我生疼，如果不是占据身位和吨位的优势，我觉得自己恐怕制伏不了他。

我俩就这样在地上扭动撕扯了两分钟，对我来说简直比跑一万米还累，这个人像只小牛犊似的，我感觉自己和他扳来扳去胳膊都快失去知觉了。这时陈国涛赶来了，一同过来的还有宾馆的保安，和我一起将他制伏。

这个人就是梁绍魁，被我们控制住后他什么也不说，但是我从他随身带的包里发现了两个重要的物证，一个是周胜的身份证，另一个是一张银行卡。看卡号，正是那间别墅交易收款的银行卡。

　　在检查梁绍魁的行李时，我真是大开眼界。箱子里有折叠铲子、镐头、帽头灯和简易氧气瓶，刚才他借助从四楼直接落地的工具则是一个钩爪。看着这套家伙，我只能想到一种职业——盗墓贼。

　　梁绍魁的心态可没有他的技术那么硬，经过一晚上的突审之后，梁绍魁终于投降了，他老老实实地供述了自己伙同其他人的犯罪行为。

　　梁绍魁、周胜和宋善宁是同一伙的盗墓贼，这里面梁绍魁是带头人，他不但懂得风水八卦，而且还掌握盗墓技术，周胜和宋善宁跟着他混，在梁绍魁干活儿的时候负责放风打下手。

　　梁绍魁带着他俩一起干其实另有目的，因为盗墓挖掘出来的殉葬品只能通过黑市进行买卖交易，赚来的钱必须通过洗钱来漂白。梁绍魁盗墓卖货赚了不少钱，可是这些钱却没法花出去，像他这种无业游民只要购买车辆和房子这类高价物品就容易被追查金钱来源。

　　于是梁绍魁先以宋善宁的名字拿这笔黑钱买了一套别墅，然后他和周胜策划了一场火灾害死宋善宁，随后伪装成宋善宁出面再把房子转卖到周胜名下，这样钱就洗白了。

　　可是梁绍魁并没有打算和周胜分享这笔钱，两年前他以给宋善宁还魂为由来到驻马店买了这把匕首，然后留下了周胜的名字，随后回到别墅找机会将周胜杀死。

　　但周胜被害的时候没有立刻死掉，在死之前不停咒骂梁绍魁。梁绍魁学过风水懂得一些八卦，更相信一些封建迷信说法，被周胜骂了之后心里感觉唐突，加上自己干盗墓买卖总是担心报应，最后决定按照墓穴陪葬的方法来埋葬周胜，防止他投胎报复自己。

梁绍魁的算盘打得很好，他以周胜的名义将房子卖掉，随后自己再慢慢把钱取出来，就能过逍遥日子了。不承想买房的人为了将地下室扩大把水泥地面砸开，结果发现了尸体。

冥冥之中，死去的周胜让梁绍魁的罪行败露，我们得以将他绳之以法。

梁绍魁的行为涉嫌故意杀人，盗掘古文化遗址、古墓葬罪和涉嫌洗钱，数罪并罚可以判处死刑。我最后得知关于这起案件的消息是去法院调其他案件卷宗，和认识的法官聊起来，他告诉我那起盗墓杀人的案件已经送到最高法审查了。

我问他通过的概率大吗？法官告诉我像他这类犯罪几年都遇不到一次，影响极其恶劣，估计逃不掉了。

04 女儿被杀后，父亲只找凶手赔了一栋房子

我抬头往前看了看，翻过这个坡就能到达护林员的屋子。本来我们可以开车过去，但是车子只要出现在山脚下，从山坡上的屋子就能看到。

山坡上的屋子里，住着一名潜逃了20年的凶犯。

放眼望去是一片白，刚进入12月，小兴安岭已经被大雪覆盖。我们五个人在护林员的带领下慢慢往前走。

我小心翼翼地踩着前面人的脚印往前挪。积雪直接淹没到我的小腿肚子，棉靴上的雪化掉又结成了冰，开始我还时不时地抖一抖，但一直保持着高抬腿的前行方式，现在我实在没多余的力气抖腿了。

脚尖隐隐有凉飕飕的感觉，我知道鞋子已经快被浸透了。

终于，护林员停了下来，带我们来到一块大石头上，让我们休息并补充体力。我看了下时间，已经下午1点，却丝毫感觉不到阳光的热量。我掏出一包能量胶吸了几口，发觉嘴巴有些干，从包里掏出瓶矿泉水，发现水已经完全冻住了。

"喝我这个吧。"护林员递过来一个用毛巾包着的保温杯，里面的水早就凉了，保温杯只是让它不被冻住。

"还有多远？"

"没多远，再有半个小时就能到。"护林员指着前面的山坡顶回答道。

我抬头往前看了看，翻过这个坡就能到达护林员的屋子。本来我们可以开车过去，但是车子只要出现在山脚下，从山坡上的屋子就能看到。

山坡上的屋子里，住着一名潜逃了20年的凶犯。

要想不被发现地悄悄摸上去，只能从后山绕一圈。后山是一条小路，必须徒步前行，短短三公里路我们足足走了三个小时。

当我们终于走到坡顶，我呼吸急促起来，想起十天前，值班室有人来报案的情景。

我们这里是区分局刑侦大队，门牌上有警用标志，经常有人来这里报案。但基本上我们只接重特大案件，或者派出所移交的疑难案件，普通的案件会转到派出所。

我来到楼下。这次来报案的是一个女人，大约30多岁，叫陈红，她说她妹妹的房子被人偷着卖掉了。

陈红说的妹妹是她的表妹，今年大学刚毕业，早些年母亲去世后一直和父亲相依为命，现在妹妹的父亲去世了，有人打起了剩下的那套房子的主意。妹妹性格懦弱，胆子也小，知道这件事后不敢抗争，她看不过去，这才挺身而出帮妹妹讨回公道。

我告诉她，房产类纠纷属于民事纠纷，这类事件都是去法院进行自诉。由公安机关处置的都是公诉类案件，或者说得更直接点，就是刑法里规定的违法犯罪活动才属于公安机关管辖，还有一部分属于治安案件，这类也在治安管理处罚法里面。而我们刑警主要侦办犯罪案件。

结果陈红说现在房子已经被卖掉了，钱款都被转到卖房子的人卡上，如果不快点行动这笔钱就没了。如果走司法程序，等法院判决下来，她妹妹恐怕再也没法拿回这笔属于她的钱。

没等我表态，陈红又继续说，这个卖房子的事情中也涉嫌犯罪，其中一个参与者是一名潜逃20年的凶犯。

听到逃犯，我顿时来了精神。

我国对于追逃一直是高压态势，2012年还在全国组织开展了一场追逃战役行动，很多逃窜了20年的犯罪分子都被缉拿归案。

每年各省市都会对追逃进行考评，主要目的就是为了推进缉拿逃犯的工作。

追逃是在有足够的证据确定犯罪嫌疑人后，对暂时尚未抓获的犯罪分子进行立逃追捕的一种手段。这个没有法律期限，只要疑犯活着就早晚有他被抓的那一天。

疑犯被立逃之后寸步难行，不能使用身份证，更不能暴露任何行踪，连与家人联系都会被发现，可以说逃犯是彻底的孤家寡人，所以大多数逃犯都会藏在一个稳定的地方，公安局每年都会对各个警种下达追逃考核指标，就是为了把这些藏起来的逃犯找出来。根据指标完成率来进行评分考核，其中抓获逃犯在总分中占了很大比例，尤其是历年逃犯。潜逃三年以上的，抓一个的分值顶上抓三个普通逃犯，像这种十年以上的逃犯分值更高，如果能抓到一个，相当于一下子完成了三个月的指标。

如果真涉及逃犯，那么这件事无论如何我也得想办法帮忙。

买卖房屋并不涉及犯罪，但对购房人来说，如果发现自己买的房子其实归属别人所有，那么卖房子的人就属于诈骗，完全符合立案标准。

陈红拿出一份用老旧稿纸写的协议书，纸张已经泛黄，如果不是上面压了一层塑封的话，这张边缘多处裂开的纸早就碎了。

纸上写着：位于某地的X号楼X楼房屋归属陈学强所有，落款签字的分别是陈学增和陈学强。

陈红告诉我，陈学强是她的二舅，也就是她表妹的父亲，而陈学增是她的大舅，也就是陈学强的哥哥。协议上写明的那套房子是陈学增给陈学强的，按照继承原则现在应该归她的妹妹，可是却被其他人卖掉了。"房产证呢？"我问。

"这是公有产权房，当时房子给了我二舅之后一直都是他在住，今年他去世了，我妹妹又不在这套房子里住，所以才被人偷着卖掉了。"

"没有房产证怎么能卖掉？"对于房子所有权的问题我不太懂。

"这套房本来是我大舅的，给我二舅之后两个人没办理过户手续。现在两个人都去世了，这套房子上的户口只剩下我表哥，所以他能偷着把房子卖掉。我家就在附近住，今天看到房子里有人便过去打听，这才知道房子被卖给别人了。"

我大概明白到底是怎么回事了，这件事处理起来也不麻烦，找到买房子的人让他来报案，在这份协议进行鉴定确定有效之后，这种买卖房屋的行为就属于诈骗。

"你说的逃犯是怎么回事？"我的兴趣关注点其实在这里。

"卖房子的人就是逃犯，他是我表哥，叫陈广盛。"

对着协议上写的房屋具体地址，我查到了这套房子名下的户口信息，上面只有一个人的名字，陈广盛。我将身份证号码输入全国逃犯信息网后，发现他是一起故意伤害案件的嫌疑人，立逃时间是20年前。

简要案情只有一句话：1991年，犯罪嫌疑人陈广盛将被害人陈姗掐死后潜逃。

我回想起来，我曾在追捕逃犯专项行动时想研究这名逃犯，但被黄哥阻止了，他说这个人恐怕抓不着了。

黄哥说在案发后的几年内，几乎每年初一或者初二，他都会去逃犯家人住的地方看看有没有逃犯的踪迹。用他的话说，他几乎年年去逃犯家"拜年"，逃犯父亲去世的那一年，黄哥从去医院起一直守在周围，陪着家属将逃犯的父亲火化埋葬，也没见逃犯出现。

从那之后，黄哥就把逃犯卷宗材料放进了档案室，觉得这个人永远也不会再回来了。黄哥甚至猜测他是不是在潜逃的过程中出了什么意外，死在无名的山沟野地里。

逃犯信息上的照片还是一张看似稚嫩的少年脸，犯事时他只有20岁，现在已经是40多岁的中年人了，这张照片毫无比对价值。

房屋买卖必须本人经办，这套房子户口上只有这一个人，如果有人想把房子卖掉的话，办手续的时候这个人也必须到场才行。难道这个潜逃了20年的凶犯回来了？

在陈红的帮助下，我找到了买房子的人，他告诉我这套房子是在三天前交易的，当时在房产局办理手续的时候，卖主签的名字是陈广盛。

真的是他！一个连父亲死了都不曾露面的人，最后为了这套房子回来了。难道对他来说，亲情的感召远远没有金钱重要？

我问陈红，陈广盛家里现在还有什么人。陈红说陈广盛的母亲还健在，另外他还有个弟弟。

我一边安排买房子的人做受案登记，一边喊艾蒿下楼，打算和她一起去陈广盛的母亲家里看看。陈广盛想拿到房本就得回家，不可能不和家人见面。

艾蒿是女警察，很多时候比男警察更方便开展工作。尤其是在面对逃犯家属的时候，女性更容易被对方接纳。虽然艾蒿确实女性化得不明显……我看了看艾蒿刚剪完的板寸，脑海里不由得浮现出叶童扮演许仙的画面。

我们来到陈广盛的家，开门的是一个男人，满脸横肉，本来已经到秋天了，他还只穿着一件背心，衣服遮不住露出的大半个啤酒肚，胳膊上文了一条青龙。

"你们是谁？干什么的？"男人一张嘴，浓烈的酒气扑面而来。

我出示警官证，告诉他我们是来了解一些情况。他不情愿地挪开身子让我们进屋。

一进屋子我吓了一跳，门口的垃圾堆了半米高，各类塑料袋叠在一起散发着馊臭味，家里更是凌乱不堪，目所能及的地方都堆满了东西。桌上摆着半盘子炒芸豆和一条不知道放了多久的鱼。

"妈，警察来找你了。"男人冲着里屋喊了一声，转身拿起一件衣服套在身上就要出去。

"你等会儿，有点儿事我得问问你。"我拦下他。

他应该就是逃犯的弟弟，也是家里的二儿子，陈广开。

"有什么事你问我妈，我现在得出去给她买药，她今天还没吃药，一旦犯病死了你们负责吗？"男子一把甩开我的手，快步出门，一溜烟走了。

我走进屋子，看到床上躺着一个老太太。她在我进来的一瞬间快速闭上眼睛，头往侧边一扭，发出很大的呼噜声。

"大娘，我是公安局的，有点儿事问问你。"我走到床边推了推她。

我一连推了好几下，她这才慢慢地转过头，一脸迷茫地问我是谁。

这老太太一看就是身经百战，大儿子潜逃了20年，虽然我们刑侦大队的追逃工作到10年前就停滞了，但是其他单位包括属地派出所估计没少来找他，从她刚才装睡的表现来看，肯定是不愿意和我们配合。

正常来说，公民有必须配合公安机关侦查工作的义务，但这个老太太这么多年深知我们的套路，她只要装糊涂我们就拿她没办法。刑法中虽然有窝藏包庇罪，可针对的是帮助逃匿做假证的行为，老太太与公安机关打了20年的交道，心里太清楚自己该说什么不该说什么了。

除非我们有明确的证据证明老太太知道儿子在哪儿，或者说与儿子有联系，才能对她这种行为认定为包庇，对她进行处罚。而我们现在觉得这个老太太与她的逃犯儿子并没有直接的联系，她仅仅是不希望我们抓住她的儿子而已。

我向老太太介绍了下自己，然后问她儿子的情况。结果老太太看着身子虚弱，可是一说到儿子，她立马坐了起来，开始嗷嗷号叫，张嘴就说她大儿子造孽，早死在外面了，她要白发人送黑发人，今年还要给他烧纸什么的。

她的表情实在太夸张也太假了，容不得我问半句话，自顾自地说，一边说一边拍着床，口齿伶俐，脱口成章，看得出不是第一次表演了。

我给了艾蒿一个眼神示意，艾蒿走过来转移话题，开始和老太太唠家常似的闲聊，这才让气氛扭转过来。

我坐在一旁听着她俩聊天，顺便观察屋里的陈设。桌子上一个盒子里装的都是药瓶，看来老太太真的每天都要吃很多药。与客厅的垃圾堆不同，老太太住的屋子还算干净，门后有一根拐杖，上面挂着一个塑料袋，里面有芸豆馅。

想起桌上的菜，看来老太太还能给儿子做饭。窗外晾衣竿上还晒着男性的衣裤，我心里琢磨着，难道这么大岁数的老太太还在给儿子洗衣服？一想到她儿子的那副德行，似乎也顺理成章。

艾蒿很快便获得了老太太的好感，两个人已经开始聊到生活方面的话题了。刚才出门的就是她二儿子陈广开，一直没工作待在家里，平时靠老太太的退休金生活。

老太太说她需要吃很多药，但儿子经常忘记买，药一旦没供上就会头疼，最严重的时候都睡不着觉。

我心里骂了一句，心想平时不给母亲买药，看到我们来了拿来做借口跑了。

这时门开了，陈广开跑了进来。我以为他买完药回来了，结果他冲进自己的屋子拿起手机，对着他妈解释了一句手机忘拿了，转身一溜烟又跑出去了。

他手里拿的是一部新款的三星双屏翻盖手机，这款手机刚上市，售价7000多元，一个靠着母亲退休金生活的人怎么会用这种手机？他的钱是哪儿来的？

我知道这件事很难从老太太口中问出来，艾蒿只要想把话题转移到她大儿子上，老太太立刻就闭口不谈。她知道我们想问什么，我们也知道她在回避什么。

这部手机提醒了我，不如从房款入手。卖房款是一大笔钱，肯定由银行转账，既然陈广盛为了钱卖房子，那么他肯定得想办法把钱拿到手，只要追踪这笔钱就能找到他。

我和艾蒿离开老太太家，回到队里。正好买房的人做完笔录，我将他汇款的信息要了过来，开始去银行查账。

这套房子一共卖了80万元，汇款的账户人名叫陈广开。

原来陈广盛把卖房子的钱汇到了他弟弟的账户上。

我们决定从他弟弟那里入手，虽然有亲属关系，但明知一个潜逃20年的疑犯的下落却拒不向公安机关透露，这就属于窝藏包庇了。

窝藏包庇罪的处罚以三年以下起刑，情节严重处三年以上十年以下有期徒刑，但情节严重的标准是窝藏包庇多人，或者是极其严重的违法犯罪分子。

我带着人返回老太太家中，陈广开不在家。我们把车停在门口等他，结果等了一整晚也没见人。

看来他是故意藏起来了，估计他从我们找上门就做好了打算，不过他这一跑，他母亲的药怎么办？

我们又在他家门口蹲守了一天一夜，陈广开还是毫无踪迹，反倒是老太太拄着拐杖颤颤巍巍地走了出来，在不远处的市场买了点东西。

她买了点土豆和鸡蛋，费力地将一袋子东西背在肩膀上，驼着背用另一只手拄着拐杖孤零零地往回走。

我偷偷跟在老太太后面，如果她不是逃犯的母亲，我真想上去帮忙。短短几百米的路，老太太走一会儿就得停下来喘一会儿，几个土豆和鸡蛋的重量似乎已经是她的极限了。

本来是儿孙满堂的年龄，她现在却是孤单一人。

连续两天陈广开都没出现，我觉得事情有点儿不对劲。只要是通过银行转账的钱款早晚都能查出具体流向，陈广盛想要拿到钱，最安全的方法就是有人给他送去现金，陈广开藏起来会不会就是为躲避我们而取现金？

大于50万元的存款想一次性取出的话需要提前一周预约，按照买房付款的时间来推算，如果陈广开预约取钱明天就能拿到现金了。

我们只能从银行查到取款记录，却无法查询预约记录，而且工商银行在罗泽市有至少30家营业点，我们无法知道陈广开是在哪一个网点预约取钱的。

必须今晚找到陈广开，不然钱一旦被取走，那就更别想找到他哥哥陈广盛了。

我们开始进行地毯式的调查，情报研判出身的石头把所有能查到的线索列了一个单子，队里的人开始分头查询。功夫不负有心人，最后我们查到了陈广开的住宿登记，两天前他出现在东方一号洗浴中心。

原来他跑到洗浴中心藏起来了。我早该想到，他晚上不回家肯定要找地方住，一开始我以为他至少会跑到外地，或是藏在不需要住宿登记的黑旅店，没想到他竟然大大方方地住进了罗泽市最大的洗浴中心。

我们在洗浴中心里找到了躺在豪华套房床上悠闲看电视的陈广开。这小子这段时间的消费记录显示，他使用的都是收到房款的那张银行卡。

我们把陈广开揪回刑侦大队，开始审讯，问他卡里的钱是怎么回事。

刚进审讯室的时候，陈广开还挺害怕，东瞅瞅西看看，把他的手铐在铁凳子上时他大喊大叫，但一听到我问他卡里钱的事情，陈广开眼睛一翻，一副死猪不怕开水烫的样子，什么都不说。

简单问了陈广开几个问题之后，我发现这个人不是为了守住秘密负隅顽抗，而是完全不懂法。他竟然以为自己卡里平白多了80万元，就是天降横财，至于怎么花、花了多少都和别人没关系。

我告诉陈广开，卖房子这件事已经构成诈骗，他提供银行卡帮忙收款属于同犯，而且他还消费了卖房款的一部分，不但要承担法律责任，定罪量刑，这笔钱还得还回去，不然法院判得更重。

我这样说是想"吓唬"陈广开，让他说实话。其实严格意义上说，他的行为只能构成洗钱罪，因为巨额财产来源不明罪的主体是国家工作人员，如果陈广开对钱财来源不清楚，并且没有主动参与钱财流转的话，他只能算是从犯，如果愿意还钱甚至可以不受到刑事处罚。

一听说自己不但要受到处罚还要还钱，陈广开傻了眼，坐在那里拼命地辩解，说房子本来就是他家的。他说的都是主观臆断，我知道这副法盲的样子不是装出来的，于是耐心地对他进行了一次普法教育。

经过一个多小时的交谈，陈广开脑袋耷拉下来，反复询问如果还不起钱的话会不会把他关起来。我知道时机到了，便吓唬他说，如果不还钱肯定会把他关起来。

没想到一个膀大腰粗、满脸凶相的大老爷们儿，在听到自己要被关起来后竟然吓得差点哭出来。这种人我见得多了，典型的窝里横，对着自己身边的人张牙舞爪，关键时刻在外面肯定掉链子，一点儿爷们儿的气质都没有。

我趁热打铁，告诉他只要说出陈广盛的下落，可以将功补过，将来不拘留他。陈广开听完我说的话几乎没犹豫，立刻摇头拒绝，我心说虽然他看起来窝囊，但保护哥哥的心情还是挺迫切的。

正在我想如何继续吓唬他就范的时候，陈广开突然说，房子是他偷着卖的，不是他哥哥，他也不知道陈广盛的下落。

我一听顿时火大："你想清楚了，你再瞒着就属于窝藏包庇罪！我看你这辈子打算在监狱里待着了？"

正常窝藏包庇罪是三年以下有期徒刑，最高也就十年，这里用一辈子待在监狱这句话主要是吓唬他。这种冷门的罪名就算是我们经常办案的人也很少遇到，不去翻书看的话连我们也拿不准刑期是多少，更别提眼前这个人了，告诉他够死刑枪毙估计他也信。

陈广开吓得直哆嗦，脑袋像捣蒜似的点着，告诉我房子就是他卖的，买房那个人能做证。我把买房的人找来，结果买房人一下子就认出来了，指着陈广开说这就是卖房给他的陈广盛。

没想到我们绕了一大圈，到头来发现要找的逃犯是陈广开假扮的。

我问陈广开，卖房时需要身份证，这个问题是如何解决的？陈广开告诉我，他认识一个办假证的人，让对方办了一张他哥哥的假身份证，他哥哥的户口就在这套房子上落着，所以他知道身份证号码，最后加上自己的照片就行了，反正房产中心没法核实身份证的真伪。

现在办假证的人很多，而办假证的定性要看办理的假证是什么：如果是身份证，那就是伪造变卖公民身份信息罪，处三年以下有期徒刑；如果是办理学位证之类的由教育部颁发的证件，那就属于伪造买卖国家公文了。总之，只要是办假证就是违法，只不过违反的条例不同，处置起来都是三年以下有期徒刑。

我问他，这时刚换了带芯片的二代身份证，为什么不能识别呢？

陈广开说他找人办的假证是临时身份证，办理房屋过户的时候多拿点钱给中介就能找到人给办，所以能糊弄过去。毕竟自己有房产证又有手续，还有房子的钥匙，没人能想到他根本不是户口本上的人。

问到这儿我心里凉了半截，虽说查出一个伪造身份非法买卖的犯罪事实，可是比起我期待的抓住20年的逃犯来说，差太远了。

伪造公民身份信息罪起刑三年以下，这属于轻微犯罪。我们一般对犯罪性质的认定都是按照刑期来算，比如最高可至死刑的七大罪，杀人、放火、投毒、决堤、爆炸、抢劫、贩毒，无论哪一个都是重特大案件，触犯案件的人只要满14岁就要负法律责任，所以这种三年以下的案子对我们重案队来说有些看不上眼。

不过我还不死心，毕竟陈广开是逃犯陈广盛的弟弟，也许会从他嘴里发现什么线索。我继续在审讯室进行讯问，但没敢直接把话题引到他哥哥身上，而是先从卖房子的理由入手，抽丝剥茧般地一点点对他进行了解。

陈广开告诉我，卖房子就是为了钱。这套房子当时是他父亲给了他叔叔，他也知道这套房子属于他的叔叔，可是叔叔和婶婶都去世之后，他忍不住还是对房子动了歪念，趁着妹妹小便偷着把房子卖掉。

我又问了陈广开其他的事。和陈红说的一样，他自小就被惯坏，无论什么事，父母都依着他的性子，想不上学就不上学，想不工作就不工作。他一直不干活儿，一直没有收入，父亲死后，留下的那点钱也被他挥霍一空，仅能依靠母亲的退休金，现在日子很难熬。

用陈广开的话说，没有钱比什么都难受，过惯了舒服日子的他忍受不了这种生活，便渐渐开始往歪路上想。他之前还犯过事，因为偷东西被公安机关处理过，拘留了十天，出来后依旧游手好闲，最后打起了这套房子的主意。

能把他叔叔的房子偷着卖掉，能为了弄钱去偷东西，这个人已经没有了下限，我突然想，如果用钱试试他，不知道会不会有什么进展。

我告诉陈广开现在有一个能赚钱的路子，他的哥哥陈广盛潜逃了20年，追逃奖金已经变成了10万元，如果他能说出哥哥的下落，就会得到公安机关的奖励，而且对他卖房子这件事我们还可以从轻处理。

陈广开听完默不作声，眼珠骨碌碌地转，我心道有戏。

陈广开想了会儿，反复向我确定奖金数额后，说他虽然不知道哥哥的下落，但是知道他母亲定期会写信，他猜收信人就是他的哥哥。

写信！这个是我从来没想过的问题。

现在通信发达，几乎每个人都有手机，连家里的座机都很少有人使用，而且网络上还有更多的联系方法，信件这种传统的信息传递方式几乎已经绝迹了。

难怪我们对他家的通话记录进行详细的调查没发现问题，网上追踪也没进展，原来他们选择了一个最古老的方法。

我来到邮局，那间本来有三个人的办公室只剩下一个人。在依靠信件传递信息的那些年中，邮局可是我们公安机关常来的部门，可我工作之后，到这里的次数屈指可数，现在是彻底衰落了。

没用多长时间，他们就找到了邮件的信息。在距离陈广开家最近的一个邮筒里，近三个月内只有一个投递信息，结合陈广开告诉我他母亲曾经在两个月前写过信，说明这封信就是邮寄给陈广盛的。

信件的目的地是黑龙江伊春，收件人名叫宋军。

我们立即赶到黑龙江伊春，一路追查到收件地址，发现这封信邮寄到了一家便利店。在当地公安机关的帮助下，我们把这家便利店从里到外地查了一遍，没发现任何与陈广盛有联系的痕迹。

我们把店主找出来，问他收到信件的事情。店主告诉我很多年前有个打工的人来拜托他帮忙收信件，但是取信的人不一定什么时候来，有时候隔几天，有时候隔几个月，每次来了之后就把信取走，再付给他十元钱作为费用。

原来陈广盛想出了这样一个狡猾的方法，找了一个便利店代为收信。在和店主的交谈中我得知，店主已经代为收了五年多的信，说明这段时间陈广盛一直在用这种方式与家里联系。

可是我们只知道收信人名叫宋军，怎么找到陈广盛呢？在得知我们追查的是一名逃犯之后，便利店的店主告诉我们，取信的人有时候会拿一些山货来卖，店主曾经问他在哪儿工作，他说是看山的。

看山的是护林员的俗称。伊春靠近小兴安岭，附近都是山林，其中有两个是受保护的林场，每一片林区都有护林员。这个人能安安稳稳地藏身在此10多年，肯定有一份稳定的工作，而护林员这个职业很合适。

护林员常年在山里，生活条件恶劣，干这行的人越来越少，后来林场逐步放宽招募条件，审查也做得不仔细。只要当上护林员，平时由林场定期送东西，甚至可以一辈子不从山里出来，当然也不会有人来追查身份信息或者是户口之类的。

我们与森林公安进行了对接，黑龙江的山区都归他们负责，在他们的帮助下，我查到宋军有一次打狂犬病疫苗的登记，显示他在伊春的胜利林场，即紧靠小兴安岭外侧的林区。

林业是伊春的主要产业，很多原始森林被砍伐之后，会被重新栽培成一片新林，而胜利林场就是新林。我原以为新林都是新长出来的树木，树林的密度能低一些，路也好走一些，结果到了才发现这里与原始森林几乎没什么区别。

伊春下了一场雪，整片林子全是白茫茫的，车子进了林区之后我都分不清路在哪儿，幸亏司机是常年给护林员送补给的，他说在这片林子里闭着眼都能开，可是再往里深走他也会迷路。车子颠簸着开了两个多小时，我眼前的景色几乎是固定的，毫无变化。

在临近护林站时车子停下了，司机指着前面的山坡说车子开过去就会被发现，建议我们下车从后坡绕过去。就这样我们踩着雪一步步地开始了这段艰难的三公里之旅，足足走了三个小时。

走到房前，烟囱冒着烟，护林员的屋子靠烧煤取暖，说明人就在屋里。

我们从山坡上往下走，准确地说几乎是滑下去的。屋子背面没有窗户，我们一路稀里哗啦地溜下去他也听不见。

慢慢走到门口，一阵阵的风呼啸着刮过，盖过了我们脚踩在雪地上的声音。走到门口我愣住了，这种护林员的屋子都是简易板房，可没想到门口却是一扇防盗门。

原来林场早期经常有野兽，普通的木门根本受不住野兽爪子的攻击，后来便统一换上了防盗门，这里的门不是为了防盗而是为了防野兽，没想到把我们难住了。

正在我愣神的时候，"吱啦"一声门开了，屋子里的人站在门前，手扶着门把手，正一脸疑惑地看着我们。

我们谁都没想到会以这种友好串门的方式与他见面。陈国涛最先反应过来，一下子扑进去把人摁住，接着剩下的人才一拥而上。我几乎是被人挤进了门，一下子摔倒在了地上，看到一条不知道是谁的腿到处乱蹬，我一把紧紧抱住。

做了万分准备的抓捕以喜剧的方式结束了，早知道他能毫无防备主动开门，我们何苦从山坡后面徒步绕雪地三公里。

抓到的人和陈广开长得很像，两个人从脸型到眼睛几乎好似一个模子刻出来的。就凭这张脸，我就知道他肯定就是潜逃了20年的陈广盛。

抓住他之后，我们将他带回了伊春市。这段时间我的脚趾被冻麻了，用手捏都没有知觉。我们一群人中，除了我之外都穿着警用棉靴，我穿了双登山鞋。登山鞋顾名思义就是专用于登山的鞋，我觉得穿着进雪山没问题，结果现实给了我一个深刻的教训。

这鞋子徒有其表，如果换作广告里的雪山背景，估计我的脚趾都能冻掉了。

回到伊春之后，我先去泡了个脚。在放进温水的一刹那，双脚仿佛被千百根针刺了一样，一阵酸麻又一阵疼痛。还没等脚缓过劲来，审讯室那边就传来消息，陈广盛已经承认自己20年前把人掐死的罪行了。

可是在做审讯笔录时出了问题，陈广盛说不清当时的具体情形，他只是反复说自己把人掐死了，具体如何实施的，为什么要掐死对方，他说不出来。

虽然事情过了20年，但亲手杀死一个人的记忆不会那么容易消散，但陈广盛似乎是忘记了。我进行讯问时，他往往需要冥思苦想很久才能回答，而且同一个问题过段时间再问他，他的回答就会有一些出入。

这虽然都不是大问题，但是我觉得很可疑，只有撒谎的人才容易前言不搭后语。

可惜20年前留下的信息也不多，案件的卷宗材料只有几页，除了一份报案人的笔录之外，只剩下一份法医鉴定，上面寥寥几行写着死因是窒息性死亡。

我在重新翻看报案材料的时候发现，报案人叫陈学强。我记得陈广开卖掉的房子原户主也是陈学强，于是我给陈红打电话询问，这才知道陈广盛杀死的陈姗不是别人，正是陈学强的女儿，也就是陈广盛的堂妹。

而陈学强在女儿死后又与妻子生了一个孩子，就是现在的小女儿陈丽。我问陈广盛他为什么要杀死自己的妹妹，结果陈广盛摇了摇头说他不知道。

我们从林场工作人员那里了解到，陈广盛在林场待了20年，也就是说他潜逃后就来到这里，一直生活到如今，很少与人接触，长时间不与人交流使得他说起话来都很慢。

我们把陈广盛从伊春带回罗泽市，作为一名凶杀嫌疑犯，我们对他看护很严，几乎是寸步不离。相处久了，我发现陈广盛说话做事很儒雅，凡事必说谢谢，对于我们没抱有任何敌意。和他的流氓弟弟陈广开一对比，他们兄弟除了脸长得很像之外，其他完全不一样。

身材方面也是，陈广盛显得高瘦，而陈广开比较胖。

一开始我以为他是逃亡时间太长，心理压力太大，被抓之后了却了心结，但事实是他显得心事重重。

两天两夜的火车，我与陈广盛一直捆绑在一起，长途带人，尤其是带逃犯是很辛苦的事情。对20年的逃犯来说，在被带回的途中是他能逃走的唯一机会，他会不择手段想方设法跑掉。为了防止他跑，我们最常用的方法就是把自己与罪犯捆在一起，手铐的一侧铐在罪犯的常用手，另一侧铐在自己的左手，两个人上厕所都在一起，睡觉的时候罪犯躺在卧铺上铐，我们就坐在旁边。

吃盒饭的时候，我发现他在掰开方便筷子时用足了力气，我突然想到一个问题，连掰筷子都费力的人，能用手掐死一个人吗？

回到罗泽市，我联系当时经办此案的李法医。他已经退休了，对我说那时候给死者做鉴定时受到家属的强烈抵触，由于当时管理也不像现在这么规范，医院的急诊病例被家属抢走了，尸体没有做解剖，直接就被家属拉走火化了。

李法医还告诉我，当时家属是在死者死亡后三天才报案的，这就更奇怪了。家属的反应不像是在帮助警察破案，反而像是在刻意掩盖什么。

这时陈红得知我们从黑龙江将陈广盛抓住，她赶来找我，拿出了一份手写的病历，说这是她母亲去世前给她的。她母亲得知陈姗出事后就去了医院，在医院将陈姗的急诊病历抄了一份。

抄完病历后，她母亲没有立刻交给公安局，而是留给了陈红，叮嘱陈红，一定要在陈广盛被抓住后再把这份病历交给公安局。

我看到病历上写着下体撕裂损伤，疑似受到侵犯。

陈广盛潜逃20年几乎一直在林场，没有家人，更没有女朋友。想起他种种可疑的地方，我特意借着提审的机会问陈广盛关于男女之事，结果他回答得含含糊糊，完全没有经验的样子。

我问他关于性侵的事，他一脸疑惑。我更加确定，他对20年前是否发生过侵犯这件事一无所知，我故意编了些现场的假证据问他，结果他毫不怀疑地点头承认。

我开始怀疑这个案子会不会是他弟弟陈广开干的，但是案件时隔太久，又没有新的证据，案件唯一活着的当事人只剩下他们的母亲了。

我和艾蒿来到陈广盛母亲家，老太太已经知道大儿子被抓，看到我们之后就开始哭，但她越是这种表现越让我觉得可疑。我之前在陈广盛住的屋子里找出了几封信，都是老太太写的，上面全是嘱咐陈广盛安心生活、不要回来之类，感觉这个老太太对他的大儿子毫无感情。

艾蒿拿出刺血针和棉签要给老太太采血。老太太问干什么，艾蒿说从医院查出了死者当时体内残留的DNA，现在要对他们家里的人一起做鉴定。老太太听完后顿时停止了哭泣，取而代之的是一脸凶相，大骂我们是浑蛋，存心害他的儿子，不仅不让我们采血，还从床上下来推我们让我们离开。

在临走的时候，老太太留下一句话，说他大儿子是罪有应得，赶紧枪毙了吧。

也就是这句话让我认定，她之前都是装出来的假哭，而她这么强烈地想让大儿子死，只能说明她希望这个案子尽快了结，怕我们继续追查下去。

我顿时想到了老太太的小儿子，于是我们转移了方向，回到看守所对陈广开进行审讯。从DNA鉴定再到伪装陈广盛已如实供述，几个回合下来陈广开终于坚持不住，老老实实地交代了犯罪事实。

陈广开承认自己才是真正的凶手，虽然在审讯前就做好了心理准备，但是听到他亲口承认我还是有些吃惊。

陈广开向我们讲述了整个案件的经过，20年前他趁着家里的大人都出去拜年的时候，对二叔家的妹妹陈姗进行侵犯。在陈姗反抗的时候，他用手掐住陈姗的脖子，结果侵犯完才发现陈姗断气了。

陈家人发现后没有立刻报警，而是开了一次家族会议，最后决定让大儿子陈广盛来替弟弟顶罪。用陈广开的话说，他妈妈觉得陈广盛智力有问题，将来没出息，而自己从小就能作事惹祸，他母亲觉得这样的人将来才会有出息。

于是刚年满20岁的陈广盛便离开家，一路向北跑到黑龙江林场躲藏起来，这一藏就是20年。其间，他一直和母亲保持通信，即使他父亲去世，他母亲都没让他回来。

而死了女儿的陈学强并没有太悲伤，他哥哥陈学增家里有两个儿子，而他碍于当时的独生子女政策，只有一个女儿。他一直想要个儿子，女儿发生意外，正好让他有了机会，而且哥哥还愿意用一套房子作为补偿，陈学强立刻就答应了。直到去世前，陈学强都和陈广盛一家住在同一个小区。

这时只有他们的妹妹，也就是报案人陈红的母亲不同意，但是胳膊拧不过大腿，在两个哥哥的要求下，这个妹妹也毫无办法，不过她却把急诊病历手抄一份保存下来。

陈学强生的第二个孩子依旧是女儿，讨厌女儿的他便将陈广开当作儿子一般，连那套房子中他哥哥家人的户口都没转走，以至于在他死后，陈广开动了卖房子的心思。

隐瞒策划逃跑涉及的人全都按照窝藏包庇罪进行处置，其中首要分子也就是罪犯的母亲被处以刑事拘留，但由于她岁数太大，最后的结果是由于身体原因拘留所无法收押，对其改变强制措施变成取保候审，在法院宣判前老太太就去世了。

陈广开被依法刑拘，而陈广盛则被释放。我问陈广盛他是什么感觉，他说：他不知道，他说话的时候目光有些呆滞，长年林区的生活让他已经不习惯与人交流了。

他为了弟弟逃亡了20年，结果却是一场无用功，弟弟依旧被抓，我觉得他这20年所遭受的罪毫无价值。但陈广盛并不这么想，他觉得自己让弟弟安心生活了20年，对他来说值了。

只是可怜了那个家族的女孩，正义迟到了整整20年。

05 午夜出租车屠夫，专挑年轻人下手

又是出租车司机！看到这则消息，我一下子从座位上跳起来，急忙拿起电话打给洪山区的刑侦大队。还没等我说出来意，那边先提出要进行联合侦查。这种重大案件都需要在市局网站上通报，五天前洪山区刑侦大队就知道我们这里发生了一起出租车司机被杀的案件，这次他们在现场勘查的时候特意结合我们推送的线索，结果发现作案手法一致，被害司机也是被勒死，同时鼻腔内有血凝块。

无论是热闹繁华的白天，还是灯红酒绿的夜晚，城市中总少不了出租车。这些出租车像血液一样在如同血管的街道中穿梭，为整座城市带来了生气。

搭车的人不分贵贱，无论贫富，出租车司机像一个摆渡人，将每名乘客载到目的地。司机通过出租车这个媒介不断地接触各式各样的人，获取各种各样的消息，听着各行各业的故事。

我们曾经依靠出租车司机侦破了不少案件，但我们与他们也有着纷繁复杂的矛盾，这个群体也曾在我们维护社会治安稳定时制造过不少麻烦。

我与出租车司机的第一次接触，是因为出现了共同的敌人。

我到达现场时天已经快亮了。一辆蓝色的出租车停在马路边，车子周围拉着黄色警戒带。透过前风挡玻璃，我看到一个人坐在驾驶室里，头靠在椅子上，仿佛睡着了一般。

我取出一张纸巾，走到车门旁，垫着纸拉开车门。睡着的司机脸色苍白，本来圆圆的腮帮子往脸颊里面陷进去。他的两只胳膊如同脱臼一样耷拉在两边，脑袋也歪成了60度角。

只看一眼我就知道，这个人已经死了。

"死者是谁发现的？"

"报警人在这儿呢。"

负责警戒的警察招了招手，站在警戒带远处的一个人走过来。

这是个上早班的工人，今早5点半的时候，他发现这台亮着空车灯的出租车，便走过来打算搭乘。谁知司机靠在椅子上一动不动，他感觉不对劲，便打了急救电话和报警电话。

我往车里看了看，副驾驶座位上散落着驾驶证、行驶证和几枚硬币，还有一个腰包，腰包的拉链被拉到最后面，扣带也被解开了。

这种腰包是出租车司机的钱袋子，那时候网络支付还没有普及，打车都使用现金，钱放在腰包里便于贴身保管，找零钱也比较方便。装钱的包空空如也，看样子应该是一起针对出租车司机的抢劫案件。

我探头看了看车内，驾驶座位侧面有三截断开的铁管，断头部位包着胶带。这三根铁管是司机为了应对抢劫给出租车加装的，它像护栏似的竖立在主驾驶和副驾驶之间，但是随着社会治安越来越好，出租车几乎都将这个栏杆拆卸掉了。

我又看了看周围的环境。这条路的一侧是围着挡板的工地，另一侧是居民楼，底层的商铺都还没开门，而二层往上的住户也全拉着窗帘。顺着这条路往坡上走，是一个死胡同，平时很少有人会来这里。

这里的夜晚人少静谧，正适合作案。

在我查看车子的时候，喜子也赶到了。他来之后，我们都变成了陪衬，痕迹检验专业出身的他能从现场找出我们注意不到的东西。尤其是这种随机谋害出租车司机的案件，能不能找到线索，全看喜子的发挥。

在我多年的从警生涯中，结合前辈们总结的经验，激情犯罪属于最容易侦破的，一般激情犯罪人相互之间都认识，或者偶然遇到产生矛盾，想把他们之间的关系查出来很简单，最终的难点是确定凶手后进行抓捕，因为大多数时候凶手已经跑掉藏起来了。预谋作案的侦破难度算是其次，虽然预谋会使得我们在后期侦查时受到很多干扰，但只要凶手做得越多，那么他留下的线索就越多，最终这些线索会指向他。最难的就是随机作案，没有任何前置准备，也没有任何关联性，无法从被害人往前推导嫌疑人，很多被害人和疑犯甚至都不认识，这种案件全得依靠硬性线索，也就是技术中队的现场勘查。

喜子把现场勘验的工具箱拿出来，我在一旁做帮手，将工具箱里的贴纸撕下来递给他。喜子拿出一瓶喷雾，冲着车门把手等重点位置喷，然后用贴纸在车子各个喷过药水的部位提取指纹。

说实话，这种提取方法有点儿粗糙。最好的办法是将物证拿到暗房，用特殊光线照射，然后拍照显现指纹。可现在物证是一台出租车，我们也不能把车门卸下来，就算卸下来了，暗房的工作台也放不下，所以只能采取这种方法。

喜子慢慢地将车门把手上的贴纸撕下来。这时我心中有些许紧张，能不能找到罪犯，恐怕全得靠这些指纹了。

提取完指纹，我帮着喜子将尸体从车里搬出来。还没动手，喜子忽然用手指了指尸体示意我看。我看到死者的脖子上有一道暗紫色的勒痕，但这个痕迹只出现在脖子前半部。喜子特意将死者的头往前推了推，后面确实没有任何痕迹。

死者究竟是怎么死的还得去尸检中心进行解剖。我和喜子将死者慢慢抬出车子，我在前面抬着腿，喜子在后面抱着上身，从座位上把他抬起来时，死者脑袋一歪，鼻孔中流出一丝血来。

这股血很少，从鼻子里探出来一滴，顺着脸淌落到担架上便停了。

喜子也注意到这个情形，和我四目相对。我们见过不少尸体，死后鼻子还能流血说明被害人活着的时候头部受到过冲击，导致鼻腔出血淤积在里面。

尸体送到尸检中心，我陪着喜子继续对车子进行检验。喜子将车内每个地方都认真地检查了一遍，接近中午的时候才收工。现场检验完了，我们决定把车用拖车运走。

这条路有个拐角，拖车没法对车直接拉拽，需要我转动方向盘控制一下车位。我戴着手套，将车发动起来，突然从车子里传出刺啦刺啦的声响，好像打电话被干扰了一样。我看了下车子的收音机，按了几下按钮，可是声音还没停。这不是收音机发出的声响。

车子里发出的声响，除了收音机还能有什么？我低头往下看，发现收音机有一根电线探出来，嵌在车子两个夹缝中间消失了。顺着线的方向摸过去在方向盘下面有一个黑色的盒子，上面有灯在闪烁。

我用手摸索了下这个盒子，想看看是什么东西，结果从盒子里抽出一根卷起来的电话线，但外侧的线断开了。我的手碰到这根电线的时候，车子里的噪声更大了。

我突然想起来了，这是对讲机，这根断掉的线就是对讲机的麦克风连线。开夜班出租车是一项很无聊的工作，大多数时间都是独自开车，有人就搭建了电台，几个开车的同行相互用对讲机聊天，一来可以解闷，二来还能相互提醒哪里搭车的人比较多。

不过这台出租车的对讲机电线怎么被弄断了？正在我琢磨的时候，队里来了消息，尸检基本完成了，现在要召开案情研讨会。我匆忙将车子挪到拖车上，返回队里。

发生命案之后，我们都会进行案情研讨会，大家将各自发现的线索罗列出来，一起分析寻找凶手。我们围坐在会议桌旁，喜子特意拿了一个烟灰缸来，可是队里的人几乎都不抽烟。我刚参加工作时，重案队里的成员几乎都是老烟枪。

时代在慢慢改变。

喜子首先发言，他负责现场勘验，掌握案发现场的第一手资料，也是我们寻找凶手最关键的线索来源。

他拿着检验报告说："车外面的门把手上大约有几十个指纹，里面肯定有凶手的，但指纹现在混在一起，暂时无法分辨。"

出租车的门把手一天估计得有上百人拉过，虽然最后一个拉门的人指纹应该最明显，但是想把混在一起的指纹分辨出来也并不容易。

"死者是如何被害的？"我问。

喜子继续说："死者脖子前半部有一道暗紫色的勒痕，但他的脖子后面没有任何痕迹，我怀疑凶手用凶器将他连同座位的靠头勒在了一起。"

"车座靠头有空隙，如果用绳子连同靠头一起勒住的话，想把人勒死得用多大的劲啊？让我做都不一定能成。"陈国涛在一旁说道。他是特警队出身，身体素质好，胳膊练得快比上我的小腿粗了，感觉被他勒住，都能把头直接扭下来。

喜子拿出尸检报告，看了几秒后说："尸检报告上写着死者的鼻腔内有大量血凝块，由此推断司机在被害的时候应该是被人捂住口鼻，导致鼻腔内出血。死者应该是被凶手从后面勒住脖子，然后又被人捂住口鼻。"

一直默不作声的石头突然开口："这么说凶手至少有两个人。"

石头擅长情报分析研判，他做事严谨，尤其是对案件的判断，连进行推断都需要有相应的证据支撑。

陈国涛在一旁干着急："就算知道凶手是两个人也没用啊，再没有什么别的线索了吗？"

喜子说："我在车钥匙上提取出了三个指纹。出租车一般是由两个人来开，一个白班一个夜班，正常能碰到钥匙的人只有两名司机，而第三个指纹，我感觉这个应该就是凶手的指纹。"

陈国涛点点头："对，凶手抢劫出租车肯定要先让车子停下，而且最好是熄火状态。不然抢劫的时候司机使劲踩一脚油门，把车撞墙上，到时候还不一定谁死谁活呢。"

"咱们来做个实验吧。"

石头站起来，将一把椅子搬到会议室中间，自己坐在上面摆出开车的姿势。侦查实验就是通过搜集到的信息模拟当时的现场状况，从而分析嫌疑人的特点并发现线索。

这种手法最早起源于宋代，电视剧里的提刑官用的推断犯罪的方法就属于侦查实验。现在技术手段丰富了，用侦查实验的机会也少了，但是对一些活动范围较大、无法提取硬性物证的案件，只能通过侦查实验判断凶手当时的状态，再继续推导出他的个人情况，最后找出线索。

能用到侦查实验只有两个原因。一个是现场条件好，实验操作性强；另一个原因就是实在没别的办法了。

我们分别搬了椅子放在旁边，组成出租车座位的模样。喜子说，车的手刹被拉到最高处，这应该是凶手第一步做的，是为了防止司机踩油门。同时陈国涛从后面勒住石头的脖子，我从侧面扭动车钥匙将车熄火，接着捂住石头的脸。

喜子根据我们的行动将周围发现的指纹从盒子里挑出来，最后一共选出了八枚指纹，有可能是凶手在行凶时留下的。

虽然我们将凶手行凶的过程模拟出来，也找到了一些指纹，但是对于搜寻凶手却毫无头绪。这时我突然想起来那根截断了的电话线，车里还有一部对讲机。

我把这事说出来："车子里还有一部对讲机，不过对话筒被掐断了。难道这是搏斗时不小心弄断的？"

"我没在车里发现过话筒。"喜子说。

石头提出一个想法："是不是凶手干的？他们行凶的时候发出的动静很容易通过话筒传出去，他们害怕被别人发现，这才把话筒掐断。"

我觉得石头说得有道理，也许同样使用对讲机的出租车司机会对死者的情况有所了解，尤其是事发当晚的情况。

在出租车公司的帮助下，我们找到三个装着同样电台频号的夜班司机，他们和死者都认识。他们告诉我，昨天晚上死者的确一直在用电台聊天，他最后说从火车站载了一个客人去园区，之后就没在电台里说过话。

从火车站到园区，这个线索太关键了。我在出租车公司查了下这台车的计价器表单，最后一次打表计数是13元钱。可火车站到园区起码有10公里远，开过去得30多块钱。

石头说："他是不是没打表？在火车站载客一般都是直接要价。"

这句话一下子点醒我。我记得到现场的时候，这台车还显示着是空车，凶手可不会在杀人之后还帮忙把计价器抬起来，肯定是死者从一开始就没打表。

计价器最后显示的时间是11点55分，这么说的话，这台车到火车站的时间肯定是在这个时间之后。

我和石头赶到火车站，这时候就该石头登场了。

石头对于罗泽市300多个高清监控摄像头的位置了如指掌，而且有极强的洞察力，他可以仅靠一张车尾灯的模糊照片就判断出是什么型号的车，有他在，一定能把死者在火车站的行踪找出来。

我做好了熬夜奋战的准备，为了连续看几个小时的监控，还特地买了一瓶眼药水。结果没用10分钟，石头就把死者的车找到了。以11点55分为起点，将视频录像往前看，我们发现死者驾驶的车停在火车站南广场的马路边，一个穿着蓝色外套的人上了车。

"蓝外套"是从火车站的出站口径直走出来的。这时候刚实行火车票实名制，罗泽市的火车站又使用自动读票出站的机器，根据这个人走出来的时间往前推算，我们查到了"蓝外套"的身份，他叫梁胜海。

第二天，我们在一个小饭店里找到了老梁，他和一个光头坐在那里喝酒，桌上摆着几道小炒，两个人喝得不亦乐乎。

一开始看到老梁的时候，我以为他快60岁了，脸上皱纹纵横交错，头发几乎都是白的，结果一问才知道老梁今年刚50岁，只是看着比较苍老而已。

"你们找他什么事？"没等老梁说话，旁边的光头先向我们问道。

我出示了证件："有点儿事情问他，咱们换个地方，这里不方便。"

这小饭店地方不大，人却不少，吵吵闹闹没法谈话。

"有什么事在这儿说就得了呗，看看我知不知道，我在这片人脉挺广，说不定还能给你提供点建议。"光头仰脖喝下一杯白酒。

我用手指敲了敲桌子："这事和你没关系，你别跟着瞎掺和。"

上学的时候，我学过一堂课，里面讲了天生犯罪人的模型，还列举了一些照片，这个光头和当时列举照片的罪犯有着七八分相似。

天生犯罪人最早是由外国犯罪学家提出来的，后来由于涉及歧视，现在已经不将这个列为犯罪因素了。但在这么多年的工作中，我的确遇到过一些在我看来属于天生犯罪人的这类人，他们自带反社会属性，对所有事情都有抵触情绪，对社会一直带有怨恨心理。这类人如果胆小还好说，其中胆子大的就能做出违法犯罪的行为，而且他们对自己的行为并不会感觉害怕，他们甚至不认为自己是犯罪，也不会有愧疚感。

在侦查中很难发现这类人，他们的犯罪感很迟钝，所以在与警察谈话中表现得很自然，我觉得将这类人归结为反人类心理更为合适。

但我对于天生犯罪人这个说法持否定态度。我觉得犯罪与天生关系不大，很多都是后期的各种因素造成的，但是列举的那几张脸却印在我的脑海里，这次见到了一个相似的，心里有种莫名的厌烦。

我们把老梁带回了队里。老梁喝了点酒，说起话来舌头有点儿发麻，吐字也不太清楚，不过他能把昨晚的事情说清楚。

老梁说他在外地上班，今天凌晨回到罗泽市，出了火车站在马路边找了台出租车回家。老梁说他家在园区，上车之后，他听到司机拿着对讲机说载到一个去园区的活儿。由于晚上马路上车不多，大约开了半个小时就到家了，老梁下车回家。

我问他："到园区多少钱？"

"司机没打表。不过我经常打车回家，对价格比较熟悉，我说给他35块钱，司机也同意了，基本从火车站到园区就是这个价格。"

老梁说得没错，即使打表的话，差距也不会太大。

我留了个心眼："为什么不打表呢？"

"出租车公司每个月会根据收益收一份管理费，每台车收益是多少就靠计价器的数来显示，少打一次表，月底的时候就能少交点管理费。"

"你对这行挺熟悉呀？"

"我以前开过出租车，后来身体不好，不能长时间坐着，所以就换了个工作。平时去外地跑个腿，也是辛苦钱。"

"昨晚你下车之后，这台车去哪儿了？"

"这个我不知道，我下车他就开走了呗。"

线索又断了，园区可不像火车站到处都有监控，想靠监控找车子，难度极大。

老梁做完笔录就离开了。他推门的时候，我看到他手上的皮全破了，好像是被烫伤了似的。

我叫住他："你的手怎么了？"

老梁抬起手摇了摇："哦，我出差去外地验化工材料，不小心把原料沾到手上了，就把手给烧了。"

他的手指被灼烧得不轻，尤其是五个手指头，指甲都变成了黑色的，看样子好像是沾到硫酸之类的东西。

老梁离开了。对于这起案件，他没能提供任何有价值的线索，不过这个人思维清晰条理清楚，大多数协助配合调查的人都会紧张，说起话来颠三倒四，虽然老梁有些喝醉了，但是回答得很顺畅。

现在又面临新的难题。我们不知道这台车从园区返回后又去过哪里，只能用最笨的方法，也就是查看监控来找死者所驾驶的车辆信息。

全市的监控能看清车牌号码的一共有300多个，死者到园区之后应该是凌晨12点半左右，而死者被发现是早上5点，其间有5个小时的间隔。我们按照一个监控取6个小时的时长，全市所有的监控加起来调取了1800个小时。

现在全体人员都盯着电脑去看监控。这时我才发现那瓶眼药水没白买，而且只买一瓶太少了，看了半天监控就被大家伙儿滴光了。

看监控和看电视节目可不一样，大多数监控的帧数很低，一个人在摄像头的范围内走过去只需要两三秒钟，而这段时间在帧数低的监控画面里只有一瞬间，一个人影晃过去，如果你不能及时暂停的话连这人的衣服都看不清。

所以看监控就要保持高度集中，不光是注意力，连眼睛都不敢多眨。

有时候我们看动作电影目不转睛，一会儿眼睛就酸涩了。你要是换作盯着一个空无一人的图像画面，几十秒眼睛就先受不了。

而且我们看监控都是以小时计数，一看就是五六个小时，眼睛干涩都是小事，看时间长了眼睛疲劳都会长针眼，也不知道是用手揉眼不小心感染的还是累的。

一连三天监控看得我头晕目眩，一共300多个摄像头，我们看了278个，还是没发现死者所驾驶的这台车的任何踪迹。简直邪门了！

这300多个摄像头安装在罗泽市各个重要路口，一辆出租车不可能在罗泽市载客而不通过这些路口，尤其是从园区到发现死者的地点。

"如果从园区走，想不被任何一个摄像头拍到，倒是可以选出这条路径。"

石头说着摆出罗泽市的大地图，这幅地图上标明了所有摄像头的位置。接着他用笔在上面画了一条轨迹，从园区到案发地点确实有可能避开有摄像头的道路，但是这些路大多都是小路，而且极其绕弯，让我照着地图开都不一定能开顺畅，死者怎么会选择这么蹊跷的路径呢？

我和石头都陷入了疑惑，这个案子有些离奇，死者似乎在刻意避开警方的视线。距离案发已经过去五天了，破案的黄金时间是72小时，现在早就过了，虽然我没有泄气，但心中有种隐隐的不安。

破案黄金72小时的说法来自实际工作，首先，这个时间嫌疑人不会跑太远，如果条件好的话可以立即追捕；其次，很多留下的线索还能够搜集到，现场的脚印血迹以及其他物证在三天内找到的概率比较大；最后是大多数人对于三天内发生的事情有一定印象，在早期没有监控和技术手段的年代，询问案发现场周边的群众是破案最基本的工作要求。所以只有在72小时之内询问才能把有价值的线索挖掘到最大化，时间一长大多数人都记不住了。

警察并不是神探，我们也有很多案件没有侦破，它们成为我心中的一道坎儿，我可不想让心中的坎儿越来越多。我终于体会到以前宋队谈起未破案件时那无奈的口气和不甘的神情。

"不好！又出事了！"正在我郁闷的时候，石头向我喊道。

原来市局的网站上发布了一起案件通告，上面写着昨晚在洪山区发生一起命案，一名出租车司机被杀，身上的财物被抢走。

又是出租车司机！看到这则消息，我一下子从座位上跳起来，急忙拿起电话打给洪山区的刑侦大队。还没等我说出来意，那边先提出要进行联合侦查。这种重大案件都需要在市局网站上通报，五天前洪山区刑侦大队就知道我们这里发生了一起出租车司机被杀的案件，这次他们在现场勘查的时候特意结合我们推送的线索，结果发现作案手法一致，被害司机也是被勒死，同时鼻腔内有血凝块。

但不同的是这次没能在车内提取到指纹，而且车门把手上一个指纹都没有，应该是被人擦拭过了。没想到这两名罪犯还提高了反侦查手段！

五天之内再一次作案，这让我气愤不已，我感觉凶手似乎在挑衅，他们以为自己完成了一次完美杀人案件。

经过一番了解，我发现这台车的情况和我们这里有所不同。车子被发现的时候计价器是打开状态，那时候还没有等时费用，打车的费用只取决于距离，计价器显示最后一次行程价格是10元钱，是起步价，这台车行驶里程在三公里以内。

来到洪山区的停车场，我看到了这台车子，里面所有的物件都没被移动。我探身坐进车里，脑海里构造出当时发生的情形，想通过模拟现场来找线索，可是当我坐进去的时候感觉有些别扭，驾驶室的空间太小了，我的腿几乎是蜷在车子里。

我好像抓住了什么："被害人多高？"

"比你矮一点吧。"

不对，如果只比我矮一点，那他坐在驾驶位子里一定很憋屈。开出租车一开就是十几个小时，座位舒适度很重要，没人会让自己蜷在车子里，用这种难受的姿势开10个小时的车。

我脑海里浮现出一种可能，这个座位被动过了！开车的人并不是被害人，可能是凶手。凶手坐在驾驶座位上将车子开了一段路，离开了事发地点，但是他坐进去后调整了座椅的位置。

为什么要将车开出去一段？难道事发地点有什么痕迹让凶手必须离开？我坐在车里思索着。这是台很普通的出租车，我上下打量着车内的物件，后视镜上还挂着一个摆件，唯独不同的是这台车里没有对讲机。

直到我的眼睛落在计价器上，上面的数字还亮着，保持着最后一次计价数：10元。

这台车开计价器了！我突然想到，计价器显示的10元钱费用这段路并不是死者开的，而是凶手驾驶的。他在驾驶的时候还专门打开计价器，目的是为了将计价器里前一个数字掩盖过去。

凶手怕警察会通过计价器找到他们的踪迹，因为计价器是按照距离来计费的，在终点可以通过费用来计算车子开了多远，车子是从哪儿开出的。

这时我想通了，凶手怕警察从城市道路网里找出他们驾驶车的路线，因为他们已经把路线标注出来了，之前石头拿给我看的地图上已经画出线路，那条避开所有能拍到车牌号的监控摄像头的路线！

凶手对罗泽市的道路监控非常熟悉，知道如何避开这些路口。什么人能对道路这么熟悉？在我提出这些疑点之后，在场的所有人都想到一个职业，出租车司机！

我们通过出租车公司找到了那台车前一个里程，计价是67元钱，这个价格可以开很远，几乎能穿越整个罗泽市。洪山区在罗泽市最北面，这个价格可以从罗泽市任何一个位置出发，现在我们得想办法查出这台车是从哪儿出发的。

这时石头提醒了我，他说这台车没有对讲机，一定是凶手特意挑选了这台车，而在半夜能挑选出租车的地点可不多，只要找到大半夜能聚集出租车的地方一点点摸索就行。

这次得靠出租车司机来帮忙了。在公交治安分局的协调下，我们找来了三个出租车司机，这几个人都是出租车公司里的车老大，在行业内有一定的话语权。

他们说半夜可以等客的地方只有火车站和机场，但进火车站和机场需要交管理费，很多司机为了省钱都将车停在火车站北面的一条街上。从火车站北出口走出去就能看到停在马路边的一排出租车。

我们对着地图比量了一下距离，然后让出租车司机载我们跑了一遍线路，结果表明，将第二个死者的发现地点扩大三公里，然后再开往火车站选择避开所有监控的路线，与计价器上那个67元的价格几乎相符。

凶手一定是从火车站上的车！

我们来到火车站，专门将北出口的监控调取出来，根据晚上火车到达的时间，盯着所有从北出站口走出来的人。这时我看到了一个熟悉的身影，穿着蓝色外套，身形宽大，白色的头发在夜晚很显眼。

是老梁。他怎么从火车站北出口走出来了？他家不是应该在园区吗？

我越看越觉得不对劲。之前我只是把他当作一名证人，证实他那天晚上乘坐过死者驾驶的车，我从来没去想他是否与这件事有关，他的话语中并没有什么异样。

但这次他从火车站北出口走出来，肯定有问题！在听我说完老梁的情况后，洪山区刑侦大队的人还想去找老梁询问，被我拦住了。我知道这时候不能去找老梁，虽然我们都在怀疑老梁，但是我们没有任何他涉嫌犯罪的证据。

喜子还想找老梁来做指纹鉴定，同样被我拦住了。

我记得很清楚，老梁的所有手指都掉了一层皮，当时没仔细看，现在回想起来，他的手指不像是掉皮，反而像是磨皮。五个手指头长出了厚厚的茧，正好盖住了他的指纹。

这一切不是巧合，我感觉是老梁故意所为。因为我们在第一台被害车上提取到了指纹，可是第二台被害车辆一个指纹都没有，说明杀第一个人时凶手还很生疏，后来采取了什么办法补救。

为了验证我的推断，我们去查了老梁的火车票信息，结果发现自称在外地出差干活儿的老梁只去过两次外市，而且这两次都是下午出发，晚上回来。通过各种信息情报汇总，我们发现老梁与外市连个通话记录都没有。

这太可疑了。我们开始仔细调查老梁的个人情况，发现他以前确实是出租车司机，但因为酒驾被执行过刑事拘留，还被吊销了驾驶执照。老梁不继续开车并不是因为身体的原因，而是他没有驾驶证了！

抓老梁很简单，但是想破案很难。我们在现场没能发现任何线索，仅有的指纹对老梁还无效，要将案件侦破必须有关键的线索。而且我们发现老梁坐车都是一个人，根据法医鉴定，凶手应该是两个人，必须把另一个人找到，不然只抓老梁没有任何作用。

老梁成了我们的重要目标，队里开始对他进行盯梢。不过这个人很狡猾，我们在他住的地方一连守了三天，结果连他的面都没见着，这个人平时连家门都不出。

这个老梁越发不对劲。之前我们在小饭店找到他，我感觉他应该是喜欢出门吃饭喝酒的人，怎么会一连三天不出家门？

我想起一个主意，老梁曾经是出租车司机，虽然他现在不能开车了，但和这个群体肯定还有联系，现在行业内到处都在讨论出租车司机被害的案件，老梁会不会是通过这些曾经的关系来关注案件的动向呢？

我们让三个出租车公司的带头司机向外放出风声，大致的意思是案件毫无进展，警察对这两起案件已经放弃侦查了，下一步要在全市开展给出租车加装护栏的行动。

在消息放出的第三天，老梁出门了。我们一路跟着老梁去了火车站，在那里他买了一张去外市的车票。

看来他是要继续作案！宣传给出租车加装护栏的消息刺激到凶手了，如果都加装了护栏，那么再想对司机下手就困难了。已经得手两次的凶手现在一定急切万分，恨不得继续作案。

连环命案并不多，这种恶性案件属于必破案件，公安机关动员力量最大最广。能连环杀人的凶手大多都是穷凶极恶的人，本身带着反社会心理，甚至有的人会出现犯罪上瘾的变态心理属性，是抓捕时最危险的一类罪犯，他们往往怀着拼命的心态来对抗。

我时常能看到罗泽市的凌晨，但大多都在审讯室，或者是在蹲守罪犯，在火车站还是第一次。凌晨的火车站仿佛是城市的心脏，在周围所有建筑都熄灭了灯光沉睡的时候，只有火车站灯火通明，延续着城市的活力。

和我们预料的一样，老梁又坐这趟凌晨的车回来了，还是穿着蓝色的外套，摇摇晃晃地从北出口出站口走出来，直接来到了停着一排出租车的马路边。

我看到老梁从第一台车开始慢慢往后面走，他并没有着急上车，而是借着问司机价格的理由，不停地往车里张望。最后他选了一台车，老梁上车坐在副驾驶的位置上，车子开走了。

车子开往园区方向，随着距离市区越来越远，马路上的车也越来越少，我们三台车不停地交换，一路跟着老梁来到了园区。

出租车停在园区的一栋居民楼下，老梁走下车，他把外套脱了下来，然后翻了个面又套在身上。这是一件正反双面都能穿的外套，换一面后，衣服的颜色也变了。老梁的外套变成黑色，他又坐回车里，车子转了个弯向另一个方向开去。

我知道距离真相不远了。我们急忙追过去，但跟车需要换，跟人也一样，一般对人盯梢需要三比一，跟一个人要三个人，按照扇形分开，一个主要盯，一个辅助，另外一个隐藏。辅助是保持距离，保证被盯的人不会注意自己，隐藏则保证能看到自己人就行，保证被盯的人看不见自己。如果主盯被人连续回头注意，那么辅助变主盯，隐藏去辅助，三个交替轮换。

这次没敢靠得太近，只派一辆车远远地跟着，开一段路之后立刻换另一辆，防止老梁发现被固定的车子跟踪。

出租车开得并不快，其间转入各种小路，不过我们早就判断老梁会选择避开监控的路径。他害怕被监控拍，可是我们不怕，我们直接将车开到前面的路口，等着老梁从小路里转出来。

大约开了十多分钟，正轮到我在后面跟踪，我看到出租车靠到路边停下，从路边的阴暗处走出来一个人，拉开车门坐进了后座。

这个人我见过！就是我在饭店找到老梁时，与他坐在一起喝酒的光头，黑暗中他光秃秃的脑袋格外显眼。

两名凶手都到齐了！老梁一直以单独搭车的身份出现，他的同伙是在半路上车，这样让老梁有了完美的无嫌疑证明。

　　我猛踩一脚油门，开车从后面冲了上去。两名凶手都已经出现了，已经没有继续跟踪的必要，如果再不动手，只怕那辆出租车的司机有危险。

　　出租车起步并不快，我开车冲了过去，一把转动方向盘将车子停在出租车前面，出租车发出一声急刹声，停住了。我拎起车上的甩棍推开车门冲下车，奔着副驾驶而去。

　　"给我出来！"我冲到出租车旁边用手拉门，但是车门被锁住了，隔着玻璃我看到老梁惊慌的面孔，他没想到我们突然出现。

　　"把门给我打开！"

　　我又喊了一声，抡起甩棍准备砸玻璃。这时陈国涛从另一侧冲过去了，我看到他将驾驶室的门打开，举在半空中的甩棍停了一下。

　　这时我看到出租车司机突然冲了出来，把陈国涛撞得后退两步，咣当一声响，车门被关上，等陈国涛反应过来用手去拉时已经晚了，光头把车门锁上了！

　　不好！他们要逃！我看到老梁的手放在车门把手上，似乎正在犹豫要不要开门，但是现在时间紧迫，我可等不及老梁开门投降了。我举起甩棍朝车玻璃砸下去，哗啦一声玻璃被砸碎。几乎是同时，出租车发出一阵轰鸣，整台车往后倒退，我看到后座的门还没关，像一只翅膀在不停呼扇。

　　我听到咯噔一声响亮的挂挡声，出租车往前冲了出去。在冲过去的一瞬间，我看到老梁一只手捂着头望着我，另一只手似乎还握在门把手上。但是他已经没有开门的机会了，车子像子弹一样冲了出去。

　　我急忙转身回到车上，开车追了上去。

光头像疯了一样，开车横冲直撞，幸亏半夜马路上车不多。我们一路追击，前面的出租车就像是受惊的野马一样狂奔不停，刹车声就像是嘶叫，在夜晚中格外刺耳。

对于这片郊区的路况我并不熟，尤其是晚上，在没有参照物的情况下我都不知道自己开到了什么地方，唯一指引我的就是前面那台出租车的尾灯，它往哪儿开我就往哪儿追。

大约追了20多分钟，出租车在一个路口突然转向。等我开车跟着转过去的时候，我看到出租车停在路边，车门敞开。

我知道光头弃车而逃了，急忙冲过去停下车，果然驾驶座位是空的，但我发现老梁没逃，还坐在副驾驶座位上。他目光呆滞，脸上还有血迹，应该是之前被我砸车玻璃时弄伤了。

"光头哪儿去了？！"我冲着老梁大喊。

老梁愣了一下，似乎回过神来，看到我犹豫了片刻，没说话，抬起手指了指方向。我看到他指过去的地方黑乎乎的，好像是一片草地，一个黑影在晃动，如果不是老梁指出来，恐怕我很难发现。

陈国涛艺高人胆大，一跃而出冲了过去。

我看了看老梁，现在我们二对二，我可不能让陈国涛一个人对付光头，但我也不能把老梁一个人扔在这里。

"我不跑……"老梁似乎看出我的犹豫，开口说了一句话。

形势紧迫，我选择相信他。从一开始他手握着门把手，我感觉老梁似乎已经想投降了，而这次光头逃跑了，老梁还留在车上，这也印证了老梁似乎不想逃跑。

我转过身追了上去，前面传来一阵喊声。陈国涛追上了光头，但光头奋力反抗，虽然陈国涛将他压在身子下面，可是他也没有余力给光头戴上手铐，两个人僵持在那里。

这时我赶到，和陈国涛一起将光头控制住。同时我发觉身后有亮光传来，回头一看是大家的车及时赶到，车灯将这片草地照亮，将我们三个人的身形显露出来。

老梁确实没跑，在其他人赶到的时候，他还老老实实坐在车上。

被抓后，老梁很快交代了罪行，他向我讲述了自己从一名出租车司机变成出租车司机杀手的原因。

2011年5月1日起，刑法修正案将酒驾列入追究刑事责任的犯罪行为，至此酒驾将被处以刑事处罚。判刑标准都是酒后驾驶导致交通事故，根据酒驾检测的标准分为酒后和醉酒，一般处以拘役处罚，相当于关三至六个月。饮酒后或者醉酒驾驶机动车导致重大交通事故，构成犯罪的，依法追究刑事责任，并由公安机关交通管理部门吊销机动车驾驶证，终生不得重新取得机动车驾驶证。

而在此之前，很多司机对于喝酒开车不以为意，老梁就是其中之一。

他开了十多年出租车，期间老梁每天出车前都会喝上一杯白酒。他认为凭着多年开车的熟练技术，喝点酒根本不算什么，而他开车又是夜班，一般交警在查酒驾的时候也不会对出租车司机进行检查。

有一天，老梁像往常一样喝酒后开车上班，不小心追尾了前车。警察出现场认定事故的时候对司机进行例行检查，发现老梁喝酒了。由于是酒后驾车，老梁被吊销了出租车驾驶资格，这使得老梁一下子失去了生活来源。他转而对社会，尤其是酒驾入刑这件事产生了发自内心的愤恨，渐渐萌生了报复社会的想法。

这时老梁遇到了光头。光头叫邢二，因为抢夺被判了七年，抢夺和抢劫不一样，抢劫罪侵犯的是公私财产所有权和公民的人身权利，并且使用暴力胁迫或者其他方法劫取公私财产，起刑一般三年以上，最高可至死刑；而抢夺罪侵犯的是公私财产的所有权，一般罪犯也是拿了就跑，起刑三年以下。

邢二出狱后不甘心，想找老梁一起盗窃，结果发现老梁被吊销了驾照。两个人在喝酒聊天的时候，邢二发现了老梁对社会的怨恨和不满，便向他提出一起干点大事。禁不住邢二的教唆和诱惑，带着对社会的怨恨和出于经济上的压力，老梁答应了。

像他俩这样的叫一般累犯，是指被判处有期徒刑以上刑罚的犯罪分子，刑罚执行完毕或者赦免以后，在五年以内再次犯罪，应当从重处罚。还有一些特殊累犯，是指危害国家安全犯罪、恐怖活动犯罪、黑社会性质的组织犯罪的犯罪分子，在刑罚执行完毕或者赦免以后，在任何时候再犯上述任一类罪的，都以累犯论处。

邢二曾经被公安机关打击处理过，有很强的反侦查意识，他和老梁取长补短，老梁用他开出租车的经验谋划出能避开监控的路线，而邢二负责制订计划和动手。

邢二让老梁单独一人去打车，然后自己半路上车，用这种方法来躲避侦查。第一次动手时老梁犹豫了，但邢二自己没法将司机勒死，便呼喊老梁帮忙，慌乱中老梁捂住司机的口鼻使得对方窒息而亡。

由于第一次动手出现种种偏差，邢二疏忽了指纹这个因素，等他想起来的时候已经来不及返回现场处理了。这时他让老梁用硫酸将手指泡伤，以防公安机关通过指纹找到他们。

按照第一次的经验，邢二专门找老梁总结了经验。第二次作案时，特意选了一辆没有对讲机的车，可是司机却打开了计价器。他们在杀害司机后，又让老梁把车开了一小段，以防止警察通过计价器的钱数来推算他们上车的地点。

但这一切都是徒劳，最终我们还是将他们绳之以法。

06 连杀两任妻子，他说是因为爱

我接触过形形色色的嫌疑人，他是第一个自称灵魂纯洁的。这话听得我有些毛骨悚然。在即将被审判的情况下，他竟然还觉得自己没做错，如果不是证据确凿，恐怕他永远也不会认罪。

作恶而不知其所为，人性的恐怖之处莫过于此。

死刑是刑法学中的重要概念之一，也作为一种刑罚普遍存在于各国刑法体系中。因为生命的宝贵性和不可再生性，死刑成为刑罚体系中最为严厉的刑罚方法，故又被称为极刑。

死刑曾普遍存在于各国刑罚之中，自启蒙运动后，"是否废除死刑"这一议题在学术层面产生激烈讨论，并且在司法实践层面也产生了重大影响，我国现行刑法保持"保留死刑、严格控制"的原则进行死刑的适用。现阶段我国死刑的执行一般分为死刑立即执行和缓期二年执行（死缓）两种情况，并严格把控死刑核准。

《中华人民共和国刑法修正案（九）》中，执行死刑条件为故意犯罪，查证属实，手段极其残忍，社会影响极其恶劣，如故意杀人、绑架、抢劫、强奸、贩毒等危害国家的刑法都有可能会被执行死刑。

我在给一名即将被执行死刑的罪犯做最后一次提审后，问他还有什么要说的。他用笔在纸上画了一只胡狼头，让我们帮忙转送给他的家人，希望可以在他死后祭拜一下。

我知道，这胡狼是埃及神话中掌管冥界的死神。我问他为什么祭拜外国的神仙。他说自己罪孽深重，怕中国的神仙保佑不了他。

我问他，你知不知道这个外国的神仙是负责称量灵魂的？你做了这么多坏事，以为转拜外国的神仙就能获得安慰吗？他说他做的坏事只是业孽深重，觉得自己的灵魂还是很纯洁的，所以想试一试。

我接触过形形色色的嫌疑人，他是第一个自称灵魂纯洁的。这话听得我有些毛骨悚然。在即将被审判的情况下，他竟然还觉得自己没做错，如果不是证据确凿，恐怕他永远也不会认罪。

作恶而不知其所为，人性的恐怖之处莫过于此。

罗泽市地处丘陵地带，地表起伏，山丘连绵，但真正海拔高的山峰却一座也没有。最高的山就在市东边紧临海边，叫作老和尚山，从西侧望过去，山顶像是一个和尚的脑袋。旁边还有一座矮一些的山峰，叫作小和尚山，两座山并排连绵，成为距离市中心最近的景区。

老和尚山最高处海拔600多米，以前山顶上有一座气象台，现在已经关闭了，被改造成了观景台。正面修了一条900多级的石阶，能一直通到山顶。

这里成了罗泽市看日出的最佳位置，天没亮便会有人来登山。

这条石阶是后来才修建的。最早登山的路是一条背阴的盘山小路，怪石嶙峋，草木丛生，景色优美。但这条小路很危险，大部分是贴着山开辟的，其中有一大段都是斜坡悬崖，走起来有些危险。

自从前山修好石阶之后，就没什么人会来后山。景区在后山小路口修了一道栅栏，还贴上一则公告，告知此路封闭，禁止游人从此上山。

然而，世上最不缺的就是不守规矩的人。

我们接到当地派出所打来的求援电话，派出所接到报警，有人从后山的小路上摔了下去，需要大量人手去搜救。我们全队立刻出发。

摔下去的是一名男大学生，报警的是他女朋友，两个人这次是特意来爬后山，因为地势陡峭，拍照时没有注意脚下，不小心从山崖上滑下去了。

老和尚山不算大，但出事的地方是一道很深的沟壑，地形比较复杂。我们参加增援的各个部门加起来一共有60多个人，顺着小路往沟壑里面走，像石块丢进大海里一样，60多个人顷刻便消失不见。

大约找了半个小时，我们终于听到了隐隐的呼救声，原来这名学生摔下来后昏迷了一阵儿，醒来后才开始呼喊。顺着声音，我们在山半腰的一处草坑里将他找到，他只是将腿摔骨折了，整个人受伤并不严重。

这时救护车的担架还没送下来，我打算找几根木头将他的腿固定住。周围的树枝都只有手指头粗细，而且大多是松树，不适合固定骨折。我往前面走了几步，打算从树上折几根粗点的树枝。

我找到一棵相对较粗的槐树，正准备折树枝的时候，脚下忽然发出"咔吧"一声脆响，好像踩到了什么东西。这地方的草很茂盛，长到了我的膝盖处，我拨开草往下看，发现我的鞋子下有一根白色的骨头，已经被我踩断成两截。

我抬起脚，弯腰观察，发现下面还有好几根白骨叠放在一起。我参加过尸体解剖，一眼就看出这骨头肯定不是山中的动物的，脑海里立刻浮现出一具腐烂的尸骸。

我不由自主地往后跳了一大步，差点儿摔倒。这几根骨头着实把我吓了一跳。

受伤的大学生被人抬了上去，因为发现人类骨骼的这个插曲，我们则留在这里，拨开草丛继续找骨头。

在山里发现尸骨并不是一件很意外的事情。每年我们都会接到失足跌落或者是有人自杀的报警，大多数都是有人发现尸体后通知我们。

尽管自杀概率很大，不过我还是在这具尸骸上发现了一些疑点。

我们在周围找到了没完全腐烂的衣料和一个生锈的钢圈，上面挂着几块布条，应该是乳罩。这地方人迹罕至，尸体周围又没有其他物件，说明死者生前身上没带什么东西。

自杀的尸体身上没带东西的情况虽然存在，可这里是一片景区，到这里最起码要坐公交车，钱包、手机等物品应该是随身携带的。死者总不能走过来吧？

我在送交法医的记录本上写了"存疑"两个字，表明我对死亡现场的论断。

"你这是给我多找活儿干呀……"法医拿着本子对我说道。

我们作为各类现场的第一处置人，负责对现场的状况做出判断，分析死者的死因，而法医需要根据我们做出的决断来做下一步工作。被列为存疑的现场需要出具一份工作报告，对一天要检查好几具尸体的法医来说，给这种现场出具刑案报告有点儿小题大做了。

第三天，我接到法医的电话："尸源比对上了，是一名失踪的女性，这份报告还用出吗？"

听到比对的结果，我心里也踏实了。工作这么多年，每一具尸体在核实出身份之前，我心里都好像揣了只小耗子一样，惴惴不安，总觉得会引发一个案子，但这次应该不会了。

我将这名失踪人口的信息记录下来，开始联系死者的家属。接下来的流程很简单，家属签字，将尸骸拿走火化，我们这边做一份记录就可以了。看来这又是一名想不开自寻短见的可怜人。

我查了下死者的户籍信息，上面有一个叫曲品德的男人，他与死者是夫妻关系，这个应该就是死者的丈夫了，我拿起电话打了过去。

"喂？您好，请问是曲品德吗？"

"对，是我，你是哪里？"

"石媛媛是你的妻子吧？你先节哀，前天我们在老和尚山发现了一具尸体，经过检测发现是石媛媛，现在尸体在刑侦支队……"

"石媛媛不是我的妻子，你们打错电话了！"

没等我把话说完，曲品德横插一句后便挂断了电话，速度之快让我都没来得及反应。一时间，我有些蒙，还在考虑是不是哪句话说得不太合适。

等我再拨打过去时，曲品德的手机已经关机了。

事情有点儿奇怪。我又用电脑仔细查了下石媛媛的户籍信息，户口上除了她，只有曲品德一个人，这不是夫妻难道还能是其他什么关系？如果不认识的话，也不能把户口落在一起呀。

石头看我满头雾水，开口提议道："死者不是失踪人口吗？咱们查下是谁报的案，看看谁做的登记。"

我又重新查了下失踪人口信息，石媛媛的登记栏最下面的联系人叫石守静，看名字应该是她的父亲。我找到石守静的电话打了过去，把刚才的话重复了一遍。

"你……你说什么……尸体……在什么地方？我现在就过去！"虽然隔着电话，但老爷子大口喘气的声音我听得清清楚楚。我有点儿后悔不应该这么直接地告诉他，如果他心脏不好的话，很容易背过气去。

现在是下午5点10分，队里的人纷纷准备下班回家。我想了想，还是决定去尸检中心和老爷子见一面，因为刚才曲品德的言语让我感觉有些别扭。

我和老爷子在尸检中心见了面。陪着他来到存放尸骸的地方，老人蹲在地上，从袋子里捧出一把骨头，整个人在不停地颤抖。我轻轻地扶了他一下，没想到老爷子自己站了起来，转过身向我问道：

"小伙子，你们是在哪儿找到我女儿的？"

虽然他脸上老泪纵横，但是情绪并没有失控，语气依然平稳，在我见过的家属中，这属于为数不多的坚强。

"在老和尚山后山的一个山槽子里，今天我在下面救人时发现的。"

老爷子听完后默默地点了点头，然后陷入沉思。他的手紧紧地攥着一截骨头，闭上眼睛，眼泪顺着眼角的皱纹淌下来。

我提醒他："您在这儿签个字，把手续办一下，然后就可以将你女儿的尸骨带走了。如果需要的话，我们可以帮忙出车送到殡仪馆。如果你有时间的话，我还有几个问题想问一下，关于你女儿失踪的事情。"

老人睁开眼睛说："你们对她的死因有怀疑？"

我没有直接回答，委婉地说："我只是觉得有点儿奇怪，不知道你能不能说下当时她失踪时的情况。"

"好！"老爷子也许当过兵，说话铿锵有力。

石媛媛是在五年前失踪的，那天老爷子的女婿给他打电话，说石媛媛的电话一直打不通。女婿在外地出差，让老爷子回家里看看。老爷子回到家，发现石媛媛人不见了，手机放在家里，因为没电已经关机。

意识到可能出了事情，石媛媛的丈夫也赶了回来。老爷子和女婿想尽一切办法到处去找，还是没发现石媛媛的踪迹，老爷子这才去公安机关报了案。

听完老爷子的话，我开口问："你女婿叫什么名字？"

"曲品德。"老爷子回答。

听到这个名字，我心中一动，但是没敢表露出来。我装作不经意地说："曲品德？你讲讲这个人的情况给我听听。"

"你们是不是怀疑他？这个不可能，我可以为他担保。我女儿失踪和他没关系，当时他在外地出差，如果不是他给我打电话，我都不会知道媛媛不见了。小曲是个好人，对我女儿好，对我也好。"老爷子有些不相信。

"那我就不瞒你了，之前我给曲品德打电话了，结果他说不认识你女儿。你和曲品德还有联系吗？"

"有呀，媛媛失踪后那一年，小曲一直和我住在一起，后来搬走了，每个月也都会来看我。前年小曲对我说想去外地工作，我也表示赞同，他也该重新生活了。况且我女儿失踪三年，估计也是凶多吉少……"老爷子说着，眼泪又流了下来。

像这类失踪人口，警察会去调查，但没有有效线索的情况下一般会搁置。并且人口失踪在下落不明满四年的，或者因意外事故下落不明，从事故发生之日起满二年的可以宣告死亡。

听完老爷子的话，我开始怀疑之前打给曲品德那通电话是不是哪里出了问题。是不是我没表明身份，让他以为是诈骗或者是恶作剧？我又拿起电话打过去，结果显示依旧是关机。

我又和老爷子聊了一会儿，发现他对曲品德的了解比对自己女儿还多。老爷子对曲品德几乎是赞不绝口，从他的口中，我得知曲品德父母早亡，在与他女儿结婚后，对待他就像亲生父亲一样。

老爷子甚至说，如果曲品德日后生活经济状况不好，他还愿意支援一些。我感觉老爷子已把曲品德当作亲生儿子一样了。

不过我从老爷子的言语中能感觉到，他对女儿的死亡还是心有不甘，他很想把石媛媛的死因查明白，至少得查出她为什么会出现在老和尚山，和谁一起去的。

为了解开我的疑惑，也为了给老爷子一个交代，我只有再一次去找曲品德了。曲品德的手机一直关机。老爷子告诉我曲品德去了安徽亳州，看来我得当面找他问清楚了。

我和石头来到亳州，在当地公安机关的协助下查到了曲品德的住址。他住在文化路附近，这条路在市郊，路两旁都是二层小楼。

出租车司机向我们介绍，亳州的医药产业比较发达，有很多做药材生意的人都在这里住，道边的小楼都是自己建的，虽然地处市郊，但住在这儿的都是有钱人。

我们来到曲品德登记的住址，也是一栋二层小楼。我看到院门打开，三五个人正进进出出在搬东西。我拦住一个人询问，才知道这栋房子昨天被卖出去了，前房主将房子连带家具一起卖掉，新房主现在正在收拾呢。

昨天才卖掉？我和曲品德唯一的那次通话是在三天前，其后安排单位的工作耽误了两天，今天赶到亳州，他就把房子卖掉了？我找到现任房主打听，他告诉我们成交价格远远低于市场价，前一任房主在卖房子的时候似乎很着急，让他捡了一个大便宜。

"这么看，曲品德似乎在故意躲避我们？"石头说。

我心中的怀疑更甚："就算是潜逃了十多年的疑犯，咱们都能把他找出来，曲品德想藏起来的话他又能藏多久？明天咱们就去找他，我看看他能跑到哪儿去。"

石头扶着额头说："正常人应该都知道，警察想找一个人并不难，现在他这么匆忙地逃跑，你不觉得这件事有问题吗？"

石头比我理性得多，他先从发生问题的原因开始考虑，而不是去追求结果。我现在对曲品德有些怨气，这几天我一直在给他手机打电话，结果一直关机，我们大老远地跑来，可他却连住的房子都卖掉了，为了躲避我们，他真是下了挺大的功夫。

石头继续分析："表面上他似乎是在回避我们，但我觉得事情不是那么简单，他故意做出这番样子，也许就是为了让咱们去找他，从而避开什么东西。"

"调虎离山？"石头的话点醒了我。

"差不多是这个意思，我建议咱们留在这里调查一下曲品德的近况。"

我不想耽搁找曲品德的工作，这个人城府很深，为了防止他跑到偏僻的地方藏起来，我联系队里继续派人追查，让陈国涛和喜子去找曲品德。

根据石老爷子所说，曲品德应该是在一年前来到这里，那么他在亳州肯定有自己的圈子，至少也应该有相熟的人。可我和石头来到当地公安机关进行调查，别说相关联系人了，单从曲品德自己的信息上来看，几乎都是空白。

这个人就好像没在这里出现过一样。

我给老爷子打了个电话，向他询问曲品德当时为什么选择来亳州。老爷子说他不知道，当时没特意去问，不过曲品德在家的时候，曾经听他打电话聊过一些关于医药品的事情。

制药在亳州是一个大产业，那曲品德来这里肯定是为了工作。不过在亳州，和医药有关的单位太多了，大大小小上百个，我们总不能一个个去查吧？

这时石头想出一个主意，既然曲品德在这里生活了一年多，那么他肯定得有生活记录，我们可以从这方面入手。

我俩来到自来水公司查询缴费信息，发现曲品德所住的房屋缴费人员登记的名字叫马丽，这个发现让我们看到了希望。这是我们在亳州发现的唯一的一个与曲品德有联系的人。

石头在当地公安机关对马丽进行了人员信息研判，发现她是安徽亳州本地人，登记工作地址是一家医药材料公司，个人信息登记已婚，配偶是曲品德。

这个马丽原来是曲品德的妻子。原来曲品德来到亳州重新又结了婚，开始了新的生活。不过这时石头也查出了一条信息，那就是曲品德有一条飞行记录，他乘坐飞机去了德州市。

我联络了陈国涛和喜子，让他们直接赶往德州市，而我和石头继续留在亳州。我们打算先找到马丽，从侧面了解曲品德的近况。我们两边一起行动，但是结果却又一次出乎我的意料。

我和石头来到马丽登记的工作地点，发现这家公司在八个月前就解散了。好不容易联系上一个曾经在这里工作过的员工，他告诉我，八个月前，马丽突然就不来了。

我又问了公司的状况，这个人说公司主要是给药厂供货，靠马丽在本地的关系效益一直不错。所以马丽不干了，他还觉得挺可惜的。

提起马丽，这个人能说出不少事，但是对于马丽的丈夫他则没有任何印象。他说只知道马丽结婚了，但是很少提到她的丈夫，他也从来没见过。

马丽父母双亡，又是独生女，连关系密切的亲戚都没有，找了几个小时都没有线索，最后我们又返回曲品德的住处。找到马丽的邻居询问，结果邻居说已经七八个月没看见马丽了。

马丽消失了！无论我们联系到认识她的人，还是从各个电脑系统上查轨迹，这八个月以来马丽的信息都是空白。正当我和石头挠头时，陈国涛那边传来消息，他们把曲品德找到了。

陈国涛说，曲品德是在一栋宾馆门口被他抓住的，现在已经带回陈国涛所住的宾馆房间控制。我让石头留守调查马丽的行踪，自己赶赴德州，在宾馆里见到了曲品德。

曲品德刚满40岁，但身材匀称，没有中年男人的啤酒肚，看着也很年轻，短头发，但梳得锃亮。他见我盯着他，面露微笑，眼神毫无遮拦、目光如炬般地回望着我。

他这股微笑让我感觉很别扭。我费尽辛苦来找他，按照常理，他应该表现出愧疚或者是惊慌，结果现在他似乎是做好了准备在等我出现。

我正打算问他马丽哪儿去了，这时手机响了，是石头打来的。

"你见到曲品德了吗？"石头问。

我说："刚见面，还没开始问他呢。"

石头舒了口气："你别问关于马丽的事情。我刚才查出来曲品德卖的那套房子的房款去向了，显示汇到了一张存折上，现在谁会用存折收钱？我怀疑曲品德离开亳州就是怕被咱们发现马丽消失的事情。如果你问了，只怕会引起他的警觉。"

房款汇到存折上？存折有一个好处，那就是不用带在身上，可以随时用身份证来补，现补现用。曲品德用存折收房款，可能是不想让别人知道这笔钱。

我问了下陈国涛，他们在找到曲品德的时候对他的随身物品进行了检查，没有发现存折。我想起了石头对我说的话，虽然我们的工作是追查事情真相，给出一个结果，但事情本身却有着不同的原因，这往往是关键。

　　我把将要发出的声音生生地卡在喉咙里，张开嘴咳嗽了几声。

　　马丽人哪儿去了？这是我想问的话。本来我找他是想问关于石媛媛的问题，但是现在事情已经发生了变化。马丽不见了！可看着曲品德的样子，我猜他早想到我会问什么，不然他为什么要离开亳州？

　　也许他离开亳州，还真是为了避免让我们发现马丽不见了。之前我给他打电话是为了石媛媛的事情，既然如此，不如将计就计。

　　"你是石媛媛的丈夫是吧？我们把石媛媛的尸体找到了，你能说说当时石媛媛失踪的情况吗？"

　　"我也不清楚，当时我在出差，给她打电话的时候没人接，我就让我爸去家里看看，才知道媛媛人不见了。我赶回家和我爸一起找，结果没找到。失踪了好多年，就判定媛媛死亡了。"曲品德说这话的时候，满脸的痛苦。

　　我不动声色："那我给你打电话的时候你为什么挂掉了？"

　　曲品德回答得很迅速："我以为别人拿我开心，这个号码我一直在用，媛媛失踪后也没换，这次接到电话我特别难受，于是就打算把号换掉。"

　　"那行。我们找你也没什么特别的事情，看你关机了，还以为你害怕了，我就想，你会不会与石媛媛的死有关呢？"我一边说，一边注视着曲品德。

　　曲品德叹了一口气，他回答道："唉，我还真希望媛媛的失踪和我有关，这样我就能鼓起勇气，直接选择去死了，也许我们在阴间还能见面。"

　　"好了，你走吧，我们只是来确认一下你的行踪。以后注意了，警察给你打电话的时候认真点，这种事哪是随随便便能拿来搞恶作剧的？"

曲品德有点儿惊讶："我可以走了？"

他没想到我简单问了两句话就让他走了，他毕竟在这里坐了一整天。

同样，陈国涛和喜子也是一脸惊讶，他们飞到德州市查到曲品德的住宿登记，然后在宾馆门口蹲守了一天才将他抓住，结果我问了不到10分钟就让他走了。

我点了点头，曲品德说了声谢谢，快步离开房间。

"刘队，这……"

"嘘，悄悄跟着他……"没等陈国涛说完，我便打断道。

我觉得曲品德来到德州肯定有原因，如果他只是想逃离亳州，那么可以有很多选择，而他来到了德州，距离亳州不过一天路程的地方。

如果找出了事情发生的原因，那么距离事情的结果也不会太远。

没过多久，陈国涛给我来电话，曲品德回到自己住的宾馆，从楼下看过去房间的灯亮了，他应该在屋里。我和喜子把晚上的时间分了下，决定三个人轮班倒，从现在开始一直盯着他。

一夜无眠，陈国涛还对我发牢骚，他觉得没必要盯着曲品德一晚上，没人会在大半夜出门。曲品德出门也会选择在白天，大不了早点儿起来去宾馆门口守着。

陈国涛说得没错，从晚上10点开始，宾馆门前的人就是只进不出，直到早上7点半，我们没看到一个从宾馆里出来的人。而曲品德的房间在11点多的时候就关灯了，他很可能是在床上美美地睡了一觉，而我们在车里直挺挺地坐了一晚上。

第二晚依旧如此。曲品德只是在白天出门吃了两顿饭，而且距离宾馆不过几百米，甚至都没走出一条街道，然后就返回房间。我觉得自己似乎判断失误了，这个人没有任何行动。

太阳逐渐落山，宾馆拉出一道长长的影子，盖在我们的车上，坐在车里我似乎感觉到一丝凉气。就在我犹豫今晚是否还要继续蹲守的时候，石头打来了电话。

"你那边情况怎么样？"石头在电话里问。

"没什么情况，曲品德天天在宾馆，我们在楼下已经待了两天了。"我早已将之前的情况告诉石头，这两天石头都在亳州进行调查。

"我们现在往你那儿走。我这边查出来马丽曾经使用的手机号码了，现在这个手机号码与别人还有通话记录。我推测这个号码应该是曲品德在使用，通话的目标号码就在德州，曲品德这次去肯定是要见这个人！"石头在电话里说。

"你们？你们是谁？"

"亳州公安局的同行，这几天都是他们在帮忙和我一起调查。马丽现在如同人间蒸发了一样，但这两天我们查出了一个重要信息，那就是曲品德曾经去亳州殡仪馆火化过一具尸体，但这具尸体登记叫宋莉莉。"

"火化过一具尸体？这不可能。"

这具尸体让我立即想到失踪的马丽，但是我又觉得不可能。火化尸体可不是一件简单的事情，需要医院开具死亡证明，然后属地派出所开具火化证，最后才能去殡仪馆火化。

先是第一条，医院的死亡证明就没法开出来。

石头好像猜出了我的疑惑，他说："马丽手机号码联系的目标电话信息我在网上已经搜出来了，是一个办证电话。"石头这番话让我恍然大悟，一团迷雾彻底被风吹散，几个我认为不可能的问题在一个"办证电话"前迎刃而解。曲品德出现在这里的原因也变得顺理成章。

办证几乎快成了一个城市的特色，大街小巷墙壁楼梯，它们的广告无处不在。手掌见方的地方就可以涂抹一份广告。虽然这些广告对大多数人来说只起到有碍观瞻的作用，但其实正是因为有一个受用群体，让办证这个买卖才会一直如此坚挺。

我曾经也在联合执法中查处过办假证的，但那都是些粗糙的证件，仔细一看就能发现破绽。可这行当中也有能手，他们不但能把证件办得和真的一样，而且他们什么证件都敢伪造。

我拨过去的那通电话把曲品德吓得够呛，他并不是害怕我们找到石媛媛的尸体，真正让他害怕的是马丽失踪的事情被我们发现。于是他用最快的速度将他和马丽唯一的联系，也就是那栋房子给处理掉，然后离开亳州。

曲品德想让我们跟着他一起将重点转移。

整件事的来龙去脉已经浮出水面，我坐在车里顿时精神了，我知道宾馆楼房那间亮着灯光的房间中的人，已经变成了犯罪嫌疑人。

曲品德没想到我们会留在亳州继续侦查，而且最终发现了他去殡仪馆的踪迹，而这与马丽的失踪恰好联系上了。

晚上9点半，在我刚喝完咖啡，那股精神劲正从脑海中涌出来的时候，我看到曲品德从宾馆里走了出来。他在马路边拦了一辆出租车，上车往德州西边驶去。

我急忙开车追了上去。

德州的出租车都是普桑，用本地人的调侃来说，车子开动起来除了车笛其他地方都会响，自然车速也不会太快。虽然速度很慢，但我们很顺利地跟着车子来到了城西的一片住宅区。

"怎么办？动手吗？"陈国涛摩拳擦掌地问道。

曲品德为什么会来这里与办证的见面？难道他是要再办一份假证？不过我觉得他没有使用的地方了。现在我能想到的唯一的原因，就是曲品德为了消除自己曾经的犯罪痕迹。

我在查处办假证的窝点时发现过一个问题，他们在办证的时候需要对方提供一份原件进行伪造，在成功后他们会额外留一份作为副本，以后继续使用。曲品德来找这伙人是不是为了拿回副本？或者是为了将自己曾经办理的死亡证明拿走？

办证的这伙人都是狠角色，只要价钱够高，没有他们不敢做的事情，更何况将副本销毁掉了。不能给他们机会！如果消除了副本，那么再也没有能作为曲品德犯罪的证据了。

"见到人就动手！"我做出决定。

出租车停下了，曲品德从车上下来，拿出手机开始打电话。我知道他应该是在约人，于是将车子停在拐角处，和陈国涛三个人下车猫着身子往曲品德身边靠拢。

晚上10点多的西郊人迹寥寥，曲品德没想到自己被人盯住了，他拿着手机一边讲话一边查看门牌号。这里晚上连个路灯都没有，曲品德得靠在楼门前才能看清上面贴着的门牌。

他根本没注意到身边有人。

这时，我看到有个人从楼道里走出来，他冲着曲品德喊了一声，声音在寂静的夜晚中回荡。眼看就要暴露，陈国涛先行动了。他弓着身子从侧面快速地往门洞那个人冲过去，我也从后面冲着曲品德奔过去。

在我马上要靠近曲品德后背时，楼门口的人发现了陈国涛，他转身往回跑，但这时已经晚了。他刚跨进楼里还没来得及将大门带上，陈国涛就已经赶到了。陈国涛借着冲力，跃起踢出一脚，然后整个人撞进了楼道里。

曲品德反应过来不对劲，刚转过头便被我从后面别住胳膊。我用手按住他的肩膀，然后冲着他膝盖窝狠狠踢出一脚。曲品德受不住力，一条腿跪在地上，我趁机用胳膊将他压住。

我们这番动作已经闹出不小的动静，周围的窗户纷纷亮起了灯光，甚至有人打开窗户往下看热闹。

"你给我老实点儿！"我冲着曲品德喊。曲品德被我压住后，身子不停地扭动，虽说挣扎幅度不大，可是一直在动让我觉得不踏实。我身子往后撤了一点，借着四周亮起的灯光打量了下，发现曲品德的手正塞进他自己的裤兜里。

"喜子！注意他的手。"我赶快喊了一声。

喜子这时正在我这一侧给他上手铐，听到我的呼喊，急忙转过去把曲品德的手拽出来。失去喜子的压制，曲品德借着这股劲，一下子从地上跳了起来。不过我跟着跳起来，用身子压在他后背上，曲品德的手甩出来也被喜子按住了。

他的手里握着一部手机，本想往外甩，但没扔出去，只是落在身边。原来他在最后时刻还想把手机扔掉，想隐瞒自己和办证人之间的联系。

我不由得感慨，这人真是胆大心细。

后来，我们在办证人的家里找到了死亡证明的副本，办证的人也把他知道的事情全说了出来。和我预料的不同的是，曲品德不光办了一张死亡证明，他还办理了一套假身份，名字就叫宋莉莉。

曲品德用这套手续将一具尸体送到火葬场火化了。不用说，这具尸体肯定是马丽，但曲品德对于所有指控全部予以否认。

杀害马丽的案件由属地亳州公安局管辖，我没有插手后续的调查。现在案子又回归到了任务的原点，这次与曲品德见面的地点是看守所，我向他问起石媛媛的死因。

我猜到他一定不会承认。我说："其实我挺想知道你是怎么杀死石媛媛的。是把她骗到后山推下去，还是杀死她后再去后山抛尸？"

曲品德笑了笑，说他不清楚，那时候自己在出差。

直到现在，他还在撒谎。我诈他："我们调查了你在五年前的轨迹，那段时间你并没有去外地。石媛媛就是你杀的。不光这样，你还杀了你的新妻子马丽，这些你都跑不掉。"

曲品德没回答，反而问我："我没想赖账，谁敢说自己是好人呢？不过我想问你，既然五年前的事情都要查，那为什么不查一查二十年前的事情？"

我问他要查什么事情。曲品德对我说，他的父母在二十年前出车祸去世了，尸骨未寒，他的亲戚就把房子和财产全部分走，他在一无所有的情况下长大，从来没人为他说过一句公道话。

讲起以前的遭遇，曲品德有些失控："别人可以这样占我家的财产，我为什么不可以？杀了马丽，房子和所有的财产就都是我的，这很正常啊。"

他大声质问我们，为什么要追着他不放？为什么只看到他做的事情，不去管管别人做的事情。我静静地听着，无力反驳。

从曲品德的话语中，我能感觉到他的三观已经毁了，此时在他心中已经没有善恶之分。他从小便接触到恶，并且在他心中留下深深的烙印，所以他长大以后已经和恶融合在一起。

连续杀害自己的两任妻子，曲品德还认为自己所做的一切都是合情合理的，我从他的言语中感受不到丝毫悔恨，只有不满。我分不清他这么做是为了牟利还是为了报复。

尽管曲品德杀害马丽的证据确凿，法律会惩处他，但我们没能找到曲品德谋害石媛媛的证据。由于时间太长，无法确定石媛媛死亡原因，所以即使凶手承认杀人，但是在没有尸体和凶器的印证下，也无法对他的行为进行定性。

时间是消磨真相的利器，这一次我有种深刻的无助感。

直到最后，我也没将曲品德被抓的事情告诉石老爷子，也许给他留一丝好女婿的念想，比给他一份打击要好一些吧。

07 逃犯给警察打电话：帮我找个人

眼前这个人叫常山，绰号"大山"。我读初中的时候，他就在社会上混，早些年治安不太好，他拿刀砍过人，蹲了几年监狱，出来后开游戏厅，现在经营着一家KTV和一家饭店，算是事业有成。

"我去公安局报案怕不方便，社会上盯着我的人太多了。"大山的声音很沙哑，他的脖子曾被人刺伤过，现在还能看到一条伤痕。

桌上的咖啡杯中满满的都是小泡沫，破碎后一股股热气腾空而起，拖曳出一股白色的蒸汽。我轻轻地吹了口气，泡沫散开，冒出了一股酸涩的香味。

我喝了一口咖啡，抬头朝窗外看去。海面上空荡荡的，几只渔船正在往码头靠拢，大海浪花翻涌，远处天空乌云密布。气象台播报，在未来两天内罗泽市将会迎来一股强热带风暴，提醒海岸线船只注意入港避让。

手机里一条短信晃过，单位通知这几天全体在岗在位，做好防汛工作。

咖啡店的门开了，走进来一个梳着背头、戴着一副金丝眼镜的中年人。他身材高瘦，头发乌黑锃亮，像打了鞋油似的。中年人左右张望了一下，看到我，冲着我点了下头，然后侧身冲着服务员打了一个响指。

"大红袍。""背头"说道。

我对"背头"说道："不用点东西了，你先说事情吧。为什么约到这里见面？弄得神神秘秘的。"

眼前这个人叫常山，绰号"大山"。我读初中的时候，他就在社会上混，早些年治安不太好，他拿刀砍过人，蹲了几年监狱，出来后开游戏厅，现在经营着一家KTV和一家饭店，算是事业有成。

"我去公安局报案怕不方便，社会上盯着我的人太多了。"大山的声音很沙哑，他的脖子曾被人刺伤过，现在还能看到一条疤痕。

大山早些年做了不少错事，但从监狱出来后，为公安机关提供了不少线索。现在为了避嫌，大山不敢和公安机关的人接触，这次报案特意约到了这家咖啡店。

我问他："你到底要报什么案子？"

大山点了一根烟，警觉地朝四周张望。窗户外只有大海，海滩空荡荡的连个人影都看不见。

"我经营一家KTV已经三年了，买卖还说得过去，我店里有个经理叫梅姐，人脉不错，基本有一半的客人都是她招揽来的。前段时间，梅姐和我说有人想高薪挖她走，她没同意，担心对方报复。本来我想把对方约出来谈一谈，可昨天晚上梅姐没来上班，家里没人，电话也不接。我觉得事情不对劲，所以决定报警。"

大山说出决定报警这句话时，语气很坚决。

行有行规，大山是混社会出身的，就要遵从社会上的潜规则。无论出了多大的事，都要按照社会的规矩解决，也就是大山所说的"谈判"，但他现在选择报警，已经违背了社会人所谓的道义。

大山能做出报案的决定肯定是经过了慎重的考虑。一来，大山这次算是和社会上的人做个彻底的了断；二来，就算梅姐下落查清楚了，恐怕他这个买卖也完蛋了。大山的产业其中必然涉及灰黑产业，调查过程中，这些东西瞒不住。

大山把事情讲了个大概，但我知道，他还有很多细节没交代。我问他："你有啥猜测吗？梅姐现在是什么状态？她人可能会在哪儿？"

"我猜她应该是被绑架了，我派人去她家找了，没发现人。她有个男朋友，我们也查过他，他说自己也不知道梅姐去哪儿了。"

127

"梅姐最后一次露面时是和谁联系的？她失踪前曾经和谁联系过？"我问。

"梅姐昨晚没来上班。我今天听店里的人说，昨天半夜接到过一次梅姐的电话，接通后没人说话，然后听见一声叫喊后就被挂断了，所以我才觉得梅姐出事了。"

"你把店里的人组织一下，我们现在开始进行调查，尤其是接电话的那个人，务必让他现在立刻去店里。"我起身把还没凉透的咖啡喝掉，转身离开咖啡店。

天边乌云越发厚重，远处渔船在海中摇曳着，似乎即将被浪花吞噬。

我带着队里的人来到大山的店里。下午2点，KTV的门大大敞开，里面的灯还没亮，显得阴沉灰暗，仿佛是一张能将人吞没的巨口。

服务员几乎都被喊来了，三三两两地站在大厅里，看到我进来后立刻停止了讨论。几个浓妆女子不断往后面挤，想将身子藏起来。我环视了一圈，在场的50多个人都低下头，似乎都怕与这件事牵连上什么关系。

我问服务员："昨天最后一个接到梅姐电话的人是谁？"

"是我。"一个年轻小伙儿怯生生地举起手。

"你跟我过来。"我让同事们接管现场，然后想单独和这个小伙儿谈一谈。他是昨天接的电话，记忆还算清晰，先找他聊一聊梅姐，争取让他回忆起更多内容。

队里的人把服务员分成组，一个个询问关于梅姐的情况。我准备带小伙儿进包厢，忽然从门外跑进来一个人，慌慌张张的，进门还差点儿绊了一跤。

这人身上穿着一件白色衬衫，胸前还挂着一副工牌，显然也是这个店里的工作人员。他跑进来，顾不得歇息，一边喘气一边喊道："请问谁是警察？你们在找梅姐是不是？"

我走过去问他："你是干什么的？"

"我……我是……我是梅姐的男朋友……"这人回答的时候朝周围看了看，声音有些软，似乎很不好意思。

据我所知，梅姐已经快40岁了，眼前这个人看起来不到30岁，他俩至少差了10岁，我有点儿不敢相信。

"你是梅姐的男朋友？你叫什么名字？"

"我叫王希。我知道关于梅姐的情况，你是警察吗？我可以提供一些线索。"

我决定先单独和王希谈。王希是店里的订房经理，确实是梅姐的男朋友。一开始王希在其他KTV当服务员，后来认识了梅姐，被她带来这里上班，主要负责给客户订房。

王希长得白净，五官端正，身上还喷着香水，但说话语气厚重有力，我似乎能猜到他曾经从事的"服务员"是个什么职业。

王希说，这段时间一直有人在骚扰梅姐。骚扰她的人叫徐洪斌，外号小兵，是另外一家KTV的老板。梅姐之前给小兵打过工，分道扬镳的时候，小兵和她还闹过经济纠纷。最近小兵以要账为名，威胁梅姐回他那里上班。

听完王希的话，我问他："你的意思是梅姐被小兵掳走了？"

"应该是。之前梅姐和我说小兵一直在找她，还告诉我一旦她失踪了就赶紧告诉老板，让老板想办法。她还让我别多管闲事，一旦把小兵惹火了，我也会有危险。"

"那你告诉老板了吗？"我问。

"梅姐说她已经和大山哥说了，我就没再说。"

我拿起电话给大山打过去，可是却显示无法接通。以大山的为人，如果梅姐真被小兵绑走，这种事情他不能不管。

大山的电话打不通，我想起一个人，何路，他常年在社会上游荡，对社会的人际关系很了解，这个时候为什么不问问他呢？

我把王希留在包间，找了个僻静的地方给何路打电话。

何路有自己的情报圈子，他掌握的和王希说的差不多。小兵和大山闹了点矛盾，曾经还有人居中调解，但是双方没达成一致。有一次，小兵在饭桌上说要找人收拾大山，而大山也正想和小兵较量较量。

何路告诉我，双方一直处于口头的争执中，现在公安机关打击很严，这群混社会的人也不敢造次。但他强调，小兵这个人心狠，曾经有人从他的店里跳槽，结果被他打了一顿。

听完何路的描述，我觉得小兵这个人有点儿问题。

梅姐名义上是KTV的订房经理，但其实她是带陪酒小姐的。来KTV的客人都是奔着梅姐带的女孩来的，她去哪儿上班，哪里的客人就会多，梅姐一直是娱乐行业的香饽饽。

小兵的嫌疑确实很大。我让何路打听下小兵的住址。仅等了5分钟，何路就拿到消息。他告诉我，小兵住在海景园，但具体的房号不清楚，他有一辆路虎越野车，平时就停在门前的车位上。

我决定和陈国涛一起去抓小兵。其他人继续留在店里对服务员进行询问，KTV行业人际关系复杂多变，说不定能找到关键的信息。

前进至半路，大山给我回拨电话。电话里，我问他和小兵到底有什么矛盾。大山告诉我一时半会儿说不清，但他可以帮忙追查小兵。

"刘队，你可得小心点。这伙人说话都没个准，这次可别是想借咱们的手，给他除去竞争对手。"我挂断电话后，陈国涛提醒道。

我点了点头。其实我也考虑过，梅姐这种比较知名的老鸨，绑架她的代价太高了。不过一天，整个罗泽市都能知道，到时候捂在手里就是犯罪证据，可谓前后不讨好。小兵不像那么蠢的人。他知道绑架罪属于严重犯罪，起刑十年，最高可至死刑。情节轻微的起刑也是五年以上。

不做亏心事，不怕鬼敲门。我心里想，先看看小兵的反应再说。我告诉陈国涛，现在情况不明朗，抓小兵的时候先别下狠手，以免不好收场。

车子还没开到海景园，大山再次给我打来电话，他说小兵这几天在一个夜总会的楼上客房住。大山提醒我，这个夜总会门口的保安都很机灵，我们一出现就能被人认出来。他可以安排三个身手不错的保安，混进夜总会大楼帮我抓小兵。

我有些怀疑，大山这么快就能把小兵的踪迹找出来？还特意提前准备好了人手。大山究竟有什么目的我不知道，但一定不能被他牵着鼻子走。

我将车停在夜总会外的另一条街上。小兵住在三楼的客房里，我在街边朝夜总会看了看，三层的房间都拉着窗帘，不知道他住的是哪一间。大山安排的人也到了，身体精壮，穿着西装。其中一个身上的衬衫被绷得紧紧的，扣子都快开了。

他有些不好意思地说："衣服是刚借的，不大合身。"

我让陈国涛在外面盯着，带着三个人向夜总会走去。夜总会和宾馆是一体的，两个保安正站在门口说话，看到我们四个人，走过来上下打量。我身后的三人西装革履，像是生意人，保安的手放在对讲机上，犹豫了几次后最终没拿起来。

我带着三人走进宾馆，装模作样地在前台开了一个带麻将桌的套间，拿着房卡直接冲上三楼。我不知道小兵在哪个屋子，打算守住走廊一个个的房间找。我刚从楼梯间出来，就看到走廊尽头站着一个人，他正朝这边张望。

这人看到我，犹豫了一下。可当大山的三个人从我身后走出来时，他迅速转身，快步跑到一个房间门口大喊：

"兵哥，来人了，快走！"

兵哥？我大脑顿时反应过来，急忙冲过去。但他这时一把将门关上，并用身子紧紧地抵在门上，我一把拉住他想把他拽开，可是这个人手紧紧地攥着门把手。这时我身后的保安跟了上来，几个人一起用力把他拽开。

"咣——"我抬起一脚踢在门上，门缝处裂开一道缝隙。宾馆房间都是磁卡门，门锁是铁的，只有锁扣位置是金属，门都是木头的。几脚下去，木门被我踢出了一个坑，门板凹陷进去。

"刘队，我来。"旁边膀大腰圆的保安喊了一声，趁着我收脚的空隙，将手别在腰间，斜着身子往前冲，用肩膀狠狠地顶在门上。"咣当"一声，整扇门板被顶开，他连人带门一起扑进去。

我赶忙跃进房间。这是一个套间，里面的卧室没人，客厅的窗户开着，窗帘被风吹出屋子。我来到窗口往下看，看见一个人站在二层的广告牌上，一只脚往下探，正准备跳到夜总会一层大门的雨搭上。

"别让他跑了！"我看陈国涛就在楼下，急忙对着他喊。

我一喊，这人吓了一跳，直接从广告牌摔到了雨搭上。这下惊动了楼下的保安，保安大喊徐总小心，这下我确定了他就是小兵。现在我在楼上，陈国涛在楼下，我们把小兵堵在中间，他哪儿也去不了。

这时陈国涛亮出证件，小兵老老实实地跳下来。我来到小兵面前，问道："梅姐人在哪儿？"

"梅姐？我不知道呀！"小兵灰头土脸的，身上只穿了一套脏兮兮的睡衣，手和脚磕破了好几处。

我继续问："你少装糊涂，梅姐哪儿去了？你这几天都干什么了？"

"我这几天一直住在这里，哪儿都没去！梅姐怎么了？你们找梅姐怎么找到我这里来了？"小兵委屈地看着我。

我把小兵带回派出所，查看了他的手机，发现他这几天几乎没和其他人联系。我问他为什么跑到夜总会楼上的宾馆住。小兵说这段时间他和别人发生了争执，他怕对方报复，于是藏到了夜总会的宾馆，还安排人在门口放哨。

在门外放哨的人误以为我是来报复小兵的，他才急匆匆地跳楼逃跑，如果不是陈国涛亮出证件，他还准备喊来保安血战一把。

小兵一开口，我就想到了他和大山的纠葛："你和谁发生了争执？是大山吗？"

"这事你们也管？"小兵斜着眼睛看着我。

他虽然没正面回答，但我知道小兵一定是在躲大山。大山来找我们报警，目的就是为了避免和小兵发生冲突，怎么两个人总以为对方要对自己下狠手呢？

我觉得他们之间似乎出现了一些误会。

小兵与梅姐的失踪没有直接关系，但为了以防万一，我把他留置在派出所。这时店里的另一组同事已经把店里的服务员都问询了一遍，除了接电话的服务员之外，其他人和梅姐都没有联系。

梅姐一共带了38个陪酒小姐，今天来了36个，还有2个没来。她们与梅姐是一周一结账，现在还没到结账的时候，平时她们很少与梅姐有私下的联系。

我对另外一组人说道："必须把梅姐带的所有小姐找到，不然我心里不踏实。剩下的两个人住在哪儿？去她们家里找一找。"

喜子已经把没来的小姐情况问清楚了，在电话里对我说："另外两个人是合租的，住在安达大厦，具体是15层还是16层她们记不清了，房间号也不知道。"

"好，我通知属地派出所去找一下。你们继续扩大搜索范围，带着梅姐那个男朋友，叫王希是吧，把梅姐可能去的地方都找一遍。"

安排完工作，我把两个小姐的身份发给春和派出所，安达大厦就在他们辖区。有了身份信息就能打印出照片，我嘱咐派出所的人，一定要在15层和16层挨家挨户地找，务必找到这两个人。

小兵说的话没有明显破绽，可是他与大山的矛盾似乎很深，查清楚了也许会对找到梅姐有帮助。小兵告诉我，大山刚开业的时候为了抢客源，曾经找人来他的店闹事，之后两个人就一直有矛盾，并且越来越深。

小兵早就想收拾大山了，只是大山有个靠山，叫常成，很有威望。小兵出来混的时候，欠了常成不少人情，所以一直没动大山。最近常成得了癌症，命在旦夕，小兵先以挖梅姐为借口，与大山挑起矛盾。

大山知道小兵打的什么主意，打算趁着常成还有一口气先下手为强。小兵得到消息便藏了起来，打算等常成走了之后再报仇。

小兵讲起来滔滔不绝，我听得津津有味。那个年代的事情掺杂着浓厚的个人英雄主义色彩，说起来颇具戏剧性。就在这时，我的手机响了起来，是春和派出所打来的，所里值班员说他们找到了其中一个小姐。

　　我扔下小兵赶到所里，在询问室里看到一个女人，只见她穿着件吊带背心，面色发青，眼圈乌黑，双手抱在胸前来回磨蹭。她脚上的凉鞋带还开着，一条皮绳扣掉在地上。

　　派出所说，他们打印了照片，结果刚出门就看到女孩在马路对面徘徊，于是把她带回了所里。

　　女孩就是我们要找的人，叫小夏，是梅姐带的陪酒小姐。

　　我问她："店里给你打电话怎么没接通？"

　　"我手机坏了，一直没去修。"

　　"你在派出所马路对面干什么？你们店里还有一个叫朱敏的女孩吧，她人在哪儿？"

　　小夏抵着脑袋，似乎在努力地思考回忆，过了好一会儿才回答，但说话吞吞吐吐的。

　　"朱敏？她……她好像……在家吧。有人……对了，刚才有人跟踪我，我害怕，就跑到派出所来了，但我是陪酒小姐，怕派出所把我给抓了，就没敢进来。"

　　我抬头往窗外看了看，马路对面人员稀少，没发现有可疑的人。

　　"谁跟踪你？人在哪儿呢？"

　　小夏顺着我的目光看去。

"先不说这个，你给朱敏打电话……你电话坏了是吧？算了，你现在带我去你家找她，她是不是在家？"

"在，在家，行，我现在带你们去。"小夏起身就走。

我找了一名女警察，和小夏一起来到安达大厦。小夏说她租住的房子是1504，下电梯之后左手第一间。坐电梯到15楼，小夏抬起手冲着门使劲地砸下去。一边砸一边喊："朱敏！朱敏！开门！我是小夏！警察来找你了！快开门！"

安达大厦是公寓楼，周围静悄悄的，小夏嗓子比较尖，她扯着嗓子一喊，声音显得格外刺耳。我站在旁边都觉得耳朵有些发麻，随着咣咣的砸门声，有些心烦意乱的感觉。

"你的钥匙哪儿去了？直接开门吧！"我对小夏说。

"我出门没拿钥匙。"小夏回应我一句，然后继续砸门。走廊另一侧有户人家打开门，露出脑袋朝这边张望。小夏的声音越来越大，嗓子开始有些嘶哑。我拦住小夏，发现她的手都敲红了，可真够使劲的。

"行了，别喊了，估计她也没在家。你有她的手机号码吗？"

"我记不住她电话，她的手机号码我存在手机里，我手机坏了。"

"那好吧，你先和我回去，我问你点儿事情。"

我带着小夏往大队走，路上给石头打电话，让他来安达大厦查一下监控，看看朱敏是什么时候离开的，能不能通过监控把她找到。

刑侦大队是一栋四层楼，询问室在地下一层。我带着小夏来到询问室，发现铁门是锁着的，于是打电话让人把钥匙送下来。我和小夏站在门口，看到喜子和另外一组人回来了，梅姐的男友王希也在人群中。

白白净净的王希在一帮大老爷们儿中间特别显眼，喜子带着他来到询问室，他要给王希做一份询问笔录，调查有关梅姐的情况。

我和喜子打完招呼，突然听到身后啪嗒一声响，回头一看，小夏一屁股坐到地上，瞪着眼睛，张着嘴说不出话。

我问她："你怎么了？身体不舒服？"

身边的女警想将小夏扶起来。可她的腿像没有力气似的，左右摇晃站不住脚，小夏抬起一只手遮着头，整个人贴靠在墙上，看着像是贫血了。

"我想去医院……"小夏低声说道。

铁门被打开，露出了通往地下室的楼梯。电灯沿着地下室的走廊亮了起来，周围的墙壁装了一层软包围，将灯光吸收不少，整个地下室给人一种压抑的感觉。

"我也要下去吗？"王希问我们。

我点了点头，示意他往下走。这里平时主要用来审讯犯人，一般证人的笔录我们会选择在其他地方做，但今天情况比较特殊，大家都出去找人了，没有多余的人手，只能一股脑儿地都在这儿做。

王希顺着楼梯走下去。小夏这才慢慢地站直了身子，扶着脑袋朝楼梯看了看，向我问道："刚才那个人是谁？"

我有些奇怪："他是梅姐的男朋友，在你们店里上班，是一个订房经理，你不认识？"

小夏扶着脑袋对我说："我是个陪酒小姐，算不上KTV的员工，我好像听过这个名字，但没见过。我能不能等会儿再做笔录？我现在头晕，我想去医院看看。"

"那好吧。让这位女警官陪你去医院做个检查，开点药，应该是贫血之类的症状，完事再回来做笔录。"

送走小夏，我也来到地下询问室，屋子里传来噼里啪啦的打字声，喜子正在给王希做笔录材料。他们今天一共去了三个地方，一个是梅姐朋友开的咖啡店，一个是梅姐经常去做头发的发艺店，最后一个是游艇码头。

我问王希，为什么要去游艇码头？他说梅姐喜欢坐游艇出海。说是游艇，其实就是很小的快艇，一次能坐四五个人，他经常和梅姐去坐。小艇驾驶比较简单，可以自己驾着出去兜风。

这种小艇中间有一个方向盘把舵，右边有一根推杆，往前一推就是前进，往后拉动就是后退，是现在比较流行的休闲方式，租一个小时两三百元钱。

这三个地方都没发现梅姐的踪迹。

正在我一筹莫展的时候，石头打来电话说有了新发现。他在看录像的时候，发现小夏昨天是从15层坐电梯下楼，但之前，小夏一直是从16层下楼。

小夏平时从16层上电梯，为什么要带着我去15层？除非她本来就在16层住！之前小夏的举动很可疑，她对着1504房间使劲砸门，那是她自己的家，没必要这么做。

我急忙往安达大厦赶去，然后对电话里喊道："你快查一下物业登记的业主信息，看看小夏到底住在哪儿。我刚才好像被她糊弄了！"

果然不出我所料，1504登记的信息是两位老人，联系上房主，他们说这个房子一直没住人。我立刻把16层的住户信息查了一遍，只有1604的登记本上写着一个租字。我给业主打电话，他告诉我们房子在半年前租给了一个姓夏的女孩。

1604才是小夏住的房间！她为什么把我带到15层？我和石头来到1604房间门口，户主也匆匆赶过来，拿着钥匙开门。进屋后，我闻到一股闷闷的味道，我心里暗呼不妙。

这是一套两室一厅的房子，我和石头分别推开两个卧室查看。屋子里有很多玩偶堆在床头一角，挤在一起看着格外显眼，一床厚厚的被子将玩偶裹住。现在正值初秋，天气还很热，这种厚实的被子应该在柜子里放着，为什么会拿出来？

我过去拉住被子一拽，玩偶从床角掉落下来，一只小猪滚到床边，石头用手轻轻地翻动一下，发现小猪后面有一块暗红色的印迹。这个痕迹我很熟悉，血迹干涸之后就是这个颜色。

我把石头喊过来，他把所有的玩偶都翻开，至少三分之二的玩偶身上都发现了血迹，但是床单上却没有血。

"这不是床单。"石头说。

他这一说我才注意到，房间里布置得花花绿绿，唯独床单是藏蓝色的。这只是一块铺在床板上的垫子，而床单不见了。

从这些玩偶上面的血迹来看，床单肯定是被人扔掉了。这些血是怎么回事？小夏为什么撒谎？这些疑问一股脑儿地蹦出来。我急忙给陪着小夏的女警察打电话，让她盯紧点。

一连打了三个电话都没人接，这下我有些慌了。当警察的，不接电话可不正常。我让石头在现场等喜子，联系陈国涛往医院赶，刚上出租车时，女警察回电话了。

"刘队，不好了，小夏不见了！"

"你怎么盯的人！怎么还能不见了呢？"我在电话里大声喊道。

"有个男人把我拦住了，小夏趁机跑了，这个男的被我控制住了。"

我赶到医院，看到门口围了好多人，医院的保安把一个男人压在地上，旁边站着女警察。这时陈国涛也赶过来，把男人押上车。

这男的快50岁了，头发秃了一半，穿着打扮挺正式，他随身钱包里有一张单位的门卡，是一个国资企业。我喝骂几句后，这男的和我们坦白，他和小夏发生了几次关系，也提出想处对象的事，但小夏一直没正式答复。

"发生关系？是皮肉买卖吧？卖淫嫖娼属于违法行为，要处十日以上十五日以下拘留并处五千元以下罚款的，你知道的吧？"

一般警察会经常查酒店，两个相互不认识却住一个房间发生性关系的人基本都属于卖淫嫖娼犯罪，将两个人分开一问就知道。

嫖娼属于治安案件，非刑事案件，罪名全称是卖淫嫖娼，一般执行行政拘留十五天并处数额不等的罚款。而如果是组织卖淫罪就严重得多，首先组织卖淫是刑事犯罪，它的定性是组织策划者为犯罪主体，组织多人进行卖淫行为，行为次数要达到多次，起刑就是五年以上，情节严重的十年以上，最高是无期徒刑。

在平时办案过程中遇到最多的还是介绍卖淫，罪犯像古代青楼的老鸨一样，向嫖客推荐介绍卖淫女并从中获利，只要达到一次三人或者是一人三次即可认定为介绍卖淫，它在刑法中规定的刑期要低于组织卖淫，起刑是五年以下。

强迫卖淫与组织卖淫是同一宗罪行，都属于刑法第三百五十八条的内容，只是其中的款条不同，全名是组织、强迫卖淫罪，对刑期的定性也一样，都属于恶劣犯罪行为。

假如罪犯对单独的卖淫女使用胁迫、强迫、威胁的手段让她进行卖淫行为，那么就可以定性为强迫卖淫。这个与组织卖淫不同的是，强迫卖淫的定性不需要参与人数和进行违法犯罪的次数。

"不是，不是，我真想和她处对象，我天天都给她发信息。"男的发现事情有些严重，慌张起来，还拿出手机解释。

"那我问你，你去过她家吗？小夏这几天都在哪里？做什么？"

"去过。昨天小夏说有人找她讨债，让我帮忙应付一下。我去她家看看情况，发现屋子里有个男的，还挺凶。我想替小夏把账还了，结果这男的就要动手打我，我一害怕就逃走了。"

"你去的时候小夏在屋子里吗？"

"不清楚，我去她家敲门，是那个男人开的门，我没看见小夏。今天小夏用一个我没见过的手机号给我打电话，让我来医院帮她，我不知道这个女的是警察……"

"小夏在做检查的时候从医生那里借了一部手机。"女警察对我说。

我一把揪住这个男人的衣领问："小夏跑到哪儿去了？"

我对这个男人有一股怨气。他属于典型捣乱破坏的，被小夏玩弄于股掌之间还不自知，看他这副呆若木鸡的样子，我真想骂他几句。

"我看她跑出去后，好像上了一台红色的宝马越野车，车牌号是52什么的。"

医院车辆进出有自动识别系统，在系统里我找到了红色宝马越野车，车牌号罗CU3521。我通过公安系统查了下车主信息，显示车主名叫陈梅姊，也就是梅姐。

梅姐的车怎么会来这里把小夏接走？

这时石头那边也来信了，他和喜子查出了新的线索，屋子里一共有四种不同的指纹。小夏说这里只住着她和朱敏，那么其他两种指纹是谁的？我问嫖客去没去过小夏住的地方。他说只到过门口，从未进去过。

石头告诉我，小夏家的窗台上有攀爬的痕迹，应该是有人从窗户跳了下去。安达大厦建筑比较特别，每两层之间的阳台是错开的，也就是说16层的窗户下面是15层的阳台。

我明白为什么昨天小夏是从15层上的电梯了，她从16层直接跳了下去。我想到嫖客说的话，小夏那次找嫖客来帮忙的目的和今天一样，都是为了将盯着自己的人引开！然后她从窗户跳下逃走。

小夏屋子里的男人是谁？她为什么要逃？

"现在情况又有变化，小夏坐着一台红色的宝马越野车从医院跑掉了，你们赶紧想办法追查监控，找一下这台车，车牌号是罗CU3521。"

"罗CU3521，等等，什么？你知道这台车？刘队，喜子说这台车是王希开的，来警局时，王希就是开着这台车来的。"

我想起来了，在进入询问室之前，王希和小夏有过一次短短的近距离接触，那时候小夏就突然说不舒服。喜子给王希做完笔录后，让他自行离开，可他直接来了医院找小夏。

他们到底是什么关系？

我开始在全市追踪这辆车。石头把所有路口的卡点拍照信息全都调取出来，其他人沿着这辆车的行驶方向一路寻找能用的监控，瞎子摸象般在大街上搜索。功夫不负有心人，我们找到了这台车的轨迹。

这台车根本没往偏僻的地方开，它所行驶的都是正常的马路，从医院出发沿着大路一直开到海边，我们在游艇码头的停车场看到了这辆红色的宝马越野车。

此刻天空阴云密布，风雨交织，豆大的雨点砸在雨衣上发出噼噼啪啪的响声，台风越来越近，海面上翻起浪花，一浪高过一浪。

"人哪儿去了？"我用手拉着雨衣兜帽在停车场张望。停车场早已没有人了，进出的拦车杆被抬了起来，收费小屋里空空的，整个码头连一个人影都看不到。

我们几个人沿着游艇码头找了一圈，码头办公室的屋门被风吹得不停开关，这是出租游艇的办公室，屋子里早就没人了。走进去一看，我发现门锁的位置有一个大洞，屋子里一个抽屉被拉开，里面有一堆钥匙。

"这些都是游艇的钥匙。"石头告诉我。

是不是王希把门砸开，将里面的钥匙拿走了？

码头边的风很大，我在防波堤上勉强站住，擦了一把脸，看见一排整整齐齐的小艇中间有一个空位。

少了一艘船！难道他们开船出海了？我抬头看了下天空，远处传来阵阵雷声，一道闪电划过天空，将天海交界处照亮。那一瞬间，我隐约看到一艘小艇在海浪上翻滚，一晃而过，消失不见。

两天后，雨过天晴，我们接到边防海警部队的电话，他们在石坨子发现了一艘翻掉的小艇，内舱中有一个溺死的女人，经过辨认后正是小夏。我把案情向海警说了一遍，海警部队特意扩大了寻找范围，但是没发现其他尸体。

小夏不能一个人开船出海，和她在一起的人肯定是王希，但是这么大的风浪，小夏溺死在海里，王希能生还吗？他为什么要带着小夏去冒险？

法医对小夏进行了解剖，结果在她的胃里发现了一只金属扳指，还有极小的碎骨。法医说，碎骨像是人的指节，应该是把手指和扳指一起咬了下来。

我对这只扳指有印象，第一次见到王希的时候，他手上就戴了这么个奇形怪状的东西。小夏临死前确实和王希在一起，两人应该是起了争执，小夏把他的手指咬断了。

小夏这是故意的，她发现王希要害死她，在临死之前做的最后的挣扎。不过王希在这种天气下开着小艇出海，自己也是凶多吉少，小艇翻了，他不可能活着游回来。

整件事还有一个最关键的人，那就是嫖客在小夏家里遇到的那个男人。我把嫖客找来，让他仔细回想这个人的相貌，又专门联系了画像专家进行描绘。可是这位大叔知道死人了，吓得话都说不利索，一会儿说对方眉毛浓，一会儿说对方眉毛稀，反反复复说不清楚。

我陪着他一整天，负责画像的人画废了十几张纸，后背全湿透了，茶也泡了快七八壶，可是连一点儿靠谱的面容都没形容出来。

这种刑侦手段叫模拟画像，指的是在有目击者参与协助调查的案件中，通过目击者口述，工作人员通过画笔、模拟画像专用软件等来描绘犯罪嫌疑人的面部肖像。如果这张肖像达到与犯罪嫌疑人50%以上的相似度，即可用来摸排、张贴，作为一个有用的线索使用。一般来说，模拟画像适用于有目击者，同时又没有犯罪嫌疑人案底照片的案件中。例如抢劫、强奸、勒索、诈骗等。另外，在一些非犯罪场合也可适用，例如，为自己去世或失踪的亲友画遗像（没有留下照片者）。

这时石头找我，说旁边办公室的打印机没墨了，要在我这儿打印照片。他们要散发传单寻找掉进海里的王希。打印机发出咔嚓的声响，第一张照片从打印口出来的时候，由于没将挂纸挡拉出来，照片从打印机口飞了出去，飘落在嫖客大叔的脚下。

大叔俯身帮忙捡，他拿起照片后愣了一下，然后兴奋地大喊："我认出来了，就是这个人！"

在小夏家的男人是王希？这不可能，给王希做笔录的时候，我专门问了他的行踪，嫖客大叔在小夏家门前出现的时候，王希人正在店里，所有的服务员都能证明。

"我敢肯定，就是这个人。"嫖客大叔又仔细看了看，然后补充说道，"但是这个人脸胖一些，而且看着挺和善，我见到的那个人眼神特别凶狠。"

"等等，你说他俩很像？"我心里想到一种可能。

我联系到了王希的老家，从户籍底账中进行查询。王希家有两个孩子，一个叫王希，一个叫王强，是双胞胎，王强曾经因为抢劫罪被判处了七年有期徒刑，今年刚出狱。

我看到了王强出狱时的照片，乍一看，真和王希一模一样，但比王希要瘦一些，眼神凶狠。王强出生后被别人抱走抚养，所以只在王家户口上落了一年，之后户口便转走了。

石头将安达大厦所有电梯的监控都调取出来，经过日夜排查，终于发现了重要线索：一名戴着帽子的男子来到16层，电梯的监控看不清他的脸，第二天，王希也乘坐电梯到了16层。

随后这名男子再次出现，不久后他拎着行李箱乘电梯返回，半小时后又带着行李箱离开，大约在晚上的时候返回。随后王希在电梯里出现，从16层坐电梯下楼离开。

后来这名男子再也没在电梯出现。直到第三天，梅姐和王希出现在电梯里一起乘坐到16层。大约过了一个多小时，戴帽子的男子乘坐电梯下楼，回来的时候带了一个行李箱，然后再次推着箱子下楼，直到傍晚才回来。

两部电梯里的所有录像中均没有看到梅姐下楼的身影，仿佛她上楼之后就消失了。

多年的经验告诉我们，戴帽子的男子肯定有问题，只要在犯罪现场出现行李箱，几乎不用细想，箱子肯定是用来装人的，也许是活人，也许是死人。

消失不见的梅姐和朱敏就在箱子里。

我们在安达大厦外面的监控找到了一张戴帽子男子的正脸像，和王希长得几乎一模一样，但我们知道他不是王希。这个人出现的时候，王希正在楼上，他肯定就是王强。

王强两次拎着行李箱出门，都是坐同一辆返程车，从罗泽市去往童牛岭。我们找到了司机，司机说，这乘客拿了一个大矿泉水瓶子，先到附近的加油站灌满了油，然后拎着行李箱顺着上岭的小路走了进去。

乘客说给自己的摩托车加油，司机也没多问。我知道装油肯定是要处理行李箱的东西，尤其是尸体，很难点火引燃，必须借助汽油等助燃剂。

我们在岭上开始寻找点火的痕迹。最终在童牛岭一侧的山腰洼地附近，找到了放火现场，还有几根烧焦的金属拉杆，是箱子被烧碎后剩下的。勘查现场时，技术人员在旁边的草坑里翻出了带着烧焦痕迹的骨头和行李箱的碎片。

这些骨头混杂在一起，一时间我们无法分辨出是一个人还是两个人。但我知道，梅姐和朱敏应该是凶多吉少了。

次日，王强被列为网上逃犯。仅仅过了三天，他就在吉林省松原市网吧被当地公安机关抓获。

在审讯室里，我见到了王强，他面容深沉，脸色发黄。他的眼神也特殊，似乎一直在凶狠地瞪着你。有返程车司机的指证，我们又找到了售卖行李箱的商店店主，再加上加油站工作人员的辨认，一套完整的证据链面前，王强没有做太多的顽抗，很快他便交代了犯罪事实。

以下为王强的笔录：

"你一共杀了几个人？"

"算是两个吧，最后那个女的不是我杀的，她和我弟弟一起沉到海里去了。"

"你为什么要杀这两个人？"

"我从监狱出来后，就来这里找我弟。你也知道我蹲了七年监狱，我弟说要安排一个女的陪我放松放松，然后他找他对象，帮忙联系到个女的，联系好了之后，我就去她家。我刚从监狱出来，没几下就完事了，我想再弄一次，但是她问我要钱，我身上又没有钱，这个女的说了些不好听的话，我就打了她一耳光。她上来和我撕扯，我就掐住她的脖子。大约掐了几十秒？记不清了，反正后来她不动弹了我才松手。完事我觉得事情闹大了，就先给我弟打电话，结果我发现另外一个屋还有个人，当时我也没想继续杀人，就拿着胶带把她捆起来然后用被子蒙住。等我弟来了之后我就和他商量怎么把尸体处理掉。"

"你怎么处理的尸体？"

"我去附近商店买了一个行李箱，然后我弟给了我一个返程车司机的电话，让我找个偏僻的地方把尸体埋掉。我拿着箱子让司机把我送到郊外，但是半路我觉得直接埋有点儿危险，不如先把尸体烧一遍，这样即使被人发现也不容易被认出来。于是我让司机先把车开到加油站，我买了一大桶水倒掉换成汽油，来到一个山坡洼地把尸体连箱子一起烧了。"

"你为什么继续杀人？"

"后来我弟对我说这个小姐是他对象帮忙联系的，这个女的死了，他对象肯定不能就这么算了，他想把他对象找来劝一劝，可是这个女的来了之后像疯了一样，非要报警，我弟差点儿没拦住，我拿着个水杯从后面砸到她的后脑勺上，砸了几下后血喷了出来，然后她就死了。然后我又用上次的办法，把她装进行李箱，还把溅到血的床单一起放进去，拉到郊外给烧掉了。"

"你弟弟就这样看着你杀人？"

"这女的比他大很多，我弟也不喜欢她，只不过全靠这个女的养着他，她死了以后就拿不到钱了。不过他知道这个女人的银行卡密码，我们取了一些钱，但银行卡取钱每天有限制，这女的挺有钱，我俩可以每天取一点。我和我弟说不如跑吧，他也同意了。但屋子里还有一个女的，我俩琢磨该怎么处理这个女的，这时有人来敲门，趁这个空当屋子里的女的跑了。"

"她怎么跑的？"

"我也不知道，我一开始没想杀她。我让她和我一起处理尸体，然后用胶带把她捆住，可能她挣脱开了，然后趁着有人来，我开门的空当打开窗户跑了。我和我弟说这件事，我弟说他想办法找这个女的，他对这个女的有印象，也是店里的人。"

"后来呢？你弟怎么找到这个她的？"

"这个我就不知道了。我弟让我收拾东西准备走，然后他开车出去了，车是他对象的。然后我弟告诉我他找到这个女的了。我说不能留活口，他说要想办法把这个女的沉海里去。我要去帮忙但是他没让，后来我再也没联系上我弟，我自己就跑了。"

最终我弄清了事情的大概。王希让梅姐帮刚出狱的王强安排了一个卖淫女，但是王强把对方掐死了。梅姐坚决要报警，王强是个亡命徒，便把梅姐也杀害了，然后将两个人焚烧掩埋。

唯独剩下与朱敏同屋的小夏，她挣脱胶带的束缚后，打电话喊来嫖客帮忙，然后趁王强不注意跳楼逃走。小夏本想报警，但她参与了处理尸体，虽然是被人胁迫，但这也成了她的负担。在公安局看到王希之后，小夏误以为是王强追来，她害怕了，借着上医院的机会跑掉。

不过小夏为什么上了王希的车？这点我没弄明白。梅姐被害的时候她也在屋子里，不过王强说他把小夏用胶带捆起来，捂得严严实实的，也许小夏不知道梅姐被害，误以为开车的人是梅姐。

至于真相究竟是什么，恐怕永远也查不清了，小夏已死，王希又下落不明。那天的风浪极大，驾驶小艇出海的结果只有船翻人亡，也许王希的尸体正在大海的某一处漂荡，抑或已经成为鱼虾的口腹之物。

连续杀死三名小姐的案件在市里引起了不小的躁动，王强最终被判处极刑。但在开庭的时候，我没从他的眼神中看出一丁点儿悔过的意思。面对法官，他嘴角上扬，反而有些得意。

王强死刑刚执行完毕，我们正为这件案子感慨的时候，另一个死讯同时传来，常成死了，这个在罗泽市叱咤风云的人物消失了。

我知道，依靠他建立起来的各种人际关系在他死的那一刻便开始崩塌，我能感觉到罗泽市暗流涌动，一个个藏在阴暗角落的人纷纷探出头，紧紧盯着常成死后留下的空白。

无数把刀叉在蛋糕上挥舞起来，溅起来的鲜血染红了天空，与罗泽市的夕阳融为一体，将城市映照成血一般的颜色。

08 黑道大哥死后第二天，二号人物就失踪了

告别仪式快要结束了，大厅里只剩下寥寥几个人。我和陈国涛等人藏在告别厅附近，继续等待。这时我看到一个穿着黑衣服的人从外面走了进来，进来的时候并没有立刻奔着告别大厅去，而是站在门口向里面张望。

我们几个人早就藏了起来，这人张望一番后才走进殡仪馆。

刚入秋的早晨还是有点儿凉，太阳虽然依旧温暖，但被一片云遮住，驱不走四周的寒气。偶尔探出几缕阳光，照在身上，才能让我感觉到一股暖意。我抖了抖身子，盯着眼前行色匆匆的人群，将手里攥着的照片放进口袋。

顺着人群前进的方向看过去，不远处有一栋灰色的建筑，庄严沉肃，那是殡仪馆的告别大厅，往来的人都是参加即将举行的遗体告别仪式的。三天前，罗泽市灰产行业的元老级人物常成因为癌症死亡，今天是他火化的日子，罗泽市灰产行业有身份的头脑都会来出席他的葬礼。

我手中照片上的人也不例外。他叫陈松树，是一名逃犯，与常成颇有渊源，今天是常成的葬礼，他肯定会来参加。这是陈松树能够在社会上立足的根本，也是他们这行的规矩。

这些人混迹的灰色产业，通俗点说就是玩洗唱牌，分别代指四个行业。玩是指早期游戏厅和电脑房，现在已经变成了电玩城和网吧；洗是指洗头房和按摩院，现在变成了洗浴中心和温泉会馆；唱是指歌房，现在则是KTV和商务会所；而牌最早的是麻将室，现在则变成了茶楼和棋牌室。

我们要借着这个机会，将潜逃一年多的陈松树抓获归案。

我在路边观望，发现几个站在殡仪馆外抽烟的人将烟头掐灭，走进了告别大厅。站在各角落的同事正往殡仪馆告别厅移动。仪式要开始了。我向殡仪馆走去，心里纳闷，难道陈松树已经进去了？

这里最大的告别厅大约能容纳100余人，但我粗略算了下，来吊唁的宾客有200多人，告别厅门外被挤得水泄不通。走上台阶后，我被人群挤得无法继续前进，但仗着身高的优势，看到门口有个满脸悲怆的男人正给宾客发白色礼花。是大山。

大山是金海KTV的老板，也是常成最信任的手下，金海KTV就是他从常成手中接下来的。

可以说，常成的死，对大山的影响最大。来参加葬礼的人看似对大山十分客气，但是能觉察出个别人嘴角带着幸灾乐祸的狞笑。

定海神针倒了，平静的海面上积着一大片黑色乌云，暴风雨即将来临。

告别仪式开始，人们陆陆续续地往里走，大厅外的人逐渐减少。我们站在出口对来吊唁的人进行辨认，直到大厅里已经没有人了，我们也没看到陈松树的身影。

"怎么回事？难道他不来了？"陈国涛贴过身子，低声对我说。

我心里有点儿没谱，但还是安抚陈国涛："不应该呀。何路说前几天有人到处借身份证，还对证件上照片的体貌有要求，肯定是陈松树打算潜伏回罗泽，费这么多心思，他一定会来的。"

何路的身份很特殊，他是警方的特情人员，人脉很广，与社会上的闲散人员关系密切，能得到很多警方掌握不到的情报。在重案队的时候，何路就帮我破了不少案件，来到特别行动队之后，他又提供了一个重要线索作为我升职的贺礼，就是这个潜逃在外一年多的陈松树。

收到有人借身份证的消息后，何路描述了一下证件上的照片情况，一些特征和陈松树的脸很符合。所以我们判断，很大可能是陈松树想借一张和他形似的身份证回来祭奠常成。

告别仪式快要结束了，大厅里只剩下寥寥几个人。我和陈国涛等人藏在告别厅附近，继续等待。这时我看到一个穿着黑衣服的人从外面走了进来，进来的时候并没有立刻奔着告别大厅去，而是站在门口向里面张望。我们几个人早就藏了起来，这人张望一番后才走进殡仪馆。

是陈松树！他果然来了。

陈松树走进殡仪馆后，不停地东张西望，确定安全后才进了告别厅。告别厅里的几个人都是圈内人，看到陈松树后吃了一惊，不过并没有阻拦他祭拜。陈松树祭拜常成后，又来到常成亲戚身边说了一会儿话，才起身离开。

刚走出告别大厅，陈松树就被藏在门后的陈国涛一招抱擒摔倒，其他同事冲过来将他按住制伏。大山听到外面的动静也走了出来，看到我们，面有怨色："哎！你们干什么？怎么在这儿抓人？"

我明白，像他这种混社会的人，看得最重的就是面子，这场吊唁告别礼是他组织的，这种情况下警察来抓人，会给圈子里一个不太妙的暗示。

我没好气地回应："正常抓逃犯，你别来添麻烦。"

此次行动，等陈松树做完了祭拜才动手，已经足够人性化了。

大山似乎想说些什么，但最终还是放弃了。

陈松树在常成的葬礼上被抓这件事，不到一天的工夫，就传遍了整个罗泽市。接下来的几天，我一直在等大山的电话。常成的葬礼是大山组织的，作为负责人，陈松树被捕的事情很容易让人联想到他和警方有联系。大山至少应该做点儿什么来澄清。

但是我没等来大山的电话，却等来一封举报信，信上说大山敲诈勒索，涉案金额十万元。敲诈勒索定性比较宽广，只要是以非法占有为目的，使用了恐吓、威胁或要挟这些手段，都属于敲诈勒索。而这个恐吓、威胁的界定就比较模糊，言语上没有明确的分明曲折，也许骂几句就能够定罪，所以这个才被叫口袋罪。

但实际侦办上对敲诈勒索的证据规格很明确，首先是非法占有不属于你的东西；另外是恐吓威胁，必须有实际可能发生的行为才算是恐吓，比如说"你明天出门让车撞死"这种属于诅咒，而"信不信我让你出车祸"就属于恐吓。

10万元钱也就是三年以下有期徒刑，数额巨大或者有其他严重情节的，处三年以上十年以下有期徒刑；数额特别巨大或有其他特别严重情节的，处十年以上有期徒刑，并处罚金。但敲诈勒索一般都会有其他伴随罪行，会数罪并罚。

我们联系上举报人，他来到行动队与我见了面。他叫王义，在胜利街上开过一家烧烤店。烧烤店是从大山那里租的商铺，后来生意不好，王义把店兑给了别人。大山知道后，以违反合同为名让王义赔偿损失。一开始王义不同意，后来大山找人不停地吓唬他，王义没办法，只得东拼西凑赔了大山10万元钱。

王义对社会上的事情有些了解，他知道大山有常成做靠山，所以没人敢惹他，但现在常成死了，王义这才敢把被勒索的事情拿出来举报。

得知常成死讯的时候，我预料到他的死会带来各种各样的影响，之前靠他的势力掩盖的恶行也会逐渐浮出水面。只是我没想到，常成头七都没过，就有人主动来到公安机关举报。

王义拿出一份租赁合同，签字人是他和大山。我问王义那被敲诈的10万元钱有没有凭证，王义拿出一张收条，上面写着收到王义支付赔偿款拾万元整，落款也是大山。

证据上没什么问题，我对比了下两个签名，应该是同一个人签的。但王义单方面的证词没太大价值，这件事还得找大山问个清楚。

我让王义先回去等消息，然后拿起电话给大山拨了过去，可一直无人接听。我让陈国涛和喜子去金海KTV找大山。不久，喜子来电话说金海KTV关门了，上面贴了一张停业装修的启事。

想起之前在常成葬礼上发生的事情，我猜测，大山应该是怕陈松树的事连累到他，所以故意躲着我们。其实我也拿不准大山到底是不是知情不报，本来我没想继续追究，但现在有人来报案，我们必须找到他。

我安排人手去大山的居住地搜索，又去了他常逛的几个娱乐场所，只找到了大山的司机。他叫崔宏光，绰号"小光"，以前是夜场的保安，一年前被大山提拔为司机。

小光说，三天前大山给他放了一个月的假，近期不用他开车，然后就消失不见了。小光试着联系过他几次，但大山一直没回复。

连大山的司机都找不到他，看来这次肯定是有预谋地藏起来了。大山行为如此反常，我的心思也活泛起来：大山到底是害怕自己包庇逃犯败露，还是说他和陈松树所犯的案件有关系？

想到可能会有意外收获，我坐不住了，赶紧将何路找来，可这次他也没招。何路说，这三天谁都找不到大山，他的电话能打通，但是没人接，不少业务都耽误了。但何路也提出一个想法，大山之所以不关机，是在等一个要紧的电话。

我不禁有些发愁。事出反常必有妖，现在正是暗流涌动的时候，我担心大山在策划什么秘密行动。

"你说，如果是熟悉的人大山便会接电话吗？"在一旁的石头向何路问道。

"对！大山如果真要玩彻底失踪的话，肯定会关机。既然手机开着，就说明他还是能接电话的。"

石头挠了挠头，说："我有个办法。梅姐的手机不是还在咱们这儿吗？用梅姐的电话打给他，大山肯定会接。"

梅姐在大山经营的KTV里干活儿，她和大山肯定特别熟悉，但是梅姐之前因为替手底下的小姐伸冤被人谋杀，拿死人的手机打电话，有点儿不合适吧？这个念头在我脑海中闪了一下，立刻被想找到大山的决心覆盖掉了。

现在顾不得这么多了。

我从证物柜中找出梅姐的手机，开机后，给大山拨了过去。第一遍打过去没人接听，我又打了一遍，第二次响了三声后，终于通了。

"谁？梅姐？"电话另一头，大山的声音有些发抖。

"是我，刘星辰。大山你怎么不接电话？"

"噢？刘队？"

"我们现在有事找你，你人在哪儿？咱们见面说！"

"我？我不在罗泽，我在……在南方……"大山思考了一下才回答。

我知道大山不愿意见我们，索性把底牌亮出来："你少装蒜，我知道你就在罗泽市。你现在必须和我们见一面，有些事要问你，不然我就去抓你，到时候性质就不一样了。"

"找我什么事？"大山还在犹豫。

"见面你就知道了。"

架不住我连哄带吓，大山最终答应见面，地点选在一个咖啡店，我和陈国涛赶了过去。见面后，大山精神涣散，面色憔悴，他的眼神一跳一跳，不停地东张西望。

看到我拿出的合同之后，大山这才回了神，说话的声音也变大了。

"铺子是我的，但租赁人不是这个王义，我不认识他，也没听说过。"说着，大山找了纸笔，签了个名。他的笔迹与合同上确实有区别，应该是有人模仿他写的。

对比完字迹，大山说："那间店铺有租赁合同，如果有需要，我可以安排人给你们送过去。这能证明举报信是诬告吧？"

得到我的确认后，大山长舒了一口气，瘫在沙发上，神色也变得轻松起来。

"你们找我就是为了这件事？"大山靠在沙发上问道。

"难道你身上还有别的事？"我反问。

"哪有，我没什么事。"大山的眼神不自觉望向了别处。

"没事的话，你为什么躲起来不见人啊？"

"其实……唉，算了。我就是想静几天。常成大哥走了之后，我心情一直不太好，没缓过来，所以不想别人打扰我。"

确认举报信有问题，我没再和大山多聊，给他做了一份笔录之后，我便离开咖啡店。我知道，常成死后肯定有很多纠纷出现，如果有人看到大山和警察在咖啡店见面，说不定又会扯出麻烦的事情来。

这个人，我离他越远越好。

没想到，仅仅在七八个小时之后，我再一次见到了大山。

晚上11点，我接到指挥中心的电话，转递警情内容是在万合大酒店门前的马路上有人被砍，伤情严重。我急忙赶到现场，只见地上还残留着斑斑血迹。现场警察说，伤者的四肢都被砍断，已经送到了医院。

像这种故意持刀砍人涉嫌故意杀人罪或故意伤害罪，具体要根据案情而定。像这类故意伤害他人身体的，处三年以下有期徒刑；致人重伤的，处三年以上十年以下有期徒刑；致人死亡或者以特别残忍手段致人重伤造成严重残疾的，处十年以上有期徒刑、无期徒刑或者死刑。如果不持刀相互殴打属于治安类的殴打他人，致人受伤需要另定，够轻伤及以上就归刑事管辖。根据伤情程度来界定，致人轻伤三年以下，致人重伤三年以上。

我赶到医院，在手术室外看到大山的司机小光，一问，才知道被砍的人就是大山。

小光向我简述了整个过程：

下午我和大山分别之后，大山认为警察没有针对他，便不再藏匿，让小光开车接他去参加晚上的饭局。大约11点，小光将车开到饭店门前的路边，没等一会儿，便看到大山和其他几个人从饭店走出来。

小光将车发动，大山刚坐进车子，一只胳膊伸进来，将大山从车里拖了出去。小光意识到不妙，急忙下车，但是车门却推不开。他抬头一看，发现有人在外面把车门按住了。

小光使劲推门，但是对面的人力气更大，他推了几下，车门纹丝不动。这时，小光听到大山发出惨叫声，他急中生智，往副驾驶座位跨过去，想从另一侧下车。车子里面空间狭小，小光在车里折腾了大约10秒钟，才挪到副驾驶将门推开。

小光冲出去，看到大山呈"大"字形趴在地上，有两个人快速地向远处逃去。小光再转头看自己的车，发现按着车门的人也不见了。

他跑到大山身边，想把大山扶起来，结果一抬身子，大山的手掌挂在胳膊上来回晃动，小光这才知道大山的手断了。再仔细一看，大山的两个手掌和两只脚全像钟摆一样挂在四肢上晃动，手腕和脚踝处有一道深深的伤口，是被人用军刺之类的东西插进去的。

一句话，大山的手脚都被挑断了筋。

我问他："从大山被人拖出去到你下车，一共才多长时间？"

"顶多20秒。"小光说话口气有些发颤，仿佛回想起了可怕的事情。

20秒！我在脑海中模拟了一下现场的情形。行凶者把大山拖出来按住，然后用军刺将四肢筋挑断，这一系列动作要在20秒内完成不是不可能，但那要求极高的精准度，必须一击即中。在午夜11点的马路边，仅靠路灯那点光亮，能连续四下刺穿手脚筋膜，能做到这种程度的得是什么人？想到这儿，我心里不禁打了个寒战。

虽然对方是三个人，但一个按住司机的车门，另一个人负责控制，动刀的就只剩一个人。短短20秒将四肢挑断，就算是放一具不会反抗的尸体让我来，都不一定能成功。

在我推算时，一个女人冲进来，一把拉住小光的胳膊拼命地摇晃，嘴里声嘶力竭地喊着："你当时去哪儿了！大山被砍成这样你怎么不管！你是干什么吃的！"

小光站在原地任凭这个女的拍打，解释道："嫂子！我不是故意的，事情发生得太快了，等我下车的时候人都不见了。"

这个女人是大山的女朋友，两个人没结婚，但是相处了好几年，感情很深厚。小光是大山的司机，也算得上半个保镖。大山被砍成这个样子，她只能把一肚子愤恨撒在小光身上。

我们把二人拉开，将小光带到一个安静点的地方。我让他仔细回想当时的情形，可小光愣了半晌，眼神直勾勾的，有些发蒙，琢磨了半天也没回忆出有价值的线索。

好在小光并不是现场唯一的目击者。大山是在饭店外面被砍的，当时饭店门口有一名保安也目睹了全过程，石头给保安做了一份详尽的笔录。保安说，他看到两个杀手上了一台轿车，车身有黄色的反光标志，但是保安没看清是什么。

"什么人会在车上涂黄色的反光标志？"我向队里的成员问道。

喜子先提了个想法："有些车友会已经使用统一的标志，但是很少有贴在车身上的，一般都是贴在后尾。"

确实，在车身上贴标志的很少见，因为检车的时候会要求车主撕掉，而撕掉标志又会磨伤车漆，什么人会这么做呢？

大家都在琢磨，石头从网上检索关于车身贴牌的样式。我站在窗口朝外面望去，眼前一晃，一辆带着黄色标志的车子从我眼前开过，上面的标志是一个广告语：神州租车。

我顿时反应过来，他们的车子是租的！怪不得车身上会有标志。那时候租车还是一个新兴事物，我们罗泽市也才刚开了一家店，大街上很少见这种车。我和石头立即赶往罗泽市唯一的神州租车店面。

租车店开设在火车站，整个店里只有两个员工和两台车。一台是昨天刚被人送回来，租车人填写的名字是徐超，就是这个人租的车！

我们立刻追查徐超的个人信息，这个人在市民健身中心工作，可我们赶到健身中心的时候，工作人员说徐超最近请假了，一直没来上班。我亮出身份，让工作人员配合工作。

健身中心归属体育局管理，逢年过节还有点儿福利待遇。正好快到中秋了，我让工作人员以发月饼为由问到了徐超的住址，然后载着工作人员来到徐超家楼下。

　　我们抵达时，徐超已经在楼下等着拿月饼。他大约一米九的身高，浑身的腱子肉，看起来不好对付。我从后面偷袭，本想搂住他的脖子把他摔倒，谁知非但没把他制伏，还差点把我摔一个跟头。

　　抓捕行动失败，在周围配合的同事迅速上来帮忙。徐超见被包围，大吼一声，准备反击，石头赶忙拿出证件，徐超不敢袭警，这才束手就擒。

　　抓住他后我才知道，徐超是练健美出身的，身上的肌肉不是唬人的，要是真动手，恐怕我们四个根本控制不住。徐超说一开始反抗是怕有人报复，他早知道上次的事没那么简单，心里一直提防着。

　　徐超没有隐瞒自己的行为，他承认自己曾经开车载着两个人在饭店门口等大山。徐超因为体形健硕，曾经给一个叫郑老三的人开车，后来郑老三托关系将徐超安排到健身中心做教练。这次的活儿，是郑老三给他打电话安排的，郑老三对徐超有恩，他便答应了。

　　我问他："说说砍人的具体情况吧。"

　　徐超很配合地交代："我先租了一台车，然后去机场接了另外两个人。开完房，安顿好以后，郑老三给我打电话，让我带着人去万合大酒店门前等着。他还给了我一个车牌号，说那辆车里的人就是目标。"

　　"郑老三还说，不用我动手，只要我堵着司机，别让他添乱就行。埋伏好，看到有人从酒店出来，我们就动手了。我堵住司机的车门，但那个司机从副驾驶的位置跑下去了，这时候那两个人开始往回跑，于是我也跑回去，开车走了。"

　　我问徐超："郑老三让你干，你就干了？你知道是怎么回事吗？"

徐超叹了口气，抹了一把脸说："一开始我就猜到是啥事了，肯定是有人想报复被砍的那人。我给郑老三开了那么多年车，也遇到过这种事。这不是欠着郑老三人情嘛，犯法就犯法吧，就当还他了！"

像徐超这类的算故事伤害的从犯，刑罚是主犯的一半，假如主犯判刑三年，他就得判刑一年半。

我问徐超，知不知道对方受了什么样的伤？徐超摇了摇头："郑老三没说要人命，只是说教训一下，我负责堵车门，没看到那人被砍成什么样。"

我拨打了郑老三的手机，提示关机，这个老狐狸早就藏起来了。不过，通过徐超的描述，我觉得并不是郑老三要报复大山，郑老三全程都只和徐超联系，而真正动手砍人的，是徐超拉载着的另外两个人。

想清楚问题的关键，我开始摸另外两个人的底："现在人已经残了，事情很严重，你能不能把砍人凶手的信息提供出来？"

"能，我愿意配合你们。这两个人我不认识，但是在酒店开房间的时候，我看到他俩的身份证，一个叫刘仁信，一个叫刘义信。"徐超也在社会上混过，所以刻意记住了对方的名字，就是为了将来出事，自己也有条后路。

徐超说，是从机场接到这两个凶手的，他们肯定是坐飞机来的。我立刻安排人查询机票信息，找到了这两个人的身份，把他们的照片打印出来拿给徐超看，没想到徐超矢口否认。

"我开车拉的人，不是他俩。"

我觉得有些奇怪："不是？这两个人就是那天坐飞机来的罗泽市呀？"

徐超为了能够减轻自己的罪行，很配合我们，还帮我们分析："也许他们是用别人的身份证，我帮他们开房间的时候摸了一下身份证，鼓鼓的，照片的部位也许被换过了。"

凶手借用了刘氏兄弟的证件，那么这两个人至少与这件事有所牵连。我们立刻开始追查刘仁信和刘义信，发现他们在罗泽市有一家营业的公司，名字叫洪河。

我突然想起来，那个叫王义的男子之前来报案的时候，作为证据的那份合同中，他开的烧烤店也叫洪河烧烤。

这间公司没有登记地址，但是我们从刘仁信的租房信息中找到了一处写字间。来到写字楼，下了电梯就看到玻璃门上写着洪河印务四个字。推开门，我在屋子里找到了刘仁信和刘义信，而且还看到了一个熟悉的人，王义。

屋子里有几台塑封机和一台大型激光打印机，各类纸张叠放在角落，名片和证件散落满地。桌面上摆着几张打印出来的证件信息，我看了一眼，有几张是毕业证和学位证，原来这儿是一个制作假证的窝点。

王义看到我，眼睛都吓直了，站在原地不敢动。刘仁信和刘义信兄弟俩还想夺路而逃，结果慌不择路冲进了旁边的办公室，被我们踹开屋门，来了个瓮中捉鳖。

我们对公司进行仔细的搜查，将他们的账单找了出来，同时也找到了关于那两张假身份证的账目。其实这个身份证并不算是假的，他们只是将刘仁信和刘义信的证件照片换了一下，这样开房的时候也可以使用。

这两张身份证收取了5000元钱。但是我没找到转账记录，王义说这笔钱是用现金支付的。王义说，有个叫宝哥的人找他，要两个可以进行识别的身份证。那时候二代证几乎已经普及了，酒店住宿都需要刷一下证件。然后宝哥提出让他再做一份假合同去报警，两个加起来，一共是5000元钱报酬。

"他让你写举报信报假警干什么？你知不知道报假警是扰乱公共秩序，要处五日以上十日以下拘留，并处五百元以下罚款的？！"我问道。

王义不是什么硬骨头，当时就全撂了："我也不知道，但是我听到他给别人打电话，在电话里说什么。要把一个人找出来，就得靠警察。"

依靠警察找人！我明白了，他让王义来报警，是在利用我们。常成葬礼之后，大山知道自己惹了麻烦，躲藏起来，只有警察才能将他找出来。

放松警惕的大山当晚就被人砍断了四肢，这可不是巧合，都是这个叫宝哥的人预谋的。他指使王义报警，又买了假证件用于开房，假证是怎么交给两个凶手的？有没有可能，这个宝哥在机场和凶手见过面，把制作好的假证交给了他们？

我一直在琢磨，这两个凶手是不是大山的熟人，现在看来，基本不可能。他们是外来人，不认识大山，通过宝哥确定大山的体貌特征后才动的手，可想而知他们谋划得有多细致。两名外来凶手全程没和人接触，只要没人与凶手接触，那么警察找到他们的概率就会大大降低。

唯一有关联的线索，就是宝哥。但这个人只有个外号，手机已经停机。我把何路找来，问他在可能报复大山的人中，有没有叫宝哥的人。何路摇了摇头，说这个名字一听就是编的。

案子刚刚查出一点端倪，结果又陷入了僵局。我让王义三个人拼命回忆与宝哥见面的细节，可是他们连宝哥的相貌都描述不出来。王义说，宝哥和他们只是通过电话联系，连付钱的时候都没见面。

"你们没见面怎么付的钱？你办理的身份证怎么给他？"我问。

"宝哥付钱的时候让我去沃尔玛超市，在那里有储物箱，就是投币就能存包的那种。投币后箱子打开，还会吐出一张带密码的纸条，宝哥把钱存在箱子里，然后告诉我储物柜的密码，我过去输入密码，就把箱子里的钱拿出来了。"

"那办好的身份证呢？你怎么给他？"

"还是用同样的办法，我去沃尔玛将身份证放进储物箱里。然后我再把密码发给宝哥，他自己就去取了。"

"你放在哪个箱子里？还能记住吗？"我还在做最后的努力，希望能找到一点线索。

"我放身份证的时候怕不安全，选了一个靠墙的储物箱，连续投了好几次币，直到打开了最靠边的箱子，这才把身份证放进去。"

听王义说完，我顿时燃起了希望。他所说的沃尔玛超市由于建在科技城，平时人并不多，储物箱很少会满柜，也许我们还有机会。

"箱子的密码是多少？"我问。

"我没扔，现在应该还在我的包里。"

我在王义的包里找到了被捏得皱皱巴巴的密码纸，上面写着35912。拿到密码，我和喜子急忙赶到沃尔玛，找到王义所说的那个储物箱。这个储物箱处在最靠外的位置，使用的人最少，喜子拿着胶纸将这五个数字上的指纹都提取出来。

指纹很多很杂，几乎没法分辨。但是按储物箱的密码时，人们都喜欢用同一个手指连续按压，如果凶手也习惯用一个手指输密码，那这五个键位上肯定有同一个人的指纹。

我决定赌一把。

喜子用了一个晚上的时间，将五个键位上的指纹拓开筛选出来，通过17个点的比对，终于在四个键位上选出了同一枚指纹。他将指纹导入库中进行比对。中午的时候，我们期待的报警信号终于亮了起来，指纹比对出了结果。

目标指纹对象名叫陈宝，有一次打架斗殴被行政拘留十五天的前科。

严格来说，陈宝这个"前科"不算是真正意义上的前科，一般前科针对的是刑事案件。治安管理处罚条例中规定，根据情节判定，殴打他人没造成严重后果的，处三到十五天行政拘留并罚款二百元以上一千元以下；够轻伤或以上就属于刑事犯罪，就得按照故意伤人罪来处罚了。故意伤害他人身体，致人重伤的，处三年以上十年以下有期徒刑；致人死亡或以特别残忍手段致人重伤造成严重残疾的，处十年以上有期徒刑、无期徒刑或者死刑。

我找出案件信息，原来陈宝在一家洗浴中心按摩时，将按摩的女技师打了一顿。看到这儿我不禁皱了皱眉头。在我心里，这个安排王义报假警，找两个专业凶手砍伤大山的人，一定是心思缜密、心狠手辣的人，怎么会如此窝囊？

不过徐超打消了我们的疑惑。徐超说，在他租车前，有个人拿了5000元钱现金作为报酬。他当时在路边等待，这人开车过来后连车都没下，打开车窗将钱给他。但这一瞬间，徐超就深深地记住了这个人的面孔，他就是陈宝。

我们查了一下，陈宝现在也处于失踪的状态，他肯定也藏起来了。陈宝支付两笔现金，可能在银行或者ATM机取过钱，于是我们决定从取钱这个方向调查。我们查出陈宝的银行卡，发现卡里有十几万元钱，几天前，陈宝取了11万的现金。

在银行的监控里，我们看到陈宝将取出的钱分成三份，第一份是整整一捆，看着应该是10万元钱，另外两份应该就是王义和徐超各自的5000元钱。我们又查了下陈宝这张银行卡的消费记录，结果显示最近，他在长春的一家饭店消费了3000元钱。

我们赶到长春，找到这家饭店，一调查，发现陈宝在这里办理了一张会员卡，充值3000元钱。陈宝在办理会员卡的时候留了一个手机号码，我决定故技重施，让饭店的工作人员给他打电话说卡里的余额有问题，让他来店里处理一下。

大约过了一个多小时，一个晃晃悠悠的影子从外面走了进来，一路打着饱嗝，看着似乎喝醉了。这人正是陈宝。他刚进入饭店，我们左右冲上去将他按倒。陈宝看着身材挺壮，但一交手，发现他酒气喷喷，根本没多大力气。

我们把陈宝押上车，这一路上哪怕一直开着车窗，我还是感觉车里全是酒味。

陈宝被抓后很爽快，他对找人将大山砍伤的事情毫不隐瞒，所说的和徐超、王义都能对应上。陈宝承认，他安排王义报假警就是为了将大山引出来，而徐超是他找郑老三帮忙联系的。

录口供时，陈宝说："我知道郑老三有个司机办事挺利索的，人也很谨慎，但没想到他已经不给郑老三当司机了，不过郑老三还是答应帮忙联系他。"

我问他："那两个凶手哪里找的？"

"网站上找的。"

"什么网站？用什么软件联系？"

陈宝说不清了，只是将所有的罪状揽了下来，他不承认是受他人指使。

一切尘埃落定，幕后指使的主犯已经落网，只要把郑老三抓住，一切证据链都形成闭环，足够将陈宝判处实刑。但是我知道案件还没查完，有两个凶手还在逍遥法外。

我知道社会上的事情。还有另外一套处理规矩。常成活着的时候会充当和事佬，这种事情都会由他出面来协调解决，现在常成已死，和事佬不存在了，我决定直接出面和他们接触。

我来到医院找大山，除了他病房里只有一个女人。大山的手腕脚踝包裹了好几层纱布，正和那个女人有说有笑。看到我们进来后，大山立刻变成一副哭丧脸，女人的眼神更是闪烁不定。我示意她出去，女人转过脸向大山看去，见到大山点了点头这才离开。

屋子里只剩我和大山两个人。

"你知不知道这件事是谁干的？"我开门见山地问。

"我知道，就那几个人，他们早就看我不顺眼了。"大山回应道。

听到大山这么说，我心里知道有戏，大山的心态变了。换作以往，他一定会故意在我面前放一些狠话，比如养好伤一定要收拾对方，但是这次大山没提。这说明他已经不打算按照既定的规则来做事了。

在社会上有一套潜规则，只要是因为社会上的琐事引起的冲突，第一条规矩就是不能报警，这就默认，混社会的被打后可以实施报复，而且还不用担心对方报警。

大山现在这个状态显然是不想报复。我知道，常成的死对他的影响很大，如果继续报复，大山恐怕不会有什么好下场。从他以前为我们提供案件线索的表现来看，大山更倾向于向公安靠拢。

我不动声色，继续问他："哪几个人，你说说？"

"也没有太多，也就一两个。"

"说吧，是谁干的？"

"你们现在还没查出来？我听说已经抓到了一个人呀？"

"你消息还挺灵通，是抓住一个叫陈宝的，他是谁的人？"

"这还用问我，你随便问一个人都能知道。"

"这话别人说我不能信，只有你说我才能信，因为你是被害人，你被人用刀砍了。"

"好吧，陈宝是小兵的人。"

大山终于说出了幕后的主使者。其实我也想到过，之前大山和小兵在KTV上的纷争不断，我早就知道这两个人积怨很深，但没想到小兵会下这么狠的手。要知道这件事警察追查下去，像小兵这种故意伤害致人重伤的，起刑起码七年，他没必要将事情搞这么大。

提起陈宝，大山一脸嫌弃："陈宝以前给小兵开车，这个人整天稀里糊涂的，脑子不太好使。他看到小兵跟着宏伟混，替宏伟蹲监狱混出头了，整天就想也靠这个套路混出个名堂。可是他喜欢喝酒吹牛，没啥智商，因为这个小兵才利用他。"

宏伟也是一个社会人，小兵现在经营的KTV就是宏伟的产业。小兵替宏伟顶罪这件事我也听说过，但后来宏伟被人用枪打死了，这件事也没人再继续追究。

宏伟死后，手里的产业也被小兵接手，这都是几年前的事情了。

大山指证小兵是幕后主使，但我们现在没有证据，除了说不清凶手的来路，陈宝已经将所有的事情都扛下来了。

石头出了一个主意，他让我先把小兵找来，然后他利用技术对小兵的手机进行数据提取，看看能不能找到什么线索。

小兵并没有躲藏，在接到我们的电话后，大大方方地来到公安局。我们假装搜身，把他的手机拿下来，石头用数据恢复程序对小兵的手机信息进行恢复。为了尽可能地全面恢复数据，我们费尽心思拖着小兵闲聊了三个小时，讲得我口干舌燥。

其实可以出具手续对他的手机进行扣押搜查，但我们这么做是为了避免打草惊蛇，一旦将手机扣押，小兵肯定惊了。现在暂时没有足够证据将他羁押，放了之后他肯定会销毁证据，对之后的侦查造成影响。

石头从小兵的手机里找到了三个可疑的电话号码，已经被删除，其中两个是杀手坐飞机来之前，另一个是两名凶手坐飞机离开之后。这三个通话记录对端都是同一个号码，显示归属地是云南昆明，而两名凶手离开时乘坐的飞机的目的地也是昆明。

我带着案件材料手续来到昆明，向当地的警方求助。昆明警方听完之后，帮我对这个手机号码进行了调查。我在昆明等到第三天，当地警方告诉我有结果了，让我去缉毒局详谈。

昆明缉毒工作和全国其他地方不太一样，在全国范围内，缉毒是公安局刑侦下属的一个部门，后来才分成一个单独的行政编制，但也只是多了一个警种，和我们刑侦大队是平级单位。可是在昆明，缉毒是专门一个局级单位，和公安局平级，可见这里对缉毒工作的重视。

缉毒警察分好几种，有办案的，就是平时最常见的缉毒警；还有负责预防宣传的；负责易制毒化学品管理的；负责对案件进行诉讼的法制人员；另外云南等地属于边境地区，就有专门负责边境管控的。

在缉毒局接待我的是一个精瘦的警察，叫黄凯，他主要负责边境管控，看到我后热情地打了个招呼。

"你们想找这个人干什么？"黄凯先问。

"我怀疑这个人和雇凶伤人的幕后主使有关，两个伤人的凶手也许和这个人有关系，我们想通过他找到两个凶手。"

"这个人我们能帮你找到，我预计他也能把事情说清楚。但是有一点，这个人你们带不走，只能为你们提供一些线索。"

"带不走？为什么？"我吃惊地问。

我来这里就是想把伤人的凶手抓住，如果这个手机号码的持机人参与了这件事，那么也算作是此案的同案犯，我肯定也得把他带回去。没想到当地缉毒局的人提出这种要求。

"这是我们要用的人。你可能不了解，边境地区很复杂，我们开展工作也很困难，尤其是境外，很多案件都是在境外发生，我们这边过去查办很不方便，这时候就需要一些边民帮忙，这个人就是给我们帮忙的边民。"

"边民？他不是中国人？"我似乎明白了黄凯话中的意思。

黄凯点了点头，说："对，他们是缅甸人。"

打洛镇，地处中缅交界处的一个只有两万常住人口的小镇，但流动人口能达到四五万。这里有一条河和一座山将中缅分开，河上就是打洛口岸，从这里可以直接进入缅甸掸邦第四经济特区的重要城镇小勐拉。

黄凯带着我坐在打洛镇的一个茶苑里。所谓的茶苑，其实就是一个竹棚，里面放着两张藤桌和椅子，几片茶叶在杯子里翻滚着。这样炙热的天气，我根本喝不下去热水。

不一会儿，一个黑黝黝的矮瘦男子骑着摩托车来到我们面前，冲着黄凯打了一个招呼，然后大大咧咧地坐在我对面。

"你想问什么问题就直接问吧，他就是你要找的那个人。"黄凯对我说道。

"有两个人在罗泽市用刀把人手脚砍断，这件事你知道吗？"我问他。

"我知道，这两个人是我帮忙联系的。"这个人回答得干净利落，只是他的普通话说得不标准，我得仔细听才能听清楚。

"是谁让你帮忙联系的？"

他看了黄凯一眼，黄凯点了点头，他才说道："我在缅甸干活儿，就在赌场，遇到一个老板，我们闲聊，他问我能不能找到办事的人，就是打手。我说有。然后老板让我联系，他说要教训一个对手，不能出人命，但要让他遭罪。我帮他联系好，订机票送过去，干完活儿他俩就回来了。"

"这两个人是谁？能抓回来吗？"眼前这个人算是同案，但是我答应过黄凯，不能把他抓走，所以我只能在这两名凶手身上想办法。

"他俩一个叫扎给，一个叫扎发，他们都在缅甸那边。你们要抓？没问题，但是得花钱，有钱就能抓回来。"

我没听明白："花钱抓人？"

"对方人都在缅甸，我们抓人只能找缅甸那边的武装力量。他们可以帮忙抓，但是得付给他们一些报酬。我们这里很正常，不少毒贩子都是靠这种方法从缅甸抓回来的。"黄凯和我解释道。

听完之后，我放弃了。

昨天晚上我接到队里的电话，大山的伤情鉴定出来了，由于四肢筋膜全接续上而且恢复得很好，这次伤害只能定性为轻伤害。

用法医的话说，这四刀捅得太专业了，避开了动脉血管，透过骨头的缝隙正好将筋割断。由于下手太快切面很平整，在接续的时候也没费力，恢复后手脚功能俱全，堪称五星金牌杀手。

虽然轻伤也够刑事犯罪，但大多都判不上三年。

其实对于这种将手筋脚筋砍断结果却鉴定为轻伤的案件，对我们来说很尴尬，因为重案队一般不会管轻伤案件，都是派出所负责侦办。但出境抓人本来就不现实，派出所更不可能去这么远的地方抓人，相当于这个案子没法继续追查了。

就这样，我离开了打洛镇，这让我耿耿于怀，而没抓住的两名凶手也成了我的一个遗憾。但世事难料，我从未预料到在多年以后，我会阴差阳错地再次踏入缅甸这片土地。

这次和这名边民不仅仅是碰面那么简单，而这又是另一个故事了。

09 东北"打头炮"，专挑有头有脸的人下手

"打头炮"是一个俗称，指的是社会人出名的一种方式。虽然千禧年经过严打，社会上还有些闲散人员经常惹是生非，这些人为了出名，会选择社会上有头有脸的人物下手，蹲个七八年，出来就有了江湖地位。那段时间，在社会上有点儿名气的人都不敢露面。

凌晨的城市已经进入了沉睡，路灯也变得幽暗，可是我眼前却是一片明亮红蓝闪烁。三台警车上的警灯不停地晃动，灯光和对面楼房的白色射灯交织在一起，将"万丽豪盛"四个字映得格外耀眼。

万丽豪盛是罗泽市最豪华的KTV，但如今这四个金色大字已经露出斑驳的锈迹，门前的几盏射灯或是断了线，或是耷拉着头，台阶上更是有一块大理石不知道哪儿去了，露出灰色的水泥地面。但细看一番其中似乎透出一股颓废的气息。

这家KTV的老板，就是前不久刚被人砍断手脚的大山。而这次我接到报警称这家KTV遭到抢劫。我不禁在心里感叹，真是祸不单行。

KTV里早已没有客人，大厅里站着三五个人，其中一人是大山的司机崔宏光。大山上次被砍时，我调查过崔宏光，他以前是夜场的保安，一年前被大山提拔为司机。

他看到我，急忙迎上来："刘队，你也来了。现场在这边。"

"这几个人都是干什么的？"我指着大厅里站着的人问道。

"那个黑衣服的女的是张会计；穿白T恤的是马总，就是平时管事的；旁边那几个都是KTV的订房经理；站最靠边的穿蓝色休闲裤的是王哥。"

崔宏光说的王哥是个矮矮的胖子，脖子上挂着一串珠子，手腕上也缠着一串。

"王哥？他是哪个部门的？"

"他不是我们KTV的人。"

"那他跟这儿添什么乱啊！"

崔宏光小声对我说："王哥是我们老板的好朋友。自从老板出事以后，店里的客人少了一大半，现在也就王哥会带朋友来撑场子。今晚王哥在这儿请客，遇到店里被抢，他特意没走，想帮着出出主意。"

我对这个"王哥"有点儿好奇。大山在行业内口碑极差，他帮警察抓过不少人，风光的时候身边不少狐朋狗友，但真正与他交心相处的可没有几个。前一阵他被缅甸来的凶手砍伤，这群朋友早就躲得远远的，王哥为什么有胆量在这儿主持大局？

KTV行业比较敏感，游走在红线边缘，很容易牵扯到违法乱纪的事儿，这次万一查出点儿什么，王哥就不怕引火烧身？

崔宏光陪着我从大厅侧面的楼梯上到二楼，往案发现场走去。在二楼走廊的尽头，我看到一条警戒带，警戒带后有一道简易的铁制楼梯通往三层。我的同事已经在上面了。

万丽豪盛KTV只有两层，大山在楼顶又私自搭建了一层，作为办公区。会计室和总经理办公室都在三层。根据报警人提供的消息，被抢的是总经理办公室。

我顺着铁楼梯走到三层，这里左右各建有一个房间，喜子正在右侧的房间做勘验。

他身边有一个老式的保险柜，保险柜的门开着，里面空空的，顶侧一角有明显的凹陷痕迹。柜门也有一块折角，地上还散落着铁屑，被人用粉笔画出来做了标记。

我站在门口没进去，怕留下多余的痕迹破坏现场。看到我来了，喜子起身走到门口。

我问："被抢了什么东西？有没有人受伤？"

喜子回应："嗨，根本不是什么抢劫！他家的保险柜被盗了。你看，就是被砸开的那个保险柜，里面的钱不见了。没人受伤，甚至都没人发现。收工前，KTV的会计来存今天的开门费，发现保险柜被砸开，这才报的警。"

原来是有人谎报警情。失窃虽然没有抢劫严重，但金额超过一千元的，也是刑事案件。具体可根据金额大小来定性严重性：数额较大的（价值一千元至三千元以上），或多次盗窃、入户盗窃、携带凶器盗窃、扒窃的，处三年以下有期徒刑、拘役或者管制，并处或者单处罚金；数额巨大（三万元至十万元以上）或者有其他严重情节的，处三年以上十年以下有期徒刑，并处罚金；数额特别巨大（三十万元至五十万元以上）或者有其他特别严重情节的，处十年以上有期徒刑或者无期徒刑，并处罚金或者没收财产。

而抢劫本身就是重罪，只要有暴力行为就够抢劫，不管抢多少东西，起刑就是三年以上。

KTV有个潜规则，店里必须储存足够的现金，用作每天的开门费。客人偶尔会找陪唱的女孩，这些女孩明面上叫服务员，但其实和KTV一点儿关系都没有。她们每天的工资要当日结算，如果客人记账，就由店里暂时垫付，这笔钱就是开门费。

开门费都是现金，像万丽豪盛这种规模的KTV，每天打底就得五万元。二十几万也只能顶一周。换句话说，如果KTV在一周内只出不进，那么它就得倒闭停业。

万丽豪盛KTV虽然是罗泽市数一数二的场子，可是大山前不久被人砍断手脚，社会上的明眼人都知道他出了状况，这时候KTV又被偷了开门费，恐怕这次他是凶多吉少。

我对喜子说："被盗了也是案件，这次涉案金额应该挺大，你好好查一查现场，看看能不能找到什么线索，我去问问其他情况。"

当务之急是将盗窃犯找出来。

我让崔宏光把案发现场的目击者组织起来。他跑下楼，喊来张会计和马总，王哥也跟在后面。但树倒猢狲散，除了这几人，KTV里的其他人都没响应。

我能感觉到，他们没把失窃这件事放在心上。

"你们谁说一下，这到底是怎么回事？"

张会计推了下眼镜，说："平时店里的开门费都是放在总经理办公室的保险柜里。今晚我和马总一起去放钱，结果发现保险柜是开着的，里面的钱都不见了。然后我就报警了。"

我没计较她谎报抢劫警的事，问："被盗了多少钱？你详细说下当时现场的情况。"

马总接过话："保险柜里平时大约有二十几万现金，今天开店的时候拿了五万块，里面应该还剩十六七万。办公室的门没有防盗锁，平时用一把虎头挂锁，钥匙在张会计那里。里面的保险柜还有两个锁口，我和张会计一人一把钥匙。虎头挂锁完好如初，进屋后才发现保险柜被砸了。"

我没听明白："虎头挂锁是什么锁？"

"被那个警官拿走了。"马总指着喜子说。

在喜子的勘验工具箱上，有一把挂锁，外面套着塑料袋，是一把很普通的U形锁。我转头看向总经理办公室的门，这扇门只是一张包着铁皮的木板，上面有一个锁扣，用这把挂锁将门锁起来。

这种门很单薄，锁扣只是两个薄薄的铁皮片，一下子就能扭断。甚至用不着开锁，想破门而入，用脚都能踢开。

"你们放钱的地方，怎么连一扇防盗门都不装？"

马总也觉得委屈，他说："KTV门口有保安，白天有人值班，晚上三层都有人，谁能想到有人敢在我们眼皮子底下偷钱呀？而且这屋子搭在顶层，一般人都不知道这里有间办公室，连王哥都不知道，对不对？"

王哥胖得看不到脖子，说话也细声细气："对，我也是今天才知道楼顶还有间屋子，藏得挺深。"

我心下了然。这个小偷不是一般的毛贼，他不仅对KTV行业很了解，而且对万丽豪盛KTV的格局很了解，没有浪费时间，直奔保险柜而来。

我指着总经理办公室的门问道："平时你们谁能打开这扇门？"

"只有一把钥匙，在张会计那里，但是每天都是我们俩一起开门。"说完，马总又补充一句，"大山哥没出事的时候，有时候是他陪着张会计。"

张会计急忙辩解："这把钥匙我天天带在身上，肯定没离过身。"

崔宏光在一旁小声提醒我："她是常成家的亲戚……"

常成是大山的靠山，KTV的老板是常成，虽然后来交给大山经营，但还是安排了自己的亲戚管账。这里面的关系错综复杂，经常会出现钱数理不清的情况。

我不动声色："行，我知道了。我们先调查一下，这次究竟被盗了多少钱？"

张会计说道："可能有十六七万吧……具体的数我不清楚，老板出事后拿走了一些，我还没来得及清点……"

尽管没有具体数额，但被盗的钱数肯定不少。

姓王的胖子在一旁提议："我觉得偷东西的人，肯定就是今晚的客人，应该把来玩的所有客人都查一遍。"

我看了他一眼，没接话。真是看热闹的不嫌事大，当晚在KTV消费的有100多人，挨个调查，要查到猴年马月。现在还是喜子的现场勘验最靠谱，先找到线索，再根据线索找出疑犯。

喜子在现场忙了半宿，天亮的时候才收工，从挂锁上提取到两份指纹，我们对店里工作人员的指纹都进行了采集，对比之后，一份是张会计的，一份是马总的。这和我们掌握的情况很吻合，能够碰到这把锁的人只有张会计和马总。

打开这把U形虎头锁并不难，熟练的开锁工人五分钟就行，但一定会留下指纹。而且办公室门前就是简易楼梯，服务员来来往往，要是有人蹲在门口开锁，一定会被发现。

难道服务员里有小偷的内应？

石头已经将KTV工作人员的信息落实得差不多了。我们一致认为，嫌疑人在内部肯定有熟人做内应，不然不能这么精准顺利地完成偷窃。

我把何路找来，配合石头做的信息调查，开始摸查工作人员的情况。

何路告诉我，自这间KTV开业，张会计已经在这儿管了十多年账。但常成患癌去世后，大山肯定要给管理层换血，张会计最后放手一搏，谋点好处也不是不可能。

我觉得不太可能，一个40多岁的女人，能有这么大的胆子？

何路笑了："你千万别小瞧在这行混的人，他们什么世面没见过？当年常成砍了人，我亲眼见到张会计到医院给人送钱，还威胁恐吓不让对方报警。找几个小偷监守自盗，对她来说很难吗？"

"那马总呢？"

"老马一直在这行干，就算万丽黄了他也不愁没工作。不过眼下大山出事，万丽一天不如一天，老马想在离开前捞最后一票的可能性也很大。"

"对了，当晚我在KTV看见一个叫王哥的胖子，他是干什么的？"

何路抿着嘴，回答有些慎重："他叫王笑，是大山的朋友，准确来说，他应该是常成的朋友。这个人是搞拆迁出身。这家KTV的前身是民居，是王笑带人搞的拆迁，然后改成商铺，被常成租了下来。自从常成死了之后，社会上的人都不来万丽玩了，只有王笑还带着人来捧场。"

我让何路去社会上打听，看看能不能问到线索，要重点观察罗泽市附近有没有小混子突然出手阔绰，这样的人嫌疑最大。何路领命而去。

盗窃案件的侦破主要靠现场。喜子说，保险柜是被人用重物砸开的，屋子里没发现能破锁的工具，说明工具是小偷随身携带的。被盗的屋子里没有找到线索，我们只能扩大范围。

既然不知道小偷什么时候进来的，我们换了条思路，追查小偷是怎么离开的。晚上7点，KTV的会计取过一次钱，午夜12点发现被盗，中间的5个小时是嫌疑人的作案时间。十几万的现金可不少，起码要用袋子装着，袋子是小偷的标志。

万丽KTV门前有监控，石头也发现了几个挎着包走出去的人。但是我觉得，小偷在门锁上连指纹都没留下来，不能犯下这种低级错误。

我和喜子来到万丽KTV，打算再去现场看一看，结果发现KTV招牌暗淡无光，只有大厅里亮着一盏幽暗的小灯。一个保安坐在门口，旁边立着一个停业装修的牌子。

我问保安："怎么停业装修了？"

"老板说关门缓几天，但这些吃饭的嘴可缓不住，都跑到别的地方去了。估计这次坚持不下去了。"

"你在这儿干了多长时间？"

"十几年吧。从开业我就在这儿干，我小时候和常成在一栋楼住。"

保安是店里的老员工，估计他肯定了解不少信息，于是我便套他的话："你觉得这次店里被盗，有没有可能是内部人干的？"

"都不是好东西，不知道常成怎么选了这些人，他这一死，全露馅了吧……"

我一听有戏，赶忙追问："你说谁不是好东西？"

"那个会计自己有一本小账，酒水都是她负责联系，从里面扣了不少钱。那个马总，你看他平时挺客气，其实比谁都狠。还有那个司机，整天吃店里的拿店里的，都是些牛鬼蛇神。上梁不正下梁歪，好人跟着大山也学坏了。"

喜子也纳闷："跟着大山为啥会学坏？"

"就他最不是个东西，什么坏事没干过？也不知道常成看上他哪一点。"

这位保安大叔说了不少，但是和案件侦办没什么关系。他对所有人都不满意，我只能悻悻地离开。

我和喜子来到二层，发现屋顶的门已经被人用铁链锁上。

喜子一边比画一边说："小偷砸开保险柜后，肯定还得从这里返回，顶层的屋子连个窗户都没有，他们肯定会跑到二层走廊。"

我看了下走廊。这条街的几个店铺都被打通，走廊很长，两侧都是唱歌包间，而且为了客人隐私这里没装监控，我们根本不知道案发那天有谁来过这一层。

我顺着走廊走了一圈，这里一共有两道楼梯和一部电梯，最终都是通到一层，只有大门一个出口。被盗的三层在走廊东侧，尽头挂着一幅壁画，西侧的走廊尽头有一扇窗户。

"难道小偷能从这里跳下去？"我推开窗户往下看，立刻打消了这个念头。

窗户外面是一片水泥地，地上画着标线，还有一堆停车桩，跳下去正好会落在上面。撞上这堆铁桩子虽然摔不死人，但肯定会摔残，万一顶到关键部位，说不定会摔变性。

我和喜子分析了眼前的状况，小偷肯定就是来唱歌娱乐的客人，但他最后从哪儿跑掉的呢？

喜子提出一种可能性："难道小偷把钱拿回包间给别人，他自己离开，这样分头行动？"

"再没有其他办法了吗？如果这样的话，咱们就真得把当天所有客人都找到，但工作量太大，而且现在没证据，对方可以随便撒谎，咱们没法辨别。"

"罪犯很狡猾，我在锁头侧面上发现一道擦拭过的痕迹，应该是用手在这里抹了一下，在边缘留下了一条侧指纹线。只是我现在没法判断是哪个手指头的，要是十指全进行比对的话，每个手指取20段侧指纹，比对完得十几天。"

案件还没到山穷水尽的地步，我坚信喜子能从线索中找到侦查的突破口，这并不是一起单纯的盗窃案。从作案手法、选择目标到得手后逃离，每一步都是精心策划的，小偷的目标更像是大山。

大山现在最需要钱，想将他的社会地位维持下去，想让这家店继续开下去，都需要钱。十几万看似不多，但没有这笔开门费，KTV就没法营业，这次盗窃直接断了大山的根。

现在这种状况，大山想出去凑钱也变得更困难。谁都知道他遇到麻烦，这时候帮他凑钱，也许会变成肉包子打狗。

我还没想好是否该去找大山谈一谈，他却主动找到我。

大山挂着拐来到公安局，走路虽然一瘸一拐，可是精神不错。他恢复得挺好，只是手腕不太灵活，脚暂时不能长时间受力，所以需要挂拐。

大山和很多人都熟络，相互寒暄了几句，然后坐在我对面。他一本正经地问我："我知道钱是谁偷的，你们能不能直接抓人？"

我回应道："要是有证据的话，可以。没证据，只凭一张嘴，我肯定不能抓人。"

大山脸色很难看，他抬起了头看向办公室的其他人，发现没人应和。他带着恳求的语气说道："我帮了你们不少忙，这次你们也算帮帮我，行不行？"

我态度很坚决："帮忙可以，但是没有证据，就没法抓人。"

大山确实帮助过公安机关，但是现在没有证据，谁知道大山想干什么？会不会借我们的手去报复别人？这都说不准。

大山说："人抓回来，我才能找到证据！"

"那你告诉我这个人是谁，我去查！"

"算了！不查了。"大山说完起身便走，他将拐夹在胳膊下面，走起来还挺利索。

"你等等！给我站住！"我在后面喊道，但是大山没回应，头也不回地走出了办公室。

"你去盯着点大山，看看他到底在搞什么名堂？"我低声对石头说。

没过一会儿，石头打来电话，他说大山直接去了火车站，坐车离开了罗泽市。

当晚11点半，我接到指挥中心电话，在万和之声发生了枪击案件！

万和之声也是一家KTV，五年前开业。这家店的老板叫宏伟，是罗泽市第一批经营KTV的人。我还在读书的时候，宏伟就开始经营练歌房，起家后逐渐变成KTV。五年前，他将几家歌房整合，开立了万和之声，是仅次于万丽的店。

宏伟开的万和之声不在我们辖区，所以我和他没什么接触，只是听说这个人名声不太好，平时嚣张跋扈，经常和其他人发生纠纷。一年前，宏伟在我们辖区又开了一家店，新店开业不久，宏伟就被"打头炮"的人给杀害了。

之前那家店也黄了，剩下这个新店被小兵接手，名字还叫万和之声。

"打头炮"是一个俗称，指的是社会人出名的一种方式。虽然千禧年经过严打，社会上还有些闲散人员经常惹是生非，这些人为了出名，会选择挑

185

社会上有头有脸的人物下手，蹲个七八年，出来就有了江湖地位。那段时间，在社会上有点儿名气的人都不敢露面。

近几年，社会治安好了，闲散人员也少了，谁知道去年又出现一对"打头炮"的兄弟，他们拿着土制猎枪找到宏伟，哥哥一枪将宏伟脖子打穿，致其当场死亡。事后哥哥被判死缓，弟弟判了五年。

我和队里的人赶到现场，看到伤者躺在担架上，医护正把他往救护车上抬。我走近一看，被枪击的人竟然是万丽的马总。他西装革履，看着不像是来消费的，怎么跑到万和之声来了？

马总腿上血流如注，头上豆大的汗珠往下淌，本想张嘴说点儿什么，但是疼得什么都说不出来，只能发出断断续续的呻吟声。

我揪住一个万和之声的经理："刚才发生了什么事？谁报的警？"

"刚才……是我们，报的警。有人冲进店里，到……马总的办公室，开了一枪，把马总打伤了……"

"马总？他不是万丽豪盛KTV的总经理吗？怎么在你们的办公室？"

"马总现在是我们的总经理，今天刚来上班。"

马总跳槽，上班当天就被枪击，我猜都能猜到是谁干的。这件事做得也太明显了吧？选择在KTV里开枪，简直是想把自己送进监狱，我不由得怀疑起大山的动机，难道他得了失心疯？

大山今天坐火车离开了罗泽市，他这么做，就是为了保证事发的时候自己不在现场。我突然想明白大山今天为什么来找我。他早就安排好了，试探我们能不能帮忙，如果不帮忙，他就自己干。

一个混迹社会多年的人，做出这种决定并不意外。

我们来到马总的办公室。里面一片凌乱，血迹沥沥地从办公桌延续到门口。从血迹上能判断出马总在办公桌的位置被枪击，然后走了几步，倒在门口。

我问店里的经理："你说下事发的经过。"

"我什么都不知道。我先听到马总的叫喊声，跑过去就看到他捂着腿，倒在办公室门口，我就打了120和110。"

我冲着周围人喊道："有没有人看到凶手？"

一个跟在我们身后的服务员小声说："我……我看到了……是两个戴着头套的人……看不清长什么样。他们直接冲到总经理办公室，我们没敢拦……"

戴着头套进门，丝毫不加掩饰，行动目标明确，手段残忍，抬手就是一枪，看来他们就是冲着马总来的。

头套兄弟开完枪，离开KTV往南去。幸好案发时是半夜，大街上车并不多，石头一路追踪，依靠交警队的监控发现了两人的踪迹。他们上了一台没有牌照的奔驰轿车，在夜色中飞驰而去。

喜子在医院将马总腿里的弹头取了出来，这是一颗仿六四的制式弹头，但从弹头的磨痕发现枪管不直，应该是使用自制的手枪进行击发的。

枪支包括公务用枪如军用手枪、步枪、冲锋机枪等；民用枪支如有膛线猎枪、霰弹枪、火药枪等狩猎用枪，小口径步枪、手枪、气步枪、气手枪等体育射击运动用枪支，麻醉动物用的注射枪等。其不仅指整枪，而且还包括枪支的主要零部件及用于枪支的弹药。像这种违规制造枪支属于严重的刑事犯罪，一般处五年以下有期徒刑；情节严重的，处五年以上十年以下有期徒刑；情节特别严重的，处十年以上有期徒刑或者无期徒刑。

人是哪儿来的？枪是哪儿来的？车又是哪儿来的？这是我们需要查清的三个问题。有一个查清了，这个案子或许就水落石出了。

我决定朝三个方向同时进行追查。报复马总这件事和大山脱不了干系，来行凶的人十有八九是他联系的，我让陈国涛立刻前往东北，紧盯着大山的动向；那台黑色奔驰轿车的轮毂是改装过的，这种车在罗泽市并不多，我让石头从轮毂这里追查，争取找到车辆信息。

根据以往的经验，这种报复性的枪击案件，人和枪肯定有密切的联系，不是所有的人都会开枪、都敢开枪，找到枪也就能找到人。人和枪的来源在社会上某些隐秘的角落并不是秘密。我将何路找来，他恰好能接触到这些角落。

"刘队，这事不好办哪……"何路用手抹了抹嘴说道。

"怎么不好办？"

"这行当都是不见兔子不撒鹰，想靠一张嘴去套真货，太难了。"

"你的意思是得放点血？"

何路噘了噘嘴，点了点头。

"多少？"

何路张开手掌，五个指头伸直摇了摇。

"5000？"

"5万。"

"你他妈这是要去买一把枪啊？"

"不出货人家不能相信。"

"买了就能查出来我们要找的那把枪？"

"刘队，我可得实话实说，不一定。但是你不买肯定查不到。"

"这人是谁？你告诉我，我去找他谈谈。"

"刘队，那你可就坏了规矩了。今天我告诉你，以后我就不能再帮你办事了，这就是咱们最后一锤子买卖。"

听完何路的话，我有些犹豫，何路确实帮了不少忙，可是我有种感觉，随着他帮我们越多，这个人就越来越不受控制。我能觉察到，有些事情他说一半藏一半，和他做最后一锤子买卖然后分道扬镳我早就考虑过，可现在困扰我的问题是5万元钱。

花了这笔钱也不一定能找到枪支的来源，我总不能凭空买把枪回来吧……

我安抚了何路，告诉他我再考虑考虑。何路还想劝我，反复强调只要能买枪，以后这个人的动向他都可以掌握，也算是为以后的案件侦破做提前投资。

这话越听越不对劲，看来以后要留意着点这个何路了。

石头那边一共追查出40多辆一模一样的轿车，我吃了一惊，没想到只是轮毂一样的同款奔驰就有40多台。石头告诉我，在罗泽市同一款卡宴就有600多台，这个城市的豪华轿车数量远超我的想象。

看来接下来得对这40多台车一台台进行排查了。正在我和石头研究排查计划和制定排查顺序的时候，我接到一个陌生电话。

电话里的人说话气喘吁吁："喂，是刑警大队的刘队吗？"

"对，是我，您是哪位？"

"我要提供一个线索，听说前不久在万和发生了一起枪击案。我有台轿车被朋友借走了，案发时正好路过万和，我想这件事会不会对你们的侦查有什么帮助？"

我打了一个激灵从椅子上跳了起来，压制住激动一字一句地问道："请问你叫什么名字？能不能见一面说？"

"我叫王笑，见一面没问题，我就在凯旋商场。"

我和石头赶到凯旋商场，王笑的黑色奔驰车就停在门前，上面的轮毂和监控上那台车一模一样。我们在一间咖啡店和王笑见了面，这次他换了一套衣服，穿着正式的夹克衫和西裤，但脖子上还挂着一串珠子，手里也拿着一串，一颗颗地摩挲着。

介绍完毕，我直奔主题："你能不能把要提供的线索说详细点？"

"前天崔宏光把我的车借走了，他就是大山的司机。当天晚上，万和就发生枪击案，车子还回来的时候我看了下行驶记录，发现当晚车子到过万和之声KTV。崔宏光是大山的司机，而大山店里的马经理刚跳槽，所以……马总被枪击这件事……"

王笑说话的时候眯着眼，手里把玩着串珠，胖乎乎的，像尊弥勒佛。

"好了，你能把车子的行驶记录给我们看看吗？"

王笑递过来一张单子，上面写的是车子三天内的行驶轨迹，出具记录的是4S店。枪击案发生的当晚，车子就在万和之声附近，过了四分钟才离开。

我们早已通过对万和之声工作人员的询问确定，两个戴着头套的人从进去到出来一共用了三分钟，算上下车上车，时间差不多就是四分钟。

我问王笑："崔宏光为什么向你借车？他没有车吗？"

"这个我就不知道了。我和大山关系好，他也知道，所以才向我借车吧。对了，他还车的时候还把车牌卸下来了。"

"他把车牌也卸了？"

"对，我的车牌是防盗车牌，一般卸不下来，卸下来就装不上去。他还我车的时候，牌子是放在后备厢的。"

案件凶手呼之欲出，但是我心里有个疑惑，王笑和大山关系好，那他为什么还要主动举报崔宏光呢？难道他是怕公安机关查到车子，自己会被牵连？

"你们可得替我保密呀，不然让别人知道了，我以后就没法混了。"王笑说这话的时候笑嘻嘻的，看不出他有丝毫顾虑。

"这个你放心，我们公安机关肯定会保密的。"

"真能保密吗？如果是真的话，那我再提供一条线索。"

"哦？还有什么线索？我肯定为你保密。"

王笑的表现很不正常，说话熟络得好像有十多年交情似的。

王笑眯着眼睛，依然一脸笑："崔宏光曾经找我问哪里能弄到枪，我知道有个叫大熊的人有点儿本事，便给他推荐了一下。至于他找没找大熊，是不是从他那里弄到的枪，我就不知道了。"

买把枪，被他说得像去市场买菜一样轻松。

"这个大熊是谁？"

"一提大熊都知道，名字不重要。"

我觉得王笑有点儿问题，不过现在他不重要，崔宏光才是重点。我们立刻开始行动，对崔宏光展开抓捕。

崔宏光在家里被抓了。我们破门而入的时候，他在家呼呼大睡，睁眼看到我们时，吓了一跳，像是根本没想过公安机关会找到自己。

我答应王笑要为他保密，所以没法把事情直接说出来，编了个借口说发现了他开的奔驰车，让崔宏光说实话，车子是谁的。

崔宏光说车子是租的。听到他这句话，我突然有种酸酸的感觉，崔宏光谎称花钱租车是为了保护车主，也就是王笑，但他能被我们抓住，正是因为王笑提供的情报。

几番交锋下来，崔宏光的心理防线快要崩溃了。他没想到我们能准确说出车子行驶的轨迹，甚至连他在万和之声附近停了多长时间都知道，崔宏光怀疑是不是警察一直在盯着自己。

火候差不多了，崔宏光距离投降仅一步之遥。我和石头演了一场戏，当着他的面接起石头打过来的电话，故意说得很大声，让崔宏光听得清清楚楚。

"你那边怎么样了？"

"人已经到位了，抓住了。"

"大熊状态怎么样？"

"挺好，大熊刚才全交代了，枪是仿六四制的，小作坊做出来的。"

我一边打电话一边观察崔宏光的表情，他在听到大熊两个字的时候，本来沉着的脑袋突然抬起来，与我四目相对。我吓了一跳，生怕他看出来是在做戏。崔宏光没想那么多，看到我后急忙又低下头，长长地叹了口气。

"大熊都抓住了，你还不打算说实话吗？"挂断电话我对崔宏光说道。

"这事都是我自己做的……"

崔宏光这时候濒临崩溃，我趁热打铁问他："枪哪儿去了？"

"在车里。"

"你的车？"

"不，是……不对，是我的车。"

"你开的什么车？"

"黑色的奔驰600。"

"那不是大山的车吗？"

"那台车他给我了，是我的车。"

崔宏光到最后还强调车是他自己的，是想把所有罪状都揽到自己身上，既不想牵连大山，也不想牵连王笑。

我们在大山的这台黑色奔驰车的副驾驶储物箱里找到了那把仿制六四式手枪，还有两发子弹。根据崔宏光供述，他一共买了五发子弹，自己试着打了两发，然后将枪交给找来的枪手。

崔宏光说，枪手是大熊介绍的，他并不知道对方叫什么名字，只知道是从黑龙江林口过来的。崔宏光供述，在作案的前一天晚上，他带着两个人去万和之声KTV唱歌，就是摸路线。崔宏光指引着他们来到总经理室，还把马总的照片给他们，让这两个人记熟。

三个人在KTV里转悠目标很显眼，万和之声KTV的大门口专门安装了监控，根据崔宏光之前供述的时间，我们很轻松就找到了他们进门的影像资料。

石头说市局新进了一套系统，可以对人脸面部进行比对和识别。我问他比对的素材怎么办？石头说他加个班，从罗泽市去往林口有一趟火车，他去铁路公安处将案发后这几趟车的乘客信息全都调取出来，用这些人的身份证照片作为比对素材。

一列火车大约有几百名乘客，把他们的信息用公安系统一张张地调取身份证照片大约需要好几天。这时喜子想出了一个主意，他说罪犯是两个人，只要将同时购票的人筛选出来就行了。

就这样，我们从三天内的列车中筛选出了四十二组人。将照片查出来后，我发现根本用不着人脸比对，只靠眼睛就能发现，其中一个大圆脑袋正是监控里出现的一个人。

我们千里奔袭直扑林口，在三道通将两人抓获。他们很坦诚，对于别人介绍雇用他们开枪打人的事情毫无隐瞒，和崔宏光所供述的完全一致。或者说，他俩根本没把开枪伤人当一回事，开枪对他们来说是家常便饭。

这俩人自小在林区长大，有捕猎技能，会开枪，尤其是哥哥，五连发猎枪百米之内弹无虚发。在黑龙江林区经常有人进行偷猎活动、买卖野生动物，他们作为在林区长大的本地人，也受到偷猎者的蛊惑。曾经有人雇用他们去林区捕猎，在那里他们认识了大熊，大熊问他们愿不愿意赚点"快钱"，两人欣然同意，虽然他们知道这是犯法的。

《中华人民共和国刑法》第三百四十一条规定：非法猎捕、杀害国家重点保护的珍贵、濒危野生动物的，或者非法收购、运输、出售国家重点保护的珍贵、濒危野生动物及其制品的，处五年以下有期徒刑或者拘役，并处罚金；情节严重的，处五年以上十年以下有期徒刑，并处罚金；情节特别严重的，处十年以上有期徒刑，并处罚金或者没收财产。

唯一的遗憾是，他俩仅仅知道介绍人叫大熊，干这趟活儿拿了1万元钱而已——这笔钱是崔宏光支付的。

枪击案尘埃落定。被枪击的马总通过私人关系，多方打听，据说花了一笔钱，终于将大熊的身份问了出来，其本名叫孙浩。经过核实之后，我们将他列为网上逃犯。

但是万丽豪盛KTV被盗的案件还未侦破。这起枪击案处处透露着诡异，案件能这么顺利地侦破主要是靠王笑主动提供的线索，但王笑和大山是好朋友，我不明白他为什么要举报崔宏光。

虽然崔宏光不承认，但是我知道开枪伤人这件事一定是大山策划的。

难道王笑将大山和崔宏光都出卖了？这对他又有什么好处呢？我查了下万丽豪盛KTV的会员记录，王笑在那里刚存了8万元钱，KTV停业对他来说只有坏处没有好处。

在我疑惑的时候，石头拿给我一份行车记录，是王笑那台奔驰车的轨迹。当时王笑只提供了三天的轨迹，而石头亲自去4S店将这台车一个月内的轨迹都调取了出来。

"你看这一天。"

石头指着其中一条轨迹，是万丽豪盛KTV被盗那天晚上的记录，这台车一直停在KTV附近。

"我们晚上去的时候也看到王笑了，他那天就在KTV，这有什么奇怪的？"

"我去停车场查了下，有个保安对这台车印象很深。那天这台车专门要求停在KTV的侧面，本来那里是放停车桩的，保安只好将停车桩挪开给他停车。"

我一下子想起来："停车桩？那不就是二楼的那个窗户吗？"

"对，我在4S店还查了一下这台车的维修记录，显示车顶做了钣金维修。"

"钣金维修？"

"维修记录写着车顶受外力压迫，出现大面积凹痕。"

我一拍脑袋："人是从二楼跳下来落在车顶的？！"

小偷跳到王笑的车上，这肯定不是巧合。特意挪开停车桩，说明王笑停车时是故意停在窗户下接应。怪不得门前的监控没有发现可疑人员，人家早就暗度陈仓了。

这么说，盗窃KTV这件事，王笑肯定参与了。再联想到他主动举报崔宏光，彻底断绝了大山的后路，如果不是崔宏光自己扛下所有罪状，现在大山也应该被抓进看守所。

现在万丽KTV没法营业，总经理跑了，司机被抓，大山已经成了孤家寡人。王笑这个老狐狸，他介绍大熊给崔宏光认识，让崔宏光找到买枪和雇凶的途径，然后等大山报复，再协助大熊逃走。只要大熊不到案，那王笑就永远是安全的。

我终于明白大山为什么安排崔宏光对马总下手了。马总跳槽是早就安排好的事情，可以说万丽KTV被盗十有八九也与他有关。大山早就发现马总有问题，因为我们没有证据抓人，他才决定自己出手。

我想起喜子在锁上发现的抹擦剩下的侧指纹线，与马总对比，一下子就出了结果。这段指纹线就是马总大拇指的，他作为总经理，每天都会和会计一起接触那把锁，他没必要用手去抹锁上的指纹。

他这么做，肯定是因为上面有其他人的指纹，为了不让公安机关发现，他才用手抹擦了一遍。

原来，这一切都是他们操纵的。

我想去医院对马总进行审讯，将这件事问清楚。石头把我拦下来："别着急，他们现在肯定得意扬扬，你这个时候去，恐怕审不出什么东西来。"

"那还让他们这样逍遥法外吗？"

见我没理清现状，石头分析道："只凭马和平一个经理，恐怕做不成这件事情，我觉得他是被人当枪使了。现在你去找他，刚好圆了他们的心愿，借咱们的手把马和平也收拾掉。这样，大山连一个能用的人都没有了。"

"按你的说法，这些事都是别人策划的？是王笑？"

"我觉得是。但王笑能把大山和崔宏光搞掉，也能把马和平搞掉。"

"马和平现在成了经理，万和之声靠着他日进斗金，王笑怎么会去搞他？"石头拿出一份招标书，是从网上找到的公告，题目是"水乡花榭物业对旗下七家店铺整体进行招标，租赁时间五年期"。

　　"你看，王笑这次恐怕预谋得很久。"

　　"水乡花榭物业？那不就是万丽豪盛KTV后面的那个小区吗？"

　　"万丽豪盛KTV就是租的水乡花榭物业的店铺，这份招标书是刚下的，后面还有投标单位。"

　　我翻开下一页，第一家投标单位叫鸿笑娱乐，注册法人代表一栏写着王笑。

10 黑道往事：一场情债引发的兄弟反目

他的思绪似乎回到30年前，他和钱旭达曾经并肩作战的那个年代。

也许他想起了那个耀武扬威的年代，两个人拎着刀在大街上追砍别人，钱旭达开车救自己的场面，被大奎殴打的场面。而现在，他发现自己被钱旭达出卖了，他愤恨的表情不光是针对钱旭达，更是对着他自己。

入秋之后，天气逐渐变凉，大街上行人的脚步也变得匆匆。我站在一家萧索的店门前，看着玻璃转门上贴着出兑的单子和缠着的锁链，心里不由得有些着急。

大山经营的这家曾在罗泽市辉煌无比的KTV停业关门了，老板不知所终，成了大街小巷茶余饭后的谈资。有人说是老板赌博把店输出去了，有人说涉嫌违法经营被查封了，还有人说老板被人报复打死了，总之传言五花八门。

距离那起枪击案已经过去快两个月了，出售枪支的关键人物"大熊"孙浩下落不明，而大山也没有回到罗泽市。我本以为等到万丽豪盛KTV重新营业，通过里面的关系人就能慢慢摸出嫌疑人的下落，谁知道KTV停业至今。

"王笑策划这么久，不就是为了把这个场子兑下来吗？怎么事到如今反而停手了呢？这都快两个月了，难道咱们还继续等下去？"我对站在旁边的石头说。

一向冷静的石头这次也有些着急："我也没想到他能忍这么久。但是只靠马和平的侧面指纹咱们也没法认定那起盗窃案和他有关。再等等，他们肯定会露馅的。"

万丽豪盛KTV被盗16万元现金这起案件还没侦破，不过我们早已有了目标，以前的经理马和平肯定参与了这起盗窃案，至于主谋，肯定是王笑，目的就是让万丽豪盛KTV倒闭，只是我们现在还没有充分的证据。

"小兵最近有什么动向吗？"

"据说和马和平相处得不错，给马和平的提成也高了许多。马和平跳槽过去后，小兵就把店交给他负责，自己很少露面，人也变得低调了。"

石头有个朋友做酒水生意，平时向KTV推销酒水，和这个行业有一定接触。何路靠不住，我只好想其他办法，于是石头与这个贩酒的朋友取得联系，从侧面能获取到一些情报。

陈宝虽然把雇凶砍伤大山这件事全扛在自己身上，但小兵依旧害怕警察找他。因为周围的人都知道这件事是小兵指使的，所以这段时间他一直深居简出。而大山则是彻底不露面，我猜测，只有等崔宏光宣判后，他才会出现。因为崔宏光宣判后，以他作为标杆，大山就能知道自己最高会被判多少年，也能知道崔宏光在整个案件中都说了什么，证据被认定了什么，这样自己心里有数，也能做好充足的准备。再出现被抓后大山会准备好说辞，把自己的罪行描述得更轻一些，避开关键的证据，这样判刑不会超过崔宏光。

这两个人都是我目前要想办法找到的人，除此之外还有王笑，他让我有点儿头疼。到目前为止，没有任何证据能指向他参与犯罪，但我知道，所有的事情都与他有关联，最终获利最大的就是他。可这个老狐狸隐藏得最深，到现在都没露面将万丽豪盛KTV这颗桃子摘走。

这两个月来我经常来这里看一眼，只有KTV重新开业，这几起案件的关系人才会出现，也只有那时，我们才能找机会查线索。

没想到峰回路转在顷刻之间。

早上，我来到办公室，习惯性地将案件材料拿出来翻看，想从已经背熟的笔录中再找出一丝线索，这时办公室的电话响了。

电话那一头的声音听起来有些沙哑："喂，请问是刑侦大队吗？"

"对。请问您是哪位？找谁？"

"警察同志你好，我想投案自首。"

我一听就兴奋起来，无论是什么案件，但凡能有嫌疑人主动投案就是好事。

"好啊，你在哪儿？我可以去接你。"我主动提出去接他，就是怕对方突然改变主意，毕竟这事可不少见。

"不用你们接，我自己过去。刑侦大队还是在老地方是吧？在春和街妇幼保健院对面那个房子？"

他这么一说，差点儿把我唬住了。以前我们这儿什么标志都没有，即使路过，也看不出这是公安部门。公安局的牌子是最近才挂上去的，称呼这儿是"老地方"，说明他不仅知道刑侦大队在哪儿，而且可能曾经来过。

"对，我们在一座独栋五层楼，门前有牌子。"

"好，我等会儿就到了。"这个人说完，挂断了电话。如果不是知道他要自首，这个电话仿佛是一个老朋友即将要来串门的通知。

我觉得很奇怪，他在电话里没提自己犯的罪行，甚至连从宽处理的条件也没提，但凭这个人在电话里的口气，我预感他肯定会来。我急忙招呼人下楼准备。

大约过了10多分钟，有辆出租车在门前停下。一个挺壮实的中年男子下了车，四处张望，然后将头上的帽子使劲压了压，径直朝大门走过来。

我用手摸着挂在后腰的手铐，迎着他走去："刚才是你打电话说要投案自首？"

这人看我走过来，主动把两只胳膊伸出来并在一起，然后问："你是哪位？宋队不在吗？"

201

我的办公室以前是宋队的，我桌上的那部电话也是宋队上班时使用的座机。在成立特别行动队之后，这间屋子便给了我们。他打这部电话是特意想找宋队。他连宋队办公室的电话都知道，看来不简单。

我将他的两只手铐在一起，说："我是特别行动队的队长，刘星辰。你要投案找我也一样。"

被上了铐子，但他情绪还是没有太大波动，活动了下手脚说："大山被砍的案子是你们负责侦办的吗？我投案和这件事有关。"

"是我们侦办的。"听到和大山的案件有关系，我顿时兴奋起来。

"行，那就是你们了。"这人笑了笑，把帽子摘下来。他50岁上下，脸颊消瘦，眼睛里有股阴沉。他后颈处有一块露出来的文身，我顺着脖领往里看，花里胡哨一大片，应该是文了一个花背。

这人很配合，坐进审讯室的铁椅子，然后用手在腰间一摸，抽出来一根线绳。他只在腰上围了根绳子，没系皮带。接过绳子，我细细打量他，发现这人上半身穿着一件线衣，周身没有扣子和挂件之类的硬物，兜里只有打车剩下的十几元零钱。

他这是做好了进看守所的准备。在关押之前，看守所会对嫌疑人的衣物进行检查，扣子必须要剪掉，裤带换成绳子，衣服上所有的金属装饰也得抠掉，眼前这人一身穿着，完全符合入所条件。

"你自己先说说吧，因为什么事要投案？"我倚靠在桌边问。

"我叫钱旭达，今年46岁，无业。这次来投案自首，因为两件事，一个是做伪证罪，一个是故意伤害罪。"

"你一个个说。"

"伪证罪是在五年前。我隐瞒伤情，欺骗公安机关，私自和凶手达成谅解，给公安机关侦办案件制造困难。具体时间我记不住了，是10月的一个晚上。当时我和一个叫小兵的人在丰宁海鲜坊吃饭，8点多钟，我和小兵吵起来了，当时小兵要和我出去单挑，我和他一起走到饭店门外，结果小兵从车后备厢里拿出一把砍刀，我一看他拿刀了，就回头跑。当时我喝多了，跑不动，被小兵追上砍了两刀，我摔倒趴在地上。这时有人看见后就报警了。我被拉到医院后，警察来给我做了份笔录。第二天小兵想找我私了，我便同意了。当时我后背被砍了两个血口子，一共缝了20多针，我把病历给改了，就写了1个伤口，缝了11针。根据这份病历，最后我的伤情鉴定是轻伤，小兵被判了六个月有期徒刑。但其实我被砍伤后，检查出血气胸。这份病历报告被我藏起来了，在做伤情鉴定的时候我没拿出来。"

　　"你说的这个小兵是谁？"

　　"范斌，万和之声现在的老板，以前是宏伟的司机。"

　　我心里翻起一阵波涛。这可不是简简单单的一个投案自首，钱旭达显然准备充分，短短几句话将这件事的重点说得清清楚楚。看似投案自首，实际上他的目的很明确，他是要把小兵拉下水。

　　现在我们一直盯着小兵，希望能找到他涉嫌犯罪的线索，而这个人恰好出现，矛头直指小兵，巧合得让人怀疑。

　　这个叫钱旭达的人曾经被小兵砍伤，还用了社会上的处理方式私了，目的就是不想让警方介入。但现在他又把这件事翻出来，从江湖人的角度来讲，很不道义，他以自己可能被判实刑的代价来举报小兵，背后促使他这么做的动机是什么？

　　我上下打量钱旭达一番，从他满背的文身和从容不迫的表现来看，我猜测这个人曾经在社会上是个有头有脸的人，绝不是泛泛之辈。

"还有一个呢？"我没表态，让他继续说下去。

"还有一起案件是八年前，我和小兵合伙把一个叫明秀的人捅了，当时我捅了一刀，小兵捅了三刀，四刀全都是捅在肚子上。明秀的肠子被捅断成了六段，在医院做了五个多小时的手术才缝上。事后明秀没敢报警，但是当时医院有急诊病志，也有住院病志，上面写得清清楚楚，现在明秀肚子上还有四道疤，找他一问就能问清。"

果然不出所料，又是和小兵一起作案。看得出他不把小兵拖下水誓不罢休。不过他说的案件都是已经过去五年以上的，证据材料很难收集，仅靠他一面之词恐怕不够。

"你把你住的医院和明秀住的医院告诉我，我先去查一下病志。"

"不用查了，我都调出来了，就在我外套的兜里，有我的也有明秀的。"

我拿起他的外套，从兜里掏出两份病志，一份是钱旭达的，一份是明秀的。上面有急诊和出院小结，把两个人的伤情写得清清楚楚。

这钱旭达准备得太充分了。

"我先问你，当时明秀为什么没报警？"

"害怕呗，我和小兵那时候胆子大，今天敢捅他，明天就能直接干死他。何况明秀那时候手里也算有钱，正赶上和别人一起做项目，没必要和我们拼死拼活，再闹出点儿事和我们一块儿蹲监狱，那他就损失大了。"

"那你被小兵砍了为什么要做伪证？"

"为了钱呗。小兵当时给我拿了10万块钱，这事就这么算了。"

"被砍成血气胸够重伤了，赔你10万块钱不算多，我看你这副样子也不是一个省油的灯，这点钱就能把你打发了？"

"还有点别的事，总之是我理亏，他就是拿5万我也得认。"

"那你现在为什么又要提这件事？"

"还是为了钱！"

这个人有点意思，我心里想。本来我都做好他胡编乱造来搪塞我的准备，没想到他开口就说了实话。"为了钱"这三个字已经把原因说得很明白，是有人拿钱让他来以自首的形式举报小兵。

不用说，现在和小兵势不两立的人只有一个，那就是大山。

"是大山找你来投案的？"

"嘿，不用说得这么直白吧？心里明白就得了。"

"我告诉你，钱旭达，你可想好了，凭你说的这两件事可足够你在监狱蹲个三五年的，你要对你说的话负责任。"我特意强调一下，想探探他的底线，看他是否还有其他目的。

钱旭达如果说的是真的，那就是犯了伪证罪。伪证罪是指，在刑事诉讼中，证人、鉴定人、记录人、翻译人对与案件有重要关系的情节，故意做虚假证明、鉴定、记录、翻译，意图陷害他人或者隐匿罪证的，处三年以下有期徒刑或者拘役；情节严重的，处三年以上七年以下有期徒刑。

钱旭达这样的，数罪并罚会从低处置，实际刑期要比两罪相加少，但他肯定比三年多。

虽然我从和他的对话中能发现他对警察办案的程序很了解，但他不一定对案件定性判处很清楚，我要确认他是否做好了蹲监狱的准备。先把最坏的结果告诉他，免得现在说得挺好，结果开庭后全翻供。

"没事，我都知道。来前都找人打听好了，如果明秀配合你们的话，算上自首情节，最多能判我七年。"

这种被抓后自首最高减刑20%，未被发现的犯罪自首减刑40%。他应该不知道这点，只是在我说的基础上自己把刑期加满了，但我算是彻底被他吊起胃口了。

侦办大山被砍的案件之后，我接触了不少社会上的人，发现这伙人有个共同特点，就是说话毫不负责，无论什么事张口就来。比如何路这种长期和我们打交道的，在我这里还是说一半藏一半，像钱旭达这种毫无保留的我还是第一次遇到。

我看着钱旭达，他也迎着目光和我对视，没有一丝回避的意思。他脸上似笑非笑，说不上坦然，但是看着让人很舒服，尤其是他的眼睛，自始至终都没有将视线移开。但凭他现在的表现，我还是无法放心。

他投案这件事摆明了就是针对小兵，钱旭达对此也不避讳，不过他为什么愿意用这种方式来针对小兵呢？我觉得只为钱不太可能。我突然对他和小兵的恩怨很有兴趣，八年前一起砍过人，五年前又被小兵砍伤，他们之间究竟发生了什么事？

"你和大山还有小兵到底是什么关系？为了他们愿意去蹲监狱？"我问道。

"我们三个人啊，认识30多年了，可以说从小一起长大……"

嚯！认识30多年。钱旭达不过40多岁，也就是说，他们三个还在念书的时候就认识了。这可不是一般的关系。我越发好奇，决定问清楚三个人之间的隐情。

大山这伙人在我还读书的时候就开始混社会，那段日子我了解不多，但现在急于知道他们发家的历史，以便对这伙人有一个更细致的掌握。

"说说你们的关系吧？就当是闲聊，这个不记在笔录里，方不方便？"

钱旭达这个人说话很痛快，而且从他的口气中我感觉他和小兵、大山都很熟悉。

"行啊，反正这件事办完我也算是和过去有个了结，和这帮人也没关系了，你想听哪方面的？"

"从头开始说吧，就从你们认识开始。"

"嘿，那可就长了……"

30年前，正值改革开放初期，在我的印象里，粮票才刚刚取消，还是只有黑白电视机的年代。那时候的钱旭达刚上初中，就读于罗泽市第五十二中学。

大山也在同一所中学，那时大山和钱旭达都不爱学习，天天逃课在外游荡，久而久之便相熟了。罗泽市城建十局修了一个足球场，还铺上了草坪，在那个操场都是黄土地的年代，一块带草坪的足球场可以说是所有足球爱好者的梦想，钱旭达和大山也喜欢踢球，两个人便经常去十局的足球场玩。

足球场白天开放，能来玩的都是逃课的学生，在这里他们认识了小兵。小兵本名叫范斌，长得矮小，所以外号带了个小字。虽然个子小，但小兵打架心狠手辣，动手敢往脑袋上下死手。踢球的时候，小兵和大山动了一次手，不打不相识，此后三个人便天天一起玩。

后来足球场不对外开放，三个人便开始到处闲逛，也经常因为琐事和别人打架。小兵手黑，每次不是把人头打破就是打掉几颗牙，还有一次，他差点儿冲进派出所打人。大山眼尖，发现情况不妙提前跑了，小兵和钱旭达被抓了进去，由于年龄小，批评一顿就被放了。

初中毕业后，三个人都不再读书。钱旭达本来想出去打工，但大山觉得不如兄弟三人想办法搞点儿钱。一听搞钱，从小就爱财的钱旭达来了兴趣，小兵对钱没什么兴趣，他只是不想去工厂干活儿。

搞钱的事情由大山来策划，方法也很简单粗暴，就是偷和抢。那时候社会治安不好，三个人小偷小摸，先去小卖部偷钱，又去学校勒索学生，成功几次后，三个人胆子越来越大，开始在晚上拦路抢劫。

三个人里面钱旭达最喜欢钱，由于长得壮，被叫作钱罐儿。每次搞钱都是大山出主意，他心思多，头脑聪明，但喜欢调戏女生，看见漂亮的女孩就上前骚扰，掀裙子摸屁股没他干不出来的。唯独小兵没什么喜好，只是脾气不好，两句话不对付就和别人打架，在抢劫的时候表现得最凶狠。

大山明白抢劫这种事挺严重，特意强调每次不能抢太多，最多不超过50元。三个人年龄不大，成年男子他们不敢拦，专门在晚上挑女的下手。看着像小孩似的毛贼，很多人被抢个十几二十元也没报警，三个人竟然这样顺利地干了半年多。

最后，事出在大山身上。那天晚上，三人堵住了一个女孩，小兵向女孩要20元钱，女孩掏钱给了。结果大山看女孩长得好看，便开始动手动脚，谁知道女孩抬腿踢中大山裆部。大山疼得差点儿晕过去，脾气最差的小兵抬手扇了女孩两耳光。

第二天，他们得知女孩是大奎的妹妹。大奎是这一带有名的"混子"，比钱旭达三个人高明多了，用小兵的话说，大奎在饭馆吃饭都不用付账。没过多久，大奎就查到了打他妹妹的这三个人。

小兵等人决定躲几天。钱旭达跑到了姑姑家躲藏。过了三天，他实在待不住，想着这里离自己住的地方挺远，大奎不可能找到这儿来，便出门溜达，结果没走多远便被大奎堵住。

大奎带人狠狠揍了钱旭达一顿。事后，钱旭达的脸肿得三天吃不下饭。回到家中，他发现小兵也被人揍了，唯独大山逃过一劫。

听到这儿，我笑着说："大山运气挺好啊。"

"好个篮子！后来我才知道，我们他妈的是被大山出卖了。不然他们怎么能找到我姑姑家去？我就带着大山去过，别人谁都不知道。"钱旭达咬着牙说。

这件事过后，大山说不能再这么混下去，不然永远也混不出名堂。想在社会上立足，必须有靠山。钱旭达表示无所谓，只要能搞到钱，干什么都行。小兵和大山一样，想混出点儿名堂，点头表示赞同。

经过仔细策划，大山提出要去拜一个大哥。所谓的大哥，就是在某个地方混出名气的社会人，大山选择的人叫"黑龙江"。

"黑龙江"在罗泽市三里道很有名气，只要在三里道这个地方开店，就得向"黑龙江"交一笔费用，然后他会安排几个人给店里擦玻璃，让其他人知道这家店和"黑龙江"有关系，这样就没人敢在这儿闹事。"黑龙江"平时经常在店里白吃白拿，妥妥的一个恶霸。

钱旭达三个人开始跟着"黑龙江"混，平时在三里道的饭馆吃饭也不给钱。有时候"黑龙江"会指使他们出面去教训人，有说过"黑龙江"坏话的，有和"黑龙江"有矛盾的，有开店不交保护费的，还有的连钱旭达也不知道什么原因，上去打一顿就算完成任务。

那时小兵下手最狠，有时候钱旭达还得盯着点，以免小兵下手太重。不过小兵这个特点让"黑龙江"看得上眼，经常把他带在身边。

三个人跟着"黑龙江"混，时间长了，钱旭达觉得没什么意思。虽然有吃有喝，但是钱都是"黑龙江"拿，他分不到钱。大山则是到处和别人拉拢关系，打着"黑龙江"的名号认识了不少人，光电话就记了两本。小兵则是像保镖似的天天跟着"黑龙江","黑龙江"还安排他去考驾驶证，说要买一台车让他做司机。

正在钱旭达不想继续混的时候，三里道开了一家游戏厅。游戏厅不大，里面只有十台机器，但天天爆满，想玩一把都得排很久。"黑龙江"按照规矩来收钱，结果这家店的老板不但当面拒绝，还对着"黑龙江"放狠话，提出找个地方"打定点"。

打定点是一句俗话，就是两伙人选一个地方约架，双方各自喊人群殴。那时候没什么道义规矩，谁喊的人多谁就厉害。

"黑龙江"自然不服气，开始召集人手，这里面自然少不了大山三兄弟。打定点的时间和地点很快约好了，"黑龙江"这次找了30多人，还准备了木棒之类的家伙，钱旭达知道，这次肯定是一场血战。

对钱旭达来说，打架无所谓，可是无谓的打架让他觉得很没有意思。他想赚钱，但是打架并不能赚钱，每次他帮"黑龙江"打人后，也仅仅能混一顿饭吃。

这时有人来找钱旭达，开门见山地说，如果钱旭达不去参与这次打定点，当场给他300元钱。钱旭达并不认识这个人，但他几乎没犹豫就答应了，这可是蓝蓝的三张百元现钞。

但钱旭达没把这件事告诉大山和小兵，他怕一旦这两个人知道，向他提出要分这300元钱就麻烦了。于是，钱旭达找了个理由，说自己得了急性肠炎去医院，为此他还特意在医院待了一天，直到晚上才回来。

晚上回来后，钱旭达急忙去找大山和小兵，他怕两个人参与群殴被人打伤，结果发现两个人什么事都没有。问起打架这件事，两个人都是吞吞吐吐，最后才知道，他俩也没去打架。至于理由钱旭达没细问，他怕不小心将自己拿到钱这件事说漏了。

第二天钱旭达得知，当天打架的"黑龙江"一伙被人打得很惨，"黑龙江"的腿都被打断了，在医院住了很久，出来后走路一瘸一拐的，这人就算废了。

钱旭达和大山、小兵又变成了无业游民。这时，大山提出再找一个大哥，可钱旭达对这种生活感到厌烦，不想继续这么混下去了。大山安慰他，这次要找的大哥不光是靠山，还能赚钱。一听到有钱赚，钱旭达来了精神，与小兵一起去见了新的大哥。

这个人叫常宏，就是新开的游戏厅的老板。

投了新靠山后，常宏给他们安排了在游戏厅看场子的活儿，如果有人打架或者闹事，大山他们负责把闹事的人清理出去，按日结工资。这个工作对钱旭达来说既轻松又有面子，三个人便在游戏厅里安顿下来。

在游戏厅待长了，钱旭达发现一个秘密，游戏机都是投币的，但是投进游戏机里的除了游戏币之外，还有铁片。铁片放进去一样能启动游戏。

由于游戏厅生意火爆，所以常宏对有人用铁片玩游戏并不是很在意，可是钱旭达曾看到大山卖给别人铁片，他知道这些铁片都是从大山那里买来的。

钱旭达也想搞点儿铁片卖，赚点儿外快。他找大山提这件事，结果大山不承认，两个人一度闹得不太愉快。在钱旭达和大山为铁片这件事纠缠的时候，只有小兵每天兢兢业业地看店。

后来常宏出事了，钱旭达也不知道具体发生了什么事，总之开始联系不上常宏，他开的游戏厅也被查封了，机器都被拉走。大山还想找关系把机器弄出来，自己继续干游戏厅，可是找了许多人也没能办成。

这件事不了了之，三人又变得无事可做。这时钱旭达打算去南方打工，但再次被大山拦住了。大山说有个赚大钱的套路，需要三个人一起干，那就是"崩大哥"。

那时候社会上比较乱，无业游民也多，尤其是刚刚上映的《古惑仔》电影给这群混社会的人打了一针肾上腺素，每个人都把自己比作陈浩南，想出人头地，相互之间打架更是家常便饭，更有甚者，还开始划分地盘和势力范围。

这么一闹，就有几伙胆子大的人打出了名堂，在一片区域有了声望，变成了这群混子中的佼佼者，也就是俗称的大哥。这些人像电影里演的那样，戴墨镜穿西服，平时身边前簇后拥，出面平息纷争，引得小弟们纷纷敬拜。

大山所谓的"崩大哥"，就是要对这些人下手搞钱！

风险很大，但小兵觉得无所谓。他胆子最大，下手最狠，拿着刀谁都敢捅。而钱旭达一听能赚到钱，便把诸多是非抛到脑后，三个人一拍即合。

大山不知道从哪里搞到一把枪，然后拿出一份名单，上面都是在社会上混出名堂的人物。大山靠着这几年走动的关系，和这些人多多少少也算个面熟。按计划，先由大山出面，选一个目标送礼、拉关系，然后以请客吃饭的由头将他引出来。大山能说会道，将对方哄得心花怒放，然后提出去歌房唱歌，在路上，大山会找机会将大哥的小弟甩掉。

到歌房之后，大山找个理由，提出对方瞧不起自己。这时候飘飘然的大哥肯定不能示弱，言语间就会发生冲突，只要大山使个眼色，小兵就将提前准备好的枪拿出来顶在大哥的脑袋上。

小兵这人名声在外，都知道他打架敢下死手，手里端着枪，没人不害怕。这时候钱旭达再做和事佬，将小兵劝开。对这群在社会上混的人来说，面子比什么都重要，如果他们被大山这群小辈用枪顶住脑袋这件事传出去，以后他们就没有脸面了。

在社会上混，靠的就是脸面，没有面子的话就什么都不是。大山就是拿准这一点，让对方吃一个哑巴亏。亮出枪是最关键的一环，第二天大山会再去找这个人，以不让这件事传出去为由，向这个人要封口费。

大山了解这群人的心态，也清楚这些人的底细，他会根据大哥的财务情况对症下药，针对不同的人，要的钱数也不一样，对方最终都是老老实实地拿钱。

这样搞了几次，每次大山都能要回几万元钱，这可比在游戏厅干活儿赚得多了去了。那些日子是钱旭达最开心的一段时间。

我打断他："有钱就开心，你还真是个钱罐子！"

钱旭达似乎陷入那段回忆中，没有理会我的调侃，他继续向我讲述。

在大山连续崩了七八个人之后，他们的名声响了起来，同时也得罪了越来越多的人，终于有人忍不住对他们下手了。

那天钱旭达接到一个朋友电话，说晚上一起吃饭。大山有一辆车，钱旭达便给大山打电话借车。大山说他开车去外地了，暂时回不来。钱旭达本来并没在意，但是他在去饭店的路上，在一家歌房门前看到大山的车，钱旭达突然有种不好的预感。

他给小兵打电话，果不其然，小兵也说晚上有人请他吃饭，是在同一家饭店。

钱旭达感觉事情不妙，在电话里让小兵快跑，没等打完电话，那边就传出叫骂声，接着小兵便没动静了。钱旭达赶到饭店的时候，看到门前站着五六个人，每个人手里都拎着东西，有个人趴在饭店外面挂着的牌匾上，满脸都是血。正是小兵。

钱旭达眼中直冒火，把出租车司机撵下去，自己开车冲了过去，把人群冲散，小兵趁机从牌匾上跳下来，两个人这才开车跑掉。

钱旭达给大山打电话，对他破口大骂。而大山结结巴巴，问他们在哪个医院，要去看望。这时钱旭达留了个心眼，等小兵包扎好，他和小兵藏在医院附近的一栋楼里，告诉大山他正在医院包扎。

没过多久，钱旭达看到七八个人冲进了医院，至此钱旭达知道，又是大山将他们出卖了。

钱旭达和小兵因为"崩大哥"这件事得罪了很多人，而现在大山又把他们出卖了，可以说，在罗泽市大山是彻底臭了名声，别说继续混社会，连生存下去都是一个问题。

这时小兵提出来，他决定去找宏伟帮忙。

大山每次拿枪"崩大哥"的地点都是在常成开的歌房，常成和常宏是兄弟，常宏出事之后，大山便跟着常成继续混。常成这个人比他哥哥老到许多，在社会上很有号召力，大山"崩大哥"的幕后主使就是常成。常成借着这次机会将社会上和自己不对付的人都整了一遍，彻底将自己包装成了教父级的人物。

但常成也有不好对付的人，宏伟就是其中之一。宏伟这个人口碑不好，钱旭达对他一直不太感冒，但这次大山的所作所为把小兵惹火了。小兵做事喜欢走极端，在罗泽市既有实力保护他们又能有机会报复大山的人，只有宏伟。

钱旭达本来不想一起去，他早就想离开罗泽市去南方打工了，但这次小兵苦苦求钱旭达帮忙，没办法，钱旭达只好和小兵一起去找宏伟。

宏伟对接纳两个人提出一个条件，那就是要他俩去捅一个人。

宏伟想从别人手上低价盘下一家歌厅，这家歌厅是一个叫明秀的人开的，宏伟和他谈了几次都没谈拢，所以才萌生直接抢的想法。宏伟本意是想让他俩做炮灰，但没想到小兵比他更狠，在埋伏到明秀后，不但直接捅了四刀，而且还将明秀镇住了，以至于明秀都没敢和宏伟谈条件，直接将歌厅低价转让了。

　　这件事让小兵成了道上的传奇人物，也让那些想打他主意的人收手了。此事过后宏伟便同意接纳小兵和钱旭达。

　　钱旭达发现虽然宏伟这个人口碑不好，为人差劲，但是在狠劲上他和小兵很相似。两个人有很多共同点，做事的时候，宏伟经常和小兵一拍即合。随着两个人谋划的事情越来越大，钱旭达甚至发现他们在歌厅里安排人卖毒品，他渐渐不敢和宏伟在一起了。

钱旭达再一次萌生了离开的念头。这时小兵对他提出，再在罗泽市待半年，因为半年后小兵就要结婚了，钱旭达得参加他的婚礼。

钱旭达决定继续在罗泽市待半年。但让钱旭达没想到的是，小兵的女朋友对他产生了兴趣。一次醉酒后，小兵的女朋友和钱旭达发生了关系，事后钱旭达觉得对不起小兵，他不想把这种畸形的关系继续处下去，他不能等到小兵结婚了，于是他主动提出来要去南方。

离开前，小兵请钱旭达吃饭，突然说到钱旭达和自己女朋友有私情的事情，这让钱旭达大吃一惊。他没想到小兵会知道这件事。随后，小兵就拿出刀将钱旭达砍伤。也就是那次，钱旭达替小兵做了伪证。

事后，钱旭达也没脸用这件事和小兵谈交易，这两刀是钱旭达还给小兵的人情债。不过小兵还是给钱旭达拿了10万元钱，说是作为医药费，但他要求钱旭达以后别在自己眼前晃悠，只要看到，肯定还会砍他。

钱旭达早就有离开罗泽市的想法，治好伤之后，他便去了南方。

听完钱旭达述说的故事，我问他："我看你好几次都说想走，结果一直没走，最终被砍了才走？这多吃亏啊。"

"对啊，我错就错在这儿，好几次明明有机会，但就是没离开，结果倒了霉。要是早点儿走，不就没事了。"

"小兵砍你，是因为你睡了他的女朋友，从道义上来说你理亏，为什么这次你又拿这件事来举报小兵？"

"我不是说了嘛，为了钱。"

我静静地看着钱旭达。他表情自然，一脸坦然，对于举报自己曾经的兄弟，即使是自己犯错在先，他也没有任何的愧疚。

其实我对钱旭达印象不错，他说话很有分寸，不像一个蛮不讲理的人，可是他做的这件事让我很疑惑。在社会上混过的人虽然坏事做尽，可社会上也有自己的规矩，钱旭达现在的行为已经突破了这条红线。

不过这些都是浮云，我们的目的是查清案件，抓捕罪犯。我早就想抓小兵，苦于一直没有机会，这次钱旭达主动送上门来的机会，我怎么能放过呢？

我给钱旭达做了笔录，他签字很爽快，而且他将自己的手印按在名字上之后，还使劲扭了一下，生怕印子不清楚。钱旭达提供的医院病志很充分，他当天晚上就被送进了看守所。

我们把明秀找来，虽然他已近60岁，但身材保持得还好，一头油光光的大背头显得挺精神。明秀听到我说钱旭达投案自首后，面部肌肉几乎挤到一起，眉头的皱纹叠出来好几层。他点了根烟，狠狠地抽了一口，这根烟一下燃下去三分之一。

明秀深深呼了一口气才开口问道："钱罐子押进去了？"

"昨晚就送进看守所了，这个案子你不要有什么顾虑，不是不报，时候未到。既然钱旭达开了头，小兵肯定也跑不了。"

"怪不得……前段时间钱罐子给我发了条短信，我没回。"

"什么时候？他给你发的是什么内容？"

"短信让我删了，发短信的时候正好是我参加常成葬礼那天。"

常成的葬礼，我们抓住逃犯陈松树那天，紧接着就是大山被人砍断手脚，然后发生一系列的事故，而去南方多年的钱旭达却在那天给明秀发短信……我突然觉得钱旭达这次自爆式的举报并不像他说的那么简单。

在社会上混的人没那么简单，看着越简单的人，内心越复杂。这时我想起了王笑，一个看似人畜无害的胖子，笑眯眯的像一尊弥勒佛，但每一件事背后都有他的影子。

最后，明秀同意配合我们工作，他把八年前发生的事情详细向我们说了一遍。明秀说在他的印象里，钱旭达只是用拳头打了他一下，而拿着刀的是小兵，一共捅了他四刀。小兵当时把他顶在墙上，一只手按住他的肩膀，另外一只手拿着刀连续捅刺，明秀连躲闪的机会都没有。

明秀说小兵捅了四刀之后还想继续捅，是钱旭达把小兵拽走的，如果不是钱旭达在场，恐怕当天小兵能直接捅死自己。

在社会上混迹多年的明秀在那一天才感觉到死亡离自己如此之近，他都没敢和宏伟讨价还价，就把歌房兑给宏伟，权当是为自己买了一条命。他真的怕小兵对自己下死手。

我们开始对小兵展开抓捕。说实话，这起案件看似证据条件不错，但其实并不好，虽然有钱旭达和明秀的笔录，也有明秀在医院的病志，可是缺少了一个重要环节，那就是捅明秀用的刀。没有凶器，这个案件就缺少了重要一环，但这把刀肯定找不到了。

而关于钱旭达自述的做伪证罪，小兵将他砍成重伤这件事，只能是作为这起案件的依托。总之一句话，如果小兵矢口否认，他和钱旭达是一比一的对应口供证据，并不能作为定罪量刑的依据。

找小兵并没有费太大力气，他虽然不露面但是人还在罗泽市，而且他并不认为警察能抓他。我们以小兵坐的车子为出发点开始调查，安排人在夜晚查看各大豪华酒店门前的停车位，没过几天便发现了小兵的车子，在酒店的包间内将他抓获。

为了能从审讯这块将小兵拿下，我们做足了准备工作，安排了好几种审讯方案，做好了打持久战的准备，我甚至一度在审讯前思考如果小兵不开口，能不能通过零口供将他送进看守所。

但事情的发展完全出乎我的意料，当小兵发现自己被抓是因为八年前明秀被砍的案件时，他眼睛瞪得又大又圆，似乎不敢相信听到的一切。他结结巴巴地问道："你们怎么知道的？谁告诉你们的？"

无论我说什么，小兵只是反复问同样一句话。没办法，我只好将撒手锏拿出来，把钱旭达签过字的笔录在他眼前一晃，告诉他，钱旭达已经投案了。

"对，明秀是我捅的，我捅了他四刀，顶在墙边捅的；钱旭达也是我砍的，当时砍完我找人打听发现他被砍成血气胸，我赔了他10万块钱算是私了。"

小兵交代了！我没想到他交代得这么痛快，我能听到小兵在说这些话的时候牙齿咯咯作响。

我心里明白了，小兵是在赌气。他没想到钱旭达会举报自己，他几乎都没思考过自己说这些话会代表着什么，他的思绪似乎回到30年前，他和钱旭达曾经并肩作战的那个年代。

也许他想起了那个耀武扬威的年代，两个人拎着刀在大街上追砍别人，钱旭达开车救自己的场面，被大奎殴打的场面。而现在，他发现自己被钱旭达出卖了，他愤恨的表情不光是针对钱旭达，更是对着他自己。

小兵似乎在与自己作对，我猜他是在痛恨自己怎么认识了这样一个朋友。他说这些话是在惩罚自己。我们的监控录像完整地记录下小兵的供述，而我趁热打铁做了笔录，趁着小兵头脑混乱，让他亲口供述了自己的所作所为。

第二天上午，小兵被送进了罗泽市看守所，他被关在311监室。看守所是一个口字形的建筑，钱旭达在321监室，就在对面。但由于他俩是同案犯，所以在看守所永远也不会面对面，只有其中一个人在楼下放风的时候，另一个人会透过巴掌大的窗户看到对方。

不知道那时如果他俩四目相对，小兵和钱旭达心里会想些什么。

11 毫无破绽的犯罪现场，只留下一个狼头标识

我问："那他身上的衣服和捡到的手机有一模一样的图案是怎么回事？"

"手机是谁的他不知道，但有人告诉他，如果出事被抓，警察问起手机短信，就说是集合短信。别人还告诉他，他岁数小，看守所押不进去，让他放心和咱们撒谎。他身上的衣服是朋友给的，这伙人衣服背面都带着一个白狼头。"

从警十五年，我遇到过各式各样的犯罪团伙，无论是小偷小摸还是重案要案，都有一个相同的规律，就是物以类聚，人以群分。想作恶的人总会通过各种机会聚集到一起。

团伙犯罪中，很多罪犯是在监狱认识的。监狱这个囚禁犯罪分子的地方，本来是对罪犯进行改造的地方，但总有人恶习不改，在监狱中结交同道中人，出狱后合谋策划新的犯罪行为。

除了监狱认识的犯罪同伙，像我之前提到的钱罐子、大山和小兵这种从小就互相熟识的罪犯，在那个年代也比较常见。哪怕是现在，你身边可能也有年轻人在上演这样的故事。

在押送钱罐子的路上，我思绪万千，想起了很多熟悉的面孔。透过窗户放眼望去，前后渺无人烟，只有几栋板房孤零零地矗立在道边。远处有一座蓝白色的建筑，那是我此次的目的地，罗泽市看守所。

送押程序复杂，先去医院体检，做五项检查，然后带到看守所再体检，按手印，照相，换衣服，办手续，再进去。医院体检一次就得两个多小时，再加上看守所体检，送一次人三五个小时都是正常现象。

车子慢慢减速，接着便迎来剧烈的颠簸。虽然我用手紧紧地抓住把手，可是身子还是被弹了起来。从这几十米的坑洼路段开过去，车座仿佛被安装了弹簧一样，颠得我全身都快散架了。

喜子快速地转动着方向盘，操控车辆躲避地上的坑洼，嘴里埋怨着："这条路怎么还没人修……"

这条路平时只有大货车往来，时间久了，路面被压得坑洼不平，也成了我们每次前往看守所必经的磨难，俗称"坑人路"。再继续往里走，抵达山脚便是罗泽市看守所，所有犯罪嫌疑人都会被羁押在这里。

车子停在门口，钱旭达下了车，举起手伸着懒腰，刚才这条路也把他颠得够呛。他的手铐发出哗啦哗啦的声响，吸引了门墙上武警的注意。他端着枪，转过身冲我们挥了挥手，示意不要带着犯人在门口停留，快点儿进去。

"这地方变化挺大呀？"钱旭达东张西望，表现出自己和这里很熟悉的样子。

我知道他心里打的什么算盘，在多年前他也蹲过监狱，这副老油条的做派是为了给自己打气。但今非昔比，这么多年过去，看守所从管理到制度都飞跃地改变着，他以前的那一套早就不好用了。

"把衣服都脱了。"看守所的管教对着钱旭达说道。

"咦？我这身衣服没问题呀，来之前都处理过了。"

钱旭达用手拉了拉裤子，然后又抖了抖袖子。他所谓的处理就是把衣服上的裤带和扣子都摘掉，所有金属物品都剪掉，这是早些年进入看守所的必经程序。

我从旁边柜子里拿出一套囚服放到钱旭达面前："现在看守所服装统一了，不允许穿自己的衣服。"

钱旭达耸了耸肩膀，极不情愿地脱下准备好的衣服。他这身衣服都是名牌，想在刚入监室的时候彰显下自己的实力和地位，但现在规矩变了，断绝了他这个念想。

换了衣服的钱旭达已经没有了刚才那股从容的气质，他耸着肩膀低着脑袋，精神很快萎靡下来。铁门缓缓关上。在我转身离开之前，钱旭达终于忍不住向我说道："哥们儿，接我的时候别忘了把我的衣服带着，都挺贵的。"

我知道钱旭达主动来投案肯定另有隐情，看来他很有把握，觉得自己在里面待不了太长时间，这番话更是有点儿向我示威的意思。

我也给钱旭达一个明确的回应："行，衣服我可以帮你存着，但是只能存半年，法院判决之后我就不管了。"

半年之内，案子肯定会被移送到法院宣判，在这期间，看是他有能耐出来，还是老老实实被判处实刑。

我不知道钱旭达还有什么手段，现在只能静观其变。这伙人利益纠缠极深，之后会发生什么事情，谁也拿不准，要找到他们的破绽，才能将这伙人一网打尽。

回到警局，我口干舌燥，但是不太会摆弄茶具，泡茶时忘记加滤网，茶水连同茶叶一起从壶嘴里倒了出来。我顾不得这些，抿着嘴喝了一口，结果吃了一嘴的茶叶。

还没等我往外吐，办公室里的座机就响了起来。这可不是个好兆头。办公室的电话一般很少响，但只要有人打，肯定是有事情发生。

"是刑侦大队行动队吗？我是指挥中心，今天是你们队备勤值班对不对？"

"对，是我们。发生什么事了吗？"

"南岗派出所现在需要增援，请你们备勤人员迅速赶往现场，位置在南岗辖区希望大街3号的工地上，报警内容是有人在打群架。"

"好的，我们现在立刻出发！"

我招呼一声，队里的人纷纷起身跟着我冲了出去。

增援这种事时常会发生。一般来说，派出所的值班警力中有四人负责出警，如果遇到多人事件，其他人再前往协助。如果事件很严重，比如出现连环车祸，又或是出现火警等灾害，指挥中心就会调派其他单位进行增援。

随着这几年监控摄像头逐渐普及，加上公安机关各种打击犯罪的专项行动，社会治安大幅度向好，像这种大白天打群架的现在已经很少见了。

南岗派出所位于罗泽市东南，本来是一片山地，经过多年开发山已经被挖平，一幢幢高楼拔地而起。但由于配套设施还没建好，所以这一片住的人不多。白天这片地区除了几处开工的工地之外，基本看不到人。

喜子驱车来到希望大街3号附近，还没下车，我就看到工地外停着一辆警车，从工地挡板的豁口处还能听到里面发出呼喝声。车还没挺稳，我们就拉开车门冲了下去。穿过豁口来到工地，场面一片狼藉，我看到两名同事一跪一蹲，身下压制着一个人，另外一个同事站在旁边打电话。他用手捂着鼻子，有血顺着指缝流下来。

被制伏的嫌疑人还在不断挣扎，压住他的警察用了很大力气，胳膊都绷得紧紧的。两个警察身上都有搏斗的痕迹，其中一个人衣领大开，警服里的领带已经不见了。

有兄弟受伤，情况不妙。另外，出警一般是四个警察，但我现在只看到三个，不禁有些担心。

看到我们来了，鼻子流血的同事急忙喊道："有人往东边跑了，云鹏去追了！"

来不及细问，我带着人往东边跑过去。这片所谓的工地上到处都是挖开的坑，地上土也是回填的，跑起来一脚深一脚浅，使不上劲。工地周围的围挡都没连起来，中间都是空当，一眼看过去，根本没有其他人的身影。

我一路追到围挡边，刚探出身子便看到李云鹏，只见他手里拎着警棍气喘吁吁地往回走，沿着这条路，前后再没有其他人。

看到他没什么事我才安心，问："人呢？都哪儿去了？"

"有车接应，全上车跑了。"李云鹏大口喘着气说。

"到底发生了什么事？"

"报警的警情说有人打架，一开始我以为是什么纠纷，结果发现这里有十几个人正准备动手，于是一边喊增援一边控制局面，这两伙人看到我们来了，就四处逃窜。我们按住了一个，然后我去追其他人，结果发现有车接应，剩下的全跑了。"

我们转回到工地，这时候又有增援到了。被按在地上的那人终于不再挣扎，老老实实地趴在地上。

"鼻子怎么样了？"我对流血的同事问道。

他抬着脖子回应："没事了，血止住了。"

"怎么搞成这个样子？"

同事从地上捡起了掉落的领带，拍了几下后又挂回衣领上："这小子被抓的时候还想和我们比量几下，他手里有根甩棍，抢了一下，棍子伸出来，打在陈哥脸上了。幸好当时把他胳膊按住了，不然这一棍子下去鼻子得被打歪。"

我这才发现陈哥脸上还有一道血痕，正好划过面颊顶在鼻梁上。

我低头看了看趴在地上这个人，他穿着一件黑夹克，上面有一个狼头图案，面目狰狞。他用的甩棍就放在身边，底端还写着一个"警"字。我拿起甩棍看了看，和我们配置的不一样，不知道又是哪个不良商贩以警用装备的噱头往外售卖。

现场只抓住了一个人，我们准备带人回所进行审讯，这时我发现旁边草坑里有东西在发光。我靠近查看，在草坑里找到一部翻盖手机，上面的指示灯正在闪烁。手机背面贴着一张贴纸，是一个白色狼头图案，和这人夹克上的狼头一模一样。

我翻开手机，发现里面有一条短信，写着"58度酒吧集合"，发送时间是三分钟之前。

"先别带他走！"我喊道。

驾着这小子的两个同事停了下来。

我对着这小子问道："这个手机是怎么回事？是不是你的？为什么贴着和你衣服上一模一样的狼头图案？"

被戴上手铐后，他蔫了很多，低着头喃喃回答："手机是我们这伙人的，不过是别人在用，我今天没带手机……"

"这条短信是怎么回事？你把头给我抬起来！"我用手揪着他的头发，将他的头拉起来，让他能看到举着的手机信息。

"就是让我们去这个位置集合。"

我心中顿时大喜，正愁不知道这伙人跑到哪里去了，结果有人把手机落在现场，正好收到了这个团伙发送的集合短信，这可是把他们抓住的大好机会！

"南岗所的人把这小子先带回去，其余增援的警力和我一起去58度酒吧！"我一边向大家招呼一边往车上走去。

"刘队，这手机有点儿不对劲，上面连一个通话记录都没有，只有这么一条短信。"李云鹏在我身后拿着手机对我说道。

李云鹏和我同一所学校毕业，在派出所工作了快三年，我曾听说他在所里利用各种技术手段侦办了不少案件，是年青一代的佼佼者。

听他这么一说我也反应过来有问题，正常手机总不会连个通话记录都没有吧？不过我从警这么多年，做事从不畏首畏尾。刑侦工作最重要的是经验，既然发现了线索，那就先追查过去再说。

李云鹏看到我依然要带着人去酒吧，似乎还想说些什么，但是终究没开口，跟在我身后上了车。

我们一行人三台车赶到58度酒吧。这个酒吧不大，只有一扇门，我们一群人几乎是挤进去的。现在是下午2点，酒吧里只有服务员，看着一群来势汹汹的警察，愣愣地站在原地。

不只是他，我冲进来后，望着空荡荡的酒吧也呆住了。

打群架的人呢？

不过我还是不死心，把酒吧的厕所、厨房、消防通道都查了个遍，依然一无所获。确定这里根本没人来后，我又拿起捡到的翻盖手机看了看，上面清楚地写着58度酒吧集合，怎么会没人呢？

我安排其他人去四周查看，又把附近的监控调取了一遍，结果没发现任何可疑人员在酒吧周围出现。

我狠狠踢了下酒吧的椅子，知道自己被人耍了。我又仔细看了看这部翻盖手机，是一部老式摩托罗拉手机，现在市价不过一千多元。虽然不贵，但专门扔一部手机来转移警方的注意力，我还没遇到过这样打群架的人。

这不像是简简单单的一场群架，能把到场的警察都算计在里面，这两伙打架的人恐怕要比我想象的复杂得多！

我向大队提出要侦办这起案件。听完我的汇报后，宋队也觉得必须把这件事查清楚，让我去南岗派出所做一下交接，将人带回来进行审讯。

我这时心里憋着一股气，去派出所的路上还在琢磨该如何收拾这个小子。脑海里琢磨了不下五种方法，心里盘算如果他嘴硬不老实，我就把之前抓捕失败这股火全撒到他身上。

到了派出所，李云鹏在门口等着我。

"刘队，刚才我审了一遍，这小子全撂挑子了。"

"你都审完了？"我有些惊讶。这个人从带回派出所前后不过个把小时，他的速度也够快的了。

"笔录材料还没做，这个人对整件事了解得不多。他是个学生，叫刘俊，在网上认识了一帮人，这伙人带着他去酒吧和网吧玩，这次也是被他们喊来打群架。有一辆面包车来接他，直接把他拉到这片工地。"

我问："那他身上的衣服和捡到的手机有一模一样的图案是怎么回事？"

"手机是谁的他不知道，但有人告诉他，如果出事被抓，警察问起手机短信，就说是集合短信。别人还告诉他，他岁数小，看守所押不进去，让他放心和咱们撒谎。他身上的衣服是朋友给的，这伙人衣服背面都带着一个白狼头。"

"这个别人是谁？他认不认识？"

"不认识，只知道网名叫海哥。这次去打架海哥答应给他300块钱，甩棍也是到了工地海哥给他的。"

这小子只是一个炮灰，恐怕当时被抓住也是这伙人故意用他吸引警察的注意力。我把刘俊押回大队重新又审了一遍，基本和李云鹏说的差不多。这人对身披白狼的这伙人毫无了解，只是通过网络认识，连海哥的真名都不知道。

刘俊说这伙人在打架的时候都穿白狼的外衣，那肯定在某个圈子里有一定名气。不过这伙人不到20岁，已经和我有年龄上的代沟，像这种在他们之间流行的白狼头，我是没法理解。

年轻人有年轻人的生活方式，也只有年轻人才会相互了解。

我想起刑侦大队有一个前辈老杨，他的儿子杨光正在读大学，岁数和这伙人差不多，也许会知道关于罗泽市白狼头这伙人的消息。

正值周末学校放假，我找到杨光，将这件事告诉他。杨光一听是查案，表现得很兴奋。他的父亲干了一辈子刑警，从小他就听着各种案件侦破的故事长大，每次说起案件，他总是跃跃欲试，这次可算是遇到机会了。

杨光说虽然他不知道白狼头，但是他可以去调查。我问他多久能出结果。杨光很有信心，说只要一天时间，但需要我帮他请假，晚上他不打算回家了。

我编了个谎瞒住老杨，本想晚上和杨光一起去调查，结果被杨光拒绝了。他说，我这个岁数的人，不适合参与年轻人的聚会。

第二天一大早，我被杨光的电话吵醒，他告诉我白狼头这伙人的身份查到了。白狼头本来是一群摩托车爱好者，在罗泽市城市门户网站的论坛上有点儿名气，可是后来这伙人散了，又有人以白狼头为名聚集起来一批人，但已经和摩托车爱好没什么关系了。

他们继续在城市论坛上招人。杨光给我发了几张照片，都是论坛的截图，上面配着《古惑仔》电影的剧照，图上写着各种豪言壮语，"招募兄弟一起闯荡江湖"，一看戾气满满。

不过招人广告下面除了QQ号码之外还留了一个地址：先锋网吧。

"干得不错，有点儿刑警的潜质。"我在电话里对杨光表扬道。

"你看吧，刘叔，我就是干刑警的料，明年毕业你可得帮我想着点儿，我爸死活不让我去刑警队，这不是浪费我一身武艺嘛，到时候你可得把我收编到刑侦大队去。"

杨光读的是警校，明年就毕业了，但听完他的话我却沉默了。我太理解老杨的苦衷了。他干了一辈子刑警，不希望自己的孩子继续走刑警这条路，刑警太累了。但是作为一名刑警的孩子，杨光的意愿还是继续做一名刑警。

这种矛盾的心情让我无法立刻给他回答，草草敷衍一下便挂断电话。

先锋网吧，既然他们写了这个地点，那么这里肯定会有白狼头的人。我决定组织人手先去这个网吧，但是怎么能知道这里面的人和白狼头有关系呢？

害怕老杨和我翻脸，我可不想继续让杨光参与这件事，可是队里又没有合适的年轻人能够混进去，这下我有点儿为难。这时，我突然想起李云鹏，他之前赶到现场的时候还追击过这伙人，不知道他对这伙人有没有印象。

我给李云鹏打电话，告诉他我查出了白狼头的聚集点，问他有没有把握找到那天参与打架的人。李云鹏说当时有个人逃跑时头顶的兜帽翻下来，露出一簇红头发，特征很明显，可以用他做重点对聚集点进行检查。

李云鹏再一次提供了关键线索，我不由得对他刮目相看。能把握住罪犯逃跑时露出的转瞬即逝的特征，这更多需要的是天赋。这次行动安排正好由南岗所配合我们，于是我把李云鹏调来一起参与这次抓捕行动。

先锋网吧是一家连锁网吧，位于地下一层，门脸不大但里面空间可不小。与十几个可能携带凶器的少年发生冲突，威胁还是很大。我们一共出动了20

多个人，准备分成两组同时从前后门冲进去，把所有上网的人都堵在里面，来一个瓮中捉鳖。

行动前我就做好了准备，我还特意带了一个扩音喇叭，用来喊话。可是真实情况却完全出乎我的意料，当我们20多个人分别从前后门冲进去的时候，网吧里一片安详，所有人都在聚精会神地玩电脑，甚至没人抬头看我们。

网吧里有300多台电脑，至少三分之一都坐着人，他们戴着耳机，眼睛全神贯注地盯着屏幕，对警察的到来毫不在意。这时李云鹏推了我一下，指着不远处一个红头发的人对我说："就是他。"

我没立刻动手抓人，网吧里的人坐得很松散，但红头发这边一整排都坐着人，看着年龄相仿，十七八岁。在网吧里连坐的人，很大可能是同伙。

我们十几个人慢慢从旁边围上去，直到站在这排人身后，他们都还在聚精会神地盯着电脑，除了玩游戏的，还有看电影的，对站在身后的我们没一点儿反应。

我站在红头发身后，用手轻轻拍了拍他的肩膀。他摘下耳机，回头发现身后站满了警察，吓得把键盘推到一边，站起来想跑。可是沙发与电脑之间靠得太近，身子扭了一下没起来。我在后面捞住他的胳膊，把他从沙发和电脑的缝隙中拖了出来。

周围的人这时才发现异状，紧接着他们便被我们一起按住。一共六个人都被我们从网吧拎了出来，带到警车上拉回了刑侦大队，抓捕仅用了几分钟，兵不血刃完成任务。这六个人刚被带回到审讯室的时候，一个个摇头晃脑、无所畏惧的样子。

有两种人在被押进公安局后会很不配合，一种是老油条，身上背负各类前科，有丰富的经验；另一种就是年轻人，尤其是十七八岁的孩子，他们无知无畏，仰仗自己岁数小，觉得即使犯事也没什么关系。

这伙人显然属于后者。

对付他们的方法也有很多，最简单的就是分化瓦解。团伙犯罪在查处的过程中很难，像这种多人参与的打架斗殴案件，我们不但需要对每个人的伤情进行鉴定，还需要认定是谁造成这些伤情，根据参与程度对他们定罪量刑，工作量很大。

虽然定罪难度很大，但是在审讯的时候就容易很多，这些人中只要有一个开口的，其他人就会像堤坝溃口一样，迅速投降。

这些打架斗殴者被抓时经常狡辩自己是正当防卫，实际上正当防卫是指对正在进行不法侵害行为的人而采取的制止不法侵害的行为。对正在进行行凶、杀人、抢劫、强奸、绑架以及其他严重危及人身安全的暴力犯罪，而采取防卫行为，造成不法侵害人伤亡的，才属于正当防卫，只有这种才不负刑事责任。

而打架斗殴中，任何一方对他人实施的暴力侵害行为，不属于正当防卫。例如：两人及多人打架斗殴，一方先动手，后动手的一方实施的所谓反击他人的侵害行为也不算正当防卫。

几乎没用太长时间，一个叫小超的小伙首先忍不住了。他将自己知道的事情全说了出来。我从小超的供词中选了几个明显的要点，对着其他人展示一下，让他们知道警察已经掌握了整件事关键的几个证据点，随后其他五个人也陆续投降。

通过审讯，我发现这六个人都只是炮灰。这些人有的正在读书，有的是高中辍学的无业游民，几人是通过一个叫老猫的人认识的，这个老猫就是他们口中的大哥，也是这伙人的首脑。

"那天打架是怎么回事？"我向满脸眼泪的小超问道。

"老猫告诉我们要去教训几个人，到时候跟着他动手就行，事成之后一人发500块钱，如果有受伤的他给报销医药费。我当时就在网吧，具体是要和谁打架我也不清楚，对方人刚到就有人喊警察来了，我们就跑了。"

"你们跑到哪里去了？"

"外面有车，我们跑到车上，然后回网吧了。"

看来网吧才是他们集合的地点，那部扔在现场的手机和58度酒吧的短信的确是幌子，这个老猫准备得挺充分。

"你们经常跟着老猫干这种事？"

"也不是经常打架，有时候我们去了不用动手，站那儿吓唬别人就行，老猫会提前告诉我们该怎么做。"

听他一说我心里就明白了，这种吓唬人的行为俗称摆阵，我以前也抓过这种人。不过他们很少动手打架，但眼前这些人和我之前处理的那些人又不一样。

一般的摆阵，相互之间都不认识，犹如散兵游勇一般，拿钱办事。可现在这伙人明显相互熟识，而且天天聚集在一起，还拿着真家伙，这性质可要严重得多。

"老猫人在哪儿？"

"老猫平时也在网吧……"

"什么？他也在网吧？"

"对，他不上网，有时候在旁边睡觉……"

我不由得暗骂一句，没想到他们的头儿也在网吧。如果老猫平时也在网吧的话，那这间网吧就不单单是一个聚集地了。

我急忙带着人往回赶，再一次冲进先锋网吧。

还和之前一样，里面坐着不少人，几个小时前警察的突击检查对这里没造成任何影响。两个网管看到我们返回后急忙站了起来。

我对其中一位网管说道："根据娱乐场所管理规定，网吧必须安装足够数量的监控，你把监控录像调出来。"

网管推了推眼镜，在电脑上调出一个控制台，屏幕上出现九宫格的方块，右边有日期和频道数，这就是监控页面。

"警官，你要看哪天的监控？"眼镜问我。

"你把今天的打开，就从我们刚才带人开始看。"我知道将这伙人带出去的时候老猫肯定会有动作，把之后的录像拷贝回去，让这伙人辨认就能把老猫找出来。

"今天的监控坏了。"

"怎么今天的监控坏了？那昨天的呢？"

"昨天的也坏了，前天的录像都还在。"眼镜把鼠标停在今天和昨天的日期上，我看到日期是灰色的，而前面的日期都是红色的，说明有录制内容。

这事有点儿邪道。昨天发生的打架斗殴，我可以通过打手们返回网吧时的录像将老猫找出来，今天我们来抓人，也可以将老猫找出来，但这两天的录像都坏掉了，这明显有问题。

我瞪着眼睛盯着他看，眼镜没敢迎接我的目光，低下头去。从他的反应来看，我知道此时此刻他心里发虚。

这时，李云鹏在一旁说道："监控坏了不要紧，让我来修修。"

他从后面翻进了网吧柜台里，蹲下去开始摆弄监控机器。

"你还会弄这个？"我有些惊讶。

"这种监控机器为了减少硬盘损耗都没有删除功能，所谓的删除就是把视频隐藏了，到时候靠覆盖才能彻底抹去。昨天和今天的视频肯定还没覆盖掉，我想应该能找回来。"李云鹏从兜里拿出一块U盘，插到了监控机器上。

我问他："这是什么东西？"

"一个恢复隐藏文件的软件，我觉得这网吧有问题，猜到他们也许会来这一手，所以提前把软件带着了。"

没想到李云鹏像一道保险丝一样，在最后关头为我们兜底。之前我听说李云鹏靠技术手段侦破不少案件，心里还有些意见，这下我亲身见识到了，佩服至极。

没过一会儿，李云鹏就把监控恢复了，他将视频回放到我们刚抓完人的时间。监控里，一个中年男人慌慌张张地来到前台，一边东张西望一边和网管说话，然后网管拿了一件衣服给他，他套在身上离开了网吧。

这下都不用辨认，从换衣服的操作就可以猜到，这个人就是老猫。他有一定的反侦查意识，逃离时还想着换衣服。而帮他拿衣服的网管，就是站在我身边的眼镜，也就是他把监控给删掉了。

我用手揪住眼镜的后脖子："你还有什么想说的吗？"

他年纪也不大，额头上冒出一层细细的汗，看着被恢复的监控，叹了口气。

我们在网吧前台的柜子里搜出了一大包衣服，全是夹克衫，后面都是白狼头。我拿出网吧的营业许可证，先锋网吧是一家连锁网吧，一共七八家店，企业法人都是同一个人，叫于东峰。

我觉得这个名字好像在哪儿听过，但一时又想不起来。

我们把戴眼镜的网管带回到大队里，一问才知道这个人根本不是网管，原来他就是这间网吧的主管店长。我查了下他的个人简历，还是一个读过大学的高才生。

我看着眼前文质彬彬的网吧店主，无论如何也无法把他就读的大学专业和网吧联系起来。

"你叫什么名字？在网吧干了多长时间？"我问道。

"我叫陈志成，今年33岁，在网吧干了三年。"

33岁，这人长得真显年轻。他就读的专业应该不愁找工作，这个年龄正是他大展宏图的时候，怎么会做出这种选择来？我不禁有些奇怪。

我问陈志成："你怎么想到来网吧干活儿？虽然现在是个店长，但是凭你的专业，找个好工作不费事吧？"

"这活儿我并不想干，是同学邀请我才来做的。其实我早就不想干了，但是他一直拖着不让我走，我也是看报酬不错，才一直留在这儿。"

"报酬不错？你做网吧的店长一个月能赚多少钱？"

"多少钱我不想说，但是肯定比我正常赚得多，我虽然只负责管理这一间店，但是其他连锁店的账目都是我负责。"说起自己的重要性，陈志成恢复了几分底气。

"噢？原来你是这些连锁网吧店的总会计呀？"

"警官同志，这些事和你们要查的案子没关系吧？我知道你们是为了打架的事情来的，这件事我能说清楚，但是我想申请写一份坦白自首的材料。"

坦白自首？我很少遇到疑犯在刚开始审讯时就主动要求坦白自首的。

"你对这块流程挺清楚的呀？"

"我知道早晚会出事，我可不想跟着他们一起倒霉。我承认在打架这件事上属于共犯，但我只是帮助存放衣物，所以应该算作从犯，加上我主动坦白，正常来说还应该减轻罪行。"

"如果只是照你说的，你确实可以从轻处理，甚至不用羁押，但是你为老猫提供逃跑的衣物，为他换装，从这点看你还是得进看守所待几天。"

"唉，这是我的错，我当时以为能瞒过去……"陈志成叹气。

我将笔和纸递了过去："那你自己先写坦白材料吧。"

根据陈志成的供述，老猫是店里的常客，我们抓的这伙年轻人都是跟着老猫混，他们长年在网吧待着，吃住都在一起。老猫负责给他们定期结账，而打架穿的统一服装则是按照老猫要求存在网吧的柜子里。

老猫经常会联系一些摆阵的事，联系好之后，这伙年轻人就会换好衣服上车出门，事成之后再返回网吧。有时候老猫会跟着去，但大多数时候老猫会在网吧等他们回来。

陈志成这份材料写得很快，落笔成文，尤其是对老猫摆阵的事一笔带过，对我们追查的打群架写得很详细。事发当天，陈志成听到老猫和别人打电话，有人要在南岗一处工地约架，然后老猫让手下人准备了棍棒，这一切陈志成写在了坦白供词中。

对老猫的身份问题，陈志成和白狼头那伙人差不多，只知道他外号叫老猫，不过陈志成手机里有一个老猫使用的电话号码。我拨过去，发现无法接通，这说明老猫没关机，只是设置了接听限制。

石头看完坦白材料后说："这小子明显避重就轻，没说实话。"

"见面就投降，我还没问几句就主动倒戈，肯定提前就做好准备，想把自己先洗干净，只不过他没想到咱们能把监控恢复了。"

"我有个主意，咱们先把这小子放了，他肯定会和老猫联系，到时候咱们顺藤摸瓜把老猫抓住。"

　　"你可别小瞧他，这个人可不是一般的罪犯，到现在事情发展都在按照他的计划走，我感觉他就是算定咱们要放他。我不想让他如意，还是先把他押起来。"

"这样的话老猫就不容易抓了……"石头有些疑虑地说。

石头提的建议我也考虑过，但和陈志成接触时，我总感觉他说的话很空。被公安机关抓获的罪犯多少都会有感情流露，而他则像一个机器人一样。从老猫手机设置成接听限制而不是关机来看，将他释放的确更有助于抓捕老猫，但这像是他计划好的，我不可能进入他的节奏。

我将陈志成按照聚众殴斗的同犯定罪，把他送进了看守所。直到走进铁栅栏那一刻，我都没有从他的眼神中看到慌张的样子。这个人太沉着了。

陈志成被关起来，但是想抓老猫就费劲了。我们连他的真名都不知道，只有一个打不通的手机号码，掌握的线索条件太苛刻，我和石头琢磨了一番，也没想出好主意。

正在我们一筹莫展的时候，何路给我打来了电话。

看到他的来电，我顿时猜到了来意。在这个时间节点来电话，肯定是为了聚众殴斗的事情。有戏！我突然想到一个办法，可以利用何路去传播陈志成被释放的假消息。

"喂，刘队，最近怎么样？忙不忙呀？"何路在电话里先客套了几句。

"最近忙，有个打架的案子。你有什么事吗？"我故意把打群架的事泄露出来。

"打架的案子，我也听说了，你们是不是还抓了一个叫陈志成的人呀？"

果然和我预料的一样，何路来电话就是为了打探消息。

我编了一个谎话："这个人没什么事，但他被抓进来之后表现得不太好，我们把他送看守所关起来了，但关不了多久就能放了。"

"噢，能放出来呀？大概什么时候能放？"

"两三天吧。你来电话是为了打听这件事的吗？"

"不是，我是听说有个叫大老董的人好像和你们正在查的打架案子有关，特意来向你汇报一下。"

"行了，我知道了，你把大老董的情况摸清楚了再告诉我，光一个外号有什么用。"

"好的，好的，你放心，这两天我就查清楚。"何路说完便匆匆挂掉了。

放下电话我和石头会心一笑，何路中计了，这下应该能抓住老猫的尾巴了。

为了计划顺利进行，我特意去了趟看守所，将被关押的陈志成名字改掉。这样即使何路找人查，也查不出陈志成在看守所里，配合陈志成两天后会被释放的假消息，一切天衣无缝。唯独需要注意的是两天后在看守所门口会不会有人专门来接他。

喜子和陈志成的身材差不多，我还准备让他扮演一下。但事实上我多虑了，两天后我在看守所门前并没有发现什么车辆，没人来接陈志成。

我盘算着，既然陈志成算定自己能被释放，那么他也肯定考虑到被放之后的一些问题，比如公安机关派人跟着他，这样就不能让人来接了。如果真的是这样，那么陈志成给自己留了好几道后手，这个人就太不简单了。

没人接正好应了我们的计策，现在"陈志成"已经被释放，按照计划他可以和老猫联系了。李云鹏拿出一台接着麦克风的笔记本电脑，利用变声软件给老猫打电话。

陈志成的声音很尖锐，我们身边没有这种声音的人，我一度为这件事发愁，不过李云鹏解决了这个问题。变声软件虽然不能做到完全还原，但是经过技术调整，还真的挺像。

电话响了一遍没人接，再打第二遍的时候，响了几十秒才终于被接了起来。

"喂，老猫，我出来了。"我故意说得很含糊。

"他们都问你什么了？其他那些小崽子都交代什么了？警察现在还在抓谁？"电话那头老猫显得很着急，连着问了三个问题。

"别在电话里说，见面说。"

"去哪儿见？现在网吧都不安全，峰哥都不让小崽们去网吧了。"

老猫的回答引起我的注意，老猫口中所说的小崽就是参与打架的年轻人，现在还有人在外面活动，要么是上面没抓干净，要么是这个峰哥手下还有另外一批人。

"胜利路蓝岛咖啡店，一个小时后见。"我忍着兴奋的心情说。

老猫很狡猾，他能这么轻易相信这通电话，说明何路起到作用了。他们都以为陈志成真的被释放，所以放松了警惕。

一切如计划般顺利。我们在蓝岛咖啡店埋伏好，从挂断电话开始算起，刚到一个小时，老猫准时出现在马路边，一路小跑着冲过来，刚进门就被我们藏在两侧的人直接按倒。

"啊！别动，你们是干什么的？阿成呢？阿成？！"

老猫被按倒的时候还在大喊大叫，直到这时他都没想过抓自己的人会是警察，他还以为是仇人，一边挣扎一边喊着陈志成的小名。

石头把警官证拍在老猫脸上，这才让他安静下来。他瞪着眼睛看着我们，然后使劲朝四处望去，我知道他还在寻找陈志成的身影。

"身上有一把车钥匙，车应该就在附近。"石头搜完身说道。

"走，先去找车！"我说道。

在咖啡店外的马路不远处停着一台面包车。我用钥匙一下子就打开了车门，在车的中控台置物槽里插着三部手机，其中一部是摩托罗黑色翻盖手机，和我之前捡到的一模一样。

"好哇，这套把戏果然是你搞的。"

我把这部手机拿出来打开一看，上面什么消息都没有。我知道，如果他们在打架时被警察抓到，这部手机就会被扔到显眼的地方，然后收到一条标注假集合地址的短信。

我又继续在车里翻了翻，没发现打架用的棍棒，也没发现其他的违禁物品。正在我有些遗憾的时候，石头走过来拉了我一把，神情严肃地对我说："刘哥，你看这个手机里的短信。"

我接过来一看，短信发送人是峰哥，时间是今天早上，内容上写着："中午12点辰东路采石场约点，来真的，把人都拉去！"

这是通知约架的短信，从语气来看，老猫是听从这个峰哥的安排。但是我现在来不及查这个峰哥是谁，我看了下时间，现在是下午1点03分，距离约架的时间已经过了一个小时了。

如果这次真的打起来了，那么情况相当不妙！

"你们把老猫带回队里，剩下的人快和我去采石场！"

我急忙开车带着人往采石场赶去。车子刚开出去还没有多远，我的手机响了，我怕是有什么急事，只得放慢车速接了起来。

　　"喂，你好，请问是刘队吗？"

　　"是我，你是哪位？"

　　"我是看守所的管教，我姓高。之前你们送押了一个叫钱旭达的人是吧？"

　　"对，是我们送押的，他怎么了？"

　　"他说自己之前在审讯时撒谎了，现在后悔了，想见你一面有重要事情向你汇报。"

　　"我现在没时间！"

　　"这个没问题，你们什么时候来对他提审都行。他让我帮忙转达一下，他说自己撒谎都是一个叫峰哥的人安排的，这个峰哥叫……对了，叫什么来着？刚才他说了一遍我没记住，叫什么峰来着？"

　　"于东峰？"

　　"对！对！就是这个名字！"

　　我感觉事情似乎变得麻烦起来。

12 采石场惊现尸体，上级命令：别查了！

老猫今天被我们骗了出来，我确信他没参与这次打架，顶多算是知情人，我现在是想将今天的事情查清楚，究竟都有谁参与，是谁把人捅死的。这些事情刘凯肯定知道，给我一晚上的时间，我肯定能把他的嘴撬开，但是现在条件不允许，局长让我们立刻放人，这让我理解不了。

汽车飞速地行驶着，眼前的景色向身后掠过，我感觉发动机几乎到达了极限，每踩一脚油门，就发出像是在大口喘气的声响。

冲过一条减速带，一股失重感传来，我感觉自己仿佛飘在空中。一秒钟后，迎接我的是沉重下落的疼痛。汽车"咣当"一声落在地上，我也重重地陷在椅子里。

"刘队，慢点！"喜子紧紧地攥住副驾驶的扶手。

我也想慢点，但是现在已经来不及了。1小时20分钟之前，辰东路采石场正在发生一起聚众斗殴案件。根据我的经验判断，斗殴的过程是很短的，如果双方都携带了武器，很快即可造成大规模的流血事件。

现在过去了这么久，现场会变成什么样子，我也没有把握，只能尽全力赶过去，希望不会有人受伤。

距离目的地越来越近，路也从柏油路面变成了石子路，剧烈的颠簸让我无法保持高速驾驶。我将车速降下来，沿着石子路上的卡车轮辙行驶以减轻颠簸。车子将地面的碎石崩起来，打在车底发出清脆的响声。

紧赶慢赶，我们终于在13点43分抵达了采石场。这片采石场建于20世纪80年代，很久以前这儿是一座山，现在已经将山挖平，场地也被废弃了。采石场没有围墙，挖掘出来的废石渣堆砌在周围形成了一道围挡，门后一片空旷，除了发动机的声响，四周没有其他声音。

我正准备把车从门口开进去，突然一辆黑色的轿车从里面探出头，向我驶来。幸好我俩的车速都不快，我急忙刹车，两台车在距离不到一米的位置停了下来。前面的车顿了一下，然后开始缓缓地往后开。

刹住车后，我顿时警觉起来。这片采石场废弃很久，平时根本不会有人，怎么会在今天突然出现一辆车？我急忙把车子往前开，穿过大门，紧紧地顶住他的车。我身后的同事也开着车跟了上来，他倒车速度不快，没退多远就被我们围起来逼停。

"下车！"我冲过去对着车里的人呵斥。

车门缓缓打开，一个20多岁的年轻人从车上走下来，他一头棕色头发，穿着一件风衣外套，里面套着短袖，下身是西裤，打扮有些不伦不类。

我问他："你叫什么名字？在这儿干什么？"

"我叫刘凯，今天过来看一下工地，怎么了？"

"工地？这里是采石场，哪有什么工地！说实话！到底来干什么？"

斗殴事件一直是我心上的一根刺。如今采石场空荡荡的，一个人影都看不见，不知道事态发展到什么程度，我只能从这个男人身上找找线索。

风衣男人神色轻松，不紧不慢地说："这儿早就不是采石场了。现在政府对这块地招标，我是代表投标方来看地貌的，规划以后这地方能做什么用。"

办案这么多年，我深知一个道理：嫌疑人越是沉着，问题可能就越大。一个正常人被警察堵住盘查时，要么委屈，要么紧张，绝不会这么冷静。

我确信眼前这个人肯定有问题，但没法从他嘴里问出东西。我和石头对视一下，多年的默契让我俩读懂了对方的意思。石头拍了拍刘凯的肩膀，让他抬起胳膊，接着从他的脖子开始搜身。

他身上东西很少，只有一把车钥匙、一部手机、一包玉溪烟和一个简易打火机，还有一张表面被磨得看不出细节的卡。

我翻了翻他的手机，里面有几条借钱和还钱的短信，发信人都称呼他为凯哥。这个人的工作似乎和贷款有关。我又翻了下通话记录，里面全是电话号码，没有备注姓名，他的手机通信录里只有三个人名。

正常人的通信录可不会这样。最早的短信是在六个月前接收的，说明这部手机他用了一段时间，怎么会只保存三个电话号码呢？

"刘队，你快过来！"喜子在远处朝这边喊。

我急忙跑过去，采石场的地面本来就凹凸不平，从远处我只能看到喜子站在那里，等走近了才发现他身旁还趴着一个人。那人穿的是灰色的外套，和地面石子颜色混在一起，不走近的话根本看不出来。

"这个人怎么了？"

命案见多了，看见一动不动趴在地上的人就觉得不是好兆头。

喜子叹了口气说道："死了。"

两个字很短促，但对我来说如同晴天霹雳。我最担心的事情还是发生了，被两帮人选为斗殴地的采石场，还是死人了。

我们一共八个人，在这偌大的采石场里像是撒在煎饼上的芝麻，但喜子依靠敏锐的现场勘验嗅觉，在采石场里找到了这具尸体。

喜子对我说："帮我把他翻过来，我看看这人咋死的，伤口在哪儿。"

我觉得这种情况不应该破坏现场："法医没来，现在翻动尸体行吗？"

喜子用手指着地面给我看："没事，这已经不是初始现场了。这人应该是走了一段才倒在这里的。"

采石场的地面都是碎石和沙土，顺着这个人倒下的方向，我看到地面上有零散的血迹，顺着地面仔细翻看，果然发现更多的血滴进了缝隙中。

我和喜子一起将这具尸体翻过来，他身前有一大摊深红色的血迹。喜子随身带着手套，解开他的衣服掀起内衬检查。这人的胸腔有两个洞，里面的肉都翻了出来，顺着伤口淌出白色的絮状物，与血迹凝固在一起。

喜子翻了翻伤口的外皮说："看着像是被军刺一类的刀捅伤的。伤口这么大，应该是有几刀都捅在了一起，然后伤口被割裂开。"

我大惊："拿着军刺来打架，这伙人也太凶残了。"

喜子继续检查尸体，嘴里嘟囔着："这还哪是打架呀，这就是在杀人！"

"让那小子过来看看这具尸体，看看他有什么反应，他从采石场里往外走不可能什么都不知道。"说完我对着石头招手，让他把刘凯带过来。

刘凯被带了过来，看到尸体，他吓了一跳。我仔细观察他的反应。看到他的瞳孔都放大了，张着嘴，大声喊了一句脏话。除非他是一名受过训练的演员，不然这表情不像是装的。

没等我问，刘凯就先叫唤起来："我真不知道这是怎么回事！我真不知道！"

也许他是第一次见到死人，情绪有些崩溃。

这时，在别处搜寻的李云鹏急匆匆地跑过来："刘队，我有重要发现。"

"什么发现？"

李云鹏没和我细说，直接转向刘凯："刘凯，你转过来，把外套脱掉。"

李云鹏将刘凯的身子转了一个方向，同时把他身上的外套脱了下来。

李云鹏指着刘凯的衬衣，用调侃的语气问："这是怎么回事？凯哥，这么锃亮的衣服，怎么沾了这么一大片灰呢？这灰是哪儿来的？"

刘凯的衬衣正面有一大片灰，准确地说是灰泥。之前他被抓时，背对着阳光，现在转过身在阳光照射下才让人看清。

刘凯变得有些结巴："啥灰啊？我……我也不知道，不知道呀。"

"你不知道？来！你给我过来，你看看就知道了。"李云鹏揪住刘凯，往采石场另一侧走过去。

我们一起跟过去，来到一个土堆旁，土堆的表层都快变成土坯了，但在侧面有挖开的痕迹，旁边倒着一辆手推车，里面还有泥土的残渣。这个土堆都是灰泥，和刘凯身上沾的泥土一模一样。

李云鹏问刘凯："你身上沾了这么多土灰，是不是动这片土了？你还用了手推车吧？挖了这么大一块，想干什么？"

"我……我……我没挖过……"刘凯有些慌乱。

李云鹏把刘凯拉到一个土堆前，在全是碎石块的地面上，一块铺着灰泥的地方格外明显："少装蒜了，你是把东西埋这儿了吧？掘开看看里面有什么！"

李云鹏小心翼翼地将灰泥挪开，这个土堆很薄，几下便将地面露出来。我看到地面上有一大块血迹，深红泛黑。

这下我们全明白了。被挖开的土堆，被掩埋的血迹，身上沾染的灰泥，这一切都证明了刘凯的所作所为。我翻开他的手掌，他的掌心还是红色的，掌纹缝中沾着白色的石灰，手指肚上还有几块污渍。

我揪住刘凯的后脖颈问："地上的血迹是你用手推车拉着泥灰盖上去的，对不对？"

"我不知道，我没干过。"说话的时候刘凯的眼球一直乱转。

"那你身上的泥灰是怎么回事？"

"摔跤了。我摔了一跤。对，我摔在这里了，不知道这些血迹是怎么回事。"

刘凯说话的时候，不敢朝尸体这边看。一边还用手拍打着身上的灰尘，手铐碰在一起，发出叮叮当当的响声。

"老实点，别乱动。"李云鹏大手一挥，把刘凯的手从身前扯下来。

我打量着刘凯，他的神色有些慌张，完全失去了刚才镇定的模样。刘凯身前沾染的灰泥，被掩埋的血迹，加上在案发现场出现，结合打架殴斗的时间，我可以肯定，他是相关人员。

但这些都是推测，没有证据。而且刘凯一口咬定自己在泥灰边摔跤了，虽然我们知道他在撒谎，可是从法理上来说，我们现在真拿他没办法。

"先把他带回去关起来，现在没工夫收拾他。"我说。

眼前有一具尸体，当务之急是把死者的身份和死因查清楚。

我让队里的同事把刘凯先带回去，一边联系法医一边组织人手围绕尸体展开侦查。

采石场并不在我们辖区。但由于怀疑这个死者是因为打架殴斗所致，而打架又是一起延续犯罪，最早曾被我们发现并阻止，所以在汇报完情况后，市里决定将这起案件指定我们继续管辖，现场勘验和法医也由我们分局派出。

技术中队检查得很仔细。大约过了一个多小时，先后在周围发现了十几处血迹，而且通过对血迹采集化验发现都属于不同的人，也就是说至少有十多个人参与了斗殴，而且都受伤了。

借助技术中队的分析，我脑海里渐渐勾画出现场的状况。十几个人在采石场拿着各式各样的凶器进行斗殴，受伤流血的就有十多人，而且现场还有一个被捅死的，可想而知打斗得有多惨烈。

他们为什么会用这么残忍的方式打架？我们在抓老猫的时候，发现他手下带的都是一群乳臭未干的年轻人，不是什么罪大恶极的亡命徒，是什么原因驱使他们下手这么凶狠？我不禁觉得有些奇怪。

石头从死者的衣兜里找到一部手机，上面有他家人的联系方式，石头打电话过去将这个噩耗通知了家属。

"刘队，联系上死者家属了。这人不是本地的，家属都在外地，但是有个姐姐在这里打工，咱们让她去哪儿？她想见见死者。"

我回答道："去尸检中心吧，我也过去，正好见面找她了解下死者的情况。"

现场确认人已经死亡，所以我们没联系医院，直接将尸体拉至尸检中心。因为解剖之前需要家属签字，找不到家属的话会耽误解剖时间，还好他有个姐姐在，早一点查清死因我们才能早一些探出真相。

比起能让死人说话的法医鉴定，活人的描述更有利于案件的侦破。

回忆起从警至今的经历，我在尸检中心会见过很多被害人的家属，无论是亲人还是朋友，无一不是悲惨动容。这次也不例外，死者的姐姐走进尸检中心的大门后就开始放声哭泣，我则静静站在一边，等她宣泄。

签完解剖同意书之后，死者的姐姐哽咽着回答我的问题。死者今年19岁，老家在北边，初中毕业后便来到罗泽市，在这里已经待了两年了。

据姐姐说，死者生前是一个很老实的孩子，只是不太喜欢学习，但在学校从来不调皮捣乱，所以家人才放心他辍学来外地打工。但最近一年，死者认识了一个朋友，辞了工作，偶尔会找姐姐吃个饭。

过完年后，姐姐发现死者有变化。他开始频繁让姐姐换工作，还说自己认识一些朋友，如果她被人欺负，随时可以把事情"摆平"。这句话能从弟弟嘴里说出来，让她觉得很不可思议。

她也曾问过弟弟究竟和谁在一起，是谁在供他吃喝，钱是哪儿来的，但死者都是含糊其词。她想趁过年，将弟弟带回老家去，可是没想到晚了一步，终究还是出事了。

听到这儿我也明白了，死者交友不慎，他所谓的朋友应该就是组织打架的人。不过他的姐姐提供不出死者的关系人，她甚至连死者平时在哪儿都不知道。

我翻看了下死者的手机，通信录里有老猫的电话，但是今天没有通话记录。我猜想死者应该也是在网吧待着，不用打电话，招呼一声，就能出发约架。

我返回队里，正巧看到陈国涛在大厅抽烟。他正在突审老猫，队里的审讯室在地下一层，这几天排风有点儿问题，在里面抽烟的话烟味没法排出去，所以大家在审讯间隙都去一楼抽烟。

我问他："老猫讲得怎么样？"

陈国涛狠狠地抽了一口烟，说："老猫说这次的事情他没参与，之前他带的那群小孩都被咱们抓了，之后他便躲了起来。这条短信是老大给他发的，但是他手里没人了。"

听他的语气，显然是对审讯的结果不太满意。

251

"老大是谁？"

"老猫不说，他把话讲得很明白，如果说了，他以后就没法混下去了。"

想起那个孩子的死，我心里突然很不是滋味："他还想混？想得美！必须让他说实话，把老大交代出来！"

"我知道，我再继续审。"陈国涛把刚抽了几口的烟扔在地上，使劲踩了一脚。

抓住了组织打架的头目，在现场发现一具刚死不久的尸体，又抓住了一个可疑的参与人员，在这种条件下如果还找不出幕后主使，简直就是我的耻辱。

太阳西沉，夜幕渐渐降临，对其他人来说，这一天即将结束，但对我来说工作才刚刚开始。我能预料到接下来的审讯是一场持久战。

我来到刘凯的审讯室，这时他正拿着一个面包往嘴里塞。看到我铁青着脸进来，他正在咀嚼的嘴立刻停了下来，鼓着腮帮子，叼着剩下的半块面包看着我。

我先给他一个下马威："我还没吃饭你就开始吃了？你以为这是你家吗？"

刘凯赶忙把嘴里嚼了一半的面包吐出来，然后说："不是，刚才有人进来给我带了一个面包，我正好中午没吃饭，有点儿饿。"

我问旁边的特警："谁给他的面包？"

大队的审讯室只有在办案抓人的时候才用，嫌疑人被关在里面除了审讯之外，其他时间都是由局里的特警负责看护，在我回来之前，一直是特警在屋里盯着他。

"我也不认识。一个领导给他拿了块面包，还告诉我得让人家吃饭，我就同意了。"

"哪个领导进来了？你还能不认识？"

我有些奇怪，这些特警和我们经常配合，从看护疑犯到送押到看守所，刑侦大队应该没有他们不认识的人。

特警小伙没回答，只是默默地把刘凯吐到地上的面包渣捡起来。

刘凯坐在铁凳子上。我盯着他问："刘凯，我看你表情还挺舒服的啊，坐这儿感觉挺好？用不用我再让你舒服一些？"

铁凳子是俗称，是完全铁制的一个椅子，有扶手、桌台和栏杆，人坐进去后，把栏杆一关，腿就得紧贴在椅子腿上。身子被桌台顶在靠背，手落在扶手上的手铐环里，这个人只能直挺挺地坐着。

刘凯的双手没铐在扶手上，我准备把刘凯的手铐上去，不能让他这么随意地坐着。

刘凯赶忙把手放在扶手上坐直："不用，你看我老老实实的……"

"你光老实坐着没用，我得看你说话老不老实。我先问你几个问题，你要是回答得不好，我就把你铐铁凳子上！"

"好，好，你问吧，我都老老实实回答。"刘凯很紧张，回应得很快。

"你今天去采石场干什么去了？"

"我去看工地，这块地要出售，我来考察下看看买下来做什么比较合适。"

"你是做什么工作的，还能把采石场买下来？"

"我是做投资的。我可买不起这么大的场子，只是帮朋友来看看，纯属帮忙。"

"你身上的灰泥是怎么回事？"

"这个采石场里面全是石头，我下车的时候，踩在石头上就摔倒了，整个人扑在地上，衣服全脏了。"

"你放屁！现场的血迹是怎么回事？留在地上的血迹怎么会被沙子盖住？"

刘凯还是老一套："这个我真不知道。"

我一把抓住他的手，发现他的掌纹缝里还有灰泥，贴近了能闻到一股铁锈味。

"你手上全是铁锈，这是怎么来的？"

"我摔倒的时候，用手撑住地面，这么沾上的……"

我将刘凯的两只手都铐在铁凳子上，压着嗓子说："我看你还是不老实，满口胡说八道，我得让你在铁凳子上好好想想……"

没等我动手，我的手机忽然响了，我低头一看，是座机号码。这个号码我熟悉，开头四个数字是我们单位的。

"喂，您好，请问您哪位？"

"是刘星辰吗？我是曲延波，你现在来我办公室一趟。"

曲延波是我们分局主管刑侦的副局长，我们刑侦大队归他管辖，但作为副局长，他很少和我们接触，整个大队日常的工作都是由大队长来安排。我与他的交集大多是拿材料和找他签字，偶尔说几句话而已。

我只好暂时扔下刘凯，开车来到分局办公楼。刑侦大队因为经常加班，有时候连续几天不分昼夜，为了办案方便，会单独在外面选一个地方驻扎，从这里到分局大约十分钟的车程。

我来到曲局的办公室，此时天已经彻底黑了下来。曲局的屋子亮着灯，他早就等着我了，看到我进屋后，招了招手让我坐下。

曲延波开门见山地说："你们今天是不是抓了一个叫刘凯的人？"

"对，今天我们先抓了一个叫老猫的人，他涉嫌组织上次被发现的打架。接着我们通过他手机的短信发现了一个可能打架的地址，到了之后看到刘凯正从里面往外走，被我们拦住带了回来。"我简单地叙述了经过。

"那么你们现在有什么能证明刘凯犯罪的证据吗？"

"没有具体证据，只有一些间接证据。现在我正在对他进行审讯，但是这小子不太老实。"

"那么按照现有情况，刘凯够什么样的处罚？"

我想了想，回答："……好像不够处罚。"

人才抓回来不久，审讯也刚开了个头，接下来的一切都还是未知数。曲局是老刑侦出身，对侦办的手段和过程都烂熟于心，尤其是审讯，刑侦大队的案子从晚上审到白天那是常态，现在天才刚黑，时间还长着呢，他怎么能问出这个问题？

"如果不够处罚的话，就早点儿放人吧。"

"放人？"我一脸诧异，差点儿从沙发上跳起来。

"没有实实在在的证据就别拖延时间了，即使他现在承认了，说不定什么时候就会翻供，到时候还是要放。该放人就放人。"

"今天在现场发现了一具尸体，身上被捅了好几个窟窿，就是这伙人打架造成的，这可是命案哪！下午刑侦支队指定由咱们管辖，这个刘凯肯定是知情者，怎么能放他走呢？"

曲局用手凭空往下拍了拍，示意我先停下来。

"咱们遇到的命案也不是每起都能立刻侦破的。如果有刘凯的犯罪证据，那么把他押起来没问题，现在没有证据咱们就别拖延时间了，早点儿放人。"曲局又强调了一遍。

"可这是命案……"

"行了，你别说了，现在是7点半，我给你一个小时，到8点半就放人。"曲局说得斩钉截铁，根本不听我解释。

说完这句话，他冲着我推手，像下逐客令一般把我赶出了办公室。

回去的路上，我有点儿恍惚，脑袋几乎一片空白地返回了大队。

回到大队门前的时候，我又看到了陈国涛，他还在一楼大厅抽烟。看到我回来了，他先把烟头摔在地上，鼻子里冒出两股白色的烟，咂摸着嘴说："这个老猫还是不说实话，牙口硬得很，咬死也不说老大是谁，我都想打他一顿了。"

我有气无力地说："行，继续问吧。"

老猫今天被我们骗了出来，我确信他没参与这次打架，顶多算是知情人。我现在是想将今天的事情查清楚，究竟都有谁参与，是谁把人捅死的。这些事情刘凯肯定知道，给我一晚上的时间，我肯定能把他的嘴撬开，但是现在条件不允许，局长让我们立刻放人，这让我理解不了。

李云鹏看到我无精打采的样子，问："刘队，你这是怎么了？"

"刘凯现在怎么样了？"

我走的时候是李云鹏接续去审讯的。

"老样子，还是不肯承认。"

我把曲局的意思说了一下，李云鹏和我的反应一样，张着嘴咳了两声没说出话来。

我一屁股坐到椅子上，身子贴着靠背瘫软下去。

"不行就放人吧。"

李云鹏态度挺坚决，他大声说："不行，不能把他就这样放了！"

"不放怎么办？咱们又没有证据。"

"有违法证据也不行吗？"

我眼睛一亮："违法？他有什么违法证据？"

李云鹏说："他无证驾驶。我刚才查了，他的驾驶证早被吊销了，无证驾驶最高可以处以治安拘留十五天。"

这一下我来劲儿了："弄他！"

违法和犯罪是性质不同的案件，违法是指治安案件，处以治安拘留；犯罪是刑事案件，处的是刑拘。我们对于治安处罚都说违法，对于刑事处罚才使用犯罪一词。治安处罚叫行政拘留，关押在拘留所，最高十五天；刑事处罚叫刑拘，关押在看守所，最高能关三十天，广义上的犯罪一般都是指需要进行刑事拘留行为。

曲局让我们放人的前提条件是刘凯没有犯罪证据，现在他涉嫌无证驾驶，这个是实实在在的证据，拿这个来处罚他没有任何问题。虽然治安拘留并没有达到我的目的，但是我绝对不能让他这样被放出去。

8点钟，按照曲局的意思，我们将刘凯从刑侦大队审讯室带了出去，只不过我没让他回家，而是将他带到了交警队。刘凯被交警队以无证驾驶处以行政拘留七日。

行政拘留七日，这样我们就多了七天时间！

时间有了，不过这起打架斗殴案件的物证和人证就像是燃尽的木屑一样，化为灰烬消散不见。我们一连追查了三天，都没发现一丁点儿有用的线索。

法医告诉我，死者被军刺捅了五刀，其中三刀在一个伤口，两刀在另一个伤口，但这对我们追查嫌疑人没什么帮助。在对死者衣服上的血迹做了鉴定后，法医发现了两处与他不符的DNA，但是在人员信息库中没有这份DNA的信息。

死者在罗泽市没有登记住宿信息，没有上网信息，使用的手机号码在一周内只有五个通话，其中三个号码停机，两个号码关机，我们除了他姐姐之外，找不到任何与他有关的联系人。

老猫则依旧是一副死猪不怕开水烫的样子。他被关进了看守所，对组织策划那起打架事件供认不讳，但只要问到这次事件和他上面的老大，老猫就变成了一个哑巴。

第四天，正在我一筹莫展的时候，出现了转机，何路来了。此时的何路耸头夹肩，直接来到大队找我，看到我后，先唉声叹气了一番。

"刘队，你可把我害惨了……"

"我害你？你打的什么小算盘，难道你自己心里不清楚吗？"

上次他自作聪明把我们的假消息透露给外面那伙人，导致老猫被抓，这件事可够他受的。知道的是他被我们耍了，不知道的还以为他和我们是一伙儿的，专门设了个陷阱抓老猫。

何路哭丧着脸说："是，我知道错了，这次无论如何你得帮我一把。"

"我帮你？当初我让你帮我的时候，你怎么做的？你自己都忘了吗？"

"我知道错了，上次我不该乱打听消息……"

我有意挖苦他："你可别这么说，要不是你我们也不能把老猫抓住。"

"刘队，你就别笑话我了。老猫被抓这件事，我是解释不清了，如果这次搞不定，我的麻烦就大了。"

我也打算摸摸他的底，问道："那你想怎么样？"

"你们得帮我把老猫被抓这件事圆过去。"

"你说说我为什么要帮你？"

"我把我知道的事情全说出来，就是你们正在追查的采石场打架案件。是谁组织、谁策划的，因为什么发生的，我全都告诉你们。"

"咦？这些事你都知道，那你先说说，这里面到底是怎么回事？"

听到何路这么说，我心里有些激动，但是表面上故作沉静。何路这次是被逼急了，我猜测他已经得罪了老猫那伙人，能保证他安全的只有我们，所以这次才愿意把知道的事情说出来。

"这事的起因来自万丽豪盛KTV。"何路咽了一下口水，沉思了一会儿，似乎还在做思想斗争。过了会儿，他终于下定决心，开始向我讲述整件事的经过。

大山与小兵的争斗以两败俱伤告终。经过这一系列事件的打击，万丽豪盛KTV也濒临破产，早已做好准备的王笑终于露面，他召集社会上有头有脸的人组织了一次聚会，在聚会上王笑提出了万丽豪盛KTV的归属问题。

其实在此之前，王笑和丁绍敏两个人已经做足了准备，他们分别和社会上有名望的人进行了谈判，为的就是在聚会的时候提供支持。

王笑在两个大商场内租赁大面积开设电玩城，丁绍敏是他的合作伙伴，他想低价兑下大山的KTV。但他们万万没想到，当天有人站出来表示反对，而且拿出了一个不能反驳的理由。

这个人叫于东峰，他是大山的妹夫，和大山算是有一层亲戚关系。在社会上有一个不成文的规矩，那就是遗产继承，子女放首位，亲戚排在后，外戚另后算，兄弟来托底。也就是说一个人的产业先由子女继承，然后是亲戚，万丽豪盛KTV是大山的，他妹妹继承下来理所应当，而于东峰出面接手这个事情也是顺理成章。

更关键的是于东峰有这个实力。

和其他几个大哥不同，于东峰有大学文凭。毕业后他开始经营黑网吧，与大山的妹妹处对象后，在大山的帮助下又兑付了一些店面。正值政府开放网吧经营许可，于东峰一下子将网吧做起了连锁店，在生意最好的时候赚了一大笔钱。

于东峰虽然是大学毕业，可所作所为与高才生挂不上一点儿关系。何路说于东峰这个人比大山凶狠得多，而且他特别钟情早年间那些"社会人"的风格，走到哪里身边都要带三五个人，随时保持和人打架的态度，这一点让很多人不能理解。

何路说，因为万丽豪盛KTV的问题，于东峰和王笑、丁绍敏两个人发生了冲突。王笑是个笑面虎，从不正面应对，但丁绍敏是个莽汉，他要和于东峰做个了断。于东峰毫不示弱，决定要按照早些年的规矩来，那就是"打定点"。

"打定点"就是各自安排人手，在固定的时间地点展开一场殴斗。

这种殴斗很难决出胜负，这时就需要一个话事人，相当于裁判，在现场观察打架的战况，然后判断哪一方获胜。这种话事人一般都是由社会上德高望重的人担当，之前病死的常成就是这种角色。

但这次两个人话说得太绝，众人只从言语中就能听得出火药味，都知道这次殴斗很可能会出事，所以没人愿意出头。这时，有个叫郑国华的提出愿意当话事人。

何路说，这个郑国华其实在社会上的地位一般，放高利贷出身，为人口碑不怎么样，见钱眼开。但是他特别喜欢摆谱儿，在大家都不愿意惹是生非的时候，这次的话事人只能是由郑国华担任了。

而我们抓住的刘凯就是郑国华的司机。

何路说我们赶到的时候打架早就结束了。据他所知，好几个人都被送进医院，郑国华没想到这次殴斗能这么严重，直接躲了起来。不过，何路也不知道他为什么会让自己的司机开车又返回现场。

这下我终于弄清楚事情的原委。老猫所说的老大肯定是于东峰和丁绍敏中的一个人。想到老猫带着一群小弟长年在网吧居住，上网也不花钱，那么他十有八九就是于东峰养的人。

我对何路说："这次你表现不错。但是你光和我们说不行，这件事我们得形成笔录材料，落字为证。"

现在何路的口供可以算作证词，对于日后案件侦破有着关键的作用。

"可以，但你们也得帮我一个忙。"

何路的态度让我有些惊讶，没想到他答应得这么干脆。

"你说吧，怎么帮你？"

"把我关进去，只有这样我才能做笔录。"

我明白了，何路这是想用苦肉计。之前他被我们设套，让社会上的人以为他和我们是一伙儿的，现在只要何路被关进去了，社会上的人才会重新对他进行认定。

我们顺利地从何路这儿取到了口供，接着把他划进参与打架殴斗的群体里，将他也送进了看守所。

不过他被关的时间不会太久。他这点犯罪事实，凭着他的道行，在案件到法院判决的时候，肯定能把自己从里面摘出来。

我们有七天时间，现在已经过了五天。何路被刑拘，我们取到一份供词，但只靠一份供词我们没法去抓于东峰，至少要有两个人的供述才能认定他有犯罪嫌疑。

我又陷入愁思。石头在一旁提醒我："刘队，之前看守所是不是给你打过电话，我记得你和我说过，钱旭达有新的罪行要坦白，好像就和于东峰有关。"

我一拍脑袋，对！在我赶往采石场的时候，看守所管教曾给我来过电话，只不过回头我就把这事忘了。在何路提供了于东峰的信息之后，我才恍然想起管教曾对我说过，钱旭达说他撒谎是一个叫峰哥的人安排的。

这个人十有八九就是于东峰！

刘凯被关押的第六天，我和石头一起赶往看守所，立刻提审钱旭达！

"你们怎么才来？这都一个星期了。"见到我们之后钱旭达先埋怨起来了。

"我们那么多事，哪有工夫管你。你要见我们干什么？快说。"我故作不知，将审讯用的摄像机架设好，等着钱旭达自己讲。

钱旭达指着摄像机说："能不能把那玩意儿关了啊，我想说点儿正经事。"

我抬手把摄像机镜头转了一下对着墙，假装埋怨他："什么事叫正经事？还怕录像？"

钱旭达笑了下说道："对着摄像头讲话不舒服。"

"行了，你快说吧，叫我们来什么事？"

"其实我没捅人，这件事是于东峰给我15万元让我来搞小兵的，就是为了把小兵弄进来。正好我之前和小兵有点儿仇怨，于东峰和我承诺，到时候帮我办取保候审，这样我才答应投案的。"

"你当公安局是幼儿园吗？我们在这儿陪你过家家吗？一会儿捅人一会儿没捅人的？你有什么证据拿出来再说。"

钱旭达脸色铁青："于东峰承诺投案这件事给我30万元，投案前付给我15万元，我存到银行里，收据还在家里，剩下的15万元等我出来后再给。可是我进来后会见律师，律师告诉我于东峰这个王八蛋根本没帮我办取保候审！"

我问："于东峰为什么要把小兵弄进来？"

"害怕他呗。小兵这个人下手最狠，连我都怕他，他和大山不对付，于东峰又和大山一伙儿，我听说于东峰计划要和别人火拼，他应该是怕小兵帮助对方。只要小兵不在，在罗泽市于东峰还真没怕过其他人。"

"火拼？于东峰要和谁火拼？"我急忙问。

"好像是王笑。我听说王笑想把大山的那间KTV兑下来，但是于东峰不同意，两伙人为这件事一直在吵吵。王笑有个朋友叫丁绍敏，开游戏厅的，你认识吧？两个人一直合伙做生意，这件事丁绍敏替王笑出的头，他和于东峰接茬儿了。"

我神色淡然，拿出纸和笔："你把这件事详细说说，我给你做份笔录。"

"领导，我要说的不是这件事，我要说的是捅人的事情。其实我没用刀捅人，明秀身上那四刀都是小兵捅的，之前于东峰说会出面找明秀来做证，可是这个王八犊子现在不管我了……"

"这件事你等会儿再说，先把于东峰和王笑火拼的事说详细点。"

钱旭达不明白我为什么对这件事这么关心，但还是按照我的意思说起了火拼的事情。钱旭达对于东峰也是窝了一肚子火，把自己知道的所有情况都说了出来，包括于东峰在网吧里养着一群年轻人，以及于东峰有一个储存凶器的房子，里面都是棍棒和砍刀。在打架前，于东峰都会安排人去这个房子取家伙。

我把钱旭达的口供录了出来。这样加上何路的口供，我有两份笔录可以证实于东峰参与策划与丁绍敏火拼的犯罪事实，凭着这两份笔录现在我就可以对于东峰采取抓捕措施。

如果能在于东峰的房子里找到那把捅人的军刺，那么这起命案就有眉目了。

刘凯被关押的最后一天，按照时限，他将在傍晚被释放。而这天一大早我就带着人来到于东峰的住处，长兴花园小区6栋的楼下。

我看了下时间，6点50分，天才蒙蒙亮，冬日的阳光刚在天边露出一条缝，像把黑色的天幕撕开一道口子。整栋楼只有几户人家亮起了灯，我根据地址找到于东峰所住的那户窗户，黑漆漆的，没有一点儿亮光，看来他还没起床。

265

楼下停着一辆香槟色宝马，这是于东峰的车，车在人在，于东峰就在家里。我沉下心来，现在要做的就是静静等待。根据石头对车辆轨迹的研判，这辆车每天上午都会通过固定的路口，说明于东峰上午总会出门，到他开设的网吧转一圈。

我们只要在门口等着他露面，然后对他进行抓捕，接着搜家，找到藏着棍棒砍刀的房子的钥匙，带着他去房子对那些棍棒砍刀进行现场指认……

我脑海里已经将接下来的工作刻画出雏形，万事俱备，只欠东风。现在就等着于东峰露面，然后这起命案就会拨开云雾见天明。

于东峰没露面，我的电话先响了。这次是手机号码，在我通信录里存着姓名，还是曲延波副局长。

"刘星辰，你们现在在哪儿？"电话里曲局的声音很严肃。

"我在疑犯楼下蹲守，准备等他出门的时候抓捕。我有足够的证据，这人就是前几天采石场命案的嫌疑人。"

"是不是在于东峰家楼下？"

我故意没说名字，但是曲局早已知道。

"对。"

"停止行动，立即收队！"

没等我问为什么曲局便挂掉电话，这一刹那车里变得很安静，只剩下我的手机发出嘟嘟的挂断声响。

13 处长家保姆被杀，他说不方便透露太多

他拎在手中的手铐发出撞击的声响，本来他已做好抓捕准备，就等着我一声令下冲上去将刚才从楼门口走出来的于东峰扑倒，但是却发现我举着手机僵在原地。

"收队！"无数句骂人的话从我脑海中闪现而过，最后嘴里面只蹦出了这两个字。

一阵风吹过，我像一尊雕塑似的站在路边，眼睛直勾勾地盯着不远处缓缓开走的车子。此时我无法形容自己的感觉，有愤怒、有怨恨、有伤心，总之各种复杂的情感一股脑儿地涌上心头，直到树叶从树枝上飘落下来，轻轻地盖在我的头上，我才回过神。

"刘哥，发生什么事了？"站在一旁的李云鹏问。

他拎在手中的手铐发出撞击的声响，本来他已做好抓捕准备，就等着我一声令下冲上去将刚才从楼门口走出来的于东峰扑倒，但是却发现我举着手机僵在原地。

"收队！"无数句骂人的话从我脑海中闪现而过，最后嘴里面只蹦出了这两个字。

抓捕行动完全失败——不对，应该说根本就没开始。之前千回百转我终于查到于东峰涉嫌犯罪的证据线索，将这次殴斗的组织者找出来，可以告慰躺在医院里昏迷不醒的伤者，给这起重大刑事案件一个交代。

结果现在全完了，行动取消了，我只能眼睁睁地看着于东峰离去。

我没有跟着大家伙儿一起回到大队，而且独自前往分局，直接来到局长的办公室，我打算问个清楚，这究竟是怎么回事？

"咚咚咚……"我敲了敲门，声音响过走廊。

"进来！"屋子里传出曲局的回应。

"我一听敲门声就知道是你，敲得这么响是不是心里窝着一股气？"

曲局没等我说话，在我进来后他先开口问道，而且这句话问在了我心坎里，我现在确实一肚子气。

"局长，为什么取消行动？于东峰近在咫尺，如果这次不动手抓他，也许再没有这么好的机会了！"我开门见山地问，极力控制自己的情绪，可是手还是忍不住在发抖。

"取消行动自然有原因，不过现在不方便告诉你。"

"有什么原因？我现在已经查清楚了，之前那次斗殴也是他们组织的，而这次斗殴中又有人被打死了，于东峰现在属于杀人犯！为什么不让我抓他？"

"刘星辰，你呀，办案的时候应该根据侦查手段和实际情况出发，而不是被强烈的正义感所驱使。作为警察有正义感没错，但是有些时候想把一件案子干明白光靠正义感是没用的。"曲局很平静地对我说。

"什么意思？难道你认为我抓于东峰抓得不对吗？"我感觉到曲局话中有话。

"抓于东峰没错，但是现在抓他就错了！"

"我现在抓他有什么错？他组织策划了两次斗殴，有人在斗殴中被打死了，这可是命案！"

"于东峰是干什么的？你知不知道？"曲局反问道。

"于东峰？他是一个网吧老板，开了好几间连锁网吧，和大山关系不错……"我一边回忆一边回答。

"于东峰可不是一个简简单单的网吧老板。他在罗泽市混迹十多年，常年养着十几个人整天和别人打架，这种人如果只依靠这一场打架斗殴事件把他处置了，你不觉得便宜他了吗？"

"局长？难道……"

"现在局里已经成立专案组对于东峰这伙人展开细致的调查，如果你现在把于东峰抓起来了，那么之后的调查工作就没法进行了。据我所知，他身上涉案可不少，光是把人打伤的故意伤害案件就不下五起。"

我顿时恍然大悟，曲局原来是这个意思，不让我动手抓人是为了放长线钓大鱼，而且目前局里已经开展对于东峰的侦查行动了。但是听完后我心里又有些不舒服，因为我不知道这个行动，作为这起故意伤害致死案件的办案人，我觉得我必须参与到对于东峰的调查中去。

"局里什么时候成立的专案组？我怎么不知道？"

"这件事本来不想对你说，因为你一直在对这起打架案件进行调查，而针对于东峰的侦查又是秘密进行的，如果你参与的话肯定会引起对方的警觉，只怕在调查的时候会遇到一些阻力。"

"您说的阻力是什么意思？这个案子一直是我在办，如果组织专案侦查于东峰怎么能少了我呢？"

我在工作这些年里，从来没遇到过在侦办命案的过程中遇到阻力，人命关天，这种案件没人敢蹚浑水，所以对于局长说有阻力这件事我是不相信的。

"在你还没参警的时候于东峰就已经在罗泽市活动了，他本身又和大多数的社会人不太一样，极其擅长交朋友，这么多年他的人际关系很复杂，说不定你身边就有人和他关系好，在你侦办案件的时候把关键线索提前提供给他。"

"不会吧……"嘴上虽然这么说，但是我的心里还是咯噔一动，脑海里将队里的人都过了一遍，可我还是觉得他们都不像是能和于东峰有联系的人。

这时我突然想起来，在审讯刘凯的时候有人给他送了面包，我还不知道这个人是谁。看护疑犯的特警说是一个长得像是领导的人，想到这儿我不禁沉默了，本来想说的辩解的话也被咽回了嘴里。

"专案组现在由宋大负责，你去和他对接一下。正好他手里有一个线索要交给你，虽然你现在暂时不方便加入专案组，但是这条线索却和于东峰他们有关联，你务必给查清楚！"

宋光晨，刑侦大队副大队长，在我刚参加工作的时候他是中队长，后来提职从宋队变成了宋大。这个人干了半辈子刑侦，经验丰富、能力突出，分局只要成立专案组十有八九都得让他来带队。

专案组不同于其他办案部门，它就是从各个单位抽调人员组成一个专门的办案部门，只针对这一个案件进行专案专办，在案件审判后专案组会解散，其中的人回到原单位继续上班。

无论在分局还是派出所，案件侦办都是由刑警队负责，一个刑警队往往同时侦办好几起案件，甚至十多起。但专案组是专案专办，就是只负责查办一个案件，将这个案件彻底查清查透。

能成立专案组侦办的案件往往都是疑难案件，或者是重特大案件，再者就是极其复杂的案件，例如：曲局刚才说的于东峰所涉及的案子，光是故意伤害案都有至少五起，想把这些事情全部查清必须成立案件专班进行工作。

离开局里我直接来到宋大的办公室。

"去见局长了？"我刚一进屋宋大便向我问道。

"你怎么知道？"

"我看到行动队去抓捕的人都回来了，就你没回来，就猜到你肯定是去找局长了，怎么样？局长都和你说了吧，想明白了没有？"宋大笑着说。

"想通了。不过等到真要对他们下手的时候，你可得带着我，这案子一直是我们在干。"

"不用等到收网。你在侦查斗殴这起案件的时候，在社会上引起了一些惊动。这段时间让你把这个案子放一放就是为了先将他们稳住，过了这段时间你就可以继续侦查了。"

"好的，我知道了。对了，曲局让我来找你，说是有个线索……"听完宋大的话我心里舒坦了不少。

"还记得你刚参警那一年吗？有一起至今未破的凶杀案，在山海观邸小区。"

"当然记得。"

"几天前看守所的管教打电话过来，说咱们抓获的逃犯陈松树为了立功主动交代了一起凶杀案件的线索，就是指那起案件。陈松树说他在逃亡的时候认识了一个叫董玉的朋友，董玉曾经对他说自己在山海观邸小区杀过人。于是陈松树主动向咱们举报，如果属实的话那么很有可能与咱们那起案件有关……"

"董玉……陈松树能提供这个人的详细信息吗？"听到这里我急忙问道。只要有董玉的信息，比如身份证或者是手机号码，我就有把握从茫茫人海中把他找出来。

现在我的内心有些激动，虽然参警多年我遇到很多案件，也侦破了很多案件，但这种多年以来悬而未决的案子对每一名刑警来说都像是内心的一块伤疤。没有警察会希望带着这块伤疤退休，把自己经办的每一起案件侦破那是不可能的，但是把每一起命案侦破并不是开玩笑，这也是每一名刑警的最终目标。

这起案件发生在七年前，我当时刚参警不久，是我接触的第二起案件。没想到这起案子最终变成了困扰我多年的悬案，在提到未破命案时第一个想起的便是它，结果现在有眉目了，就像一个寻觅宝物的猎人突然发现了宝藏的入口。

顿时我感觉自己的手心似乎都出汗了。

"董玉这个人身份我已经落实了，现在在内蒙古服刑呢，因为故意伤害致死被判刑了。你要做的就是去对他进行提审，把事情问清楚。"

"什么？董玉已经被抓了？被判了多少年？"听到董玉被抓，我心里产生一种不好的预感，如果被判处的刑期过重，为了避免自己被加刑，他不会再承认自己曾经的罪行了。

但看守所和监狱每年都有深挖犯罪的要求，有专门的侦查大队，主要工作就是深挖犯罪。这主要靠犯人之间相互举报，因为犯人会想以此获得减刑。最后减刑裁量权在监狱，最高不能超过20%。

"这个我不清楚，一切等你去了内蒙古自然就能知道。"

宋大说着拉开抽屉，从里面搬出一本厚厚的卷宗。上面的黄色牛皮纸已经发黑，四个角的纸皮翻起，装订的线绳早已起球，卷皮上写着"肖艳被杀案"五个字，这是当年黄哥亲手写上去的，在写的时候他还和我讲解过一番。

接过这套卷宗，我心里五味杂陈。

这是一本没有办结的卷宗，正常卷宗的名字是嫌疑人加涉嫌罪名，由于我们没找到罪犯，所以没法写出嫌疑人。这起案件我们干了两个月，我记得当时还有好几起命案正在侦办，两个月的侦查也算是达到极限了。

在归档的时候只能按照办结的卷宗装订，所以才出现了这样的卷皮名，陈列在档案室的柜子中混在其他案件里格外显眼，看着就感觉不舒服。

我坐在火车上一路向北，怀抱着这份卷宗，两天的路程让我把这份卷宗仔仔细细地翻看了好几遍，也让我回忆起当时的情形。望着窗外的景色，随着北行的方向，一路上树枝逐渐枯黄，夹杂着白色的残雪，我的思绪也被拉回到七年前的那一天，我记得很清楚，是7月7日。

我刚参警的时候每个月都会发生命案，最多的时候一个月能发生三起。刑侦大队三个重案队忙得脚后跟贴后脑勺，案子一个接一个看不到尽头，而发案多了自己也渐渐变得麻木，刚开始半夜接到电话激动兴奋的感觉已经变成了烦躁的状态。

不过事情发生在傍晚，我记得很清楚，我在刚跨出单位大门准备回家的时候被黄哥喊住，他开车带着我来到了案发现场。

在那时候山海观邸是罗泽市比较高档的小区，住在这里的非富即贵。来到小区后我发现前后两个门都有保安值守，不过走进去的时候并没有人来阻拦我这个外来人，而且我发现门禁是坏的，随手一推门就打开了，看似安保缜密的小区没想到做的都是表面功夫。

我和黄哥来到三楼，套上鞋套走进案发房间。

那时虽然有技术中队，但是作为办案队我们被要求第一时间进现场，作为侦查员对现场进行力所能及的调查。可以说每一名刑警都是兼职现场勘查员，唯一不同的是我们都没有经受过专业的训练，能做的只是依靠经验来对现场进行分析。

被害人叫肖艳，20岁，是这户人家的保姆。我看到她的尸体躺在厕所里，双腿叉开弯曲，身上和地面上都是血迹，在厕所的墙壁上还有一大片喷溅血迹，脖子上的皮肤萎缩，露出了黑色的伤口，像是被锐器割断脖子，整个脑

273

袋朝一侧倒下去，形成一个怪异的45度角。她的眼睛睁一只闭一只，能看到眼白从里面翻出来。

死者身上穿着一套红色的厚睡衣，下半身的裤子被褪到脚踝处，上半身一颗扣子被解开，另一颗不知道哪里去了，一半胸脯露在外面，红色的衣服和血迹混在一起，再加上翻出的眼白，整具尸体显得万分狰狞。

"有什么线索吗？"黄哥对正在进行现场勘验的技术员王涛问道。

"屋子里有把刀，上面有血迹。我怀疑这把刀就是凶器，不过要确定还是需要等血迹和死者的DNA比对一下。"

回应的人是喜子。喜子比我早工作一年，那时候还在技术中队，和我差不多也是拎包打杂的，技术员王涛带着他干活儿。喜子看到黄哥问话便急不可待地抢先回答道。

"现场是谁先发现的？"黄哥继续问。

"是这家的女主人，叫张晴。她今天下班回家进屋看到肖艳死在厕所里了。"

"张晴人呢？"

"送医院去了，我们到的时候她就已经晕了。"

"晕了？晕过去她怎么报的警？"黄哥又问，我也觉得其中逻辑似乎有些问题。

"报警的是她的丈夫，姓关。他开车和张晴一起回家，张晴先上楼他去停车，所以张晴是第一个发现现场的。但是姓关的报的警，他送张晴去医院了，等会儿就回来。"

我们继续在现场搜查。房子是三室一厅，两间卧室和一间书房，卧室和客厅都没什么异动，似乎没人来过。不过我们在书房柜子的抽屉边缘发现了撬痕。我们戴着手套将抽屉拉开，看到里面有被翻动的痕迹，在柜子正中间还摆放着一个佛龛，上面整整齐齐地布置着供品。

我们正在检查现场的时候男主人回来了，他身边还有两个朋友陪着。进屋还没等我问话，他身边的人先向我们介绍男主人的称呼是关处长。

原来是个干部。他长得慈眉善目的，嘴角微微上扬，脸上一直挂着客气的笑容，见到我们后瘪了下嘴，脸上露出难过的表情，先是长叹了一口气才缓缓说道：

"唉，没想到我家里出了这样的事情。"

"你简单讲一下死者的情况和你们今天回到家时的情形。"黄哥拿出本当场开始询问。

"我今天下班接到我爱人，我们俩一块儿回家。往家走的时候我爱人还给保姆打了一个电话，想问她家里晚饭还需不需要买点什么东西，结果她没接电话。我们到家后我去停车，我爱人先上的楼，等我到家发现门开着，我爱人倒在地上，保姆在厕所里全身是血，我就急忙报警了。"

"死者是你们家保姆，这个保姆是什么时候雇的？"

"哎呀，小肖在我们家干了有三年多了。她高中毕业后在我们老家打工，我老家的朋友把她推荐过来当保姆，然后她就一直在我们家干活儿，主要就是收拾家和做饭。我们家有三个屋子，平时她住在书房，我孩子去外地读书后我让她搬到孩子房间住，结果她不去，还在书房住。"

"你发现保姆被害后在家里还动了什么东西吗？"

"没有，我发现出事后就立刻报警。然后就把我爱人扶到门口，我自己一直站在门外，我怕不小心破坏现场，妨碍你们破案。"

"你书房的抽屉里有什么东西？"

黄哥说着将关处长让进屋子，指着书房的抽屉问。我已经把抽屉拉开，能看到抽屉上面有一道很明显的撬痕，有人用硬物将抽屉顶住后使得锁扣脱开，再把抽屉拉开。

"我有几块表放在里面，都挺值钱的。我爱人还放了几件首饰，怎么了？抽屉里的东西都不见了？"

我看了看抽屉，只有几张纸片，其中就有手表的说明和认证书。在抽屉最里面还能看到剩下了一只耳钉，金黄色镶嵌绿玉，应该是凶手太匆忙没发现留在了里面。

从现有的证据来看，这起案件很蹊跷。

保姆被人在厕所里杀死，但保姆为什么会出现在厕所？凶手为什么会选择在这里下手？

从案件侦查角度去思考，如果凶手是破门而入的话，家里总不能完好无损吧？再柔弱的小姑娘的反抗也会造成家里物件发生变化。

但他家摆放的所有物件都很正常很整齐，这本身就不正常。

我们面对的是一起杀人案件，可是现在现场除了保姆被杀和抽屉被撬之外，我们看不到一点儿犯罪现场的踪迹。

"你进来，仔细看看家里有什么变化，我说的是摆放这方面的。"黄哥扶着关处长来到客厅，指着让他看自己的屋子。我们不知道是否发生过移动，这种情况下让主人指出来是最快的办法。

关处长很仔细地查看了客厅和卧室，是那种很细致的检查，反复回忆家里的物件摆放，最后很坚定地告诉我们，除了沙发上的背靠垫被动了之外，家里其他物件和早上他离开的时候没什么区别。

凶手肯定不是外人！我知道黄哥也能得出同样的结论，这肯定是一起熟人作案，不然家里不会这么整洁，如果一个陌生人破门而入，再弱小的女性也会做出一些抵抗，可是从现场的情况来看，保姆没有做任何反抗。

我转到厕所，这时保姆的尸体已经被法医移走，地面上只剩下血迹和尸体线。这时我发现厕所的马桶坐垫是掀开的，正常来说保姆如果上厕所肯定会把坐垫放下来，这说明她应该是被人推进厕所的。

什么人能把她推进厕所？难道就是为了行凶？那么犯罪动机是什么？是为了抢抽屉里的那几块手表？

"你被盗的那几块手表值多少钱？"黄哥问。

"这个……不太方便，有值钱的，有不值钱的。"关处长含含糊糊地回答。

听他这一回答我心里明白了，这几块丢失的手表的真正价值如果他不配合，恐怕我们是查不清了。我曾在抽屉里看到剩下的手表铭牌，上面写着百达翡丽，我知道这款表价格不菲。关处长对这个问题回答得这么含糊，肯定是不想将丢失物品的情况说清楚，作为一个领导干部，这些东西本来就与他的收入不匹配。

"门锁的情况怎么样？"黄哥问。

"完好无损。"

"小区有监控吗？"

"有。"

"走！查监控，把今天进这栋楼里的人的身份全都查出来，一个个问！"

小区的监控覆盖得很全，而且正好有一个摄像头对着这栋楼的楼门，我们清清楚楚地看到这一天来来往往的人。在小区保安的配合下，我们把和关处长有关系的人全找了出来，一共是三个人，然后按照时间顺序罗列出来。

早上8点半，我们看到关处长和他爱人从家里离开。

9点钟保姆出门买菜，9点40分返回家中。

10点10分送奶工来到关处长家，10点20分离开。

10点50分关处长的朋友大鹏来到他家中，显示在屋里待了20分钟后离开。

11点半关处长回到家中，显示不到2分钟便离开。

12点关处司机来到家中，显示5分钟后离开。

然后一直到傍晚张晴发现保姆被害，其间在楼道内进出的七个人我们都找到了，与本案无关。他们来到这里有的是住在这儿，有的是串门，但经过对这七个人的询问我们发现都没有作案动机，也并不了解关处长家里的情况。

在关处长家中出现的三个人分别是送奶工、关处长的朋友大鹏和司机，我们把这三个人找来一个个地进行审查。

送奶工说自己每天都来送鲜奶，正常流程是将门外的空瓶子拿走，然后等保姆开门再把鲜奶送进去就行了。可是送奶工说今天来送奶时保姆没有找到空瓶子，就让他进屋在门口等了会儿。五六分钟后保姆从厨房找到空奶瓶，送奶工拿着空瓶离开。

送奶工进家门了！这一点就很不寻常，但是他给的理由也很充分，而且他没有作案动机。我们一路追查监控，发现他在离开案发现场后继续去送奶，如果他杀人后还能安心送奶，那么这个人的心理素质也太强大了。

作为第一个到达死者家的人,我们将他的嫌疑排除了。

第二个来到的是大鹏。他说来给关处长送一份材料,这份材料里面有点儿小问题,他想当面和关处长说一下。他来之前给关处长打过电话,关处长说他中午前后能回家,于是大鹏就进屋等了一会儿。其间保姆走过来要给他削个苹果。大鹏看到保姆在收拾家庭卫生挺忙的,就让肖艳继续收拾。他从肖艳手里接过水果刀把苹果削完,吃完后看了看时间来不及了,大鹏便没继续等关处长,自己离开。

在我们对大鹏进行审讯时,水果刀上的血迹DNA也检测出来了,正是保姆肖艳的血迹。而且刀上有大鹏的指纹,也有保姆肖艳的指纹。

关于大鹏的嫌疑,关处长做证帮他排除,因为第三个到家的是关处长,他说他回到家的时候保姆还活着,所以肯定不是大鹏动的手。

关处长回家正是为了拿大鹏送的材料,他进屋后没看到保姆,但他喊了一声,保姆肖艳有回应,于是他没脱鞋踮着脚走两步进屋子,将茶几上的材料拿走,临走时又和保姆肖艳打了个招呼,肖艳也回应了。

关处长从进楼到出来一共3分钟,在家没待上2分钟,肯定没有作案时间。而且我们在现场提取到了两只半截的鞋印,正是关处长今天穿的皮鞋,和他供述踮着脚进屋的情形一模一样。关处长的嫌疑也被排除。

最后一个是关处长的司机,他按照关处长的要求回家为他取手表,他用钥匙开门后径直来到书房,将抽屉打开把里面的一块浪琴手表拿走。司机说他进屋子和保姆肖艳打了一个招呼,肖艳也回应了,不过洗衣机的声音太大他没听清。

肖艳一般都是中午洗衣服,然后下午晾晒。我们在屋子里发现了晾晒的衣服,说明司机走了之后肖艳将洗好的衣服晾了起来。

司机的嫌疑也被排除。

结果是我们傻眼了，一共四个返回家中的人都没有作案动机和嫌疑，那么保姆是被谁杀死的？这个案子很奇怪，送奶工进屋，大鹏使用了水果刀，司机打开了抽屉，所有发生的这三件事都是我们通过现场勘验能掌握到的线索，和这三个人全都产生了联系，但又全都没有关系。

单纯从开门这一点来看，门锁肯定没有撬动，能说明保姆认识凶手。但我们看监控里面只有这四个人保姆认识，可这四个人又都被排除了作案嫌疑。

接下来是地狱般的两个月。那两个月我几乎没有睡觉，每一分每一秒都在琢磨这起案件。我感觉这里面的问题太多了，但是这些问题只是缥缈的意识，一闪而过，让我无从下手。

火车在通过铁轨接缝处时发出咣当的声响，将我拉回现实。我知道我现在离真相不远了，这个困扰了我七年的谜团就要被解开了，究竟是什么人杀了保姆肖艳？他究竟为什么要这么做？这些问题终于要有答案了。

我在看守所见到了董玉。他个子不高，大约一米七，但是很壮实，因衣下露出的手腕像脚脖子那么粗，手指鼓鼓的，握起拳头像一个锤子似的。

"你因为什么事被判了多少年？"我问。

"不小心把别人打死了，判了十二年。这事其实和我没关系，我是被沾包了。"董玉回应。

"我是罗泽市公安局的，有点儿事情想问问你，是七年前的事情，你七年前人在哪儿？"

"罗泽？我七年前人就在罗泽，什么事你问吧。"董玉抬头看了看我，似乎在仔细地回忆认不认识我。

"七年前罗泽市山海观邸小区发生了一起命案，你听没听说过？"

"嘿嘿，你是听谁说的？"董玉咧嘴一笑，反过来问我。他笑的时候我发现他嘴里少了两颗牙，露出一个大洞。

"我问你这起案子的事情，你别和我打马虎眼，什么听谁说的？"

"肯定有人说我和这起案子有关，对不对？你听谁说的？"

"噢，原来你心里清楚着呢。你别管我听谁说的，既然我们能找到你，那么这件事你肯定脱不了干系，所谓冤有头债有主，自己犯的事情早晚都得承担后果，这些不用我和你多说吧？"我没想到董玉这么坦然，仿佛早就做好了准备。

"我呀，都是在吹牛，为了名分和脸面，以前都得靠这个生活，是不是？"

"你少来这一套，我从罗泽市大老远地跑来找你，不是听你搪塞敷衍几句就完事的。"我知道董玉肯定做足了准备，从他回答的流利程度来看，这些话可不是张口就来的，而是早就谋划好的，我得做好打持久战的准备。

"我那时候虽然混得一般，但在罗泽也算有点儿名气，不至于为了谁去杀一个小保姆。虽然我不是什么好人，也干了挺多坏事，但是我做人还是有底线的。"

"呸！你都把人打死了，还有底线？别和我扯那些没用的。"我啐了一口。

"你可别这么说，难道所有的坏人都得一棒子打死？你肯定不知道我为什么把人打死，这件事我就是因为不认才被判了十二年，不然的话赔点钱哪至于这么惨。这就是我的底线，我做的就是我做的，我没做的肯定不会承认。"

“你刚才说杀小保姆，说明你对这事了解挺多呀，还知道死的人是保姆呢。”

“我和你说实话，那家人我都认识，连保姆我也认识，但是我肯定没杀人。我出去拿这件事吹牛是为了生活，为了混社会的面子。”

“你拿这起案子当面子到处去说，这不是在撕我们的脸吗？”

“因为这案子当时你们也没查到什么线索，社会上传得又比较多，我才借来用用。”

“那你说说你是怎么和这家人认识的吧。”我打算从侧面问，找出他的破绽。

“我当时做点儿买卖，就是帮助人做动迁。正好那段时间你也知道，老城区有一大片要动迁的，通过这层关系和那个姓关的就认识了。后来和他相处了一段时间，我觉得这个人不太地道，但是当时我大哥非要和他处关系，没办法，我就得和他应付，就这样我们算是熟悉了。”

“你还有大哥？你大哥是谁？”

“姓丁，叫丁绍敏，你没听说过？”

我心中一跳，但脸上故作镇定，没想到在这里竟然能牵扯到丁绍敏，先是于东峰又是丁绍敏，看来我和这伙人有着不解之缘。

“听过一点儿。丁绍敏和姓关的处长什么关系？”

“都是生意上的事情，都得打通关节，其实我和姓关的相处得一般，我不喜欢他这个人。倒是大哥和他处得不错，相互之间也办了不少事，直到后来姓关的家里出事了……”

“你是什么时候离开罗泽市的？”

"姓关的出事一年之后吧，我就走了，到这边来干活儿。"

"来这儿也是干那套买卖？"我问。

从董玉说他做动迁买卖的时候我就知道了，所谓的动迁买卖就是拆迁，说直白点就是带着一群人将别人赶出去，再把房子推倒。不过我不清楚他这套买卖和姓关的有什么关系。

"嘿嘿，差不多吧。但这里不太好干，经常出事，你看我这不就跟着沾包，也被抓进来了吗？"

董玉说的经常出事就是指在拆迁的过程中出现伤残甚至死亡的情况。这下我也知道，他的故意伤害致死罪，应该就是在动迁赶人时下手不分轻重，把人给打死了，结果被判了十二年。

"你为什么离开罗泽市，在罗泽市不好吗？"

"我就是想避开他们，怕出事呗。"

"你说的是什么意思？怕出什么事？把保姆杀死？"我引导着问道。

"嘿嘿，你就别引逗我了，杀人这个事和我可没关系，我就是怕他们杀人牵连到我。"

"谁杀人？"我继续追问。

"我做人是有原则的，也讲道义。话只能说到这儿，再说深了那我就成浑蛋了。"

董玉说完这话连他自己都笑了。我心想他的脸皮真够厚的，其实话说到这份儿上已经很明显了，董玉已经把他知道的说出来了，但是他还要脸面，不愿意捅破最后一层窗户纸。

丁绍敏和关处长关系很好，而且有生意上的往来，董玉离开他们就是因为看到他们所做的一些事后心里害怕，怕自己受到牵连，至于这些事是什么，董玉不说我也能猜到，其中肯定和保姆肖艳被杀有关。

"你被判了十二年，把这件事说清楚我可以给你算一个减罪立功，你非得要在监狱里待这么久吗？"

"我呀，罪有应得，在这里待着我心甘情愿。"董玉说出这番话的时候长出了一口气，一副如释重负的样子。

我在监狱与董玉聊了三天。董玉挺善谈，无论说什么都能接到话茬儿，唯独在提到案件的时候，董玉立刻闭口无言。我看确实没什么机会，一个对自己蹲十二年监狱都心甘情愿的人，我实在找不到什么能拿捏住他的关键点。

三天后我离开了内蒙古。看似这次我没有收获，但却有重大线索发现，那就是丁绍敏进入了我的视线，而且董玉提供了一个关键点，那就是丁绍敏涉嫌的犯罪很可能与这个关处长有关系，特别是保姆肖艳被杀案。

其实这起案件在侦办的时候我就隐隐感觉不对劲，我们对进入关处长家里的三个人采取了各种侦查手段，但最后都洗脱了嫌疑，可我们唯独对关处长没有进行细致的侦查。而且在案件侦查初期关处长由于工作需要出了一趟差，他这一走就是半个月，等他回来我们这边已经查无可查了。

如果关处长就是嫌疑人呢？董玉已经说得很清楚了，他能拿这件事来吹牛，说明他很清楚事情的来龙去脉。他知道没人能反驳他，因为知道实情的人希望有人来担起这个案子，转移警方的视线。

七年前我的主要工作是拎包，就是帮着前辈打下手，没有办案的经验，也没有侦查的方法，学校学的知识在现实面前不堪一击，形而上学的笔上功夫终究与实战差距太大。但经过了七年的历练，现在我再一次回首这起案件，突然发现和以前的感觉不太一样。

岁月增加了人生的厚度。透过这层厚厚的经历，仿佛是透过一只放大境，将万物放大，让它们露出本来面目，抽丝剥茧，获取真相。

下了火车我便直奔大队，急忙去找宋大汇报，内蒙古之行让我发现丁绍敏和关处长有着密切的关系，在七年后这起案件又有了新的切入点，也许会找到关键的线索。

屋子里没有人，我拿起手机打了过去。

"宋大，我回来了。陈松树举报的情况不属实，虽然董玉和当年那起案件没关系，但是他知道一些案件的内幕，当年保姆被杀的案子可能和丁绍敏有关！"

"你在队里？"

"对，我刚下火车直接回队里了。"

"你在队里等我一下，回去说。"

大约过了两个小时，我看到宋大和几个人一起返回，其中有李云鹏，兴致勃勃地跟在宋大身后。

"你那儿有什么新发现？"宋大看到我后便问。

我将在内蒙古提审的情况和他们叙述了一遍。宋大听的时候不住地皱眉头，尤其是在提到丁绍敏的时候，我看到不光是宋大，连其他人也跟着紧绷着脸，露出一副很难受的表情。

"这么看来现在的情况变得更复杂了……"听完我的汇报后宋大说出这么一句话。

"什么情况变复杂了？七年前的案子有了新的突破口，丁绍敏应该和这件事有关，咱们可以从他入手进行调查。还有关处长，他和丁绍敏关系密切。"我说。

"董玉是丁绍敏的人？"宋大问。

"七年前是。后来他又在罗泽市待了一年才走的，他自称现在和丁绍敏没有联系。"我回答。

"我们刚才去看守所了，陈松树又提供了一条线索，他说自己将人捅伤的事情是被人怂恿指使的。"

"他又想拉谁下水？"我问，经过这趟内蒙古之行我对陈松树提供的情况不太信任，他只是把道听途说的东西讲出来，这些都没经过认证，完全是带着不负责任的态度。

"于东峰，这次陈松树说自己捅人是于东峰指使的。"

"真是信口开河，被抓的时候不说，现在开始胡说八道了，不过这也是好事，起码又多了一条抓于东峰的理由。"

"陈松树先是举报董玉，其实目的就是为了让我们追查丁绍敏，只不过他不知道董玉和丁绍敏已经分开多年了。之后陈松树又用自爆的方式拉于东峰下水，这就很奇妙了。"宋大喃喃说道。

"这有什么奇妙的？"我问。

"这件事你还不知道，咱们现在成立了专案组，专门针对盘踞在罗泽市多年的两伙恶势力组织，一个是于东峰，另一个就是丁绍敏，陈松树的举报也有点儿太凑巧了吧。"

一股阴霾从我心中飘过，我们似乎在被别人牵着走，我有种感觉，有人在故意设置套路吸引我们去侦查，按照他的节奏一步步走下去。

但有线索我们又不能不查，尤其是七年前的命案出现了转机。这件事就算是什么人有预谋我也得查下去，毕竟这起案件已经成了我心中的一道门槛，不查清楚我永远也跨不过去。

"宋大，我还是想继续查这起七年前的案子，尤其是当事人关处长，我打算先从他入手，把以前一些没做的工作补一补。"

"在你走的三天前，关处长被纪委叫去谈话，第二天回来之后跳楼自尽了。"宋大说着点了一根烟，点起来后没抽，静静地看着我。

一件事偶然发生也许是巧合，但是这么多事情在三天时间内发生，那就不可能是巧合了。这起命案距离案发已经过去七年，我们当时穷尽手段也没能发现线索，结果在七年后的这三天里，围绕这起命案的线索一连发生了这么多事件。

我的心头犹如乌云遮蔽的天空，此时电闪雷鸣，风雨欲来。但是我知道，我们坚定信念勇往直前地走下去，阳光终究会出现，驱散云雾，照亮大地！

14 KTV杀人案：消失的第四个客人

一个穿着灰衣服的人快步走进来，冲着坐在中间位置的男人走过去。男人此时觉察有些不对劲，想将自己的手从女孩的腰间抽出来，但是女孩依靠着沙发，男人的手一时间没能抽出来。就在这几秒钟的瞬间，灰衣服男子一抬手亮出一把明晃晃的匕首，冲着眼前的男子肚子上连捅几刀。

偌大的包间里面坐着三个男人，每个人身边都有两个浓妆艳抹的女子，妖娆妩媚地端着酒杯，坐在沙发前不断扭动着身躯往这三个男人身上挤过去。五颜六色的射灯从四面八方照过来，光线穿过杯子照进酒中，随着杯子相互碰撞，红酒在彩灯的映照下溅落出来飞散在半空中，整个屋子充满着靡靡的气氛。

三个男人交头接耳，震耳欲聋的音乐伴随着音响低沉的嘶吼将他们的说话声完全压下去，即使坐在他们身边的女孩都听不清在说些什么。这时两个男人仿佛谈得很开心，哈哈大笑起来。见状一个女孩立刻将酒杯递到其中一个男人身边，用手摩挲着男人的手臂劝他喝酒。男人一只手从女孩腰间揽过，另一只手接过杯子，两只杯子相撞发出清脆的响声。

与此同时，包间的大门也砰的一声被分开，狠狠地砸向墙边。

一个穿着灰衣服的人快步走进来，冲着坐在中间位置的男人走过去。男人此时觉察有些不对劲，想将自己的手从女孩的腰间抽出来，但是女孩依靠着沙发，男人的手一时间没能抽出来。就在这几秒钟的瞬间，灰衣服男子一抬手亮出一把明晃晃的匕首，冲着眼前的男子肚子上连捅几刀。

"噗！噗！噗！"丝毫没有受到震耳欲聋的音乐影响，屋子里每一个人都清清楚楚地听到铁片刺穿皮肉发出的声音。

"啊！"男人发出一声惨叫，顺手拿起酒杯朝灰衣服男子砸去。灰衣服男子顺势退开一步，看到眼前这个人的肚子上已经有血开始往外涌了，便头也不回地离开了。酒杯重重地摔在地上，红酒与流淌下来的血液混在一起，将蓝色的地毯染成了一块块的暗黑色，仿佛是一块块深渊一般。

直到这时屋子里其他人才恍然大悟，女孩发出的刺耳尖叫回荡在KTV的走廊中，与音乐声夹杂在一起，显得无比诡异。

我一边翻看卷宗，脑海中一边像电影回放一样，通过这些笔录材料将整个作案过程还原了一遍。

这是发生在很多年以前的案件，现在犯罪嫌疑人已经落网，现场的证人口供和法医出具的报告几乎还原了案发的全部过程，按理说一切尘埃落定。可是在临近开庭审判的时候，犯罪嫌疑人却突然翻供。

在我这么多年侦办案件的过程中，疑犯翻供并不稀奇，最快的是疑犯在被送进看守所之后就会翻供，而最晚的在法庭宣判后才开始翻供，但他们最终的结局都一样，没有人会逃脱法律的制裁。

只不过这次翻供的疑犯并没有为自己的罪行辩解，而是提出一个共犯论，也就是说自己的所作所为是别人指使。而他指出的这个指使者正是我们现在追查的一个主要涉案嫌疑人，这让我们不得不对他的供述产生重视，于是我又将这本翻看了无数遍的故意伤害案件的卷宗重新拿了出来。

我翻看着照片，被捅伤的受害人叫梁义成，他的腹部一共被捅了三刀。照片上是三条涂抹着药膏的黑色伤口，下面的说明文字写着腹部内腔大肠三处断开，可见凶手刀刀凶狠，直穿腹部。

凶手叫陈松树，是我们前不久抓住的一个逃犯。他在将梁义成捅伤后便潜逃藏了起来，直到前不久罗泽市出了一件大事。

我放下卷宗站起身揉了揉眼睛，将这段时间发生的事情在脑海中回忆了一遍。

三个月前在罗泽市很有名号的社会人常成因病去世，当时几乎所有混迹社会的人都出现在常成的葬礼上，包括陈松树，而我们也借着这个机会将他抓住。

　　常成是罗泽市最早一批在社会上混迹的人，他曾经做过不少坏事，也受到了应有的惩处。后来他利用自己的名望靠一些灰色产业发家致富，当年在罗泽市一时间风光无二。但随着公安机关对这些灰色产业的打击处理越来越严厉，常成也逐渐变得低调起来，可他在罗泽市的名号并没有随着他的隐匿而销声匿迹。

　　现在常成死了，他的葬礼标志着一个时代的结束。风水轮流转，罗泽市不少人都窥视着常成的地位，总得有个人取代常成。所有人都这么想，他们也在朝这个方向努力去做，常成刚死，罗泽市就连续出现了群体打架斗殴的事件。

　　"常成是那个特殊时代的产物，现在决不能再让另一个常成出现！"在市公安局组织召开的重点工作部署会议上，局长郑重地说道。

　　在会上，局长提出常成的葬礼是一个契机，很多混迹社会的人想趁机出人头地，正好借此将他们一网打尽，将藏匿在罗泽市的这伙人连根拔除。

　　本来罗泽市里最有希望接替常成的人是大山，可是他在常成死后就被别人雇用的杀手将手筋脚筋挑断，同时经营的KTV也遭到盗抢。随后围绕大山被故意伤害的案件我们做了一系列调查，最后查清幕后主使，将外号叫小兵的范斌和钱旭达一同抓了起来。

　　但这只是一个开始，小兵和钱旭达被抓并没有让混迹社会的这伙人收手，反而让他们看到了释放出来的更多的利益。小兵和大山控制的两家KTV成了一块肥肉，被拆迁出身的王笑和丁绍敏盯上。而与此同时，大山身边最亲密的人，在罗泽市开设连锁网吧的于东峰也出面了，这两伙人先后组织了两次斗殴，虽然我们抓了不少参与者，可是却没能查到这几个主要指使者的犯罪证据。

于东峰、丁绍敏、王笑，这几个人老奸巨猾，凡事都藏在最后，靠手机遥控指挥别人。我虽然知道打架斗殴的事情他们都是幕后主使，却没有证据，现在将这三个人抓获归案成了我们最终的目标。

为此，分局成立了一个专案组，专门针对这三个人以及他们两伙人的犯罪行为展开调查。只不过我没有立刻加入专案组，因为此时我有另一项重要工作，我抓获的逃犯，在看守所被关了快一百天的陈松树突然交代，自己当年持刀将人捅伤的事情和于东峰有关。

听到这个消息的我就像久旱逢甘霖的树苗一样，这可是一条重要的线索，也许它就是能打开这三个人犯罪证据的关键钥匙。

在重新对陈松树进行提审之前，我找到了这起案件的被害人梁义成，我想试试看能不能从他那里得到一些新的线索，或者说能与陈松树的供述有关的线索。但结果很糟糕，梁义成对于自己被捅伤这件事之外的任何询问都保持沉默不语，无论我怎么问，他全都以沉默来回应。

梁义成是一个生意人，自己开了一家公司，我能理解他对于这件事有顾虑。但是如果他作为被害人都不能提供新的线索，或者是说出陈松树持刀捅伤他的真正原因，那么无论陈松树怎么说我们都无法把他的话当作证据来使用。

陈松树的话我不能不信，但是又不能全信，他突然翻供说自己将人捅伤是于东峰安排的，我现在无法分辨他话语中的真假。虽然我凭直觉认为他不可能无缘无故地翻供，其中肯定另有隐情，可仅凭现有的证据来说我无法相信他的话。

必须让陈松树说实话！说出他翻供的真实原因！

梁义成是没指望了，我只能从其他方面想办法，我的思绪又转回到这个案件的卷宗上。

复印的卷宗边角已经卷起来了。我将它翻了好几遍，但一共十三份证人的笔录中没有一个提出和于东峰有关的证词。而且陈松树在被抓后的第一审、第二审供述中也未曾提到过一句和于东峰有关联的证据。

"刘队，咱们什么时候出发？"李云鹏推开办公室的门问我。

宋大为了工作的保密性，让我别带着行动队的队员侦查，特意将从派出所来的李云鹏调派给我，陪着我一起去对关押在看守所的陈松树再一次进行审讯。

"再等等，咱们不能只听陈松树的一面之词，得先从之前的案件找出点儿有关联性的东西，不然容易被他带了节奏。"我回应道。

"我能看看这些材料吗？"

"没问题，都在这儿呢。"我指着已经拆开卷绳、堆在桌上的笔录材料说道。

李云鹏把笔录一份份拿过来看。这些笔录只有两三页，主要描述内容都是事发当天晚上包间里的情形。他将笔录分开平铺在桌子上，不一会儿他便将桌子铺满了笔录材料，我看到他将十三份笔录叠放成了三部分。

"这个是在包间玩的三个客人，其中一个是被害人，这边的是当天在包间陪酒的小姐，一共是六个人。另外一摞是两个服务员和经理。最后是当天店里的负责人。"李云鹏喃喃自语着将材料分好。

"刘队，我觉得他们的人数有点儿不对劲呀。"

"人数不对？你怎么感觉出来的？"

"在KTV唱歌的一共才三个客人，却找了两个服务员，一般这种情况下一个服务员足够了……"李云鹏说。

"怎么？你对这个挺有研究的？这有什么固定的经营模式吗？"我几乎不去KTV，偶尔几次去也都是配合其他部门做检查，对于那里面的一些规则的确不太了解。

"嘿嘿，我有时候去玩，一般三个客人不会用两个服务员的。对了，刘队，你有他们当天消费的账单吗？咱们对一下账单就知道是怎么回事了。"

"账单……"我将卷宗翻了一遍，没发现账单。转念才想起来这是一份复印卷，在复印的时候我只注意将笔录印好，对于账单这种证物便没印。

不过原本卷宗在法院。我急忙打电话过去。法院的人帮忙查看了一下，告诉我原本卷宗里的账单信息是消费8800元钱，其中酒水4000元，服务费4800元。

"刘队，他们那天晚上肯定不止三个人，包间里还有别人！"听完我说的账单，李云鹏斩钉截铁地说道。

"你怎么这么肯定？"

"服务费就是小姐的小费。那个KTV我知道，一个小姐小费是400块钱，除去两个服务员他们一共支付了4000块钱小费，那么就是找了十个小姐。但做笔录材料的只有六个，说明有四个小姐离开包间了。按照三个客人找六个小姐的比例来看，应该还有两个客人不知道什么原因当时没做笔录，或者是说出事后离开了，咱们没掌握这个情况。"

"干得漂亮！"我赞许道。

之前侦办这起案件的时候，凶手犯罪行为明确，现场证人指控也完全，所以我们没继续消耗太多的精力。但是现在案件出现了新的问题，那么我们就必须将之前侦查的漏洞弥补上，李云鹏发现的问题就是最大的漏洞，而在复印卷宗的时候恰好漏掉了账单，因为当时复印的人觉得这东西并不重要。

这份账单让我们发现漏掉了两个客人，这两个人为什么没参与口供笔录制作？这也许就是查清陈松树翻供原因的关键。

"走，咱们现在去提审！"我信心满满地说。

在发现客人是五个之后，我心中有底了。陈松树在被抓后也一直强调包间里只有三个人，这说明他肯定知道另外两个人的情况。陈松树现在想主动坦白肯定是为了获得从轻处罚，但他之前撒谎就足以将他现在妄想弥补的过失抵消掉，这就是我能拿捏住陈松树的关键。

有了这个我就可以和他好好聊一聊，不怕他不说实话。

在看守所我见到了陈松树。他的精神状态不错，唯独不一样的是他现在头顶是白色的，在刚进看守所的时候他剃了一次头，现在头发刚长出来，能清楚地看到头发根都是白色的。

"头发怎么白了？有什么犯愁的事吗？"

"早就白了，以前都是染的。"陈松树毫不在意地回应道。

"你为什么翻供了？之前不是说得好好的吗？现在怎么变成是受人指使的了呢？"我继续问。

"我是个讲义气的人，以前没想明白，现在被抓关了三个月，唉，才知道义气什么的根本没有用，没有用！现实不和你讲义气，我在外面别人还能当我是个人，现在我算什么？我现在想通了，没必要帮人扛罪，自己能被少判几年才是正事。"

陈松树回答得很流利，我知道这番说辞肯定是准备好的，言语之间还带着几分感情色彩。

"那你说，于东峰为什么要指使你伤害梁义成？还有，你为什么听从于东峰的指使？你和他是什么关系？"

"于东峰和梁义成有仇，好像以前他们喝酒的时候梁义成瞧不起他。你也知道，于东峰在社会上挺有名气，我当时都是跟着别人混，还指望靠着他做点儿事出头。他说想教训下梁义成，我为了面子就接下来。那天我也喝了点儿酒，下手有点儿重，不然梁义成不至于伤得那么严重。"

我看着陈松树的模样笑了笑。陈松树愣了下，但是很快也回应般地冲着我笑了笑。

陈松树岁数比我大得多。虽然陈松树在罗泽市算不上什么大佬，但社会上没人不知道他的名字，当年他在小河湾收鱼把别人打伤的时候，于东峰还在上大学呢。现在他却说要跟着于东峰混，明显是在胡说八道。

"你说的都是实话吗？"我问。

"都到这份儿上了我还撒谎有什么意义吗？"陈松树回应道。

"那我问你，当天包间里有几个人？"

"三个，梁义成坐在中间，我把他给捅了。"

"你确定？"

"确定。"陈松树说话的时候下巴抬起来歪着脖子，一副信誓旦旦的样子。

"到现在你还撒谎，那咱们就没什么可谈的了。"

我说着便开始收拾桌上的纸笔，把它们一样样地装进包里。我特意一件件地放，在让他知道我不打算和他谈的情况下，留给他十几秒思考时间。

"我可以对天发誓没撒谎，这件事是于东峰让我干的。后来我跑的时候车票还是他帮我买的。"

"我没问你这个，我问你当天包间里有几个人！"

"刘队，别和他浪费时间了，就他这态度还想坦白从宽，我看给他判个满贯才好。"李云鹏在一旁帮腔道。

"我冲进包间里就看见三个人，这事我干吗要撒谎……"

直到我把所有东西都装进包里的时候，陈松树还在嘴硬。这时我也不能继续留在这里了，这是一次双方的博弈，陈松树料定我们想查清案件的真实内因，但他没想到我讯问的重点在现场的其他人身上。

而陈松树反复强调只有三个人，让我更确信现场肯定另有他人，而且这个人与案件有关系，所以才会导致陈松树对其他人刻意回避。

"我告诉你，陈松树，我昨天把当时在现场的服务员都找了一遍，你不说实话但总会有人说实话！"临走前我从包里掏出一沓笔录纸朝陈松树晃了晃，这是一摞空白纸，但陈松树不知道，他肯定以为这是我昨天找到服务员做的笔录。

离开提审室回到大厅，我没有立刻离开看守所，而是在大厅找个椅子坐下，静静地等着消息。果然没过几分钟我就接到了看守所管教的电话，他说陈松树还有话要说，让我们返回去再问一问。

再一次回到提审室，陈松树已经不是几分钟前那副样子，眯着眼低着头，看到我进来了尴尬地笑了笑。还没等我开口问话，自己便开始说起来："不好意思，我刚才仔细想了想，当时屋子里确实还有其他人。"

"现在想起来了？"我问。

"你们体谅体谅我，我逃了好几年，天天提心吊胆的，尤其是捅人这个事情我从来都不敢去想，时间长了就忘了。我现在想起来了，当时屋子里有五个客人。"

"你说说他们都是谁？"

"一个是梁义成，就是我用刀捅伤的那个……"

"不用说这仨人了，我都知道，你说说另外两个人是谁？"我打断他的话。

"一个姓高，我只知道是政府的；另外一个叫什么名我不清楚，我从来没见过那个人。"

果然屋子里还有两个人。既然陈松树终于说实话了，我知道他的防线也崩溃了，现在正是趁热打铁把事情查清楚的好机会。

"那你究竟为什么要捅梁义成？"

"真是于东峰让我干的，你别看我岁数比他大，混社会时间比他长，其实于东峰比我厉害得多，我真是跟着他混。只不过我资历老，他见面喊我一声陈哥而已。"

"那于东峰为什么要害梁义成？仅仅是因为喝酒产生矛盾的话，不至于下这么狠的手。"

"唉，行吧，我都说到这儿了，也不和你藏着掖着了，都是为了钱呗。"

"说详细点儿。"

陈松树用手搓了搓脸，手铐的链条碰撞在一起发出清脆的响声。他略微思考了一会儿便开始向我们讲述当年案件背后的那段故事。

陈松树靠着打架一股狠劲在社会上混得算是小有名气。他第一次和于东峰见面还是大山介绍的，当时于东峰文质彬彬，穿着打扮像是一个职场上班人员。陈松树以为这是大山新招的司机，还开玩笑说怎么招了这么一个文绉绉的人当司机，会不会有点儿太"面"了。

　　大山告诉他于东峰是他的亲戚，大学毕业生，来这里给大山负责的场子管理账目。

　　在接下来的一段时间内陈松树和于东峰再没有什么交集，但是陈松树听说大山管理的场子改变了不少，于东峰对账目管理得很苛刻。那时候经常会有一些社会上的朋友来大山的场子玩，走的时候只是打个招呼也不结账，但是于东峰从来不客气，为了结账这件事得罪了不少人。

　　陈松树再一次见到于东峰的时候还是在大山的场子。那天他和朋友一起去玩，走的时候发现于东峰不知因为什么事情在打一个服务员。陈松树上前阻拦了一下，可是于东峰没给陈松树面子。

　　当时在场的人不少，还有陈松树的朋友，这让陈松树下不来台。本来陈松树的脾气就不好，没和于东峰发火是因为看大山的面子，结果于东峰根本没把他当回事，陈松树当场就把刀掏出来了。

　　"你于东峰别在这儿装模作样，有本事拿刀把我给捅了。"陈松树一边说一边把刀递给于东峰。但是于东峰没敢接，他被陈松树的气势镇住了，那是一把匕首，虽然不长，可是真使劲捅下去，在身上留一个窟窿是没什么问题的。

　　"那我教教你。"陈松树没客气，拿着刀朝于东峰小腹扎下去。于东峰往后退了一步，而陈松树本来也没想下狠手，这一刀虽然捅进了于东峰的身体几厘米，将皮肤和肌肉割开，没碰到肚子里面的肠子。

事后陈松树觉得不太好意思，专门为这件事去给于东峰道歉。结果这次于东峰对他毕恭毕敬，在医院里当着很多人的面躺在床上对陈松树赔礼道歉。这反而让陈松树更不好意思了。

于东峰在大山的场子没干太长时间便离开了，他兑付了一家网吧自己经营。

盘网吧的时候于东峰还特意找陈松树帮忙，陈松树毕竟欠了于东峰一个人情，为兑付网吧这件事陈松树是全力以赴，当时他亲自找到网吧老板连威逼加利诱，把他这几年在社会上能使用的手段都用上了，最后为于东峰兑付网吧省了不少钱，当然事后于东峰对陈松树更是好礼相待。

那段时间正是网吧火爆的时候，于东峰趁机赚了些钱，而同时他也分给陈松树不少钱，从这个时候起于东峰就经常让陈松树出面替他"摆事"。陈松树本来就吃人嘴短拿人手软，加上于东峰平时对他推崇备至，张口就是陈哥，让社会上的人感觉陈松树也是网吧的老板之一，所以他也乐意去做这些事。

这个时候两个人就经常在一起了。

后来于东峰联系到了一笔业务，是一个政府采购电脑项目，而于东峰经营网吧，利用这个优势能低价拿到电脑。这个项目对东峰来说是暴利，于是他又找陈松树商量。

政府采购是需要招标的。于东峰对陈松树说他通过关系找到了一个政府部门的负责人，本来事情已经谈好，这个人答应帮他暗箱操作中标。可是半路来了个程咬金，有其他人也来投标，并且从价格上来说比于东峰要有优势。

于东峰提出想让这个人放弃投标，陈松树当即表示愿意帮忙，于东峰提出让他吃点儿苦头，两个人制订好计划，那就是趁着这个人在KTV唱歌的时候，陈松树出面将他捅伤，也就是后来的这起案件。

我听完陈松树的叙述，才知道原来他和于东峰的关系非同一般，但他现在却把幕后主使说了出来，便主动问他缘由。

"你本来是替于东峰扛罪，为什么现在放弃了呢？"

"我不是说了吗？讲义气有什么用，到头来倒霉的还是我自己。"

"这个政府部门的负责人是谁？"我知道这个案子要将于东峰确定为共犯，和他一起策划招标的这个人必须找到，只有将招标一事的真实性确定下来，陈松树的证言才能被采信。

"就是事发当天在包间里那个姓高的人。我只知道他姓高，具体叫什么名我不知道。于东峰计划是让我当着姓高的面将梁义成捅伤，这样一来断了梁义成投标的念想，二来也是吓唬吓唬这个姓高的。"

这下我明白了，怪不得KTV里的所有服务员和经理的笔录证词中都刻意将这两个人回避掉，这肯定也是于东峰安排的。只要这个姓高的人不出现，那么谁也不知道梁义成为什么会被捅伤。

"事后怎么处理的？梁义成就这么被你捅了好几刀，难道这件事就算完事了？"

"于东峰赔钱了。"

"赔钱了？赔了多少？怎么赔的钱？"

"具体给了多少钱我不清楚。于东峰有个账户，当时是给梁义成汇了一笔款，我逃走的时候他也是用这个账户给我汇了一笔款。"

"账户你还记得吗？"

"你查下我的银行卡不就知道了吗？"

三年以上的账目需要去省里查，我们用了三天时间将这份账单找了出来，发现于东峰这个账户是专门用来汇款的，每次都是钱存进去后转汇到其他账户。他这么做就是为了留一个记录，以免别人拿到钱后翻脸不认人，不过这也给我们留下了证据。

我们查到于东峰给梁义成汇了5万元钱，同时又给陈松树汇款3万元，这应该就是陈松树用来逃跑的资金。在检查账单的时候我发现，于东峰这个账户还有一笔出账记录，是在半年后，给一个叫宋宇的人汇了10万元钱。

于东峰又干了什么坏事？我决定找这个宋宇问问。

宋宇现在不在罗泽市，我从省会出来后直奔他所在的城市。到了之后我试探着给他打了一个电话，编了个理由想与他见一面。还好宋宇没什么防备，在电话里痛快地答应了。

我早早地来到见面地点，焦急地向四周张望，生怕宋宇突然反悔。但刚到约定的时间我的手机就响了起来，是宋宇打来的，我接起电话他说就在马路对面，我望过去看到一个跛子一瘸一拐地慢慢穿过马路，摇摇晃晃地走过来。

"你好，不好意思，我其实是公安局的，找你是想向你询问点儿事情。"

宋宇长得瘦瘦的，中等身材，看着满脸稚气，完全无法与罪犯之类的人联系起来，我不由得对他客气起来。

"公安局的？找我有什么事？我做什么违法的事情了吗？"宋宇并没有拒绝我，自嘲般地笑了一下。

"你认识于东峰吗？"我开门见山地问，眼睛盯着他，观察他的反应。

"认识。你们是罗泽市公安局的吗？"听到于东峰这个名字后，宋宇眼睛跳了一下，深吸了一口气才回应道。

"对，我们是从罗泽市来的。你和于东峰是什么关系？"我看到他并不抗拒，便试着追问道。

"什么关系？呵呵，于东峰在罗泽出事了吗？他被抓起来了吗？"宋宇带着戏谑的口气反问。

"快了，兔子尾巴长不了了。"

"那我告诉你，我们是仇人关系。"

"仇人关系？"

"你看我的腿。"宋宇说着把裤腿挽起来，我看到他的小腿从上往下有一道十多厘米长的疤，缝针留下的印记清晰可见。这条伤口愈合后留下了一串像拉链似的死肉疙瘩，怪不得他走路一瘸一拐。从伤口的长度来看，这一击足以把他的腿弄断。

"这是……"

"于东峰找人干的，还有这里。"

宋宇说着挽起袖子。我看到他胳膊上也有伤疤。他很平淡地向我介绍伤势，就在大街上，他将衣服从下面掀起来，转过身露出后背，除了左腿和胳膊，后背上也有一道伤疤。

"你当时报警了吗？"我看着他身上的伤疤诧异地问道。要知道，单凭腿上的那道伤口，他的伤情就足够重伤害了。除了杀人之外我们也统计每年的重特大伤害案件，可是我对宋宇这个人一点儿印象都没有。

"没有，我要是报警的话恐怕得被他砍死……"宋宇说这话的时候身子抖了一下，眼睛不由自主地往四周看了看，似乎有些害怕。

宋宇向我讲述了当时被人砍伤的情形，事情就发生在梁义成被捅伤的半年后。当时宋宇经营了一间网吧，有人找上门来要对网吧进行收购，收购的方式还是按照合股经营，首次出价30%，然后每年支付剩余的70%，一共付三年，这三年期间对网吧营收还可以分成。

宋宇当时就拒绝了。因为那段时间网吧很赚钱，没人会主动把自己的网吧兑付出去，而且对方还不是全额支付，到三年后付清，那时候网吧的电脑都快被淘汰了。

接下来宋宇的网吧便成了他的噩梦，每天都有人来闹事，导致附近没人敢来上网。宋宇倒是报了几次警，可是警察无法确定犯罪证据。本来宋宇还想坚持一下，结果在一天晚上他离开网吧回家的路上，有两个人持刀对他进行击砍。宋宇的左腿被砍断，手臂骨折，后背也留下一道血口子。

至此宋宇便不敢再继续坚持了，草草与于东峰签订了合同后便离开了罗泽市。

"我见过于东峰几次，他给人的感觉文绉绉的，像是个普通的生意人，没想到他下手这么狠。"宋宇心有余悸地说。

"那么他除了兑付网吧的钱之外，还给你补偿了吗？"

"给了。他给我10万块钱，让我不要报警。我当时吓坏了，就算他不给我钱我也不敢报警，他可是那种真能要了你命的人哪！"宋宇毫不犹豫地就全盘托出。

我给宋宇做了一份详尽的笔录，告诉他等我的消息，在于东峰被抓住的那一天，我会在罗泽市等他，陪着他一起到公安局进行立案登记，为他讨回公道。

我返回罗泽市的时候，石头已经将陈松树所说的高姓男子的信息查出来了。

高进，曾经在区政府负责采购，早已辞职下海，目前人在南方一座城市。现在万事俱备，只差高进的这份口供，只要有了他的证明，我们就可以对于东峰进行抓捕。像于东峰这种凶残的人，只要将他抓起来，我敢保证立刻就会有人主动报案，将他以前做过的事全说出来。

我和李云鹏坐飞机去南方找高进。一路安稳无事，落地后我打开手机发现短信通知有来电，是一个陌生号码，心想如果真有着急的事情，对方肯定还会继续打电话，便将此事放在一边。

高进辞职后来到南方做生意，连同他的户口也一并转了过来，我们按照户口上的地址找到了一个封闭小区。我和李云鹏来的时候正值中午，小区里空荡荡的没什么人，我们找到物业询问住在这儿的业主信息，在物业的帮助下我找到了高进的名字，住在3号楼1单元。

我正琢磨着是在家门口等他呢，还是打听他的工作单位直接去找他呢？这时物业的人看到我眼睛盯着高进这一页的登记单便问道：

"你们也来找他？"

"对呀，怎么还有其他人找他？"我奇怪地问。

"一大早就有个人来找这个叫高进的，刚刚离开不久。"

还有人来找高进？我不禁警惕地朝四周看了看，不过这周围没有其他人，我知道这可不是巧合。虽然高进在这里工作了一段时间有一定的人脉，但来物业找人的肯定不是高进的朋友，除了我们还能有谁来找他呢？

"这人长什么样？说话是什么口音？"我急忙问。

"长得挺高的，和你说话口音差不多。"

口音和我差不多？那么来找高进的是我们这边的人，但肯定不是我们一伙的！谁能来找高进呢？

"以前有人来找过他吗？"

"没有，平时来小区都是认识的朋友，哪有像你们这种跑到物业来找人的。"

"他来找人你就帮他找？你们不得为业主保护点儿隐私吗？"李云鹏在一旁问道。

"他和你们一样呀，他也有警官证，拿出来我看到了才给他找。"

"他是警察？！"我和李云鹏同时惊讶地问。

"对，和你们的证件一样。"物业的人把我们的警官证拿过来又看了看说。

"他们是几个人？"

"就一个人。"

奇怪，如果是警察办案的话至少要两个人，如果是当地警察一个人来找高进的话，那么总不会说话和我口音相仿吧？这究竟是怎么回事？我觉得有些不妙，现在要快点儿找到高进。

"高进在这里还有没有什么信息？"我焦急地问。

"高进开了一家贸易公司，在福地创业园，叫联成国贸。"物业的人翻看登记本说道。

"走！"我招呼李云鹏快速离开，打了一辆出租车朝福地创业园赶去，我有种不好的预感，我必须在这人之前找到高进。

福地创业园中的四栋楼矗立在一片工地的中央，一侧是河道，另外一侧是一片空地，上面铺满瓦砾，看着像是刚拆迁不久。旁边吊塔不停地转动，一片楼盘正热火朝天地建设着。

我一路小跑来到3号楼，坐着电梯冲到8楼的写字间。只见"联成国贸"四个字挂在一扇玻璃门上，偌大的办公室里空荡荡地坐着四个人。

"高进在不在？"我冲进办公室大喊一声，视线内四个人没有一个与高进的体貌特征符合的。

"高总刚才和别人出去了。"一个女职员抬头回应道。

"出去了？去哪儿了？"

"他应该开车出去了吧，他的车停在地下停车场，至于去哪儿我们就不知道了。"

"走！"我转身冲向电梯，使劲拍打着向下的箭头按键，也许还来得及，能在他开车离开前把他截下来。

"高进开的是什么车？"李云鹏又问了一句。

"是台皇冠轿车。"

"叮！"电梯到了，随着电梯数字不断变小，我的心跳也加快，生怕到了停车场找不到高进。不过幸好李云鹏及时问了一句车辆信息，起码我们有一个寻找的方向，不然一下子冲进停车场我都不知道该从哪儿找起。

电梯一开门我直接冲了出去，和李云鹏分作两边去找车，停车场里静悄悄的，这时我隐隐地听到一阵声响，在宁谧的停车场里格外明显，我跑了几步转到墙边，顺着声音望过去，只见声音是从一台黑色的皇冠轿车处传过来的。

皇冠轿车！看到车标我几步冲过去，似乎车子后座有人影在摇动。我来到一边一把拉开车门，看到里面有一个人被压在后座上，另一个人拿着一把匕首顶在他脖子处，能看到脖子已经被割开了一个口，有一丝血迹渗出来。

"我是警察！你在干什么！"我大喊一声，伸手过去拉拽拿刀的人。

这人明显吓了一跳，他没想到在停车场里突然出现一个人，而且还是一个自称警察的人。看到我伸手过去，这人将刀收回来，不假思索地冲着我挥舞两下。我急忙缩回手，只见这人两刀都砍在车内，将内饰割开两个口子。

"警察！"另一侧也传来一声，是李云鹏喊出来的，他听到我的声音后立刻往这边跑。

车里的人也听到李云鹏的声音，他知道我不是一个人。只见他身子一缩，用腿踢开身后的门，嗖的一下子从车上蹿了下来。

"你别想跑！"我急忙转到车子另一边，这人看到我冲过来也没含糊，将手一扣，本来正握着的匕首变成了反握，不退反进，往前探一步向我冲过来。

我清楚记得在学校上课的时候老师说过匕首的两种握法，一种是正握，就是手呈拳头状，握住把柄匕首刀刃从虎口向外。这种握法是常规握法，基本动作是挥砍和刺，对人伤害有限。

另一种是反握，就是匕首刀刃从虎口另一侧探出。这种握法就很凶险了，能这样握匕首的人肯定经受过训练，而且这种握法必须近身才能发挥威力，说明这人有搏斗的打算。

老师的话救了我一命，看到他反握匕首冲过来我觉察不妙，急忙向后退一步，同时抬起脚朝前踢过去。由于我俩在车的一侧，而旁边还停着另一台车，我看到这人身子侧了一下想避开我踢过来的这一脚，结果身子被旁边的车抵住。但他立刻抬起左胳膊向前顶过来，正好顶在我的脚上，我被他用力一推踉跄一下朝后面倒过去。

看见我倒下去他没再继续上前，而是转身就跑，我用手撑住身体没摔倒，可是再站起身来他已经跑远了。这时李云鹏也赶过来，我俩一起追过去，只见他钻进一辆车里，还没等我俩靠近，车子发出一阵轰鸣一溜烟开走了。

"追不追？！"李云鹏急切地看着我。

我看到高进正慢慢地从车里往外爬，便打消了追击的念头，这人是来找高进的，现在只要高进没事就行。

我们把高进带到了附近的派出所，结果一问高进也不知道找他的这个人是谁。这人进屋后亮出警官证，要高进和他走一趟，于是高进跟着他来到停车场打算开车走。高进刚按下车钥匙就被这个人从后面推进车子，接着高进挣扎了一会儿但是被这人控制住，然后他拿出刀子让高进别说话，说是有点儿事想和他谈谈。

他们才刚开始谈，这个人还没把话说完我就拉开车门，接下来这人就跑掉了。

"你还能和他挣扎一会儿？"我心有余悸地问。

从和这人的接触来看，他肯定是练家子，而且敢动手，如果我不主动后退的话，只怕轻则受伤，重则丧命，能反握匕首往前冲的都是亡命之徒。

"他劲儿可大了，如果不是车里地方小他没法施展，我可坚持不了多久。"高进说。

既然高进都不认识这个人，那么我们暂时也没法继续追查了，我把话题转移到这次的任务上。高进思考了一会儿，对我们说虽然这人没来得及说出来到底要谈什么事，但是他猜测肯定与我们找他的事情有关，也许就是为了不让高进配合我们工作。

但经过这件事高进害怕了，他将当年的事情对我们全盘托出。他说自己这辈子只脑子犯浑。做过这一件违法违纪的事情，现在说出来心里也痛快了。

高进的叙述和陈松树所说的相差无几，在陈松树将梁义成捅伤之后，于东峰曾经对高进坦白这件事就是他干的，这也让高进日后再也不敢和于东峰合作了。一直担惊受怕的高进最后辞职离开了罗泽市，他说如果继续待在那里他怕自己早晚也会像梁义成一样被害。

我突然发现，所有和于东峰有关联的人最后的下场都是离开罗泽市，这个人比我之前想象的要凶残得多，他似乎从来不会给人留活路。我也明白陈松树为什么坦白了，他应该也看透了于东峰的为人。

现在该取的人证都取了，宋宇的伤情鉴定不久也能做出来，在高进的笔录证据下陈松树的供述也能被认可，接下来于东峰的犯罪证据已经完全成形了。

"宋大，我这边工作很圆满，但出现一个事情……"在给高进做完笔录材料之后，我将和我打斗的这个人的情况向宋大汇报了一下。

"这人敢对你动手？"在电话里听我说到动手的状况时，宋大惊讶地问道。

"嗯，我也没想到这人胆子这么大。他还有警官证呢，但我猜应该是不知从哪里办的假证。"

"你们是靠高进的户口信息查到他的住处，对吧？"

"对，然后又通过小区得知了他的工作单位。"

"……这个人能找到高进住的地方……恐怕也是通过户口信息查出来……"宋大在电话另一侧沉默了一会儿才说。

"他们能查到高进的户口？不可能吧？"户籍信息只能在公安机关调取，而且像高进这种转走的户口必须使用市一级的户口查询才行，除了公安机关的人之外，其他人很难查到这类信息……想到这儿我脑袋突然一激灵，脑海中冒出一个想法。

这个想法就像是一滴墨水沉浸到一杯水中，顿时水变成黑色，而我此时心中也如同这个杯子一般，渐渐变成黑色。

难道他也能查到户口信息？难道这个人是……不对，我本能地回避这个可能，我不愿意往这个方向去思考，我从来不认为我们队伍内部会出现问题。

"也许他认识公安局的朋友，是别人帮他查出高进的户口信息……"我在电话里说道。

但宋大没回应，我俩陷入了一阵沉默，我知道自己的辩论是为了回避这个话题，因为我不希望真相会如同我和宋大料想的一样。只要想到这种可能，我就有种坠入深渊的感觉。

"你还能记住他的长相吗？"宋大继续问。

"停车场有点儿暗，我没太看清，不过对他的身材有印象。"

"我会安排情报大队的人调查一下，看看近期离开罗泽市的所有警察的信息……"

宋大说话的语气很沉重，让我顿时失去了刚才获取到犯罪证据的喜悦，随之而来的是一股沉重的压力。

"哦，这起案件呀，宣判了，当时法院还给你们发了一份函件，邀请你们出庭。"

"没人打电话通知我呀？函件我才看见，这起案件怎么判的？"

"两个嫌疑人都被判了缓刑，因为在开庭前被害人翻供了……"

"什么？缓刑？被害人为什么翻供了？"我大吃一惊。

夜晚11点，圆月当空，大街上静谧安宁。此时一栋灰色大楼的六层灯火通明，从窗户中透出的亮光将楼前的空地映照得如同白昼，在这片空地上整整齐齐地停着十多辆各式各样的车，车牌号码都被一层黑布遮挡着。发动机低速转动，发出呜呜的声响，好像一只蓄势待发的捕猎者。

六层的大会议室里坐满了人，但是却没什么动静，有的闭目养神，有的扶头小憩，有的在翻看材料，一股肃杀的气息弥漫在周围。几只烟灰缸内的烟头已经叠成小山一般，飘起的烟雾在空中缭绕，满屋子只能听见钟表嘀嗒的声响。

突然一阵急促的手机铃声响起来，所有人顿时精神起来，一起望向会议室中间的桌子，这个人一直将手机拿在手中不停地翻转，他焦虑的表情直到电话响起的那一刻才松弛下来，只见他停顿一下，等第一遍铃声响过才接起了这个等待已久的电话。

"怎么样了？"没等对方说话他先问道。

"刚才落实了，人都在。"电话那头的声音不大，但整个屋子的人都能听见这句话。

"好！"这人慢慢放下电话，深深地吸了口气，此时屋子里的人纷纷坐直了身子，有的人已经站了起来，大家都蓄势待发，等待着指令。

"按照计划出发，收网行动开始！"

屋子里四十多个人瞬间在几秒钟内消失得一干二净。

"刘队，你那组最重要，于东峰现在肯定就在网吧里，你们可得……"

"行啦，我知道。"我不厌其烦地打断了宋大的话，一头钻进车子里。

我做了这么多年刑侦工作，参与的抓捕近百次，几乎什么样的罪犯都遇到过，即使这样，宋大还是不停嘱咐我，因为这次的抓捕太重要了。今晚的行动是要对于东峰犯罪团伙收网，而我们这一组是负责抓捕于东峰。

针对大型多人犯罪团伙的收网和一般的行动不一样，这种犯罪人员众多的团伙往往同时涉及很多起不同的案件，想把每一起案件都落实，就得将所有的涉案人员全部缉拿归案，所以抓捕的时候必须要一网打尽。

宋大组织率领专案组针对于东峰这伙人已经工作了一个多月，这期间基本把这伙人的人员信息摸清了。于东峰这伙人有二十多人，其中以于东峰为首，下面有三个得力干将，每个人分别又带六七个手下，组成了一个犯罪团伙，在于东峰的带领下涉嫌组织殴斗、故意伤害他人、强迫交易等各类罪状。

但于东峰极其狡猾，虽然我们知道大部分案件都是他指使的，但能直接指向他的证据却不多，他总是躲在幕后进行操控，让手下的人出面，一旦出了事他可以保证脱身。直到我从南方带着证据材料返回后，于东峰犯罪证据的最后一块拼图才凑齐了，我们掌握了于东峰犯罪的铁证。

专案组有一个侦查小队，他们负责对于东峰和他的主要手下进行全天候盯梢，今晚他们一路跟着发现于东峰最后的落脚点是他经营的网吧。在确定位置后，我们才开始进行抓捕。

车子一路呼啸而过，面对这种大规模的作战，我不免有些紧张，毕竟我负责的是主犯，不能有一丝纰漏。我坐在车子的副驾驶座位上，手里攥着手持电台，故作镇静地摆弄几下，这时我才明白刚才在会议室接电话之前不停摆弄手机的曲局的心情。

"三组已经到位。"

"四组已经到位。"

电台里此起彼伏地响起动静，大家伙都已经到达抓捕地点了，而我们这边车速也渐渐放缓。在拐过一个弯后，我看到前面有一个网吧，门前的霓虹灯不断闪动，让它成了这条街上最显眼的店铺，根据情报这就是于东峰今晚所在的地点。

"一组已经到位。"我对着手持电台说道。

"三分钟后各组开始行动。"

我看了下手表，十一点五十一分，此时大街上空荡荡的，一个人都没有，马路边其他店铺的卷帘门早已落下，只剩下灯箱发出幽暗的光，字幕孤单地不停滚动着。这时网吧的门被推开，有两个人勾着肩走出来，其中一个兴奋的在比画着什么，看样子似乎玩得很尽兴。

我忽然想起来，曾几何时我也在网吧流连忘返，沉浸在游戏世界不可自拔，但现在我看着网吧却感觉既熟悉又陌生。这也是我曾经昼夜不眠的地方，那时候每次来到网吧时都有一股兴奋劲，而现在我同样也有点兴奋，但也有点紧张。

"走！"我低声说了一句后跳下了车。

在我下车的同时，前后几台车里的人纷纷下来，我们快速地朝网吧走过去，其中后面的人分散开往不同的方向跑去。我们之前已经摸清楚网吧的构造，只要堵住后面的一个门，网吧里的人插翅难逃。

我是第一个推开大门走进去的，刚进门便能听到一阵喧嚣，网吧里气氛热烈，明亮的灯光下几乎每台机器前都坐着人。在吧台前有一张大桌子，上面摆满了吃的喝的，桌前的长条沙发上横七竖八地坐着五个人，其中两个人还拿着酒瓶子在碰杯。

专案组针对于东峰这伙人已经做了一个多月的工作，基本将他身边的人都查清了。这伙人平时就在网吧，网吧没人时，他们可以随便玩，但今天是周末，网吧几乎满员，这种时候于东峰就不让他们随便玩了，所以坐在前台的这伙无所事事的人肯定就是跟着于东峰混的"手下"。

"警察，你们几个把手拿出来放桌子上，别乱动。"我对着沙发上的人说，我怕他们会通风报信，所以先让他们把手拿出来。

"快点！别磨磨蹭蹭的，都给我老实点！"李云鹏从袖口中抽出警棍甩了一下，另一只手拿出警官证朝他们比画了几下。

看着后面涌进来十几个人，坐在沙发上的五个人害怕了，正常警察巡检一般都是两个人，现在一下子冲进来这么多警察，还带着各种警械，这几个人没一个敢动弹的，全都五指张开把手放在桌子上，一个个惊慌失措地相互对望，期待能从别人那里得到答案。

这种人平时参与打架斗殴比谁都凶狠，拿着棍棒争先恐后往前冲打，一副天不怕地不怕的样子，但真遇到警察，他们立刻变得比谁都老实，趋利避害在他们身上显露无遗。

而网吧里的人对吧台前发生的这一切一无所知，依旧是热闹喧哗。

我来到前台，前台一共有两个人，一男一女，我把他们从里面拉出来贴到墙边。

"于东峰人在哪儿？"我问道。

这间网吧大约有二百台机器，现在只有零零散散几个空座位，我知道于东峰现在就在网吧里，说不定就在某一台电脑前面。他肯定跑不了，后门已经被我们的人堵住了，但我知道越快把他找出来越好，多留给他一秒钟的缓冲时间都会产生更多的不确定因素。

"于总不在这里。"还没等女的说话，旁边的男人先回答道。

"我问你了吗？用你在这儿废话？"我看得出来女吧台员有些害怕，我提问之后她抿着嘴，似乎在犹豫说还是不说，但男人先开口回答，这让女吧台员彻底闭上了嘴。

这男的还敢抢答？我打量了他一番，在这种时候还为于东峰打掩护，他肯定不是普通的吧台员。他的回应让我确定于东峰就在网吧里，他怕女吧台员说实话，自己才主动站出来胡说八道。

"他是干什么的？"我一手按住这个男人的嘴，转身问女吧台员。

"他、他，我也不知道他是干什么的……"女吧台员语无伦次地回应道，她看了这个男的一眼，从眼神中我能感觉出恐惧，看来这个女的也不能说实话了。

"搜！"我对着其他人说道。

大家开始在网吧里搜寻起来，我们来的时候每个人都拿了一份资料，上面有于东峰这伙人的照片和体貌特征，根据我们掌握的情况于东峰平时戴着一副眼镜，但照片上的于东峰没有眼镜，所以增加了一些难度。

网吧的电脑一台挨着一台，几乎每个人的头上都带着一个大耳机，把脑袋挡住一半，我们只能从过道边走边看，七八个人全都分散在网吧里对着照片找人，不一会儿我就感觉网吧里嘈杂的声音陡然降低，就像是欢闹的教室突然寂静起来，只有一个原因，那就是老师来了。

不少人已经注意到我们在网吧找人，他们停下正在玩的游戏到处张望，网吧渐渐开始出现骚动，我发现有的人摘掉耳机，朝我们望过来，同时一脸狐疑的模样不停地在东瞅西瞧，还有的人开始拿起挂在椅子上的外套，慢慢地往自己身上穿。

情况不妙，我心里想，我现在最怕的就是网吧里的人不受控制，于东峰趁乱浑水摸鱼。他肯定是跑不掉，但如果提前发现我们并趁机销毁一些证据，那就麻烦了。我们到现在没敢声张，悄悄地把人控制住就是怕他发现，可网吧开始骚动了。

我知道这里肯定有很多人没登记就来上网，现在发现有人来检查心中发慌，这群小年轻脑袋一热，指不定会干出什么事情来，一旦四散奔逃，肯定会引起混乱。

"警察临检，都在椅子上老老实实坐着！谁乱动就查谁的身份证！"我拿出警官证，站在网吧中间晃了晃。

"警察，我要上厕所。"

还没等我说完，我身边一个看着瘦瘦的初中生摸样的人举手对我说道，我注意到他说话时正在把桌上的烟和打火机往兜里揣。

"上什么厕所！老实给我坐着！"我冲着他呵斥道。

"不行，我憋不住了，我要拉裤子里了，我不行了……"这人越说越来劲。

"警察叔叔，我也想上厕所……"

"我也憋不住了……"

没等我回应，四周顿时一片此起彼伏的上厕所呼声，有的人还站起来一边解裤带一边挥手，我知道这群小子上厕所只是一个幌子，目的是为了逃避检查，但是现在和他们说什么都没有用，如果更多的人都站起来，现场就要乱套了。

"都坐下，上厕所可以，但是得一个个来，你先跟我来！"我对着第一个提出要上厕所的人说。

这种情况宜疏不宜堵，我只得先把他们稳住，以免失控。我看到现在同事已经查了三分之一的座位，还没有发现于东峰的踪迹，接下来必须要保证现场稳定，我打算先稳住他们，于是同意他们上厕所，只不过要一个个地去。

在我眼里，这些来上网的人大多数都是小孩，逆反心理很严重，而且警察对这个年龄段的人没什么压迫感，你越不让他们做什么，他们偏要去做什么。这些孩子大半夜能出来上网，肯定都属于不服管教的那类人，但你同意他们的要求后，这群人反而没了主意，一个个面面相觑、老老实实坐下了。

"厕所在哪儿？"我问第一个举手的人。

"就在前面一拐弯。"他捂着裤裆子一边快步走一边说。

我顺着他说的方向看了下，前面有一个洗手盆，洗手盆左右各有一个通道，左边是一个门，我知道这是消防通道，推开后就是网吧后门，我们有人守在门口，右边挂着一个帘子，应该就是厕所。

"你等会儿，我和你一块儿过去。"我在这人刚掀开帘子的时候将他叫住，快步跟了上去。

这个网吧是一层的公建，来之前我们对地形进行了调查，网吧在装修的时候已经将公建的窗户都堵死了，只留下一前一后两个门，但我记得在外墙那里看到有一扇可以推拉的小窗户，这个窗户半米见方大小。往外只能推开一条缝，一个正常人根本挤不出去，但我觉得凭着这小子的身形咬咬牙似乎能从窗户挤出去。

可别因为上网没登记，结果从厕所跳窗受伤了，我心里想，便跟了上去，在他进厕所的一瞬间从后面把他肩膀按住。

"不用……不用吧，警察叔叔……我就上个厕所……"这人的裤子已经解开，裤衩都露了出来，被我拉住站在厕所门前。

"我不进去，就在这里看着你，你快去吧，后面那么多人等着呢。"

这人推开门走进厕所，门上拴了个回弹皮筋，我用脚顶住门盯着他。这个网吧只有一个厕所，是男女通用的，里面设了三个厕位，都是独立的。这人进了厕所伸手想拉第一个门，但是手还没放在门上便停下了，接着他顺手将第二个门拉开，探身进去。

他这个停顿的动作被我看在眼里，厕所还有人？我走了进去，看到第一个门上标志是绿色的。这种厕所门里面有锁，是那种旋转式的，你在里面把门扭一下锁上的同时，外面绿色的标志也会随着旋钮转动变成红色，以告知厕所有人使用。

但这厕所上的门是绿的，他为什么不使用呢？我走进去用手轻轻拉了一下门，门动了一下，但是明显被里面一股劲拽住了。

里面有人！

"把门打开，警察检查！"我用手敲了敲厕所门。

里面毫无动静，这不正常，这种情况里面的人至少也应该回应一声。

"开门！"我一边大声喊一边用手敲门，可里面还是一片静默。

我知道这么敲肯定没什么用了，看来里面这人铁了心不想出来，但是被我堵在厕所里也没其他出路，为什么非要藏在这里呢？我顿时想到一种可能，里面的人是在拖延时间！这个人就是我们要找的人！只有他才有拖延时间的需要，用来处理他手机中的犯罪证据。

想到这里，我顾不得许多，后退一步抬起脚冲着厕所门狠狠踢过去，这里的厕所门只是一块木板子，里面有一个塑料凹槽将门卡住，这样门只能被人往外推。我用力一脚踢上去，只听哐当一声，门被踢开了，里面的人也是猝不及防，连人带门被我踢倒在厕所里。

这人身子倒在厕所里，一只手拽着门把手，另一只手握着手机，手机屏幕一闪一闪的，一个灰黑色框的眼镜歪歪扭扭地挂在脸上，我一眼就认出他了——于东峰！

"你小子藏在这里，我是警察，给我老实点！"我借着这股劲往前一步，一只手按住他的胳膊，用膝盖将于东峰顶在厕所里。这时我同事也听到厕所的动静，李云鹏第一个冲进来。于东峰在我压下去的时候还想挣扎一下，用手把门板往我身上推，但是李云鹏从后面拉住于东峰的腿，和我将他的人和身上的门板一起从厕所里拉了出来。于东峰看到不止一个人时才停止反抗，只见他奋力抬起手想把手里的东西往地上砸，但被我扭住了胳膊，手机从手里掉了出来。

手机屏幕显示正在勾选短信，但还没来得及删除，看来于东峰没想到我会直接将门踢开，他以为还能坚持一会儿。

和我想象不太一样的是于东峰被抓后很镇定，起初他还挣扎了一下，但发现毫无机会后便没有继续反抗，很配合地戴上了手铐，唯独与我抓的其他罪犯不同的是，自始至终他都没说一句话，即便我问他的名字，他都闭口不答。

于东峰被抓住了，我们将他从厕所带了出去，这时我想起来刚才要上厕所的那个人。

"你上完厕所了吧？"我从后面拍了拍他的肩膀问道。

从于东峰被抓到带走大约过了五分钟，这个人还站在里面不动，想起他之前的表演，再加上于东峰手机里没来得及删除的短信，我心里已经有数了。

"啊……上完了……"这人抖了抖裤子回应。

"既然上完了，那么跟我们走一趟吧。"我一把将他从厕所里拉出来。

"我？我去干什么？你们找我干什么？"他踉跄了两下有些惊慌道。

"找你干什么？刚才我们抓的人你认不认识？"

"认……认识，是这个店的……老板，对吧，我经常来上网……"

"还胡说八道！"我一把将他胳膊别到身后，将他的身子扭过去，脑袋顶在墙上，从他兜里摸出一部手机，输入于东峰的手机号码之后只见显示出的名字是峰哥，果然是一伙的。

这小子是知道于东峰在厕所的，他刚进厕所的时候大声地喊警察时我并没在意，可是他没去拉第一个门就知道里面有人，这才引起我的注意。在抓住于东峰之后我明白了他是想报信，只不过弄巧成拙，反而把于东峰暴露了。

不过这小子的操作倒是给我提了一个醒，那就是网吧里也许还有于东峰的同伙。我回到网吧用这人的手机群发了一条短信，果然发现上网的人里面有几个人的手机响了起来，经过确认都是收到短信的，就这样，我们从网吧一共带走了十一个人。

在返回的路上，我得知其他抓捕小组都很顺利。按照计划，涉案人员全部到案，一共抓获二十三人，于东峰手下的三名得力干将都被抓住了。

我们十几台车浩浩荡荡地返回市委党校，这里已经变成了专案组办公地点。

我远远地就看到宋大和曲局都在党校门口等着我们。

"没想到这么顺利。"我下了车对宋大说道。

"说实话，我心里也没把握，毕竟一切太仓促了，很多工作都没做，不过结果还不错。"宋大本来面露微笑，但他朝曲局看了一眼后，笑容立刻凝固了。

"咱们哪还有时间做工作？无论如何，今天必须将这伙人全部抓住！不然出了这么大的事情怎么交代？"曲局此时是一副严肃的表情。

"现在至少人全抓住了，不是吗？"

"抓住只是个开始，立刻展开突审！必须要把这起案件查清楚！把参加审讯的排好时间，一个个轮流上，把他的嘴撬开，到明天，噢不，今天下午一点为准，把我排在审讯组最后一个，我给你们当守门员！"曲局说。

"您也要参加审讯？"宋大有些惊讶地问。

"必须把案子审出来！"曲局瞪着眼说，他眼睛里充满了血丝，是愤怒导致血压升高眼底充血，眼球几乎要突出来了，红彤彤的在夜里看着挺吓人。

"刘队，带着你的人先去休息，八点准时起床，今晚让重案二队和三队上。"宋队匆匆地进行安排。

大家将涉案人员押解进了临时设立的审讯室，此刻不只是曲局，大部分的人表情都很凝重，我们都知道抓捕只是一个开始，接下来的工作才更重要。

回到屋子，我设了早上八点的闹钟，显示五个半小时后响铃，我知道这是自己能休息的最多时间了。

凌晨两点半，我们对于东峰犯罪团伙成功进行了抓捕，可这是一次仓促的行动，因为我们现在背负着沉重的压力，迫不得已才临时决定对这伙人采取措施。就在四十八小时之前，罗泽市发生了一起重特大案件，有两人在万和之声KTV被杀，一个是保安，另一个则是刚到万和之声担任总经理不久的马和平。

一案两命，在这几年算得上是恶性案件，而且现场极其惨烈，两个人都是被人用刀捅死，一刀插进前胸，一刀送进后背，贯穿心脏，当场毙命。这种赤裸裸的杀人行为似乎是在向我们示威，凶手已经视法律如无物一般。

限期破案，这是市局下达的指示，必须将凶手绳之以法。

在接到报案的二十四小时之内，我们刑侦大队全体参战，除了技术中队负责勘验现场之外，其他人全都在围绕死者的关系做侦查工作。

马和平的身份很特殊，他本来一直在万丽豪盛KTV当总经理，是大山的左膀右臂，但是他恰好在大山出事的时候跳槽到万和之声，而且他直接将万丽豪盛的客人带了过去，导致大山的KTV根本无法经营下去。马和平走了之后，再没人帮大山维持经营，万丽豪盛门庭冷落多时后，现在已经是停业状态。

万和之声的生意越来越好，一个是万丽豪盛KTV关门没人抢生意了，另一个就是马和平经营有方，虽然万和之声的老板小兵被抓，可是对于生意没有任何影响。就在这时，马和平在店里被杀，可以说，明眼人都知道这件事肯定另有蹊跷。

杀马和平的凶手肯定与他有仇，这类仇杀案件侦办起来并不难，只要把死者的关系网查清楚，凶手肯定会露出马脚。我们知道罪犯就在他的关系人之中。

可是我们在经过一天一夜的调查后却没发现任何线索，当天所有和马和平有联系的人都没有作案时间。事发当晚，马和平一共见了八个人，都是来KTV玩的客人，等马和平再被人发现的时候已经死了，死在KTV里面。

案件十分蹊跷。

马和平死在经理办公室，坐在办公椅上被人一刀贯穿胸口，技术中队做完现场勘验后，我们发现了好几个可疑的地方。

第一个疑点是马和平死的位置，根据现场的痕迹来看，在办公椅周围没发现任何血迹，说明凶手不可能在杀人之后再将马和平移动到办公椅上，他能坐在办公椅上说明毫无防备，不然无论如何他也应该起身。可是马和平总不能面对掏出刀的凶手一动不动吧？即便凶手是突然袭击，马和平也不至于一点都不反抗吧？但我们发现他的手腕胳膊连瘀青都没有，似乎是老老实实地坐在椅子上等凶手捅过来，这太可疑了。

第二个疑点是现场的血迹，正常来说心脏被捅破，血压会导致血液喷溅出来，但现场却没有喷溅血迹，我们只在马和平的衣服和椅子下发现大量的血。这说明凶手在行凶的时候做好了预防，不然的话，喷溅血会沾染到他身上，但如果凶手做预防的话，就更没办法进行突然袭击了，我们想不通马和平为什么会束手待毙般地等死？

第三个疑点是当天晚上万和之声的所有监控摄像头都失灵了，经过现场勘验，我们发现监控数据线被拔断一根，这一根的选择也很特别，断开的是连接储存器的那条线。也就是说，当天晚上在监控室能看到各处的影像，但却没有储存功能。

万和之声一共有二十多个摄像头，我曾经去过监控室，每个摄像头都连着一根线，这些线最终都汇集到监控室，数据线十根缠成一卷，好几卷线堆在一起放在监控器后面，能从这里面选出那根连接储存的线把它剪断，可以说就算是专业人士也不一定能在短时间内完成这个工作。

但恰好那根线就被剪断了。

最后更让我们惊讶乃至愤怒的是，另一个被杀害的保安就是事发当天负责在监控室值班的人，可是他却死在了KTV外面，在后门往外走两米的位置，从背后被人捅了一刀，就像是暗杀一样。

一个负责在监控室值班的保安为什么会去后门？在他的手机上，我们没找到任何通话记录，而我们问遍了KTV的其他工作人员，没人注意到这名保安。

我知道保安被杀肯定是与凶手割断监控室的数据线有关，但他为什么会死在KTV外面？难道他与凶手也认识？难道凶手就是KTV里面的人？那么他的作案动机是什么？我们问遍了服务员，也没人提出店里有尖锐到可以杀人的矛盾呀？

我们以这些疑点进行推断，所有人都不难得出一条结论，凶手肯定与死者熟悉。虽然我们现在没查清作案的详细过程、作案的动机，甚至是作案的手段，但我们能锁定凶手肯定是寻仇，想尽快破案，我们只能从他的仇人入手开展调查。

马和平作为一个KTV的经理，对他来说，朋友就是摇钱树，他平时很少得罪人，到目前为止他做得最过分的一件事就是背叛大山，抛弃万丽豪盛KTV转投到万和之声。

马和平唯一的仇人就是大山，那么他同样也是于东峰的仇人，于东峰为了万丽豪盛KTV的归属已经与丁绍敏和王笑撕破了脸，而我们也调查了万和之声KTV的现状，目前是王笑在后台支持，马和平只是摆在前面的幌子。

杀死马和平对于东峰来说，一个是为大山报仇，另一个也是打击王笑和丁绍敏，虽然我们现在没有掌握实实在在的证据，可根据情况分析，于东峰肯定脱不了干系。

局里已经组成了专案组对于东峰的犯罪事实进行调查，经过一个多月的工作，专案组掌握了于东峰的一些情况，这个人开设连锁网吧的历程就是一次次的强买强卖，利用各种手段威逼利诱其他网吧经营者。

但于东峰很会选择目标，他总会看似给对方留一条后路，让对方老老实实地按照他的计划走，最终的结局就是把对方逼离罗泽市，这导致我们在取证时异常困难，三个网吧的经营者分别在全国三个不同的省份，而且在接到我们的电话时心有余悸，不愿意和我们见面。

本来宋大打算以我发现、获取的那起案件线索为基础，慢慢进行调查，扩大工作范围，将于东峰这伙人的犯罪情况摸清楚，结果在案件调查的关键时刻，万和之声KTV两人被杀，震惊罗泽市。

市里要求限期破案，为此我们只好仓促更改了计划，以命案侦破为主，提前对于东峰进行抓捕，这才有了之前开展的大行动，一举抓获二十多名犯罪人员。

八点的闹钟准时将我唤醒，我感觉自己似乎是刚闭上眼睛天就亮了，我一下子从床上坐起来，穿上衣服怀着期待匆匆来到六楼会议室，不知道情况怎么样了。

宋大在会议室里正在看笔录材料，他手里掐着一根烟，烟头即将被烧尽，形成了一条长长的烟灰，看来他已经很长时间没抖烟灰了。

"笔录材料取出来了？"我看到笔录材料有些兴奋地问。

对于这种重特大案件，我们都是做好了审讯十几个小时的准备，至于笔录根本不着急做。这类案件，我们都是先把事情问清楚，把案发过程查清，等犯罪嫌疑人交代得差不多了，这时才开始做笔录口供，所以只要看到笔录取出来，那么就说明案件基本上查清楚了。

"对呀，于东峰说的不含糊……但是……唉……"宋大说着叹了一口气，他想抽一口烟，结果烟卷上挂的烟灰一下子全掉在了桌子上。

"怎么了？口供不是取出来了吗？"我拿过笔录来翻看。

笔录一共做了十三页。在笔录里，于东峰详细说了丁绍敏如何安排人威胁拆迁住户，如何帮助别人暴力抗迁，如何组织其他人参与打架，如何与自己约定殴斗地点……于东峰对于自己的犯罪行为只字不谈，通篇供述全是讲丁绍敏的罪行。

看到这份口供，我也是愣住了。说实话，于东峰的供述很详细，几乎把我们想要追查的有关丁绍敏的犯罪情况都说了出来，可以说是一次神助攻，但我们现在要追查的是于东峰的犯罪事实，尤其是马和平被杀的案件。根据我们的推断，这件事肯定和于东峰有关，但于东峰对此闭口不谈。而且不光是马和平被杀的案件，对于自己的犯罪，于东峰也是只字不说。

现在我们面临了一个难题，那就是接下来该怎么办？这次提前抓捕是为了调查万和之声杀人案件，可于东峰却提供了关于丁绍敏团伙的详尽犯罪事实，如果我们现在根据于东峰的供述顺藤摸瓜进行调查，用不了多久就可以对丁绍敏这伙人进行抓捕，但这样的话，就错过了杀人案件的黄金侦破时间。

可是于东峰的供述我们又不能不管，犯罪事实摆在眼前，我们必须要有所回应。把这两伙人抓住起诉审判就是专案组的最终目标，现在机会摆在眼前岂能错过，怪不得宋大万分纠结，这种情况一时间无法取舍。

我看到宋大点了一根烟，只抽了两三口，整支烟迅速化成了灰，一根烟已经满足不了他的需求，刚掐断后不过几秒钟，他又反射似的点了一根，我感觉除了口鼻，连他的眼睛和耳朵都在往外吐烟气。

"刘队，你说接下来怎么办？"憋了半天，结果宋大反而来问我。

"杀人案必须要查，但是现在有这么好的机会也不能放过，一旦于东峰被送进看守所，他的口供流传出去，只怕丁绍敏提前做好准备，咱们以后工作就麻烦了。"

"这不是废话嘛！问你也是白问。"宋大几口又抽尽了一根烟。

"行了，你别点了。"看到他又要点烟，我拦了一下，我能听得出他声音都变了，估计嗓子被烟熏得也快肿起来了。

"我也是两面都不想放手！"宋大把拿出来的烟塞了回去，看着我说。

"那你想怎么办？"

"这个命案交给你？"

"我自己？"

"再加几个人。"

"加几个人？"

"最多四个，多了我也没有。"

"限期破案这个条件也要加？"

"那是必须的。"

"那我可不敢保证能限期破案……""破案了给你放一个月的假。"

"要是破不了呢？"

"行了，别那么多废话，我相信你。"

"我都不相信我自己……"

"你最好再回现场看看，这案子肯定是熟人作案，技术队的人只会根据现场情况提取物证，说不定什么犄角旮旯里还会有证据呢，去吧，去吧。"

宋大像下了逐客令一般，一边挥手一边赶我走，我怀疑今天凌晨他在让我去休息的时候是不是已经做好了这个打算。

说好了安排四个人给我，但我找了一圈人，发现大家都在参与审讯。我知道宋大还是把破案押宝在审讯上，只要能在于东峰的供述上有所突破，案件肯定会有进展，但宋大又不想放弃犯罪现场的工作，所以才单独把我派回来。

如果审讯不利，那么我就成了这起案件侦破的唯一希望。想到这儿，心里不禁有了压力，在工作这么多年后，这种熟悉的感觉再一次涌上心头。

我一个人开车回到万和之声KTV，打算在现场好好转一圈，看看能不能找到什么线索，一个凶手连续杀害两个人总会留点什么东西吧？他是怎么混进KTV的？为什么我们问遍当天KTV的工作人员，他们提供不出一个可疑的人呢？我将车停在附近，一边往现场走一边琢磨。

万和之声KTV已经被关闭，门前拉上了一条警戒带，门上还贴了一张封条。我走近时看到门上的封条开头了，而大门也虚掩着露出一条缝，有人回到KTV了？我心里想，没等我到门口，只见大门被人从里面推开，两个人低着头从封条下面鱼贯而出。

走在前面的是王笑！万和之声KTV现在的负责人。在小兵被抓后，他才出面进行管理。

"王总？你怎么把封条撕开了？"我问道。

"刘？刘队？……我，我回来拿点东西，有些账目需要给股东看一下，你们的动作太快了，昨天我还没来得及拿东西，你们就把店门封上了。"王笑说着拿出一个袋子，我看到里面装着账本和几个pos机。

"那你也不能擅自开门呀？里面现场被破坏了怎么办？"

"你们不是都勘验完毕了吗？事发后，我一直在店里陪着，我看他们趴在地上一寸一寸地拍照，这些拍照的地方我都没去，我刚才就去了趟会计室。"王笑边说边比画着拍照的姿势，他略显肥胖的身子扭来扭去，显出一副滑稽的模样。

小兵被抓之后，王笑便成了KTV的负责人，对于整个KTV的状况，除了被杀的马和平之外，最了解的人就剩下他了，没想到能在这里遇到他，我心想正好通过他了解下马和平的情况。但我在脑海里回忆了一遍，在侦查这起杀人案的时候，我们几乎把KTV所有的人都找到问话，在问话时都做了一份笔录，可是我在翻看笔录时没注意到有关于王笑的。

也许我在翻看时漏掉了？为了这起案件，整个刑侦大队全员上阵，一共六十多个人做了一百多份笔录，而我只是在今早匆匆地翻看了一遍。

"案发之后有人给你录口供吗？"我问道。

"有呀，是王警官给我录的口供，那天晚上我一直在KTV，没发现有什么异常的情况……"

"哪个王警官？我好像没看见你的笔录，正好我还有点事想问问你……"

我正说着，只见从KTV的大门里又钻出来一个人。这人和我差不多高，但是要比我壮一些，肤色黝黑，圆脸短发，眼神呆滞，看着一副呆若木鸡的样子。出来后，他似乎没看见我，起身便往外面走。

"咦？这人是干什么的？他怎么也进去了？"我说着上前一步用手拉了下这人的肩膀，结果没拉住，这人毫无反应般地继续往前走。

"哎、哎，刘队，这是我新雇的司机，我让他来帮我搬东西。"王笑拦了我一下，将手中的袋子递过去，这人愣了愣，接过来转身又走了。

"新雇的司机？"

"对，叫有利，脑子有点不好用，小时候受过伤，但这人开车稳当，还算是我老家那边的亲戚，过来让我给关照一下。"王笑又拉了我一下，用手指了指脑袋小声对我说。

我看着这个人径直走到不远处的一台奥迪车旁，上了驾驶座位，这台车是王笑的，车牌号前两位是WX，正是王笑名字的拼音缩写，看着确实没什么违和感。

"你跟我回大队一趟，我有点事情想问问你，关于案件的。"我说。

王笑这个人和丁绍敏关系密切，他也是我们下一步的打击对象，所以我不能把他带到专案组的办公地点，以免被他觉察，去大队是最好的选择。

"刘队，我这个账本得先送到公司，那边着急要。现在场子封闭不让我们开业，但是雇的人还得开支呀，对不对？"

"公司？在哪儿？"

"不远，就在万德大厦，我送完账本就去大队。"

"我和你一块儿过去。"

王笑这个人看似说话和气，温文尔雅，一副人畜无害的样子，但其实都是信口开河，根据我对他的调查和了解，这个人说的话半句都不能信。别看他现在答应得好好的，转身离开后肯定不会再在我面前出现，但现在我没法给他使用强制措施，以免打草惊蛇，所以只能盯住他，亲自把他带回到大队询问。

王笑的车走在前面，我在后面跟着。我跟得很紧，生怕他突然加速把我甩开，但是他的车开得很稳，一路上几乎是匀速前进，不一会儿便到了万德大厦。王笑的车子停到了门前，他从车上下来小跑几步。

"刘队，你和我一起上去吗？"

"走。"我也下了车。

万德大厦是一座写字楼，一共有三十层，中央大堂四部电梯，两部低层，两部高层。王笑在门口做了一个登记，我俩走到电梯时，刚好有一部高层梯子到了。

"等会儿刘队，这个别上，之前坏过一次，经常卡在半空不动了，坐这个不安全。"王笑拦住我说，我看到电梯门打开时里面电梯间确实晃动了几下，便跟着他等着坐了另外一部电梯。

王笑的办公室在二十四层，下电梯后，他带着我来到所谓的公司，就是一个租用的写字间，门上贴着一个什么商贸公司。王笑推开门后，对我做了个邀请的手势。

"刘队，进来看看，我给你泡杯茶。"

我走进屋子，这间屋子挺大，大约有二百平方米，中间摆着一件玉石白菜，里面有六张办公桌，上面都摆满了东西，再往里还有个挂着"董事长办公室"的屋子，王笑用钥匙打开里面的屋门邀请我进去坐坐。

"不用坐了，你赶紧把东西放好，咱们回队里。"

"我这儿还得等一小会儿，你先喝杯茶。"王笑说着把我让进屋子，从桌子下面拿出一个茶杯，熟练地拿出茶叶并泡上水，顿时一股茶香飘逸出来。

我坐下喝了一口，打量了下这间屋子，一个大方桌上面摆着笔筒和本，还有一部pos机，旁边墙上挂着一幅万事和为贵的字匾，后面还有一棵招财树。

"你这个公司是办什么业务的？"看着桌上的pos机我问道，pos机上面还有一张打出来没撕下来的单据，上面写着一笔二十万元的转账，收款人是陈××，出票的时间是昨天。

"这个陈××是什么人？你给他转账二十万元做什么？"看到这种转账，我总是情不自禁地想刨根问底。

但是屋子里一片寂静。

"王笑？你人呢？"我突然反应过来，从董事长办公室冲出来，可是屋子里哪还有王笑的影子，他人跑了！

这小子竟然真跑了！怪不得他非得让我进董事长的屋子喝茶，原来就是想找机会跑！我从写字间冲出去，看到电梯显示正在下降，刚过二十三层。我急忙按旁边另一个电梯，结果发现旁边的电梯停在八层不动了。

难道王笑说的这电梯容易坏，这就坏了？这时我知道指望不上电梯了，立刻转进楼梯间开始往下跑，我抓着扶手几乎是一步三阶地往下跳，但无论如何也没有电梯快，我一口气跑到了八层，这时看到另一部电梯停在那里没动，而王笑坐的电梯已经到地下室了。

等到我气喘吁吁地跑到一层，门前早已不见了车的踪影，王笑就这样跑了。

事情有些不对，这一切也太巧合了吧？王笑想偷着溜走的时间很短，从我发现再冲出来只不过五六秒钟，而他正好上电梯离开，如果电梯晚来一会儿我就把他堵住了，难道他就是想赌一把？赌电梯正好在二十四层？

会不会是有人接应他？想到这儿，我来到万德大厦的物业办公室，打算看看王笑逃跑时的情形，结果刚走到办公室门前就与从里面出来的物业人员撞了个满怀。

　　"我是警察，想看一下电梯的监控。"我拿出警官证说。

　　"电梯？刚才电梯里有人求救，说电梯被锁住了，我们正要去看看。"

　　"锁住了？"

　　我跟着物业人员来到大厅，物业人员轻轻一扣电梯闸门，上面的盖子就掉了下来，我发现坏掉的那部电梯的钥匙口被转动了一圈，原来停在八层的电梯是被锁住了。

　　物业人员重新启动了电梯，八层的电梯这才缓缓上升，恢复了正常。

　　"你把整个大厅的监控都给我调出来！"我来到物业的值班室说道。

　　我看到在监控录像中我和王笑来到大厅等电梯，王笑没让我坐那部坏掉的电梯，这部电梯下沉到地下室，接着我们上了另外一部电梯。我继续看下去，坏掉的电梯返回一层，一个男的从里面走出来，是王笑的司机有利！只见他用手轻轻地扣了下电梯闸门的盖子，从兜里掏出一个东西插进了钥匙孔，然后看着电梯升到八层后使劲一扭，电梯就停住了，接着他上了另外一部电梯。

　　我转到电梯间的监控录像，看到有利按下二十四层，等电梯停住后用手扒住电梯门，这样电梯就停住不动了。过了不到一分钟，王笑快步跑过来上了电梯，有利一松手电梯门便关上了，接着两个人直接下到地下室。

　　原来这一切都是有利干的！他俩肯定是在车上就商量好了，先是由有利弄停一部电梯，防止我追上去，然后再用另一部电梯接王笑，这一套动作做得可谓行云流水毫不拖沓。

这个有利是什么人？从他撬开电梯盖子的熟练程度以及停电梯的决断力，不像是一个普通的司机。不过，我看接王笑的时候，有利按下了二十四层和地下一层，这是他留下的痕迹。金属表面的指纹停留时间有限，而且在电梯间这种特殊的环境里，每个按钮都被无数人按下过，我也只能试一试了。

我急忙向物业人员要了一卷透明胶。返回到电梯间，将二十四层和地下一层的按钮用胶带使劲粘压住。这时候，如果能有技术队的人带着设备在就好了，我心里想，但这是不现实的，现在全大队的人都在主攻于东峰这伙人，再没有能分出手帮忙的了，好在这是刚按下去的指纹，我举起透明胶带放在灯光下能隐约看到一些纹路。

我拿着指纹回到现勘室（现场勘验实验室），只剩下一个刚毕业不久的年轻人在留守，我把胶带交给他，过了一会儿，他告诉我从上面提取出了最明显的两个指纹。但是由于其他纹路太多，这个指纹受到一定影响，虽然他删减了一些不合理纹路，但也许还有其他影响比对效果的。

技术员告诉我如果纹路不清晰，还可以选出重点部位进行比对，但被多余纹路冲乱的话，那么比对时间就长了，说不定几天才能出结果。

"行呀，几天就几天吧，只要能查出这个有利到底是谁就行！"我叹了口气说道。

离开技术队，我下楼转到情报大队，想看看能不能找到几个帮手，这时我发现石头在屋子里，一问才知道他现在负责对被抓的这伙人进行信息研判，所以才没有被宋大抽调走。

石头看出来我心情有些郁闷，问我发生了什么事。我本想和他说说排解一番情绪，但一想起来能被一个人从眼皮子底下溜走，这让我有些难以启齿，说直白点，这事太丢人了。王笑这种胖子就算让他先跑个几百米我都能追上他，结果就这样被他耍了个计策跑掉了。

"没事，谁还没经历过点挫折，到底发生什么事了？"石头继续问我。

我简单把事情的经过和石头说了一遍。

"你既然到了王笑的办公室，为什么只把电梯里的指纹取出来了？办公室呢？"石头问。

"我……"听他这一说我也蒙了，王笑的办公室里肯定还有其他信息，我怎么就没继续检查一下呢。

"快，你现在赶紧回去，别让他们把门关上，我去开搜查证！咱们在万德大厦会合。"石头说道。

经过石头这一提醒，我急忙往回赶，上了车奔向万德大厦，这时手机响了起来，我看了一眼是值班室打过来的电话。

"是刘星辰吗？"

"对，是我，请问是哪位？"

"我是值班室的老徐，有一封你的挂号信在这儿放了好长一段时间了，你怎么一直不来拿？本来我想让人给你带到办公桌上，可是这几天队里怎么一个人都没来，都休息了吗？"值班室的保安说道。

"大家都在外面办案呢，什么挂号信？"

"是法院的信件。"

"你给拆开，念给我听吧。"

"是一个什么函，范斌故意伤害案件开庭审讯……"

"开庭？范斌的案件开庭了？怎么这么快？"我有些惊讶，范斌就是小兵的真名，他是在钱旭达投案自首之后被我们抓进去的，怎么这么快就开庭宣判了？

虽然这起案件比较简单，可是根据惯例，案件在公安机关起诉后，检察院还会有一个月的侦查时间，然后法院开庭也会在一个月之后，如果案件复杂，时间还会拖到几个月之后。我又问了下这封信件的时间，是我前不久出差时送到值班室的，距今已经快两周了。

"这个函上还写了什么？"我继续问。

"上面写邀请办案机关去旁听。"

"旁听？他们搞什么名堂？"

我参加过几次法院组织的旁听，但都是重特大案件或者是社会影响极坏的案件，有些时候我们还需要坐在证人席位上，根据法官要求做一些案件侦办过程中的陈述，也是彰显法律威严，实锤罪犯的恶行。像范斌这种很多年前的故意伤害案件，事实明确，犯罪清楚，没必要让我们去旁听呀？而且需要旁听之前，法院都会打电话通知我们，发函只是走一个表面形式而已，到现在我也没接到过电话。

公安机关对犯罪处置的最后一步是将案件起诉到检察院，然后由检察院对罪犯提起公诉，案件送至法院进行审判，与我们对接的最后一环仅仅是到检察院，到现在我都很少和法院打交道。

挂断电话，我立刻给检察官拨打过去，我想知道小兵这个案子现在是什么状态，法院不会无缘无故发一份函件过来，这里面肯定还有其他原因。

"喂？是张检吗？我是刘星辰。"张检与我对接多年，主要负责重特大案件的诉讼，后来这类案件逐渐变少，张检便成了对接我们整个刑侦大队的检察官，我们侦办的案件送到检察院后都会到他手上。

"是刘队呀，什么事？"

"我想问一下，之前送到你们那儿的一起故意伤害案件，犯罪嫌疑人叫范斌和钱旭达，现在这起案件是什么状态？法院宣判了吗？"

"哦，这起案件呀，宣判了，当时法院还给你们发了一份函件，邀请你们出庭。"

"没人打电话通知我呀？函件我才看见，这起案件怎么判的？"

"两个嫌疑人都被判了缓刑，因为在开庭前被害人翻供了……"

"什么？缓刑？被害人为什么翻供了？"我大吃一惊。

"那个叫明秀的被害人先找到我们，交了一份材料，然后又去找法院，根据他提供的情况，法院那边酌情一下，就给判了缓刑。"

"这事怎么没通知我们？！"

"当时想到这一点了，所以法院才给你们发了一份函，邀请你们出庭，也是想让你们看一下现场情况，我这边也录像了，可以把盘给你一份，我们在场也提出异议了，但是当时根据明秀说的话，法院确实可以酌情从宽……"

"行了，我知道了……"我没再继续和他争论，这个案件已经判完了，现在说什么也改变不了事实。

明秀这个人吃里爬外，我没想到他能在最后一刻又出来捣乱。对于这种故意伤害的案件，只要被害人提供谅解书，凶手再有主动投案的行为，也的确可以判处缓刑。在这起案件上，我们大意了。

"对了，张检，案件是当庭宣判的吗？具体是哪一天？"

"在函件上写了，7日开庭，当场宣判的。"

7日！听到这个日期之后，我感觉自己脑神经跟着一跳，宣判就在一周之前，小兵和钱旭达被判处缓刑，那么他们当场就被释放了，这么说小兵现在已经恢复了自由，而万和之声的马和平则是在9日晚上被杀，就在小兵被释放的第三天。

一个能对万和之声KTV了如指掌，能自由进出，还能准确找到监控室的连接线，可以在马和平和保安毫无防备的情况下动手杀人，所有的条件列出来后符合的只有一个人，那就是小兵！

我们一直把小兵排除在嫌疑人之外，因为我们以为他还被关在看守所里，谁知道他已经被释放了。那么小兵为什么要对马和平下手？万和之声是他的产业，难道他还能去祸害自己的生意吗？

此时我心中浮现出王笑那张人畜无害的脸，他在大山的KTV出事之前充了几万块钱会员，这让我们觉得大山的KTV出事与他没什么关系。但后来丁绍敏出面抢夺KTV，王笑从中起了关键的作用，如果不是于东峰出面，现在万丽豪盛KTV就已经被他拿下了。

而王笑现在又张罗操办本属于小兵的万和之声KTV，我不得不怀疑这又是他的一出计谋。王笑这个人心思缜密、行为阴险，所有的事情他都藏在最后，那么他如果想把万和之声KTV拿到手，也需要一个在前面冲锋陷阵的人。

这个人就是马和平。

马和平从万丽豪盛跳槽到万和之声让所有人都知道他背叛了大山，但如果细想一下，也许马和平本来就不是大山的人，他早就和王笑他们一伙了，没有马和平的话，万丽豪盛KTV也不会遭到这么严重的打击。这样的话，他扔下万丽来到万和就合情合理。

同样的事情，他们也可以再做一遍。在小兵被抓之后，他们运用手段想将万和之声KTV纳入掌中，而作为总经理的马和平肯定起到了关键作用。小兵被关在看守所这段时间全指望着马和平在外面维持经营，但马和平却和王笑他们一起操弄KTV，说不定现在KTV的股权已经易手，小兵什么都没有了。

这件事只要查一下或者打听一番就能弄清楚，如果万和之声的股权发生变化，那么小兵就是最大的嫌疑人。查股份的方法很简单，KTV大部分营收都是刷卡结账，而这笔钱银行需要转到企业账户，如果股权发生变化，那么企业账户也会发生变化，之前我们侦办案件的时候与银行已经建立了联系，我拿起电话打给银行。

几分钟时间，银行就给了我反馈，万和之声的企业账户改动了。在小兵被抓进去后不久，万和之声向银行申请将原本的企业账户改成了个人户头，户名姓陈，具体信息看不到，因为我们之前提供的查询手续没包括个人账户核查。

银行提供的信息账户户名姓陈……我顿时想到刚才在王笑办公室的pos机上看到的单子，上面的汇款，账户就是陈××，虽然只是姓氏相同，但我猜测这两个陈肯定是同一个人，这件事又是王笑暗中策划的，不然他不至于看到我后仓皇逃走。

那么王笑返回万和之声KTV是要做什么？我后悔当时应该检查一下他带着的东西，说不定就是与案件有关的。

想到这儿，事情就变得明朗了，如果小兵被释放，那么凶手肯定是他，马和平被杀也变得合乎情理，但死去的保安最无辜。也许他只是发现小兵将监控线切断，然后小兵把他从KTV后门带出来，趁其不备杀人灭口。

我把车停在路边，整理了一下思绪，现在事情变化太快了，我开始犹豫还要不要去万德大厦，现在应该将追查小兵的踪迹放在第一位。

但搜查王笑的办公室也很重要，也许会找到他和小兵交恶的证据，或者是他和马和平一起图谋转换KTV股权的协议，这样小兵的犯罪动机就明确了。

万德大厦就在不远处，石头还没到，我得等他拿着搜查证才能对王笑的办公室进行搜查。我在车里一边等石头一边琢磨，这时手机又响了，是现勘室打过来的。

"刘队，指纹比对出来了。"

"这么快？你不是说需要很长时间吗？"

"这个指纹虽然有残缺，但是在全国违法犯罪嫌疑人库中有记录，他有前科，所以一下子就比对出来了。"

"有前科？什么前科？他叫啥？是干什么的？"我一听连忙问道。

"显示指纹特征人姓名叫徐超，涉嫌一起故意伤害案件，犯案时间是三年前。"

"徐超？我怎么感觉好像听过这个名字呢？你帮我查一下这个叫徐超的目前状态？"

"稍等……我看一下，徐超……身份证号码……嗯，有了，咦？刘队，这个徐超在前几个月被拘留了……"

"拘留？！哎呀！我想起来了。"我一拍大腿说道。

怪不得我感觉好像在哪儿听过这名字。几个月前，我们侦办一起故意伤害案件时抓的嫌疑人就叫徐超，而且警务平台上显示这个人已经被拘留，说明指纹比对出来的就是我们抓住的那个徐超。

不对呀？徐超被我们抓住了，现在还被关押在看守所里，而我亲眼看见这个叫有利的和王笑在一起出现，从有利在电梯里留下的指纹却比对出了徐超，这是怎么回事？有利和徐超肯定不是一个人，因为徐超还是我抓住的，对他很熟悉。

一定是套用身份了！但为什么有利会套用徐超的身份？难道他和徐超认识？我们在抓徐超的时候，他自称只是一名司机，可是那起案件很邪门，通过监控我知道这可不是一般的凶手，在十几秒之内将被害人手脚挑断，手法娴熟，心思缜密，而且最终还逃到境外。

我现在突然有种感觉，能和徐超产生联系的人恐怕都不是什么好人。想到这儿，我急忙拿起电话给石头打过去。

"我在路上了，刚拿到搜查证……"石头还以为我在催他。

"你别来万德大厦了，现在立刻拿着提讯证去看守所，问清楚为什么我用有利的指纹比对出徐超的身份，而且是三年前的一起故意伤害案件。你一定找徐超问清楚，他肯定认识有利，我感觉这个人很危险。"

听我简单叙述完，石头也意识到问题有些严峻，他和我一样，在听到徐超这个名字后立刻想到那起挑断手脚的案件。经过事后调查，这两名凶手都是境外人员，而他们的入境登记都是徐超办理的。

故意伤害案件的指纹肯定错不了，这个是有利的指纹，但是却留下徐超的身份，最大可能是有利借用了徐超的身份，难道有利也是境外人员？我又想起有利帮助王笑逃走的过程，更加坚定了心中的想法。

立刻找徐超问清楚，徐超肯定知道有利的真实情况！可现在我身边没有更多的帮手，石头去提审，我还得再找一个人带一份搜查证过来，或者是我自己回到局里开一份搜查证。

专案组现在侦查的是两个犯罪团伙，他们需要搜集大量的证据和口供，而这起故意杀人案只是这两个团伙涉嫌犯罪的其中之一，由于命案有黄金侦查期限，所以宋大才专门让我来进行侦查，可是人手却没有配齐。

现在又只剩下我一个人在万德大厦门前了，我打算返回大队把到目前为止发生的事情和宋大说一下。除了小兵之外，我们还应该对这个有利增加关注，或者说要开始对王笑进行盯梢工作了，我有种预感，这个有利恐怕会干出一些出格的事情来。

我打开车子的转向灯，打算趁着马路上车流减少的时机直接掉头开回去，不过这时候车比较多，一时间转不过去。我在想是不是应该遵守交通规则，往前面开到一个有掉头指示灯的路口，这时一辆车从我侧面开过来，靠边停在万德大厦的正门，紧接着从车上走下来一个人，一边左右张望，一边钻进万德大厦里。

我一眼就认出了这个人，钱旭达！

他来干什么？这个时候他不应该大摇大摆出现呀？他不应该和大山一样躲起来吗？小兵要报复的人里面，除了马和平就应该轮到他了，毕竟当时小兵被抓是靠着钱旭达的口供。

但小兵被判缓刑了……我转念一想，虽然检察院说是明秀在庭上翻供，可是我没看到庭审记录，说不定钱旭达也和明秀一样，在庭上翻供了，这样的话，小兵说不定还得感谢他。

我急忙下车，跟着钱旭达进了万德大厦。

我看到钱旭达上了电梯，我没敢跟太近，怕他认出我，便转到监控室，我看到钱旭达坐电梯来到二十四层，径直奔着王笑的公司去了。我又转到走廊的监控，王笑跑的时候，我追出去没来得及锁门，这时候公司的门能被推开，我看到钱旭达走进去没过多久便出来了，然后拿起手机进了电梯。

我从监控室跑出来，躲在一楼大厅电梯间旁边，钱旭达拿出手机要打电话，但是电梯里没信号，他出电梯才能接通，也许我能听到点什么。

电梯停在一层，我听到钱旭达一边冲着电话喂喂地喊，一边走出电梯，摇了摇手里的电话开始说话。我轻轻地跟在他身后，这时从电梯里一起走出来三五个人，钱旭达的注意力又都集中在通话上，他没觉察出混在人群中的我，就这样我跟着他往外面走去。

"公司里一个人都没有，但是门却开着，看来跑得挺匆忙。"

"什么？他给你打电话了？你们约在哪里见面？"

"这样吧，我去找王笑，你去和他见面，但是你小心点，说不定他早就被王笑发现了。"

"你别开车了，现在外面所有人都在找你，我去接你……"

说到这儿，钱旭达已经走出万德大厦，我没敢继续跟上去，但是已经听到了关键的信息，那就是钱旭达要去接这个人，而这个人肯定就是小兵，因为外面所有人都在找他，只有小兵现在才有这个待遇。我只要跟着钱旭达就能找到小兵。

钱旭达的车子开动了，我远远跟在后面，这时我给宋大打电话。

"宋大，我找到小兵的下落了！你们赶紧过来！在哪儿？我也不知道在哪儿，现在车往西边开，你们先往这个方向来吧，我跟车呢！"

"嗯，随时保持电话联系。"

在我打电话这工夫，钱旭达的车子就差点看不见了，他开得飞快，我赶紧集中注意力追了上去。

车子一路开到郊区，在一家小旅社门前停住，接着一个人钻进了车里，虽然我没看清人脸，但是从身形来看，这个人就是小兵。他终于出现了，接下来把他抓住，一切就都清楚了，但是我现在孤身一人可不敢动手抓捕。现在我身上只有一副手铐，杀了两个人的小兵肯定是穷凶极恶的状态，对方又是两个人，我只能一路跟随等待增援。

支援我的那组人刚上快速路，距离我还有八九公里，以最快的速度赶过来也得五分钟以上，而且现在钱旭达还在开车移动，这段时间我只能靠自己了。我心里清楚，凭我自己，想把这两个人一起抓住是不可能的，眼下只要盯紧不让他们消失就行。

　　我继续跟着，钱旭达的车子开得很快，直奔新区而去。

16 大火并：杀人犯把警察给救了

经过有利这件事后，我被挫了锐气，虽然小兵开车撞有利算是救了我，可他是嫌疑人，这件事成了我心中过不去的一道坎儿。同样作为另一个嫌疑人的有利在我眼前被人生生撞死，这更让我感受到一种深深的无力感。

在罗泽市的北面曾规划并拓建了一大片新区域，当时命名为新区，可是后来招商引资并不理想，在这里工作的人也没有在此落户，下班后还是返回罗泽市内，所以这片区域在短短几年里从曾经的一片繁荣变成了一眼望去的萧索落寞。

我跟着钱旭达的车子一路追到了新区，马路两边时不时地能看到刚建了一半便停工的房子，有的只是搭了一个框架，房梁上的钢筋还裸露在外面。偶有几栋建成的大楼，能看到墙外只有零零散散的几台空调外箱机，里面住的人更是寥寥。

钱旭达的车子拐了一个弯后开始减速，开进了一个卖场的停车场。这个卖场早已倒闭，上面超市的牌子都褪色了，停车场里更是长满了杂草。我没敢跟得太近，远远地将车子停在外面。卖场外围有一道幕墙，早已破旧不堪，我找了一个缺口钻了进去。刚进去就看到一个人影晃了一下从卖场门口钻了进去，接着钱旭达的车子发动起来掉头开了出去。

两个人分开了！将车开走的是钱旭达，下车的人是小兵。

我看了下周围的环境，这是个二层的卖场，很早以前我还来过，但现在已经变成了一座空房子，小兵来这里做什么？我记得钱旭达在电话里曾提到过见面，这么说小兵在这里是要和谁见一面？

我现在不敢乱动，蹲在墙壁缝隙中，我看不到小兵人在哪儿，可是我不敢确定如果起身往里走小兵会不会发现我。小兵肯定是在这个卖场里，我心里琢磨着只要盯住出口不被他跑掉就行，等增援来了再进行抓捕。虽然这里已经废弃了，但是这么大的卖场如果小兵藏在里面只凭我一个人想把他找出来也很费劲。

时间一分一秒地流逝，可是我却感觉特别漫长，此时我恨不得时间能够加速。我将耳朵贴在墙边听外面的动静，等待增援赶来，一起围堵小兵。

不知道过了多久，也许只是两三分钟，我听到远处传来一阵引擎声，由远至近。我正准备跳出来招手，发现开进来的是一辆黑色的奔驰轿车，我们单位没有这种车子，一下子把自己憋了回去。

这难道就是小兵要见的人？我继续蹲在墙缝里观察，只见车子停下后从驾驶室走下来一个人，远远地看不清脸，但是看他走路的样子和身形我好像在哪儿见过。

这人和小兵一样，从同一个门板洞里钻进了卖场，这人往里面拱的时候把门板碰掉一块，闹出挺大动静。

这人要和小兵见面。我正在犹豫要不要跟进去看看，这时从车后座又下来一个人。这人下车后立刻俯下身子，弓着腰贴着车来到另一边，快速穿过杂草丛生的马路来到卖场的大楼旁。只见他身体贴在墙边，轻轻地探出头看了看小兵钻进去的门洞，打量了一番，小步快跑来到门洞前，蹑手蹑脚地跨了进去。

看他一副做贼似的模样，再加上他和刚才的人一起来却分开行动，看着像有什么图谋似的，难道他们俩要对付小兵？

小兵可是我们要抓的重要嫌疑犯。事到如今我再也沉不住气了，学着刚才那人的模样弓着身子小步快跑到卖场外面，贴着墙壁走到大门处。

大门被六七块木板钉在一起挡住了，其中一块木板被折开，露出半米大小的身位，侧着身子正好可以挤进去。我走过去往里望去，虽然外面阳光明媚，但是卖场里面一片灰暗。这种大型卖场是没有窗户的，平时商场里开着灯，现在荒废之后只能靠透进来的几缕光束照亮几块地方。一层大堂几乎没什么东西，只剩下横七竖八的几个破旧的货柜。相比之下二层更明亮一些。我顺着光亮望过去，两侧各有一部扶梯通往二层，扶梯早已停运，扶手的胶都开裂了，露出一块块不锈钢。

这个卖场根据商品分成不同的区，这些区块都用墙壁分隔开，现在虽然荒废了，但这些墙壁还在，把卖场划分成一个个方块状的格子。

卖场里面的地形还挺复杂。我琢磨虽然卖场很大，但出口只有一个，最多后面还有个安全门，到时候把门都封住，来个地毯式搜捕，别说是三个活人了，就是三只猫狗也能把它们找出来。我又何必进去冒这个险呢？还是在这儿等着增援吧。

想到这儿我身子往后缩了缩，把本来探进去的一只腿慢慢收了回来，现在过了五六分钟，增援也快到了。我摸了下兜里的手机，打算退远点儿打个电话催促一下。

"砰！"

一声低沉的响声从卖场里传来，我还没抽回去落地的腿停在半空，一时间我觉得自己的心跳都要停止了，甚至怀疑自己是不是产生了幻听。

"砰！"紧跟着又一声响！

两次声音从音质到音量上都不一样，但同样能穿破人的耳膜，特别是在这种废弃空旷的场合，与前面那一声的回音缠绕在一起，余音荡荡，一时间好像在无数个地方发出无数个响声。

这次我的腿才落下去，我确定自己不是幻听，这是真真切切的声响，从余音传来的方位应该是在卖场二层。这个响声我很熟悉，有人开枪了！

我的脚又落在原位，往里面一步跨进了卖场。

情况极其严重！我现在必须进去看看，虽然我可能帮不上什么忙，更别说一下子把这三个人抓住，但即使什么也做不了，我也必须进去看看究竟发生了什么。

像之前三个人一样，我一头钻进了卖场。

声音是从二层传来的，我跑到扶梯旁，低着头快步沿着扶梯往上走。快走到顶的时候我慢慢抬起头往二层看去，结果发现卖场的二层结构比一层更乱，目所能及的地方都是一块块的隔断。以前每个隔断就是一个品牌，现在全成了遮挡物。

我没敢继续往里面走。除了刚才两声枪响之外到现在我再没听到其他动静，我不知道这三个人究竟是什么关系，他们在这里干什么，我怕自己突然出现打乱了他们的关系。既然已经动枪了，这时候我知道即使亮出警察身份也不一定好用，穷凶极恶的歹徒可不管你是不是警察，先给你一颗子弹再说。

"砰！砰！"

从右侧传来两声响，听着离我有一段距离。我趴在扶梯上往右前方看过去，灰蒙蒙的什么都看不清，而且还有隔断挡着，不过好在有这些东西还能给我做个掩护。

这两声音度一样，应该是同一把枪发出的，看来他们确实在火拼。我打算从左边绕过去，靠这些隔断做掩护，慢慢靠近，尽量在最远的距离下摸清情况。

我贴着隔段小心摸索着慢慢走，每到边缘都先探出头看一下左右，确定没动静了再继续前进。但我心里也琢磨，现在四处都没声响，等我迂回绕过去说不定这几个人早就没影了。可如果他们下楼脚踩在扶梯上肯定会发出噔噔的声响，到现在扶梯那里还是一片安静，说明这几个人都没离开。

真要是火拼的话，现在从扶梯往下面跑那就是找死，扶梯是唯一没有可以遮挡掩护的地方，人在那里就变成了活靶子。

我正想着，来到一个拐角处，慢慢探出头往准备拐的方向看过去，突然发现有个人坐在地上，身子倚在隔断墙板上。

我愣了一下，就在这停顿的一瞬间，这人正好头往我这边转过来，和我看了一个对眼。我俩的距离不到十米，但卖场里光线不好，直到他转过头我才看清他的脸。

是崔宏光！我的嗓子噎了一下，差点儿发出声音。他也没作声，可是面目表情扭曲狰狞，龇牙咧嘴不停地大口喘气。我看到他的身子扭动了几下，一只手想支撑着地面但站不起来，另一只手紧紧捂着自己的肚子，应该是受伤了。

崔宏光在大山以及KTV出事之后就跑掉了，没想到却在这里出现。我想起来怪不得看到跟着小兵进入卖场的那个人身影有点儿熟悉，那就是崔宏光，我曾经在查看监控的时候找到过他，所以对他的走路姿态有印象。

我观察下周围应该再没其他人了，警惕地慢慢走过去。这时我发现崔宏光一开始似乎想逃跑，但看到我后又放弃了，还把身子朝我来的方向挪动了一下。

"崔宏光？你怎么在这里？小兵人呢？"我凑过去保持着距离问他。

"警……警察，有……有，人要……要害……兵哥，我……我被人……打了……"崔宏光每说一个字都得连续喘几口气。

我朝崔宏光捂着肚子的手看过去，只见上面黑漆漆的，好像是血，不过看着他这副痛苦的模样应该不是装的。但我现在还不敢大意，继续和他保持一定距离。

"谁？还有一个人是谁？谁要害小兵？他在哪儿？"我知道小兵在卖场里，然后进去的就是崔宏光，唯独最后一个偷摸进去的人我不知道是谁，看来崔宏光说的这个要害小兵的人应该就是他。

"是……是……杀手，是……是王笑……雇的……杀手……"崔宏光断断续续地说。

王笑雇的杀手？！我脑海里浮现出有利的模样，从最后一个进入卖场的人的身形来看确实和有利差不多，竟然还有个杀手在这里！这么说枪声就是杀手击发的，看着崔宏光这副模样应该是被枪击中了。

我慢慢上前一步，这时才看清崔宏光的手上全是血，地上也都是血。他的脸色开始发黄，头上渗出汗珠，看来他伤得不清。我急忙掏出手机，打算拨打急救电话，这时候救人是第一要务。

我拿着手机刚拨了一个键，只见崔宏光突然伸出手拉住我的胳膊，我大吃一惊，以为崔宏光是装成这副样子，整个人往侧面跳了一步，崔宏光被我挣脱一下子没拉住，身体扑在地上，他受伤很重，几乎站不起来。但我发现他没看我，他的视线一直朝我的身后望着，我下意识回头，看到不远处有个人影。

"我是警察！别动！"我大喊一声，像掏出保命护符一般将身份搬了出来。

这人听见我的喊声后愣了一下，紧接着转身便走。

我知道崔宏光为什么拉我了，他是先看到有人想提醒我，但是说话不利索，没办法，就用手拉我引起我的注意。

"这个人是谁？"我冲着趴在地上的崔宏光大喊。

"杀……手……"崔宏光喃喃地发出低语。

我知道如果不是我喊出"警察"两个字，恐怕这个杀手就要动手了，他转过来明显是奔着崔宏光来的。我喊出身份后保证了自己的安全，可是也给杀手提了个醒，那就是警察在这儿，他下一步的选择肯定是要逃走，我可不能让他逃走，这种人反侦查能力很强，一旦跑了再想抓住他不知道又得费多少工夫。

我起身冲着这人消失的方向追过去。

我刚跑到这人消失的地方，听见前面扶梯发出噔噔噔的声响，我知道这人下楼了，急忙跟着赶过去。可是我狂奔到扶梯口的时候发现扶梯上面根本没人，难道他这么快就跑下去了？

我抬头往一层望去，远处一片灰蒙蒙的什么也看不清，但是我能清楚地看到远处入口有亮光，那就是我钻进来的门洞。这道光很明显，没有任何阴影遮挡，如果有人想从那里钻出去肯定会出现影子。

这人跑出去了？我吃了一惊，在我赶来的时候他从扶梯上跑下去的速度已经够快了，这个速度算得上是专业田径运动员了。

但现在他人确实不见了。我决定继续追，扶着扶梯的不锈钢扶手往下跑，在手摸到扶手时我感觉沾上黏糊糊的东西，但是我得聚精会神下楼梯，这扶梯上面的台阶有的坏掉了，露出一块块的铁皮，我没工夫查看手沾了什么东西，一路连跑带跳地从扶梯上冲下来，朝卖场的门洞追过去。

我顺势抬起手闻了一下，一股腥味传过来。这时我跑到门洞，透进来的阳光正好能照到我的手，我看见手掌上都是鲜红的血迹。

这是刚留下的血迹！我从声音上听到这人跑下扶梯，血迹肯定是刚才留的，这么说他受伤了！我听到过两声不同的枪响，那小兵也有枪！

我停在了门洞处，觉察到这个人不可能跑出来，他受伤了，而且小兵有枪，之前这里毫无动静是因为他俩相互隐藏对峙，如果他擅自往外跑肯定会被攻击，在下楼梯的时候使劲跺脚是为了让我相信他跑了，从而盲目追出去。

　　想到这儿我转过身子，慢慢往卖场里面走。我下扶梯的时候是一直用手扶着扶手，但只有第一下摸到了血迹，接下来我的手再也没感觉到血，说明这人也只是摸了扶手一下。我往扶梯那里望过去，隐约间扶梯下面的一块墙板似乎动了一下。

　　难道这人是直接跳下来藏在了墙板后面？

　　我这时大脑似乎充血了，几步冲过去抬起脚对着墙板踹过去。这个墙板是木制的，后面是空心的，我一脚踢过去只听见咔嚓一声，整个墙板断裂开，有一块木板朝里面倒下去。

　　接着我继续用脚踢墙板，如果后面有人的话那就让木板把他砸倒。我第二脚又踢了上去，但这一脚没把墙板踢断，我看到木板只是被踢裂一条缝，透过这个缝隙我看到木板后面似乎有个影子晃了一下。

　　"你给我老实点儿！"我大喊一声，抬脚冲着墙板又踢了过去，看见人影给了我莫大的鼓励，这一脚灌注了力量，咣的一下子我一脚将木板墙踢开，而且我感觉到这一脚似乎踢在一个软软的物体上面。

　　借着这股劲我没收脚，整个人连带着往前冲，跟着这一脚一步跨进去，只见一个影子蹲在地上，我刚才一脚正好踢在他脸上，这时他用手捂着脸，而我的脚踩在他的肩膀上。

　　"别动！警察！"这句话是我下意识地喊出来的，虽然我做好了准备，但真看到木板墙后面有人时我也吓了一跳，好在这人吓得比我重，这时我看到他捂着脸挣扎着想爬起来。我正好半个身子跨进去，抬手一拳朝他头上打过去。

这一拳打得结结实实，我都能感觉到自己手疼，而他身子朝后面倒过去，我跟着一步往前送，一只腿半跪在地上，整个人压在他身前，抡起胳膊开始朝他头部猛击。

这个人很危险，我一个人没有能擒拿住他的把握，既然占据先机，加上他受伤了，我打算先把他打没力气了再抓。

两个拳头不停地往下砸，每一次我都能感觉自己的手有点儿疼，我注意到拳头根本没打在他的脸上，这人双手环抱住头部，任由我不停地打，拳头都砸在他胳膊上。见状我急忙换了一个姿势，从侧面抡了一个摆拳打过去，但他用上臂护住头，胳膊弯曲夹在一起，我这一拳又没打中。

我大概一口气打了十几拳，已经开始感觉双臂发麻，没想到这人这么扛打，而且防守得滴水不漏，心里不禁有些焦急，必须想个办法。

正在我有些慌乱的时候，我突然感觉自己的腿被人顶了一下，接着整个人被推了起来。

这人的腰顶了起来，开始反抗了！由于我身体前倾失去重心，被他用腿从后面一顶整个人往前倒，趁着我身子一扭这一瞬间，我看到他将全身缩起来翻滚一圈，一下子从我身下滚了出去。

"别动！"我又喊了一声，身子朝这个人压过去。这时候我已经感觉到有些累了，这种状态下连续抡拳几十秒体力便有些透支，我大喊一嗓子也是为了给自己壮壮声势。

没想到这个人躺在地上抬起一脚正好踢在我肚子上。当时我只觉得再继续往前胃里的东西就被顶出来了，身子一软被他踢开，一屁股坐在地上。

我急忙站起身来，这时我看到他也站起来，卖场里光线比较幽暗，但是我能看清他面部的轮廓。

"有利！"我开口，果然是他。

"你能认出我？"有利惊讶地问。

"你老老实实跟我走，到公安机关把事情说清楚，我还能给你算个自首！"我一边说一边趁着这个当口儿喘气，想恢复一下体力。

有利没回应，我看到他身子一晃，整个人沉下来，接着一股凌厉的风气从下面冲上来。我本能地后退，同时双手往外推，被他一拳打在我的胳膊上。这一拳势大力沉，打得我胳膊一阵生疼，要是打在腰间我就喘不上气了。

我急忙后退两步，这时我看到有利迈出的腿停顿一下，身子拖着另一条腿往前蹭了蹭，然后再次一步冲过来朝我又挥出一拳。

我顺势抬起腿踢过去，有利行动不便没法躲避，只能回身用手接这一脚，不过这样我又占据了主动，挥拳反打过去。有利用手挡了一下，我看到他另一只胳膊扭到身后，似乎在抽什么东西，紧接着眼前一道白光，我急忙后退，但为时已晚，我能感觉到自己胳膊一凉，顿时一阵酥麻的感觉传来。

有利的手里拿着一把明晃晃的匕首。

我一连退了好几步，用手摸了下胳膊，发现出血了，不知道伤口多深，但是手指还有感觉，只是胳膊此时麻酥酥地抬不起来。

"你把刀给我放下！"我冲着有利喊，这时我已经和他保持一定的距离，要是他现在逃跑我也不打算追了。我知道把他逼急了恐怕什么事情都做得出来，现在我更没把握能控制住他了。

可是有利没跑，他盯着我看了看，然后把手一扭，反手拎着刀朝我走过来。

"你想干什么！你想袭警吗？"我后退了几步，多亏有利的腿有伤，我一边退他一边往前走，暂时我俩还能保持一段距离。

有利依旧不回答，眼睛直勾勾地盯着我，步步紧逼。

我不停后退，但我也不知道身后有什么东西，只是腿一下子顶在一个硬邦邦的物体上，身子顿时失去平衡，用手往后撑住才没倒下去。但就在我这一晃动的时刻，有利像野兽一样一跃而上扑了过来。

我的注意力都在他拿着匕首的胳膊上，急忙用手掐住他的胳膊，这时他已经冲到我面前，而我扭着身子绊倒在地上，有利一下子把我压住了，我看到他的匕首明晃晃的，刀尖从上而下慢慢下沉。

有利的劲太大了，他的腿用不上力，仅仅靠胳膊的力气便把我压住了。一开始我还想朝他脸上挥拳，但是看到匕首捅过来，只得用两只手抓住他的手腕，但匕首还在慢慢下落。

"你不想活了吗？"我大声地喊，可有利不为所动。

他真要和我拼命！我现在才知道刚才崔宏光所说的杀手是什么意思，这是一个和自己玩儿命、要别人命的职业，我没想到竟然在工作中真的碰到了这种亡命之徒。

我死死抓住有利的胳膊，拼尽全力抵住他压下来的刀，我看到有利咧着嘴，我们俩的胳膊都在不住地颤抖，可是有利的刀尖方向一直没变，对着我的眉心缓缓下落。他也是用尽了全力，但他脸上还是面无表情。

我感觉自己快要坚持不住了，两条腿乱蹬却踢不到他，他半个身子压在我的腰部，我整个身子都使不上劲。

正在我咬紧牙关，打算做最后一搏的时候，有利的身子突然往后撤。他的腿活动不便，整个人只是将上半身抽了回去，而我紧紧拽着他的胳膊，在他这样反向用力的情况下，竟然一下子把他的衣服袖子撕开一个口子，剩下半个袖口在我手里攥着，另外半截衣服还挂在他身上。

"砰！"一声闷响，我看到有利躲开的位置冒出一股烟。

有利想继续后退，但是衣袖被我拉住，而我根本不知道他为什么后撤，还以为他要调整姿势重新进攻，急忙用手死死拉住他的衣服，有利情急之下将身子一扭，身子从剩下的半件衣服中钻了出来，踉跄了一下后朝另一个方向扑倒。

砰，又一声响，这次我才反应过来，是枪声！声音的来源方向在我身后，我回头一看，只见一个人双手握着枪冲着我这边。

是小兵！

"小兵！"我喊了一声，小兵看到我后愣了一下，他没想到有利身下压的人是我。就在这个当口儿，我听见前面传来一阵扑腾的声音，转过头一看有利不见了。

"往哪儿跑！"小兵喊了一声追了上去，当他从我身边跨过去的时候被我一把拉住了腿。小兵没料到我会拉住他，身子失去平衡，摔倒在地上。

"你给我站住！"我本想借此机会把小兵拉倒，趁机将他控制住，可是在小兵倒下之后我才发现自己全身已经虚脱，想站起来都费劲。看着小兵倒在我身前，我连扑过去压住他的力气都没有了。

此时我脸上的汗就像是从头顶被雨淋了一样，哗哗地往下淌，整个身子都湿透了。

"你干什么？！"小兵摔倒后急忙爬起来，举起手里的枪对准我说道。

"万和之声的人是不是你杀的？我告诉你，你跑不了，我劝你赶紧自首。"我现在已经没有制伏小兵的力气了，只能开口讯问，想看看他听到万和之声的案子后是什么反应。

"我告诉你，别逼我，逼急了我连你也一块儿杀了！"小兵站起来后朝有利逃走的方向看了看，但枪口一直对着我。

小兵拿着枪对着我，但是我心里却没有刚才那种恐惧，从他说话的口气中我能判断出他不会开枪。虽然他没有明确地回答我，可我也能听得出万和之声的凶杀案和他有关！

小兵还在朝有利逃跑的方向张望，他瞄准我的枪口都已经歪了，我知道小兵的目的是报仇，他只是怕我抓住他。可是现在我别说抓他了，就是眼前站着的是一个小孩我都抓不住，连说话的气都没缓过来。

"你别跑了，赶紧自首吧，你还想杀多少人？"我喘着粗气问。

"关你什么事？我告诉你！别妨碍我！再让我遇到一次我就连你也一起杀了！"

我还想劝几句，可这时远处响起了警笛声，这是怎么回事？正常来说增援的警力要求秘密接近，这么打开警笛不就是提醒罪犯逃跑吗？

"都他妈怪你，让那小子跑了！给我坐在那儿别动！"小兵愤愤地说，一边拿着枪对着我快速后退，然后转身跑掉了。

我长长呼了一口气，此时全身都像要散架了似的，这时我拿出手机想给增援的人打电话，结果发现上面有十几个未接来电。我这才知道为什么会响起警笛声，肯定是他们联系不上我，怕我有危险这才打开警笛。

手机电量只剩下2%，真可谓侥幸又及时。

"喂，我在卖场二楼……对，人都跑了，来接我下吧……我走不动了。"

我说完手一放松，手机落在地上，整个人平躺在地板上，冰凉冰凉的。

这时我忽然感觉手碰到一个硬邦邦的东西，起身一看是刚才有利扔掉的被撕开了一半的衣服。我坐起身来开始翻，发现自己的手搭在衣服兜上，刚才碰到的是一部手机，是有利的手机！

增援的人赶到了，李云鹏带着人冲进来。但是现场已经什么都没有了，他们赶来的时候小兵和有利就已经不见踪影，不知道跑到哪里去了。

"必须快点儿找到小兵和那个杀手，这两个人太危险了，他们肯定会继续杀人。"我说。

相比之下小兵比有利危险，他要杀的人很多。可有利比小兵凶残，他的目标是小兵，但阻挠他的人都会有危险，杀人对小兵来说是复仇，对有利来说是工作。

"杀手？他们往哪儿跑了？"李云鹏将我扶起来问。

"你看看这部手机，这是那个杀手的，你看看能不能找到什么有用的信息。"

"你胳膊上全是血，快去医院包扎！"

李云鹏将我扶到车上，一位同事载着我赶去医院。

所幸伤口不深，只是划伤。医生帮我消毒后在最深的地方缝了两针，然后用绷带将胳膊缠了一段。

我动了动胳膊，绷带紧紧的，伤口有些麻酥酥的感觉。在缝针之前医生喷了一些药水，然后我的胳膊就开始发麻，我知道等药效过去了伤口处就会开始疼了，不过现在行动不受影响，我把绷带使劲压下去，胳膊伸进衣服袖口里。

"刘队，我送你回家吧？"送我到医院的同事说。

我看了他一眼，岁数不大，长得也很稚嫩，穿着一身警服，外面套着反光背心，上面写着"巡警"两个字，应该是上一批刚从警校毕业的学生。

我们这里公安工作分配有一个特点，那就是刚毕业的学生都要先从巡警做起，一个是熟悉自己辖区的情况，另一个是磨炼对事情处置的分寸。对派出所的工作来说，经验要远远比书本上的知识更重要。不过他们这批刚毕业不久，做巡警也就半年的光景，从他的眼神里我能感觉到他有些不知所措。

"现在还回什么家？你跟着我走。"我抬起缠着绷带的胳膊用手拍了拍他后背，示意我没什么事。

他跟着我回到车上。我摸出了自己的手机发现已经自动关机了，便急忙借过他的手机给李云鹏打电话。

"你那边怎么样了？"电话刚通我便焦急地问，现在每过一秒就会有人增加一分危险，只要找不到小兵我心里就会一直忐忑不安。

警察的职责是制止犯罪，无权直接制裁犯罪，即使对方是疑犯，我们也不能让他死于非命，只有法律的审判才是对他执行正义的惩处，而不是一颗不知从哪里冒出来的无名子弹。开枪射击是为了避免造成人民群众生命和财产出现更大的损失，罪犯最终的刑罚判决在法院。

"我这边有眉目了，你捡到的那部手机应该是你说的杀手和雇主联系用的。"

"他们怎么联系？能查出雇主吗？"

"几乎都是短信联系，我刚才用这部手机给雇主发短信了，约他见面，他刚回复，让我去民和公寓。"

"什么？！你用这部手机给他发短信？你和宋大汇报了吗？"我大吃一惊。

"我还没来得及，这不是兵贵神速吗？要是晚一点儿让他们相互联系上，咱们这手机不就作废了吗？"

"那你也得和宋大说一声呀？怎么自己就做决定了？"

我没想到李云鹏比我还急，这部手机可是我们查找杀手的关键。我们现在只有这一个线索，但李云鹏却拿着它直接发短信，要是成功了还好说，要是失败了雇主跑了不要紧，只怕他将所有证据全给毁灭，我们都没法追查下去了。

"你放心，刘哥，等我好消息吧。"

"你等等！喂……"还没等我说完，李云鹏就挂断了电话。

这次轮到我有些不知所措了。正常情况下这种事情首先都要向上一级汇报，尤其这种恶劣的案件，凶手很可能继续行凶，他怎么能自作主张给凶手发短信呢？一旦暴露了怎么办？

我能听得出李云鹏在电话里挺兴奋。之前我听说过关于他的一些事迹，是在派出所里干案子的一把好手，但是现在的情况可与他之前接触的案子不一样……

李云鹏的语气信心满满，说得好像尽在掌握一样。我承认他这段时间里的表现很亮眼，思维清晰，工作到位，但重案的工作不是像想象的那样，很多时候会面临各种各样的变化，这时候经验将会起到决定性作用。

平时表现的那些神来之笔，在事件发生转变的时候将变得毫无用处。

"快去民和公寓！"我对开车的巡警说。

"刘队，你胳膊这个样子，还是先休息一下吧……"

"别废话了，快去，快去。"我催促道。

有利是冲着小兵去的，而他在我面前是以王笑的司机身份出现的，雇用他的人肯定是王笑。小兵还要继续杀人，这样他的最终目标十有八九是冲着王笑和丁绍敏去的，王笑雇用有利就是为了狙杀小兵。

我对于抓小兵信心很足，唯一需要的是时间，但对于抓有利我心里却没有底，这个人连身份都没有，如果消失了我们恐怕很难找到他，想找到他的唯一方法就是通过雇主联系他，也就是王笑。民和公寓这个地方也许就是王笑藏匿的地方，抓住王笑才能抓到有利。

但愿李云鹏没经过讨论的选择不会出现纰漏，单纯从时间上来说，有利肯定还来不及和雇主联系，时间是我们唯一的优势。

我来到民和公寓。这是一栋30层的公寓，下面4层是公建，往上都是写字间，公寓的玻璃幕墙上贴着各种补习班、工作室，甚至是健身美容之类的广告，我知道这里住的人肯定是鱼龙混杂，看似简单的一栋楼里什么人都有。

在一层我看到了派出所的同事，只记得脸却没记住名字。

"李云鹏呢？"我快步走过去问道。

"上楼了。"

"他们约在哪儿见面？"

"不知道，短信回复说老地方，李云鹏带着人打算一层层找。"

"你们人够吗？"我看了眼电梯，一共30层，全走一遍恐怕得半天时间。

"十几个人都上楼了，分成三组，一组四五个人，宋大他们也正往这边赶。"

我看了下大厅，只有这一名警力，李云鹏信心满满，他肯定是想趁对方不备将他们直接堵住，把工作重点放在搜索楼层上。而30层太多，只能将现有的警力分多组进行排查，所以他放弃了在楼下的蹲守。

决胜就在楼层之间，这个办法有些激进，但的确是目前的最优解。

"你在楼下陪着他们一起守住大门口！"我对开车载我来的巡警说。

"我陪你一起上去吧。"

"不用。对了，你怎么称呼？"我说道，此前一直没问他的姓名。

"我姓刘，叫刘河。"

我转过身按了下电梯，发现没有反应。站在一旁的警察告诉我李云鹏带着人来之后第一件事就是把电梯停了，然后他们沿着消防通道一层层地往上走，靠着步行去找人。

李云鹏真是拼了，停电梯步行爬30层在这么一栋楼里找一个人，这简直就是破釜沉舟的做法。从他发短信诱骗凶手的时候，这次的抓捕就已经没有退路了，只许成功不能失败。

旁边警察的电话响了，他接起来后很兴奋地告诉我，说李云鹏把王笑抓住了，他的办公室在17层。

他们这么快就爬到17层了？我心里想，看了下时间我到这里也不过才10分钟，就算他比我早到半个小时，难道40分钟就能一层层地从1层查到17层？那这个李云鹏确实有两下子，起码体力上要比大多数人都强。

"他们下来了。"刚打完电话的警察说，我看到电梯上的数字开始变化，从高层往下降。

我心里踏实了许多，只要抓住一个人就有突破口。相比丁绍敏来说我更希望抓住王笑，我见到过王笑和有利一起出现，起码我敢肯定王笑与有利是认识并且熟悉的，而且有我做证，王笑也不敢撒谎。如果是丁绍敏，他完全可以说自己不认识有利，而我们也拿他没什么办法。

一条手机短信并不能成为锁定犯罪的证据，因为手机可以在任何人手里使用。

电梯层数从6变成了5，又变成了4，越来越近。

在电梯接近一层的时候，我突然感觉不对劲！不对！我反应过来，刚才打电话的警察说电梯下来时，我记得层数好像是20，而李云鹏在电话里说是在17层抓住的王笑，他们总不会在抓住王笑后继续往上走3层吧？

"你们注意点儿！"

我大喊一声。但这时电梯门已经开了，我看到往前迎上去准备接人的警察，在电梯门开的一瞬间整个人往后倒过去，接着一个拳头从电梯里冲出来！

"哐当"一声，接人的警察重重地倒在地上，他在毫无防备的情况下脸上被人重重地打了一拳。而刘河正好站在旁边，他反应了一下身子往后退。与此同时电梯里蹿出一个人，同时抬起脚冲着刘河踢过去，刘河也被踢倒了。

我看到从电梯里出来的是有利！

"有利！"看到他我扑了过去，一把从侧面抱住他。与此同时，我发现电梯里还有另外一个人，他从有利身后狠狠地推了我一把，加上有利拼命地扭动身子挣扎，我根本抱不住他，有利将我甩了下来。

我看到推我的人是丁绍敏，原来他们都在一起。

"你们给我站住！"我喊了一嗓子，但是无济于事，趁着我们三个人全倒在地上的间隙，有利和丁绍敏转身就跑。

我顿时反应过来，王笑在楼上被抓是一个幌子。李云鹏在抓住王笑的时候肯定要求物业把电梯打开，而有利和丁绍敏利用这个机会从别的楼层乘坐电梯下来，在电梯下降的时候只要按住三个楼层键位和关门键位，电梯就变成了紧急状态，可以不停层直接到一楼。

我爬起来看了下，接人的警察还躺在地上，有利这一拳正中他的面门，我和有利动过手心里清楚，这一拳换作是谁都得晕过去。

"你负责照顾他，快打120。"我说完一把将挂在刘河腰带上的车钥匙拽下来，起身跟跑了几下，跟在丁绍敏后面追了出去。

在我冲出大门的时候正好看到丁绍敏钻进了一辆黑色轿车里，我急忙上了我们开来的车，紧跟着黑色的轿车追了上去。好在这时马路上车流比较大，黑色的轿车左挪右挤但是没开出多远，我跟在后面打开警笛，前面车辆听到警笛声纷纷避让，就这样我一路跟了上去。

我发现黑色轿车与前车贴得越来越近，几乎是有机会就立即超车，我知道肯定是警笛让他们更加疯狂，但如果关掉警笛又怕没法跟上，我一边开车一边想找机会打电话。可手机早就没电了，没法向同事通报追击的方位。这下子可麻烦了。现在我只有打开警笛，让跟着追上来的同事能循声而来。

两辆车在马路上狂奔，一前一后相距三四个车位，我在车里几乎能看到丁绍敏或者是有利的后脑勺，隐隐约约地能感觉到他们朝我这边张望，只是不确定是谁。但就这几个车位的距离我无论如何都追不上，每次我接近的时候前车总是能在夹缝中挤出一条超车通路涌上前去。

我全神贯注地开着车子，不知道追了多久，我注意到前车一直在周围转圈，每遇到一个拐角肯定要转弯，但是他们开不快，现在正好是下班高峰期，大街上的车很多。我一路紧追连续拐了七八个弯，前车一直都没能将我甩开，而我也没法追得更近，只能保持在视线内盯住它。

忽然前车又转弯了，他们拐到一条小路上，我急忙跟上去。

这是一条双向只有一排道的马路，而同时路边有一侧还停着车，开在这条路上和单行道没什么区别。如果对面有车来的话，那岂不是正好帮我将他们堵住？不过我也犯愁，我现在一只手缠着绷带，刚缝完针使不上劲，对方还是两个人。

正在我想着追上去的时候该怎么办时，只见前面一直加速的黑色轿车突然停下，同时传来一阵刺耳的急刹车的声音。由于被前面挡着我看不到具体情况，我打算继续往前开，用车将他们的车顶住。

就在这时我看到黑色轿车的倒车灯亮起来，他们转倒挡了，同时车子开始向后倒，冲着我而来。

不好！这时我才反应过来，他们转到这条路根本不是为了逃跑，而是为了摆脱我，摆脱我的办法就是撞车，用他们的车尾撞击我的车头。轿车的发动机都在车头，经过几十分钟的追击他们发现想逃跑只有把我的车撞坏了才行。

我急忙变换挡位打算倒车。可恰好后面跟上来一辆车，我拼命按下喇叭，但是后面无动于衷，他被我的车挡着也看不到我眼前的情况。

前车速度越来越快，我知道他们肯定是要拼命了。但现在我连下车都来不及，只得将身子往下一倒，快速将手刹拉起来，同时整个人扑在副驾驶的座位上。

"咣当"一声响，我感觉车子被撞得弹了起来。接着我听到头顶发出嘭的一声，方向盘的气囊弹出来了，车里顿时飘满了白色的灰尘粉末，充斥着一股酸酸的橡胶气味。

幸亏我趴下来了，不然就凭我们这台车的安全气囊力度，砸在脸上能把人打晕。

我用脚狠狠将车门踢开，顺着座位一点点挪下车。

从车里钻出来我感觉身子只是有些酸痛，侥幸没受伤，这时我看到整台车的前部像是一台被按压到底的手风琴似的。我抬头往前看，只见前面黑色的轿车缓缓动了起来，它撞过来后受损也很严重，车尾被挤掉一半，后备厢的盖子都翘了起来。

"你们给我站住！"

我趁着前车还没开动起来往前跑过去，用手拉住驾驶室的车门一拽，驾驶室的门竟然被我拉开了，顿时我与坐在驾驶座位上的人四目相对。

是有利！没想到在时隔几个小时之后我们又见面了。

"老板你先走！"有利一下子从车里冲了出来。我见他冲出来急忙往后退。有利抬起一脚踢过来但没踢到我，我看到他另一只脚扭了一下，然后整个人往前摔了一跤。

我想起来他的腿受过伤，而且是枪伤，在刚才从电梯里冲出来的时候我就发现他走路一瘸一拐的，看来伤势比我严重得多。

我站在路面上，看着有利从地上慢慢爬起来，我没敢上前主动攻击，我知道自己不是他的对手，即使他受伤了，我也没把握能制伏他。更何况我胳膊的情况也不好，现在唯一的利好是看着他的身体状态应该没法威胁到我的生命。

黑色轿车开始动起来，我看到一个人从副驾驶改换到驾驶座位，然后车子往前开走了，留下我和有利面对面地站在路中间。

"你是从哪儿来的？"我问有利。

有利没回答，他看我的眼神很凶狠，似乎随时都能冲上来和我拼命似的。

"你是干什么工作的？是杀手吗？"我和他保持着距离继续问。

有利依旧没回答。

"是丁绍敏雇你的吗？"

还是一阵沉默。

"王笑已经被抓了，你的老板被抓了，你赶紧投降吧。"

我这话刚说完，只见有利的眼睛突然瞪了起来，眼球都快要从眼眶里蹦出来了，整个人好像是吃了兴奋剂一样，大叫一声龇牙咧嘴地冲着我扑过来！

此时我心中喊了一万遍后悔。我本意是想安抚一下他，别让他太激动，最好能让他放弃抵抗，但他是一个彻头彻尾的犯罪分子，我刚才的话反而激起了他犯罪的欲望！

我知道自己不是他对手，急忙后退。但是有利扑过来的速度极快，他冲过来双手抓住我的肩膀，而我双手也抓住他的胳膊，但我的一只胳膊使不上劲，在对抗中没有优势，无法控制住他。

有利此时面目狰狞，龇牙咧嘴，他和我都使出了全身力气。

我知道自己坚持不了太长时间，必须想办法挣脱开。

正在这时我突然感觉一道黑幕从我头顶盖了下来，而我脖子上被人紧锁的感觉顿时消失了，压在我身前的有利不见了，紧接着一道白光一晃而过，好像闪电一样，然后又是一道黑幕压在我的脸前，随之而来的是我头顶发出的一阵引擎声响。

"咣"的一声从我不远处传来。我急忙起身，只见两台车拱顶着一前一后撞在另外一台停在马路边的车身上，而夹在中间的那台车就是我开的警车。

我反应过来刚才是后面的车发动起来，然后顶着我停在马路中间的警车撞过来，将压在我身上的有利直接撞飞。

我急忙起身，只见停在马路边的车被撞出一大块凹痕，而白色的凹进去的车门上全是血迹。有利躺在地上，整个人的脸都被铲平了，肩膀上的一只胳膊以一个诡异的形状弯曲着挂在警车前。

有人从后面开车将我的警车顶住然后往前冲，直接把有利撞到了路边的车门上。由于有利压在我身上，身子高矮大约是蹲下的高度，车子冲过来他的头正好撞在车头上，被车头和另一台车的车门夹在中间，头盖骨再硬也比不上铁片，有利的脑袋直接被挤成椭圆形了，整个人当场魂归西天。

我感觉自己身后湿漉漉的，汗流浃背，不知道是刚才与有利搏斗累的，还是看见有利死在眼前后出的冷汗。

我见过各类现场，断头的、分尸的，但这是第一次一个活生生的人死在我面前。几秒钟以前我还在和他搏斗，如果是我压住他的话，那么现在死的也许就是我了。

我感觉自己的头涨涨的，脑袋一片混乱。

"刘警官，我又救了你一命。"从最后那台车上下来一个人，是小兵。

我知道这句话只是客套。小兵确实想杀死有利，但如果条件合适的话，我觉得他并不在乎我的死活，车子可能会从我身上开过去，我只是捡了一条命。

"是你！你一直跟在我后面？"我问。我当时专心致志追着前面的车，根本没注意到后面是否有车跟着我。

我拼命回想之前的情形，但是脑子里一片空白，我只能从现在这个状况确定小兵一直跟在我身后，一直在寻找机会动手！

"你是干什么的？你怎么开我的车撞人？"一个人从我身后跑来，指着小兵大声叫喊。

原来是抢别人的车。我明白了，跟在我身后的车是一个路人开的，是小兵看到我的车撞了之后才冲上来抢车再次撞过来。

我感觉自己的脑袋有些眩晕，身子摇晃了几下才慢慢稳住。

"你们都把嘴给我闭上。"小兵说着掏出枪来比画一下，那人本来还想说点儿什么，一看到小兵有枪，一下子跪倒在地上不敢吱声。

"你还想杀多少人？"我一边喘着气一边问。

"没有你们，我可找不到他们。"小兵得意地说，原来他一直都没逃走，而是暗中盯着我们，想靠我们来找到丁绍敏和王笑。

"你救了我但是你涉嫌杀人，我还是要抓你。"我硬着头皮说，我感觉自己全身都在抖。

"抓我？行啊，你随便抓，但是今天不行！我还有事要办，你站着别动。"小兵一边说一边后退，走出不远拦住一台车，抢下来之后开车跑掉了。

我眼睁睁地看着小兵逃走，全身上下像僵住了一样。

"你……你……你是警察……吗？"在我前面不远被抢车的人颤颤巍巍地看着我，指着旁边闪着警灯的车问。

"对，我是警察……"我叹了口气回答道。

"警察……同志……，你……你的胳膊……"

我低头一看，袖子已经被染红，我知道伤口裂开了。其实即使伤口没裂开我也没法继续去追他们了，有利被撞死在这里，这可是一个案件现场，我作为当事人必须留在这儿。

更重要的是，我现在失去了追击的信心，我感觉自己的心脏在拼命地跳动，带动着我全身的脉搏都在颤抖。

大约过了三分钟，我听到不远处传来的警笛声，当地派出所的巡警赶到了。

这三分钟对我来说仿佛过了三天。

这个案件还没结束，专案组还有二十多个人在追查小兵和丁绍敏，但是对我来说已经结束了。宋大不让我继续参与抓捕，因为大夫说我必须静养，之前我擅自在医院包扎后跑出来的事情就已经把宋大气得够呛。

经过有利这件事后，我被挫了锐气，虽然小兵开车撞有利算是救了我，可他是嫌疑人，这件事成了我心中过不去的一道坎儿。同样作为另一个嫌疑人的有利在我眼前被人生生撞死，这更让我感受到一种深深的无力感。

作为一名警察我遇到过很多次挫折，也遇到过很多次失败，每一次都会激励自己去努力，去进步，去将罪犯绳之以法。但这次却不一样，在返回医院后我甚至不愿意去考虑案件的事情。

三天后，喜子来医院告诉我整个案子全都告破了，还说我在案件的侦破中起到了重要的作用。

但我却没有一丝的兴奋感。

三天来我一直在思考，在冥想。我知道自己为什么开始抗拒这起案件，在整个案件的侦办中，在与嫌疑人的交锋中，我无疑是落败的，我不愿意面对的是我的失败。

在重案工作这些年，我自以为经历过很多案件，见识过很多人，有着丰富的办案经验。可是在面对有利时，我掌握的这些东西全都帮不上忙，在两次生死危急的关头都是靠别人才侥幸逃生，这个别人还是我要追捕的犯罪嫌疑人。

这种落差感让我从一个自负的状态瞬间变成一个自责的状态。

俗话说：站得高，摔得狠。差不多就是我现在的状态吧。

喜子兴奋地告诉我，丁绍敏和小兵都被抓住了，这次他们利用小兵着急想找到丁绍敏的这个破绽，设了一个局……没等他说完我摆了摆手，喜子停了下来，一脸奇怪地看着我。

我不想听这个案件的后续情况了。在得知小兵和丁绍敏都被抓之后，我对这起案件已经没有什么兴致了，我现在甚至连小兵是如何被抓住的都不关心。

我知道我失败了。

并不是所有抓住罪犯的案件都是以所有的警察胜利告终的，而所有能够成功侦破的案件都是由无数个警察用无数次失败堆积起来的。这些失败像台阶一样，最终会有警察一步步踏着登顶，将罪犯绳之以法。

而这次我就是其中一级台阶。

只是这个台阶的代价太大，让我差点儿付出生命，在车子从我身前开过去那一刻，漆黑的底盘从我脸上冲过去，让我感觉自己好像穿过一条隧道一般。而幸运的是这条隧道有尽头，在汽车开过去之后我又看到了光亮。

但如果我看不到光呢？每次想到这儿就让我胆寒。

这种感觉一直持续了两三个星期，我才慢慢缓过来。

后记

我从警办案这么多年，侦破了很多案件，但是也有不少案件到现在也没有头绪。

并不是所有的案件都是以侦破告终，也不是所有的侦查都是以成功结束，失败也是工作中经常发生的事情，只是很少为人所知。

每次案件侦破都会被灯光所环绕，在荣誉的舞台上享受胜利，但这些成功的背后是由无数次失败所堆砌的。成功让人难忘，但失败更让人铭记于心，这也是每一名警察心中的遗憾。

留下的这些遗憾成为我在回忆自己工作经历时心里最常念叨的故事，借此机会将它们撰写出来。

侦查破案是警察的职责，这份职责让警察成为人民群众的守护神，但警察也是千千万万个普通人之一，我们不是超人，也不是神探，更多的警察所做的都是很平凡的工作。但正是他们的这份普普通通的工作，才让社会治安井然有序，万家灯火彻夜长明。

我曾经遇到过深渊，也纵身于黑暗，在旋涡中挣扎，在泥潭中涅槃。

我见过穷凶极恶的罪犯，也见过可怜无助的凶手。

我甚至也迷茫过，彷徨过。但我心中始终有一盏灯火，在黑暗中它摇摇欲坠，可最终它以微弱的光亮让我找到通往光明的道路。

我相信，这盏灯火会在黑夜中长明，它终究会驱散黑暗，照亮大地。

愿天下无贼，平安喜乐。

2021年1月12日于×××市×××公安分局

2021年1月24日二次修改

Milton Keynes UK
Ingram Content Group UK Ltd.
UKHW050639011023
429731UK00010B/107